TESS

Docteur en médecine, Tess Gerritsen a longtemps exercé dans ce domaine avant de commencer à écrire lors d'un congé maternité. À partir de 1987 elle publie des livres romantiques à suspense avant de mettre à profit son expérience et de se lancer dans les thrillers médicaux qui vont marquer ses débuts sur la liste des best-sellers du *New York Times*, notamment *Chimère* (2000) – en cours d'adaptation pour le grand écran –, *Le chirurgien* (2004), *L'apprenti* (2005), *Mauvais sang* (2006), *La Reine des Morts* (2007), *Lien fatal* (2008) ou encore *Au bout de la nuit* (2009), tous parus aux Presses de la Cité.
Tess Gerritsen vit actuellement dans le Maine avec sa famille.

[illegible]ss Gerritsen

Tess Gerritsen a longtemps [illegible]

LE CHIRURGIEN

DU MÊME AUTEUR
CHEZ POCKET

LE CHIRURGIEN
L'APPRENTI
MAUVAIS SANG
LA REINE DES MORTS
LIEN FATAL

Tess Gerritsen

LE CHIRURGIEN

Traduit de l'anglais (États-Unis)
par Thierry Piélat

PRESSES DE LA CITÉ

Titre original :
The Surgeon

Le papier de cet ouvrage est composé de fibres naturelles, renouvelables, recyclables et fabriquées à partir de bois provenant de forêts plantées et cultivées durablement pour la fabrication du papier.

Édition originale Ballantine Books, New York

ISBN 978-2-266-16571-6

PROLOGUE

Aujourd'hui, on va trouver le corps.

Je sais comment cela va se passer. Je vois très bien l'enchaînement des événements qui vont conduire à sa découverte. À neuf heures, les employées de l'agence de voyages Kendall et Lord, qui se donnent de grands airs, seront à leurs bureaux à pianoter sur le clavier de leur ordinateur avec leurs doigts manucurés pour réserver à Mme Smith une croisière en Méditerranée, à M. Jones un séjour aux sports d'hiver à Klosters. Et, pour M. et Mme Brown, quelque chose d'un peu original cette année, quelque chose d'exotique, peut-être Chiangmai ou Madagascar, mais rien de trop spartiate ; oh non ! l'aventure, mais surtout pas au détriment du confort. C'est le slogan de Kendall et Lord : « L'aventure confortable ». L'agence marche bien et le téléphone sonne sans arrêt.

Ces dames ne tarderont pas à remarquer que Diana n'est pas à son bureau.

L'une d'elles appellera chez Diana, à Back Bay, mais personne ne répondra. Diana est peut-être sous la douche et n'entend pas le téléphone, pensera-t-elle. Ou alors elle est déjà partie et a été retardée. Une dizaine de possibilités lui viendront à l'esprit sans qu'elle s'alarme. Mais à mesure que les heures passeront, après avoir rappelé plusieurs fois sans plus de succès, elle envisagera d'autres hypothèses plus inquiétantes.

Je pense que c'est le gérant de l'immeuble qui ouvrira l'appartement à la collègue de Diana. Je l'imagine tripotant ses clés nerveusement en disant : « Vous êtes de ses amies, c'est sûr ? Vous êtes certaine qu'elle ne se formalisera pas ? Parce que je vais devoir lui dire que je vous ai laissée entrer chez elle. »

Ils pénètrent dans l'appartement et la collègue de travail appelle : « Diana ? Tu es là ? » Elle traverse le vestibule, passe devant les posters de voyage joliment encadrés, le gérant sur ses talons, attentif à ce qu'elle ne pique rien.

Puis il jette un coup d'œil dans la chambre et voit Diana Sterling. Soudain, il ne s'inquiète plus de quelque chose d'aussi peu important qu'un vol et n'a qu'une envie : sortir de l'appartement avant de vomir.

J'aimerais être là quand les flics arriveront, mais je ne suis pas fou. Je sais qu'ils examineront toutes les voitures qui passent dans les parages, les visages des badauds rassemblés dans la rue. Ils savent bien que j'ai une envie terrible de retourner là-bas. Même maintenant, assis à une table dans un café Starbucks, où je regarde tranquillement par la fenêtre le jour se lever, je sens que cette chambre m'appelle. Pourtant je suis comme Ulysse, attiré par le chant des sirènes, mais solidement attaché au mât de mon navire. Je ne me jetterai pas contre les rochers. Je ne commettrai pas cette erreur.

Je bois mon café pendant que, dehors, Boston s'éveille. Je mets trois cuillerées de sucre dans ma tasse. J'aime bien que tout soit parfait.

Une sirène hurle au loin et m'appelle. J'ai l'impression d'être Ulysse tirant sur ses liens, mais ils tiennent bon.

Aujourd'hui on va trouver le corps.

On va savoir que nous sommes de retour.

1

Un an après

L'inspecteur Thomas Moore détestait l'odeur de caoutchouc et, quand il enfila les gants en soulevant un petit nuage de talc, il eut un début de nausée. Cette odeur était pour lui liée aux aspects les plus déplaisants de son boulot et, comme le chien de Pavlov, dressé à saliver sur commande, il en était arrivé à l'associer au sang et aux fluides corporels qui l'accompagnaient inévitablement. Un signal olfactif qui l'avertissait de rassembler son courage.

C'est ce qu'il fit avant d'entrer dans la salle d'autopsie. Il était passé sans transition de la chaleur extérieure au froid ambiant de la morgue, et la sueur se glaçait déjà sur sa peau. On était le 12 juillet, un vendredi après-midi humide et brumeux. Partout dans Boston, les climatiseurs bourdonnaient et ruisselaient, et tout le monde était de mauvais poil. Les gens fuyaient déjà la ville par le pont Tobin pour aller chercher la fraîcheur dans les forêts du Maine. Mais Moore n'était pas parmi eux. On l'avait rappelé, alors qu'il était en vacances, pour voir cette horreur, ce dont il avait envie comme de se pendre.

Il avait déjà passé une blouse de chirurgien, prise sur le chariot de linge propre de la morgue. Il se coiffa d'un bonnet en papier pour retenir ses cheveux et enfila des bottillons, également en papier, par-dessus ses chaussures, parce qu'il avait vu ce qui tombait parfois de la table. Du sang et des fragments de tissus. Il n'avait rien d'un maniaque de la propreté, mais n'avait aucune envie de rapporter chez lui des souvenirs de la salle d'autopsie collés à ses chaussures. Il s'arrêta quelques instants devant la porte et prit une profonde inspiration. Puis, résigné à subir l'épreuve, il entra.

Le cadavre, enveloppé dans un drap, était étendu sur la table, une femme, à en juger par la silhouette. Il s'abstint de regarder trop longtemps la victime et concentra son attention sur les personnes présentes. Le Dr Ashford Tierney et un assistant rassemblaient des instruments sur un plateau. Jane Rizzoli, elle aussi de la Brigade criminelle de Boston, était de l'autre côté de la table. C'était un petit bout de femme de trente-trois ans, la mâchoire carrée. Un bonnet en papier cachait ses boucles rebelles et, sans ses cheveux noirs pour adoucir ses traits, son visage paraissait tout en angles, le regard de ses yeux sombres inquisiteur. Elle était arrivée six mois plus tôt de la Brigade des stups. C'était la seule femme à la Criminelle, et il y avait déjà eu des problèmes entre elle et un de ses collègues, qu'elle accusait de harcèlement sexuel et qui se défendait en la faisant passer pour une allumeuse. Moore n'était pas certain d'avoir un amour débordant pour Rizzoli et, apparemment, c'était réciproque. Jusqu'ici, ils avaient limité leurs relations au plan strictement professionnel, et il pensait qu'elle préférait cela.

Barry Frost, le coéquipier de Rizzoli, était à ses côtés, un flic d'une invincible bonne humeur que son visage imberbe et anodin faisait paraître beaucoup plus jeune que ses trente ans. Cela faisait deux mois que Frost travaillait avec Rizzoli sans se plaindre, seul homme de la Brigade assez placide pour supporter ses accès de mauvaise humeur.

— On se demandait quand vous alliez arriver, fit remarquer Rizzoli comme Moore s'approchait de la table.

— J'avais déjà passé le péage, en route pour le Maine, quand vous m'avez bipé.

— On vous attend depuis cinq heures.

— Je viens seulement de commencer l'examen interne, intervint le Dr Tierney. L'inspecteur Moore arrive à point, ajouta-t-il pour prendre sa défense, solidarité masculine oblige.

Il claqua la porte de l'armoire si violemment que la vibration se répercuta à travers la pièce. Il était rare qu'il laisse voir son irritation. Originaire de Georgie, le Dr Tierney était un gentleman courtois qui estimait que les dames devaient se comporter comme telles. Il n'appréciait pas de travailler avec l'ombrageuse Jane Rizzoli.

L'assistant poussa un chariot sur lequel se trouvait un plateau couvert d'instruments et son regard croisa celui de Moore avec une expression qui voulait dire : « Quelle emmerdeuse ! »

— Désolé pour votre partie de pêche, dit Tierney à Moore. J'ai l'impression que vos vacances tombent à l'eau.

— Vous êtes sûr que c'est encore notre homme ?

Pour toute réponse, Tierney écarta le drap pour découvrir le cadavre.

— Elle s'appelait Elena Ortiz, dit-il.

Bien que Moore se fût préparé à ce spectacle, son premier coup d'œil à la victime lui fit un choc. Les cheveux noirs de la jeune femme, collés et raidis par le sang, pointaient comme des piquants de porc-épic et son visage paraissait de marbre veiné de bleu. Elle avait les lèvres entrouvertes comme si elle avait été interrompue au milieu d'une phrase. On avait déjà lavé le sang sur son corps et ses plaies violacées béaient sur le fond gris de la peau. Il y avait deux blessures visibles. L'une était une profonde entaille en travers de la gorge ; elle partait de dessous l'oreille gauche, sectionnait la carotide gauche et exposait le cartilage laryngé. Le coup de grâce. La deuxième incision traversait la partie inférieure de l'abdomen. La blessure n'avait pas été faite pour tuer mais dans un tout autre but.

— Je vois pourquoi vous m'avez fait revenir de vacances, fit Moore après avoir avalé péniblement sa salive.

— C'est moi qui mène l'affaire, dit Rizzoli.

Le ton de mise en garde n'échappa pas à l'inspecteur : elle protégeait ses plates-bandes. Il savait d'où venait cette réaction : à cause des railleries et du scepticisme qu'affrontaient constamment les femmes flics, elles étaient promptes à prendre la mouche. Il n'avait nullement l'intention de contester ses prérogatives. Ils allaient devoir collaborer dans cette affaire et la partie ne faisait que commencer : il était trop tôt pour se disputer la conduite des opérations.

— Vous pouvez me mettre au parfum ? demanda-t-il en veillant à conserver un ton respectueux.

Rizzoli acquiesça sèchement.

— La victime a été trouvée à neuf heures ce matin dans son appartement de Worcester Street, dans le South End. Elle commençait généralement son travail à six heures, au magasin de fleurs familial, à quelques rues de chez elle. Comme elle n'arrivait pas, ses parents se sont inquiétés. Son frère est allé voir ce qu'elle faisait et l'a trouvée dans sa chambre. Le Dr Tierney situe l'heure du décès entre minuit et quatre heures du matin. D'après la famille, elle n'avait pas de petit ami en ce moment et personne dans son immeuble ne se souvient d'avoir vu de visiteurs. Elle était croyante et travailleuse.

Moore regarda les poignets de la victime.

— Elle a été immobilisée.

— Oui. Des bandes de Teflon aux poignets et aux chevilles. Elle était nue quand on l'a trouvée. Elle ne portait que quelques bijoux.

— Quels bijoux ?

— Un collier. Une bague. De petites boucles d'oreilles. Le coffret à bijoux qui était dans la chambre n'a pas été touché. On ne l'a pas tuée pour la voler.

— Le buste aussi a été immobilisé, fit remarquer Moore en regardant la marque horizontale bleuâtre sur les hanches de la victime.

— Du Teflon autour de la taille et en haut des cuisses. Et sur la bouche.

— Bon sang ! fit Moore en soufflant un bon coup.

En regardant Elena Ortiz, la vision d'une autre jeune femme lui revint brusquement à l'esprit. Un autre cadavre — une blonde, la gorge et l'abdomen ouverts.

— Diana Sterling, murmura-t-il.

— J'ai déjà sorti le rapport d'autopsie de Sterling, dit Tierney. Au cas où vous auriez besoin d'y rejeter un coup d'œil.

Mais Moore n'en avait pas besoin. L'affaire Sterling, dans laquelle il avait dirigé l'enquête, ne lui était jamais vraiment sortie de la tête.

Un an plus tôt, Diana Sterling, trente ans, employée de l'agence de voyages Kendall et Lord, avait été retrouvée nue et attachée à son lit par des bandes en Teflon, la gorge et le ventre ouverts. L'enquête n'avait abouti à rien.

Le Dr Tierney dirigea la lampe vers l'abdomen d'Elena Ortiz. La plaie avait été rincée et les bords de l'incision étaient rose pâle.

— Des indices ? demanda Moore.

— Nous avons recueilli quelques fibres avant de la laver. Et un cheveu, collé au bord de la plaie.

— Un cheveu de la victime ? s'enquit Moore, soudain intéressé.

— Beaucoup plus court que les siens et châtain clair.

Elena Ortiz avait les cheveux noirs.

— Nous avons déjà demandé des échantillons de cheveux de tous ceux qui sont entrés en contact avec le corps, dit Rizzoli.

Tierney se concentra sur la plaie.

— Nous avons là une découpe transversale. Les chirurgiens appellent cela une incision Mayland. La paroi intestinale a été incisée couche après couche.

D'abord la peau, puis le fascia superficiel, ensuite le muscle et enfin le péritoine.

— Comme pour Sterling, fit observer Moore.

— Oui. Comme pour Sterling. Mais il y a des différences.

— Lesquelles ?

— Dans le cas de Diana Sterling, l'incision était déchiquetée par endroits, ce qui indiquait une hésitation ou un manque d'assurance. On ne voit rien de pareil ici. Vous remarquez comme la peau a été incisée nettement ? Pas la moindre irrégularité.

Le regard de Tierney croisa celui de Moore.

— Notre gaillard fait des progrès. Sa technique s'améliore.

— Si c'est le même qui a fait le coup, dit Rizzoli.

— Il y a d'autres similitudes. Vous voyez l'entaille perpendiculaire de ce côté-ci de la plaie ? Elle montre que le trajet de l'instrument change de sens. Comme chez Sterling. La lame n'a qu'un seul tranchant et n'est pas en dents de scie. Identique à celle utilisée pour Sterling.

— Un scalpel ?

— Ça correspond bien à un scalpel. La netteté de l'incision me donne à penser que la lame n'a pas été déviée. La victime était ou bien inconsciente, ou bien si étroitement ligotée qu'elle ne pouvait bouger.

Barry Frost parut sur le point de vomir.

— Oh ! bon Dieu ! Je vous en prie, ne me dites pas qu'elle était encore vivante quand il a fait ça.

— Je crains que ce ne soit pas une blessure post mortem, répondit Tierney, dont on ne voyait que les yeux verts au-dessus du masque chirurgical, enflammés de colère.

— Y a-t-il eu saignement avant le décès ? demanda Moore.

— La cavité pelvienne baignait dans le sang. Ce qui veut dire que le cœur fonctionnait toujours. Elle était encore vivante quand ce... cette procédure était en cours.

Moore regarda les poignets bleuis. Il y avait aussi des hématomes autour des chevilles et une série de pétéchies — de petites ecchymoses — entourait les hanches. Elena Ortiz s'était débattue pour se libérer de ses liens.

— Il y a autre chose qui montre qu'elle était vivante pendant l'incision, reprit Tierney. Mettez votre main dans la plaie, Thomas. Je crois que vous savez déjà ce que vous allez constater.

Moore plongea à contrecœur sa main gantée dans la blessure en explorant les côtés de la plaie avec les doigts. La chair était fraîche après plusieurs heures de réfrigération. Cela lui rappela l'impression qu'on avait en enfonçant la main dans une carcasse de dinde pour farfouiller à la recherche des abats. Cette fouille de la partie la plus intime de l'anatomie d'une femme était un véritable viol. Il évita de regarder le visage d'Elena Ortiz. C'était la seule façon de considérer sa dépouille mortelle avec détachement, la seule façon de se concentrer sur ce qu'on lui avait fait subir froidement.

— Il manque l'utérus, dit-il en levant les yeux vers Tierney.

Le médecin légiste hocha la tête.

— Il a été enlevé.

Moore retira sa main et garda les yeux braqués sur la plaie béante. Rizzoli plongea à son tour la main à l'intérieur, ses doigts courts tendus pour explorer la cavité.

— Rien d'autre n'a été enlevé ? demanda-t-elle.

— Uniquement l'utérus, répondit Tierney. Il n'a touché ni à la vessie ni à l'intestin.

— Qu'est-ce que je sens là ? Un petit nœud dur, sur le côté gauche.

— Une suture. Il a ligaturé les vaisseaux sanguins.

— C'est un nœud chirurgical ? demanda Rizzoli en levant la tête, stupéfaite.

— Du catgut ordinaire ? hasarda Moore en regardant Tierney pour obtenir confirmation.

Le médecin acquiesça.

— Le même matériau que nous avons trouvé sur Diana Sterling.

— Du catgut ? répéta d'une voix faible Frost, qui avait battu en retraite dans le coin de la pièce, prêt à foncer vers l'évier. C'est une... une marque commerciale ou quoi ?

— Non, répondit Tierney. Le catgut est un type de fil chirurgical fabriqué à partir de boyaux de vache ou de mouton.

— Pourquoi alors l'appeler catgut, « boyau de chat » ? demanda Rizzoli.

— Ça vient du Moyen Âge, quand on se servait de boyaux pour fabriquer les cordes des instruments de musique. Les musiciens appelaient *kit* leur instrument, et les cordes *kitgut.* Le terme est devenu « catgut ». En chirurgie, cette sorte de fil est utilisée pour coudre ensemble des couches profondes de tissus conjonctifs. À la longue, l'organisme décompose et absorbe le fil.

— Et où s'est-il procuré ce catgut ? s'enquit Rizzoli en regardant Moore. Êtes-vous remonté à la source dans le cas de Sterling ?

— C'est quasiment impossible. Le catgut est manufacturé par une douzaine de sociétés, la plupart en Asie. Il est encore utilisé à l'étranger dans pas mal d'hôpitaux.

— Seulement à l'étranger ?

— On dispose maintenant de meilleurs matériaux, dit Tierney. Le catgut n'a pas la solidité et la résistance des fils synthétiques. Je doute que beaucoup de chirurgiens l'emploient actuellement aux États-Unis.

— Pourquoi alors notre client s'en sert-il ?

— Pour réduire le saignement assez longtemps et voir ce qu'il fait. C'est un gars qui aime la propreté.

Rizzoli retira sa main de la plaie. Il y avait un petit caillot de sang pareil à une perle rouge vif dans le creux de sa main gantée.

— Est-ce qu'il est habile ? Avons-nous affaire à un médecin ou à un boucher ?

— Il possède de toute évidence des connaissances anatomiques, répondit Tierney. Je suis certain qu'il n'en est pas à son coup d'essai.

Moore se recula d'un pas de la table à la pensée de ce qu'Elena Ortiz avait enduré, mais fut incapable de chasser les images de son esprit. Il avait devant lui le témoignage de ses souffrances, les yeux grands ouverts.

Il sursauta et se retourna au bruit métallique des instruments sur le plateau. L'assistant avait poussé le chariot près du Dr Tierney en prévision de l'incision en Y. Il se penchait maintenant pour regarder dans la plaie abdominale.

— Où il est passé ? demanda-t-il. Une fois qu'il a arraché l'utérus, qu'est-ce qu'il en fait ?

— On n'en sait rien, dit Tierney. Les organes n'ont jamais été retrouvés.

2

Moore était sur le trottoir dans le quartier du South End, où Elena Ortiz était morte. C'était naguère une rue de meublés délabrés, un quartier paumé et minable séparé par des voies de chemin de fer de la moitié nord, plus agréable, de Boston. Mais une ville qui se développe est une créature vorace, toujours en quête de terrains nouveaux, et les voies ferrées n'arrêtent pas les promoteurs âpres au gain. Une nouvelle génération de Bostoniens avait découvert le South End, et les vieux meublés avaient été peu à peu transformés en appartements.

Elena Ortiz habitait dans l'un de ces immeubles réhabilités. Bien que la vue du deuxième étage n'ait rien de particulièrement excitant — l'appartement donnait sur une laverie automatique de l'autre côté de la rue —, l'immeuble présentait un avantage que l'on trouve rarement à Boston : la présence d'un parking attenant, aménagé tant bien que mal dans la ruelle adjacente.

Moore remonta la ruelle tout en scrutant les fenêtres des appartements au-dessus, se demandant qui le regardait au même moment de là-haut. Rien ne bougeait derrière les vitres. Les locataires des logements qui donnaient sur cette ruelle avaient déjà été interrogés ; aucun n'avait fourni d'informations utiles.

Il s'arrêta sous la fenêtre de la salle de bains d'Elena Ortiz et leva les yeux vers l'échelle de secours qui y conduisait. Elle était repliée. La nuit où Elena Ortiz avait été tuée, la voiture d'un locataire était garée juste sous l'échelle. On avait retrouvé des empreintes de chaussures taille 43 sur le toit de l'auto. L'assassin s'en était servi comme marchepied pour atteindre l'échelle.

La fenêtre de la salle de bains était fermée. Elle ne l'était pas la nuit du crime.

Il ressortit de la ruelle, fit le tour jusqu'à l'entrée de l'immeuble.

Les rubans jaunes de la police pendillaient en travers de la porte de l'appartement. Il tourna la clé et de la poudre à empreintes digitales resta sur sa main. Le ruban jaune glissa sur ses épaules quand il franchit le seuil.

Le séjour correspondait au souvenir qu'il en avait gardé après la visite de la veille avec Rizzoli. L'épisode avait été déplaisant, entaché par une rivalité qui couvait. Rizzoli avait pris la direction de l'enquête dès le début de l'affaire et elle se sentait menacée par quiconque mettait en question son autorité, surtout un flic plus âgé. Bien qu'ils fassent maintenant partie de la même équipe, qui comprenait désormais cinq inspecteurs, Moore avait le sentiment d'être un intrus sur son territoire et il avait veillé à formuler ses suggestions en termes particulièrement diplomatiques. Il n'avait nullement l'intention de se lancer dans une bataille d'ego, et c'est pourtant ce que c'était devenu. Il avait essayé de se concentrer sur le lieu du crime, mais le ressentiment éprouvé par Rizzoli ne cessait de l'en distraire.

Maintenant seulement, alors qu'il était seul, il pouvait fixer toute son attention sur l'appartement où Elena Ortiz avait été assassinée. Le séjour était meublé de bric et de broc autour d'une petite table en osier. Un ordinateur de bureau dans un coin. Un tapis beige orné de motifs de plantes grimpantes et de fleurs roses. D'après Rizzoli, rien n'avait été déplacé ni changé depuis le crime. Les dernières lueurs du jour s'estompaient, mais il n'alluma pas la lumière. Il resta longtemps sur le pas de la porte, sans même bouger la tête, attendant qu'un calme absolu tombe sur la pièce. C'était la première fois qu'il avait la possibilité de visiter les lieux seul, de se trouver dans cette pièce sans être perturbé par des voix, des visages. Il imagina les molécules d'air, brièvement agitées par son entrée, dériver, ralentir. Il voulait que la pièce lui parle.

Il ne sentait rien. Ni présence du mal, ni résonance persistante de tremblements de terreur.

L'assassin n'était pas entré par la porte. Il ne s'était pas non plus baladé dans son royaume de la mort nouvellement conquis. Il avait consacré tout son temps, toute son attention à la chambre.

Moore passa lentement devant la kitchenette et s'engagea dans le couloir. Il sentit ses cheveux se dresser. Il s'arrêta devant la salle de bains et jeta un coup d'œil à l'intérieur, puis alluma la lumière.

Il fait chaud en cette nuit de jeudi. Si chaud que, partout en ville, on a laissé les fenêtres ouvertes pour profiter de la moindre brise, du moindre souffle d'air frais. Tapi sur l'échelle de secours, en sueur dans tes vêtements sombres, tu regardes à l'intérieur de la salle de bains. Aucun bruit. La jeune femme dort dans la chambre. Elle doit se lever tôt pour aller travailler au magasin de fleurs et, à cette heure-ci, elle entre dans la phase la plus profonde de son cycle de sommeil.

Elle n'entend pas le grincement de ton couteau de vitrier quand tu forces le grillage.

Moore regarda le papier mural, décoré de petits boutons de rose rouges. Un motif bien féminin, que n'aurait jamais choisi un homme. En tout, c'était typiquement une salle de bains de femme, du shampoing parfumé à la fraise, de la boîte de tampons sous le lavabo à l'armoire à pharmacie bourrée de produits cosmétiques. Le genre de fille à ombrer ses paupières de bleu.

Tu grimpes sur la fenêtre et laisses des fibres de chemise bleu marine sur le châssis. Polyester. Tes baskets taille 43 laissent des empreintes sur le sol couvert de linoléum blanc. Il y a des traces de sable mélangé à des cristaux de gypse. Le cocktail habituel qu'on ramasse en marchant dans Boston.

Peut-être t'arrêtes-tu quelques instants pour écouter dans l'obscurité. Pour humer le parfum étrange et doux d'un espace féminin. Ou alors tu ne perds pas de temps et poursuis ton chemin vers ton but.

La chambre.

À mesure qu'il suivait les pas de l'assassin, l'air semblait plus vicié, plus épais. Ce n'était pas seulement la perception imaginaire de la présence du mal, mais une odeur.

Il arriva à la porte de la chambre. Ses cheveux étaient maintenant complètement hérissés. Il savait déjà ce qu'il allait voir à l'intérieur de la pièce, il croyait y être préparé. Pourtant, quand il appuya sur l'interrupteur, l'horreur l'assaillit de nouveau, comme la veille.

Le sang avait à présent plus de deux jours. Les employés du service de nettoyage n'étaient pas encore passés. Mais même avec leurs détergents, leurs nettoyeurs à vapeur et leurs pots de peinture blanche, ils ne pourraient jamais complètement effacer les traces de ce qui s'était produit ici, parce que l'air était à jamais imprégné de terreur.

Tu entres dans la chambre. Les fins rideaux, une simple cotonnade imprimée sans doublure, laissent filtrer la lumière des réverbères, qui tombe sur le lit. Sur la jeune femme endormie. Tu t'attardes certainement un moment pour la regarder, savourer le plaisir de la tâche qui t'attend. Parce qu'elle t'est agréable, n'est-ce pas ? Ton excitation ne cesse de croître. La sensation se répand dans tes veines comme une drogue, agaçant tous tes nerfs, au point que le bout de tes doigts finit par palpiter.

Elena Ortiz n'avait pas eu le temps de crier. Ou, si elle l'avait fait, personne ne l'avait entendue. Ni la famille de l'appartement voisin, ni le couple du dessous.

L'assassin avait apporté son matériel avec lui. Du Teflon. Un chiffon imbibé de chloroforme. Une panoplie d'instruments chirurgicaux. Il s'était bien préparé.

Le supplice avait dû durer bien plus d'une heure. Elena Ortiz avait été consciente pendant une bonne partie du temps. La peau de ses poignets et de ses chevilles était irritée, ce qui montrait qu'elle s'était débattue. Dans sa panique, sa souffrance, elle avait vidé sa vessie, et l'urine, mêlée de sang, avait pénétré le matelas. L'opération était délicate et il avait pris son temps, dans le but de prélever ce qu'il voulait, et rien d'autre.

Il ne l'avait pas violée ; peut-être en était-il incapable.

Quand il a eu fini la terrible excision, elle était encore vivante. La blessure pelvienne continuait à saigner, le cœur à battre. Combien de temps ? Une demi-heure, estimait le Dr Tierney. Trente minutes qui avaient dû paraître une éternité à Elena Ortiz.

Que fais-tu pendant ce temps-là ? Tu ranges ton matériel ? Tu fourres ton butin dans un bocal ? Ou bien es-tu simplement là à jouir du spectacle ?

L'acte final avait été rapide et fonctionnel. Le tortionnaire d'Elena Ortiz avait pris ce qu'il voulait, il était temps d'achever le travail. Il s'était approché de la tête du lit. De la main gauche, il l'avait attrapée par les cheveux et avait tiré en arrière si violemment qu'il en avait arraché plus d'une vingtaine, retrouvés plus tard éparpillés sur l'oreiller et le plancher. Les taches de sang disaient trop clairement ce qui s'était passé ensuite. Une fois la tête immobilisée et le cou exposé, il avait profondément entaillé la gorge en partant du côté gauche de la mâchoire vers la droite, sectionnant du même coup la carotide gauche et la trachée. Le sang avait jailli. Des nuages serrés de gouttelettes rondes dégoulinant vers le bas, caractéristiques de la pulvérisation artérielle comme de l'exhalaison de sang par la trachée, maculaient le mur à gauche du lit. L'oreiller et les draps en étaient imbibés. Plusieurs gouttes, qui s'étaient échappées quand l'assassin avait retiré la lame, avaient éclaboussé l'appui de la fenêtre.

Elena Ortiz avait vécu assez longtemps pour voir son sang jaillir de son cou et couvrir le mur d'éclaboussures, assez longtemps pour aspirer du sang dans sa trachée sectionnée, l'entendre gargouiller dans ses poumons, le chasser en jets de mucus écarlate en toussant.

Elle avait vécu assez longtemps pour savoir qu'elle était en train de mourir.

Et quand tout est fini, quand cessent les affres de l'agonie, tu nous laisses ta carte de visite. Tu plies soigneusement la chemise de nuit de la victime et tu la ranges sur la coiffeuse. Pourquoi ? Est-ce quelque bizarre marque de respect pour la femme que tu viens d'assassiner ? Ou bien une façon de te moquer de nous ? Ta manière de nous dire que tu es maître de la situation ?

Moore retourna dans le séjour et se laissa tomber dans un fauteuil. Il faisait chaud et il n'y avait pas d'air dans l'appartement, mais il frissonnait. Il ne savait pas si c'était une réaction physique ou émotive. Comme ses cuisses et ses épaules lui faisaient mal, c'était peut-être les signes avant-coureurs d'une attaque virale. Une grippe estivale, la pire. Il pensa aux endroits où il aurait préféré être en ce moment même. Sur un lac du Maine, à dériver, sa canne à pêche sifflant dans l'air. Ou bien sur la rive, à regarder le brouillard se lever. N'importe où, mais pas dans ce lieu mortifère.

La sonnerie de son bip le fit sursauter. Il l'arrêta. Son cœur battait à se rompre. Il se calma avant de sortir son portable et de composer le numéro.

— Rizzoli, répondit-elle à la première sonnerie, d'un salut aussi direct qu'une balle de revolver.

— Vous m'avez appelé.

— Vous ne m'avez jamais dit que vous aviez trouvé quelque chose dans le VICAP.

— À propos de quelle affaire ?

— Celle de Diana Sterling. Je suis en train de consulter le rapport sur son meurtre.

Le VICAP, le Violent Criminals Apprehension Program, était une banque de données nationale sur les homicides et les agressions perpétrés dans tout le pays. Il y avait des constantes dans le comportement des meurtriers, et, grâce à ces informations, les enquêteurs étaient à même de faire le lien entre des crimes commis par la même personne. Simple routine, Moore et son collègue de l'époque, Rusty Stivack, avaient lancé une recherche sur le VICAP.

— Nous n'avons pas trouvé de cas approchants en Nouvelle-Angleterre, dit-il. On a passé en revue tous les homicides commis la nuit, impliquant des mutilations, la violation de domicile et l'usage de Teflon pour ligoter la victime.

— Et la série des quatre meurtres en Georgie il y a trois ans ? L'un à Atlanta, trois à Savannah. Tous étaient sur la banque de données du VICAP.

— J'ai examiné ces affaires. Ce n'est pas notre homme.

— Écoutez ça, Moore. Dora Ciccone, vingt-deux ans, étudiante de troisième cycle à Emory. Le meurtrier lui a d'abord fait avaler du Rohypnol pour la réduire à merci, puis il l'a attachée au lit avec une corde en Nylon...

— Notre gars utilise le chloroforme et du Teflon.

— Il lui a ouvert le ventre et lui a enlevé l'utérus. Ensuite il l'a égorgée, une seule entaille en travers du cou — le coup de grâce. Puis, écoutez bien, il a plié ses vêtements de nuit et les a laissés sur une chaise près du lit. Je vous le dis, on n'est vraiment pas loin.

— Les affaires de Georgie sont classées depuis deux ans, dit Moore. Le meurtrier est mort.

— Et si les flics de Savannah s'étaient foutus dedans ? Si c'était pas *leur* meurtrier ?

— Ils se sont appuyés sur des tests d'ADN. Des fibres, des cheveux. En plus, il y avait un témoin. Une victime qui a survécu.

— Ah oui ! La survivante. La cinquième victime, fit Rizzoli sur un ton étrangement railleur.

— Elle a confirmé l'identité du meurtrier.

— Elle l'a aussi abattu d'un coup de revolver de façon fort opportune.

— Et alors ? Vous voulez arrêter son fantôme ?

— Avez-vous interrogé la survivante ?

— Non.

— Pourquoi ?

— À quoi ça aurait servi ?

— Peut-être à apprendre quelque chose d'intéressant. Comme le fait qu'elle ait quitté Savannah peu après cette histoire. Et devinez où elle habite maintenant.

Malgré le sifflement du portable, il entendait battre son pouls.

— À Boston ? hasarda-t-il à voix basse.

— Et vous ne me croirez pas quand je vous dirai quel métier elle exerce.

3

Le Dr Catherine Cordell remonta le couloir de l'hôpital au pas de course dans un craquement de chaussures de jogging et franchit la porte à deux battants de la salle des urgences.

— Ils sont dans la salle de traumato 2, docteur Cordell ! lança une infirmière.

— J'y vais, dit Catherine en partant comme un missile téléguidé vers la salle en question.

Une demi-douzaine de visages lui jetèrent des regards de soulagement quand elle entra. D'un seul coup d'œil, elle évalua la situation, vit les instruments étincelants en vrac sur un plateau, les poches de lactate de Ringer suspendues aux pieds à perfusion comme de gros fruits à des arbres métalliques, de la gaze maculée de sang et des emballages déchirés qui jonchaient le plancher. Une sinusoïde traversait l'écran du moniteur au rythme rapide d'un cœur qui luttait de vitesse avec la mort.

— Où on en est ? demanda-t-elle tandis que les autres s'écartaient pour la laisser passer.

Ron Littman, l'interne de garde, lui fit un rapide compte-rendu.

— Piéton inconnu renversé par une voiture. Le conducteur a pris la fuite. Il est arrivé inconscient aux urgences. Pupilles égales et réactives, poumons dégagés, mais abdomen distendu. Pas de bruits intestinaux. La tension artérielle est descendue à six-zéro d'un seul coup. J'ai fait une paracentèse. Il a du sang dans le ventre. On a placé un tube central, le lactate de Ringer est à fond, mais on n'arrive pas à faire remonter la tension.

— On a fait venir du O négatif et du plasma frais congelé ?

— Ils devraient être là d'une minute à l'autre.

L'homme étendu sur la table d'opération était entièrement nu, tous les détails intimes de son anatomie exposés au regard de Catherine. Il semblait avoir la soixantaine. Il était déjà sous perfusion et branché au poumon artificiel. Ses muscles flasques pendaient en plis sur ses membres décharnés et ses côtes ressortaient comme des lames recourbées. Une maladie chronique, pensa-t-elle ; à première vue, un cancer. La hanche et le bras droits étaient écorchés et en sang à cause du frottement sur la chaussée. Dans la partie inférieure droite de la poitrine, un énorme bleu se détachait sur la peau blanche parcheminée. Il n'y avait pas de blessures ouvertes.

Elle fit glisser son stéthoscope de son cou pour vérifier ce que l'interne venait de lui dire. Elle n'entendit aucun son dans le ventre, aucun borborygme, aucun battement. Le silence d'un intestin traumatisé. Elle déplaça le capteur du stéthoscope vers la poitrine et écouta la respiration pour s'assurer que la trachée était à sa place, les deux poumons ventilés. Le cœur battait comme un poing contre la paroi thoracique. Son examen ne prit que quelques secondes, mais elle eut l'impression que ses mouvements étaient ralentis, qu'autour d'elle la salle pleine de personnel s'était figée dans l'attente de la suite.

— La systolique arrive à peine à cinq ! lança une infirmière.

Le temps s'accéléra brusquement de manière effrayante.

— Apportez-moi une blouse et des gants, ordonna Catherine. Ouvrez le plateau de laparotomie.

— Et si on le transférait en salle d'opération ? dit Littman.

— Toutes les salles sont prises. Nous ne pouvons pas attendre, rétorqua Catherine.

Quelqu'un lui lança un bonnet en papier. Elle s'en coiffa, rentra rapidement ses longs cheveux roux et attacha un masque. Une auxiliaire lui tendait déjà une blouse de chirurgien stérilisée. Elle enfila les manches et passa des gants. Elle n'avait pas le temps de se laver les mains, pas le temps d'hésiter. La vie du blessé dépendait d'elle et il était en train de lui filer entre les doigts.

On plaça prestement des champs opératoires sur la poitrine et le bassin du patient. Elle saisit des pinces à hémostase sur le plateau, et les mâchoires d'acier se refermèrent avec un bruit rassurant sur les champs pour les maintenir en place.

— Où est ce sang ? demanda-t-elle.

— Je suis en train de voir ça avec le labo, répondit une infirmière.

— Ron, vous serez le premier assistant, dit Catherine à Littman.

Elle jeta un coup d'œil circulaire et s'arrêta sur un jeune homme au teint terreux debout près de la porte. *Jeremy Barrows, étudiant en médecine,* disait son badge.

— Vous, décréta-t-elle. Vous serez le second.

Un éclair de panique brilla dans les yeux du jeune homme.

— Mais... je ne suis qu'en deuxième année. Je suis ici seulement pour...

— On ne peut pas trouver un autre interne en chirurgie ?

Littman secoua la tête.

— Ils sont tous occupés. Ils ont un blessé à la tête en traumato 1 et une urgence au bout du couloir.

— OK. Barrows, dit-elle en se retournant vers l'étudiant, vous êtes bon. Infirmière, apportez-lui une blouse et des gants.

— Qu'est-ce que je dois faire ? Parce que je ne sais pas vraiment...

— Vous voulez devenir toubib, oui ou non ? Alors, mettez ces gants et que ça saute !

Il devint tout rouge et se tourna pour enfiler la blouse. Il était affolé, mais Catherine préférait de beaucoup avoir affaire à un anxieux plutôt qu'à un arrogant. Elle avait vu trop de patients tués par l'excès de confiance en soi d'un médecin.

Une voix grésilla dans l'Interphone :

— Allô, traumato 2 ? Ici, le labo. J'ai l'hématocrite de M. X. On est à quinze.

Il perd son sang, pensa Catherine.

— On a besoin de O négatif immédiatement.

— Il arrive.

Elle saisit un scalpel. Le poids du manche d'acier, sa forme : la sensation était agréable. C'était un prolongement de sa main, de sa chair. Elle prit une brève inspiration, inhalant du même coup l'odeur d'alcool et le talc du gant. Puis elle appuya la lame sur la peau et incisa l'abdomen de haut en bas.

Le scalpel laissa une ligne sanglante rouge vif sur la peau blanche.

— Préparez des compresses absorbantes et des champs de laparotomie, dit-elle. Le ventre est plein de sang.

— La tension est à peine perceptible. On est à cinq.

— Voilà le O négatif et le plasma ! Je fais passer.

— Que quelqu'un garde un œil sur la fréquence cardiaque. Qu'on me dise comment elle évolue, ordonna Catherine.

— Tachycardie sinusale. On arrive à cent cinquante.

Elle traversa la peau et la graisse sous-cutanée, ignorant le saignement de la paroi abdominale. Elle ne perdait pas de temps avec des saignements de vaisseaux secondaires ; l'hémorragie la plus grave était à l'intérieur de l'abdomen et il fallait l'arrêter. Elle était probablement due à l'éclatement du foie ou du pancréas.

La membrane péritonéale ressortait, tendue par le sang.

— Attention, ça va faire désordre, avertit-elle, la lame en position.

Elle s'attendait à un jaillissement, mais le percement de la membrane libéra un tel flot de sang qu'elle paniqua un instant. Le sang se répandit sur les linges et coula sur le plancher. Il tacha sa blouse, sa chaleur passant à travers les manches. Et il continuait de s'échapper en une rivière satinée.

Elle mit en place des rétracteurs pour élargir la plaie et dégager le champ. Littman inséra le cathéter. Le sang monta dans le tube en gargouillant et un flot rouge éclaboussa le ballon de verre.

— D'autres champs de laparo ! cria Catherine pour se faire entendre par-dessus le bruit de succion.

Elle avait fourré une demi-douzaine de compresses absorbantes dans la plaie et les regardait devenir rouges comme par magie, saturées en quelques secondes. Elle les retira et les remplaça par de nouvelles, qu'elle entassa de tous les côtés.

— Je vois des ESV sur le moniteur ! lança une infirmière.

— Merde, j'ai déjà pompé deux litres dans le réservoir, dit Littman.

Catherine leva les yeux et vit que la perfusion était très rapide. C'était le tonneau des Danaïdes. Le sang qu'ils injectaient dans les veines ressortait aussitôt par la blessure. Ils n'arrivaient pas à suivre. Elle ne pouvait refermer des vaisseaux sanguins immergés dans une mer de sang, elle ne pouvait opérer à l'aveuglette.

Elle retira les compresses, lourdes et dégoulinantes, et en fourra d'autres dans la plaie. L'espace d'un instant, elle y vit plus clair. Le sang suintait du foie, mais il n'y avait pas de blessure apparente. Il semblait sourdre de toute la surface de l'organe.

— Je n'ai plus de tension ! s'alarma une infirmière.

— Clamp ! ordonna Catherine, et l'instrument lui fut immédiatement placé d'un coup sec dans la main. Je vais tenter une manœuvre de Pringle. Barrows, introduisez d'autres compresses dans la plaie !

L'étudiant en médecine sursauta et tendit brusquement la main vers le plateau, renversant la pile de compresses. Il les regarda avec horreur tomber par terre.

Une infirmière déchira un paquet neuf.

— On les met à l'intérieur du patient, pas sur le linoléum, fit-elle d'un ton sec.

Elle croisa le regard de Catherine et une même pensée se lut dans leurs yeux : Et ça veut devenir médecin ?

— Où je les pose ? demanda Barrows.

— Dégagez le champ. Je n'y vois rien avec tout ce sang !

Elle lui laissa quelques secondes pour éponger la plaie, puis y plongea la main et déchira le petit épiploon. En guidant le clamp à partir du côté gauche, elle trouva le pédicule hépatique à travers lequel passaient l'artère du foie et la veine porte. Ce n'était qu'une solution provisoire, mais si elle parvenait à arrêter la circulation à cet endroit, peut-être réussirait-elle à enrayer l'hémorragie. Cela leur ferait gagner un temps précieux pour stabiliser la tension artérielle, transfuser davantage de sang et de plasma.

Elle referma le clamp, obturant les vaisseaux sanguins du pédicule. À sa grande consternation, le sang suintait toujours autant.

— Vous êtes sûre que vous avez bien le pédicule ?

— J'en suis certaine et je sais que ça ne vient pas du rétropéritoine.

— Peut-être de la veine hépatique ?

Elle prit à la hâte deux compresses sur le plateau. C'était la manœuvre de la dernière chance. Plaçant les compresses sur la surface du foie, elle pressa l'organe entre ses mains gantées.

— Qu'est-ce qu'elle fait ? demanda Barrows.

— Compression hépatique, répondit Littman. Ça permet parfois de rapprocher les bords de lacérations cachées. De contenir l'exsanguination.

Tous les muscles des épaules et des bras de Catherine se tendaient dans son effort pour maintenir la pression, retenir le flot.

— Ça coule toujours, dit Littman. Ça ne marche pas.

Elle regarda dans la plaie et constata que le sang continuait de s'accumuler. D'où vient ce putain de saignement ? pensa-t-elle. Elle remarqua soudain que le sang suintait à d'autres endroits. Pas seulement du foie, mais aussi de la paroi abdominale, du mésentère. Des bords de l'incision de la peau.

Elle jeta un coup d'œil au bras gauche du patient, qui dépassait des linges stériles. Le pansement était imbibé de sang.

— Je veux immédiatement cinq unités de plaquettes sanguines et du plasma frais congelé, ordonna-t-elle. Et préparez une perfusion d'héparine. Dix mille unités d'intraveineuse en une fois, puis mille unités par heure.

— De l'héparine ? répéta Barrows, stupéfait. Mais il perd son sang...

— C'est de la coagulation intravasculaire disséminée, dit Catherine. Il a besoin d'anticoagulant.

— Nous n'avons pas encore les résultats du labo, fit remarquer Littman en la regardant. Comment savez-vous qu'il s'agit de CIVD ?

— Quand on aura les résultats des tests de coagulation, il sera trop tard. Il faut faire quelque chose *maintenant.* Allez-y, ajouta-t-elle avec un signe de tête à l'intention de l'infirmière.

L'infirmière enfonça l'aiguille dans le cathéter d'injection intraveineuse. L'héparine était un coup de dés désespéré. Si le diagnostic de Catherine était correct, si le patient souffrait effectivement de coagulation intravasculaire disséminée, cela voulait dire qu'un nombre important de caillots se formaient comme une grêle microscopique dans le flux sanguin et qu'ils dévoraient les précieux facteurs de coagulation et les plaquettes sanguines. Un traumatisme grave, une infection ou un cancer caché pouvaient déclencher la formation de caillots en cascade incontrôlée. Du fait que la CIVD consommait entièrement les facteurs de coagulation et les plaquettes, tous nécessaires pour que le sang se coagule, une hémorragie se déclarait. Pour faire cesser la CIVD, il fallait administrer de l'héparine, un anticoagulant. Le traitement avait quelque chose d'étrangement paradoxal. C'était quitte ou double. Si Catherine se trompait dans son diagnostic, l'héparine allait aggraver le saignement.

Comme si ça pouvait aller plus mal. Son dos la faisait souffrir et ses bras tremblaient sous l'effort qu'elle faisait pour maintenir le foie sous pression. Une goutte de sueur coula le long de sa joue et entra dans son masque.

— Traumato 2, j'ai les résultats de M. X, annonça le gars du labo dans l'Interphone.

— Allez-y, dit l'infirmière.

— Le compte des plaquettes est descendu à mille. Pour la prothrombine, on est à trente et il y a des produits de dégradation de la fibrine. Il semble que ce soit un cas aigu de CIVD.

Catherine surprit le regard stupéfait de Barrows. *Les étudiants en médecine sont si faciles à impressionner.*

— Il est en V sur le tachymètre ! En V !

Catherine regarda l'écran, en travers duquel tressautait une ligne en dents de scie.

— La tension ?

— Plus rien.

— Commencez la réanimation cardio-pulmonaire. Littman, occupez-vous de ça.

C'était la fébrilité la plus totale, tous s'agitaient autour d'elle. Un coursier entra en trombe avec des plaquettes et du plasma frais. Elle entendit Littman ordonner qu'on aille chercher des cardiotoniques, vit une infirmière poser les mains sur le sternum et commencer à exercer des pressions rythmiques sur la poitrine, sa tête montant et descendant alternativement comme un oiseau mécanique en train de picorer. À chaque compression cardiaque, elle perfusait le cerveau et le maintenait en vie. Mais, en même temps, elle alimentait l'hémorragie.

Catherine regarda dans la cavité abdominale du patient. Elle compressait toujours le foie, contenant ainsi la marée de sang. Était-ce un effet de son imagination, ou bien le sang, qui avait dégouliné comme des rubans rouges entre ses doigts, coulait plus lentement ?

— Allons-y pour l'électrochoc, dit Littman. Cent joules...

— Non, attendez. La fréquence est revenue !

Catherine jeta un coup d'œil à l'écran. Tachycardie sinusale ! Le cœur avait recommencé à battre, et du coup envoyait aussi du sang dans les artères, risquant de favoriser l'hémorragie.

— On est en train de perfuser ? Quelle est la tension ?

— On est à... neuf-quatre. *Oui !*

— La fréquence est stable. Il maintient la tachycardie sinusale.

Catherine regarda à l'intérieur de l'abdomen. Le saignement n'était plus qu'un suintement à peine perceptible. Elle était là à serrer le foie entre ses mains et à écouter le bip régulier du moniteur. Une vraie musique !

— Je crois qu'on l'a tiré d'affaire, les amis, dit-elle.

Catherine retira sa blouse et ses gants maculés de sang et suivit le chariot qui emmenait M. X hors de traumato 2. Les muscles de ses épaules tremblaient de fatigue, mais c'était une bonne fatigue. L'épuisement qui suit la victoire. Les infirmières poussèrent le chariot dans l'ascenseur pour conduire le patient au pavillon de soins chirurgicaux intensifs. Elle s'apprêtait à entrer à son tour dans l'ascenseur quand elle s'entendit appeler.

Elle se retourna et vit un homme et une femme qui s'approchaient d'elle. La femme était petite, l'air pas commode, une brune au regard direct comme un laser. Elle portait un ensemble bleu strict qui lui donnait une allure presque militaire. L'homme avait une quarantaine d'années, les cheveux poivre et sel. Les traits de son visage, d'une beauté sobre, étaient marqués. C'étaient ses yeux, gris clair, insondables, qui attiraient son regard.

— Docteur Cordell ? demanda-t-il.

— Oui.

— Inspecteur Thomas Moore. Voici l'inspecteur Rizzoli. Nous sommes de la Brigade criminelle.

Il leva sa plaque, mais ç'aurait pu aussi bien être un badge de Prisunic. C'est tout juste si elle y jeta un coup d'œil ; c'est lui qui mobilisait son attention.

— Peut-on s'entretenir avec vous en privé ?

Elle regarda les infirmières qui attendaient avec M. X dans l'ascenseur.

— Allez-y, dit-elle. Le Dr Littman remplira la feuille de soins.

Elle attendit que la porte de l'ascenseur soit refermée pour s'adresser à l'inspecteur Moore.

— Si ça concerne le blessé qui vient d'être admis, je vous signale qu'il va s'en sortir.

— Nous ne sommes pas venus pour un patient.

— Vous ne m'avez pas dit que vous étiez de la Criminelle ?

— Si.

C'est son ton calme qui l'alarma, qui l'avertit de se préparer à de mauvaises nouvelles.

— Ce n'est pas... Oh ! mon Dieu ! j'espère que ce n'est pas à propos de quelqu'un que je connais.

— Ça concerne Andrew Capra. Et ce qui vous est arrivé à Savannah.

Pendant quelques instants, elle fut incapable de parler. Elle sentit tout à coup ses jambes flageoler et tendit la main vers le mur comme pour se retenir.

— Docteur Cordell ? dit Moore, soudain inquiet. Ça va ?

— Je crois... je crois que le mieux est que nous allions dans mon bureau, murmura-t-elle.

Elle tourna brusquement les talons et sortit du service des urgences. Elle ne se retourna pas pour voir si les inspecteurs la suivaient et continua d'avancer, fuyant vers le havre de sécurité de son bureau, dans le bâtiment attenant. Elle entendait le bruit de leurs pas juste derrière elle et poursuivait son chemin à travers ce vaste complexe qu'était le centre médical Pilgrim.

Ce qui vous est arrivé à Savannah.

Elle n'avait pas envie d'en parler. Elle avait espéré ne plus jamais avoir à en parler à qui que ce soit. Mais c'étaient des inspecteurs de police et elle ne pouvait éluder leurs questions.

Ils arrivèrent enfin devant une porte sur laquelle une plaque indiquait :

Dr Peter Falco — Dr Catherine Cordell
Chirurgie générale et vasculaire.

Elle entra dans le premier bureau et la réceptionniste leva les yeux avec un sourire de bienvenue automatique. Il se figea sur ses lèvres quand elle vit le visage terreux de Catherine et remarqua les deux inconnus qui la suivaient.

— Quelque chose ne va pas, docteur Cordell ?

— Nous allons dans mon bureau, Helen. Soyez aimable de ne pas me passer de communications.

— Votre premier patient arrive à dix heures. Le suivi de la splénectomie de M. Tsang...

— Annulez le rendez-vous.

— Mais il vient de Newbury et il est déjà probablement en route.

— Bon, alors faites-le attendre. Mais, je vous en prie, pas de communications.

Ignorant le regard perplexe de Helen, Catherine se dirigea droit vers son bureau, Moore et Rizzoli sur ses talons. Elle voulut prendre immédiatement sa veste blanche de labo, mais elle n'était pas pendue à la patère de la porte, où elle la laissait toujours. Ce n'était qu'une légère contrariété, mais, ajoutée à son trouble, c'était plus qu'elle n'en pouvait supporter. Elle jeta un coup d'œil circulaire dans la pièce à la recherche de sa veste blanche, comme si sa vie en dépendait. Elle l'aperçut, pliée sur le classeur, et éprouva un soulagement irrationnel en la prenant avant de battre en retraite derrière son bureau. Elle s'y sentait plus en sécurité, barricadée derrière la surface luisante en bois de rose. Plus en sécurité et maîtresse de la situation.

La pièce était soigneusement ordonnée, comme l'était toute chose dans sa vie. Elle ne supportait pas le laisser-aller. Ses dossiers étaient rangés en deux piles bien nettes sur le bureau, ses livres, en ordre alphabétique par auteur sur les étagères. Son ordinateur bourdonnait doucement, des motifs géométriques évoluaient sur l'écran, diffusés par l'économiseur. Elle enfila sa blouse de labo pour cacher son haut taché de sang. Cette couche supplémentaire d'uniforme était comme une autre barrière protectrice, une autre barrière contre les dangereux caprices de la vie.

Assise derrière son bureau, elle regardait Moore et Rizzoli inspecter la pièce pour prendre, à n'en pas douter, la mesure de son occupante. Ce rapide examen visuel, cette évaluation de la personnalité étaient-ils automatiques chez les gens de la police ? Catherine se sentait mise à nu, vulnérable.

— J'ai bien conscience qu'il vous est pénible de revenir sur le sujet, dit Moore en s'asseyant.

— Vous ne savez pas à quel point. Ça s'est passé il y a deux ans. Pourquoi remettre ça sur le tapis maintenant ?

— À cause de deux affaires de meurtre, des meurtres qui ont eu lieu ici, à Boston.

Catherine fronça les sourcils.

— Mais j'ai été agressée à Savannah !

— Oui, je sais. Il existe une banque de données nationale sur les crimes, appelée VICAP. Lorsque nous avons effectué une recherche sur VICAP pour essayer de trouver des meurtres similaires à ceux commis ici, le nom d'Andrew Capra est sorti.

Catherine resta silencieuse un moment, digérant l'information. Rassemblant son courage pour poser la question logique qui venait ensuite. Elle réussit à la poser calmement :

— De quelles similitudes s'agit-il ?

— La manière dont les femmes ont été immobilisées et maîtrisées. Le genre d'instruments coupants utilisés. Le...

Moore marqua un temps d'arrêt, s'efforçant de formuler les choses de la façon la plus délicate possible.

— Le choix de la mutilation, acheva-t-il à voix basse.

Catherine s'agrippa au bureau à deux mains, luttant pour repousser une sensation de nausée. Son regard tomba sur les dossiers empilés si soigneusement devant elle. Elle repéra une marque d'encre bleue sur la manche de sa veste blanche.

Vous avez beau vous efforcer de maintenir de l'ordre dans votre vie, vous avez beau veiller à vous prémunir contre les erreurs, les imperfections, il y a toujours une bavure, un défaut inaperçu quelque part. Qui vous attend au tournant.

— Parlez-moi d'elles, dit-elle. De ces deux femmes.

— Nous n'avons pas la liberté de vous révéler grand-chose.

— Que pouvez-vous m'en dire ?

— Pas plus que ce qui a été dit dans le *Globe* de dimanche.

Il lui fallut quelques secondes pour assimiler ces paroles. Elle se raidit, incrédule.

— Ces meurtres... sont récents ?

— Le dernier a eu lieu vendredi.

— Tout cela n'a rien à voir avec Andrew Capra. Avec moi.

— Il y a des similitudes frappantes.

— C'est une pure coïncidence. Il ne peut en être autrement. Je croyais que vous parliez de crimes anciens. De quelque chose que Capra aurait fait il y a des années. Pas la semaine dernière.

Elle repoussa brusquement sa chaise.

— Je ne vois pas comment je pourrais vous être utile.

— Docteur Cordell, ce meurtrier connaît des détails qui n'ont jamais été révélés au public. Il a des informations sur les agressions de Capra que personne ne connaît en dehors des enquêteurs de Savannah.

— Peut-être devriez-vous alors vous adresser à eux, à ceux qui savent.

— Vous êtes l'un d'eux, docteur Cordell.

— Au cas où vous l'auriez oublié, j'étais la *victime*.

— Avez-vous parlé en détail de votre affaire à quelqu'un ?

— Uniquement aux policiers de Savannah.

— Vous n'en avez jamais parlé longuement avec des amis ?

— Non.

— Avec des membres de votre famille ?

— Non.

— Vous avez bien dû vous confier à quelqu'un.

— Je n'en parle pas. Jamais.

Il fixa sur elle un regard incrédule.

— Jamais ?

— Jamais, murmura-t-elle en détournant les yeux.

Il y eut un long silence. Puis Moore demanda avec douceur :

— Avez-vous entendu parler d'Elena Ortiz ?

— Non.

— De Diana Sterling ?

— Non. Ce sont les femmes qui...

— Oui. Ce sont les victimes.

Elle avala péniblement sa salive.

— Leur nom ne me dit rien.

— Vous n'étiez pas au courant de ces meurtres ?

— J'ai pour principe d'éviter de lire quoi que ce soit de tragique. Tout simplement parce que je ne le supporte pas.

Elle eut un soupir de lassitude.

— Comprenez-le, je vois tant de choses horribles dans la salle des urgences que, lorsque je rentre chez moi en fin de journée, j'ai envie de tranquillité. J'ai envie de me sentir en sécurité. Je n'éprouve nullement le besoin de lire ce qui se passe dans le monde... toute cette violence.

Moore sortit deux photos de sa veste et les fit glisser vers elle sur le bureau.

— Est-ce que vous reconnaissez l'une de ces femmes ?

Catherine regarda leurs visages. Celle de gauche avait les yeux sombres, le sourire aux lèvres, les cheveux au vent. L'autre était une blonde éthérée, le regard rêveur et lointain.

— La brune est Elena Ortiz, dit Moore. L'autre, Diana Sterling. Diana a été assassinée il y a un an. Est-ce que ces visages vous disent quelque chose ?

Elle secoua la tête.

— Diana Sterling habitait à Back Bay, à moins d'un kilomètre de votre domicile. L'appartement d'Elena Ortiz est à deux rues au sud de cet hôpital. Vous auriez très bien pu les croiser. Êtes-vous absolument certaine de n'en reconnaître aucune ?

— Je ne les ai jamais vues.

Elle tendit les photos à Moore et s'aperçut soudain que sa main tremblait. Il l'avait sûrement remarqué en reprenant les photos, quand ses doigts effleurèrent les siens. Il devait remarquer beaucoup de choses, il était de la police. Elle avait été si troublée qu'elle n'avait guère prêté attention à cet homme. Il s'était montré calme et aimable et elle ne s'était pas du tout sentie menacée. Maintenant seulement elle se rendait compte qu'il l'avait observée attentivement, attendant de surprendre la Catherine Cordell intime. Non pas le chirurgien accompli, la rousse élégante et décontractée, mais la femme, au-delà des apparences.

L'inspecteur Rizzoli prit la parole et, contrairement à Moore, elle ne fit rien pour arrondir les angles. Elle voulait des réponses et ne perdait pas de temps en circonlocutions.

— Quand vous êtes-vous installée ici, docteur Cordell ?

— J'ai quitté Savannah un mois après avoir été agressée, répondit Catherine en adoptant le même ton que Rizzoli.

— Pourquoi avez-vous choisi Boston ?

— Pourquoi pas ?

— C'est loin du Sud.

— Ma mère a passé sa jeunesse dans le Massachusetts. Elle nous emmenait en Nouvelle-Angleterre chaque été. J'avais l'impression de... de rentrer au pays.

— Vous êtes donc ici depuis plus de deux ans ?

— Oui.

— Vous avez fait quoi ?

Catherine fronça les sourcils, embarrassée par la question.

— J'ai travaillé ici, au Pilgrim, avec le Dr Falco. Au service des urgences.

— Alors le *Globe* a fait erreur.

— Pardon ?

— J'ai lu l'article sur vous il y a quelques semaines. Celui sur les femmes chirurgiens. Excellente photo de vous, entre parenthèses. Il dit que vous ne travaillez ici, au Pilgrim, que depuis un an.

Catherine ne répondit pas tout de suite, puis dit calmement :

— C'est exact. Après Savannah, il m'a fallu un certain temps pour...

Elle se racla la gorge.

— Je n'ai commencé à travailler avec le Dr Falco qu'en juillet dernier.

— Et qu'avez-vous fait pendant votre première année à Boston ?

— Je n'ai pas travaillé.

— Qu'avez-vous fait ?

— Rien.

La réponse était nette et définitive, mais c'est tout ce qu'elle pouvait dire. Elle n'avait aucune envie d'expliquer combien cette année avait été humiliante, de décrire ces journées, ces semaines où elle avait peur de sortir de chez elle. Les nuits où le moindre bruit la laissait tremblante de panique. Son lent et pénible retour à la vie courante, lorsque simplement pour prendre l'ascenseur, aller jusqu'à sa voiture la nuit, elle devait faire appel à tout son courage. Elle avait eu, et avait encore, honte de sa faiblesse, et sa fierté lui interdisait de la révéler.

Elle regarda sa montre.

— Mes patients commencent à arriver. Je n'ai vraiment rien d'autre à ajouter.

— Permettez-moi de reprendre les faits, dit Rizzoli en ouvrant un calepin. Il y a un peu plus de deux ans, le soir du 15 juin, vous avez été agressée chez vous par le Dr Andrew Capra. Vous le connaissiez. Un interne avec lequel vous travailliez à l'hôpital.

Elle leva les yeux vers Catherine.

— Vous connaissez déjà les réponses.

— Il vous a droguée et déshabillée, puis vous a attachée au lit. Il vous a terrorisée.

— Je ne vois pas l'intérêt de...

— Il vous a violée.

Les mots, bien que prononcés à voix basse, faisaient l'effet d'une gifle. Catherine ne dit rien.

— Et ce n'était pas sa seule intention.

Bon Dieu, faites-la taire.

— Il voulait vous mutiler de la façon la plus atroce. Comme il avait mutilé quatre autres femmes en Georgie. Il leur a ouvert le ventre et leur a enlevé ce qui précisément faisait d'elles des femmes.

— Ça suffit, dit Moore.

Mais Rizzoli continua implacablement.

— Cela aurait pu vous arriver, docteur Cordell.

Catherine secoua la tête.

— Pourquoi faites-vous cela ?

— Docteur Cordell, la seule chose que je veux, c'est mettre la main sur cet individu, et je suis persuadée que vous êtes disposée à nous y aider. Pour empêcher que cela arrive à d'autres femmes.

— Tout cela n'a aucun rapport avec moi ! Andrew Capra est *mort.* Voilà deux ans qu'il est mort.

— Je sais. J'ai lu le rapport d'autopsie.

— Je vous garantis qu'il est mort, rétorqua Catherine. Parce que c'est moi qui ai buté ce salaud.

4

Moore et Rizzoli suaient à grosses gouttes dans la voiture, le ventilateur de la climatisation envoyant de l'air chaud. Ils étaient coincés dans un embouteillage depuis dix minutes et l'intérieur de la voiture commençait à ressembler à un bain turc.

— Les contribuables en ont pour leur argent. Cette bagnole est une vraie saloperie, dit Rizzoli.

Moore arrêta l'air conditionné et baissa la vitre. L'odeur du goudron chaud et des gaz d'échappement envahit la voiture. Il était déjà en nage. Il ne comprenait pas comment Rizzoli pouvait supporter de garder son blazer ; il avait retiré sa veste à l'instant où ils étaient sortis du centre médical Pilgrim, immédiatement enveloppés par une chape d'humidité. Elle ne pouvait pas ne pas sentir la chaleur, sa lèvre supérieure était brillante de sueur — une lèvre qui n'avait probablement jamais connu le rouge à lèvres. Rizzoli n'était pas laide, mais alors que les autres femmes se maquillaient ou mettaient des boucles d'oreilles, elle semblait bien décidée à ne rien faire pour s'embellir. Elle portait des ensembles sombres sinistres qui ne flattaient pas sa charpente menue et négligeait complètement sa tignasse noire bouclée. Elle était comme elle était : ou bien on l'acceptait, ou on allait se faire foutre. Il comprenait cette attitude ; elle lui était vraisemblablement nécessaire pour survivre comme femme flic. Rizzoli était avant tout une survivante.

Comme Catherine Cordell. Mais le Dr Cordell avait adopté une autre stratégie : le repli sur soi-même, la distance. Durant leur entretien, il avait eu l'impression de la regarder à travers un verre dépoli, tant elle semblait lointaine et détachée.

C'était ce détachement qui contrariait Rizzoli.

— Il y a quelque chose qui cloche chez elle, dit-elle. Quelque chose qui manque dans la case « émotions ».

— Elle est chirurgien et spécialisée en traumatologie. Elle est entraînée à garder son sang-froid.

— Il y a une nuance entre garder son sang-froid et être glacial. Il y a deux ans, elle a été ligotée, violée et sur le point d'être étripée. Et maintenant elle en parle avec un tel calme que je me pose des questions.

Moore freina pour s'arrêter au feu rouge et regarda fixement l'intersection embouteillée. La sueur lui dégoulinait dans le creux des reins. La chaleur ne lui réussissait pas ; il se sentait léthargique et abruti. Il attendait avec impatience la fin de l'été, la pureté des premières chutes de neige de l'hiver...

— Hé ! vous m'écoutez ?

— Elle se domine très bien, concéda-t-il.

Mais elle n'est pas de glace, songea-t-il, se souvenant que sa main tremblait quand elle lui avait rendu les photos des deux femmes.

De retour à son bureau, il but à petites gorgées un Coca tiède et relut l'article publié quelques semaines plus tôt dans le *Boston Globe* : « Les femmes qui tiennent le scalpel ». Il était consacré à trois femmes chirurgiens de Boston et parlait de leurs victoires et de leurs difficultés, des problèmes particuliers qu'elles devaient affronter dans leur spécialité. Des trois photos, celle de Cordell était la plus frappante, non seulement parce qu'elle était séduisante, mais à cause de son regard, si fier et direct qu'elle paraissait défier l'appareil. La photo, comme l'article, renforçait l'impression que cette femme était maîtresse de sa destinée.

Il reposa l'article et resta assis là. Il pensait à quel point les premières impressions peuvent être fortes. Avec quelle facilité la souffrance peut être masquée par un sourire, un menton volontaire.

Il ouvrit ensuite un dossier, prit une profonde inspiration et relut le rapport de la police de Savannah sur le Dr Andrew Capra.

Capra avait commis son premier meurtre connu quand il était étudiant en dernière année de médecine à l'université Emory d'Atlanta. La victime était Dora Ciccone, vingt-deux ans, étudiante de troisième cycle à Emory. Son corps avait été retrouvé attaché au lit dans son appartement hors du campus. À l'autopsie, des traces de Rohypnol, le fameux médicament du viol, utilisé pour réduire la résistance des filles, avaient été décelées dans son organisme. Rien n'indiquait qu'il y ait eu effraction.

La victime avait invité l'assassin chez elle.

Une fois droguée, Dora Ciccone avait été ligotée au lit avec une corde en Nylon et bâillonnée avec du Teflon. Le meurtrier l'avait violée avant de pratiquer l'incision.

Elle était vivante pendant l'opération.

Après avoir pratiqué l'excision et prélevé son petit souvenir, il avait donné le coup de grâce : une profonde entaille en travers de la gorge, de gauche à droite. Bien que la police ait disposé de l'ADN de l'assassin, grâce à son sperme, elle n'avait aucune piste. L'enquête était compliquée par le fait que Dora était connue pour la légèreté de ses mœurs ; elle fréquentait les bars locaux et ramenait souvent chez elle des garçons qu'elle venait de rencontrer.

La nuit où elle est morte, celui qu'elle avait emmené chez elle était un étudiant en médecine appelé Andrew Capra. Mais le nom de Capra n'attira l'attention de la police que lorsque trois femmes eurent été assassinées à Savannah, à cinq cents kilomètres de là.

Puis, une lourde nuit de juin, la série de meurtres avait pris fin.

Catherine Cordell, trente et un ans, première interne en chirurgie à l'hôpital Riverland de Savannah, fut très surprise d'entendre frapper à sa porte. Quand elle ouvrit, elle trouva Andrew Capra, l'un des internes en chirurgie, debout sur le seuil. Dans la journée, à l'hôpital, elle l'avait réprimandé à propos d'une erreur qu'il avait commise et il tenait absolument à se racheter. Il lui demanda de le recevoir pour en discuter.

Autour d'une bière, ils passèrent en revue ses états de service : ses erreurs, les patients auxquels il avait pu nuire par sa négligence. Elle n'édulcora pas la vérité : Capra courait à l'échec et ne serait pas autorisé à achever son internat. À un certain moment, Catherine quitta la pièce pour aller aux toilettes, puis elle revint reprendre la conversation et finir sa bière.

Lorsqu'elle reprit ses esprits, elle était nue et attachée au lit par une corde en Nylon.

Le rapport de police décrivait, avec des détails horribles, le cauchemar qu'elle avait vécu ensuite.

Les photos prises à l'hôpital montraient une femme hagarde, une joue contusionnée et affreusement enflée. Ce qu'il voyait sur ces photos se résumait en un mot : *victime.*

Le terme ne s'appliquait pas à la femme sinistrement calme qu'il avait rencontrée dans la journée.

En relisant la déclaration de Cordell, il lui semblait entendre sa voix. Les mots n'étaient plus ceux d'une victime anonyme, mais ceux d'une femme dont il connaissait le visage.

Je ne sais comment j'ai réussi à dégager ma main. Mon poignet est tout égratigné, j'ai donc dû tirer et le passer à travers les boucles de la corde. Excusez-moi, mais les choses ne sont pas claires dans mon esprit. Tout ce dont je me souviens, c'est d'avoir tendu la main pour prendre le scalpel, sachant qu'il se trouvait sur le plateau, que je devais couper la corde avant le retour d'Andrew...

Je me rappelle avoir roulé vers le côté du lit, être à moitié tombée sur le plancher et m'être cogné la tête. Puis j'ai essayé de trouver le revolver. C'est celui de mon père. Après le meurtre de la troisième femme, il a insisté pour que je le garde chez moi.

Je me souviens d'avoir tendu le bras sous le lit, empoigné le revolver. Je me souviens de bruits de pas qui entraient dans la chambre. Puis... je ne sais plus très bien. C'est sans doute à ce moment-là que j'ai tiré sur lui. Oui, je crois que c'est ça. On m'a dit que j'avais tiré deux fois. C'est sûrement vrai.

Moore arrêta de lire et retourna la déclaration dans sa tête. L'examen balistique avait confirmé que les deux balles avaient été tirées par l'arme, enregistrée au nom du père de Catherine, retrouvée par terre près du lit. Les analyses de sang avaient confirmé la présence de Rohypnol, un médicament entraînant une amnésie, de sorte qu'elle avait très bien pu avoir des trous de mémoire. Les médecins affirmaient que lorsque Cordell avait été conduite au service des urgences elle était désorientée, soit par le médicament, soit par une possible commotion. Seul un coup violent à la tête avait pu laisser le visage aussi contusionné et enflé. Elle ne se souvenait pas à quel moment ni comment elle avait été frappée.

Moore tourna son regard vers les photos prises sur le lieu du crime. Andrew Capra était étendu par terre sur le dos. Il avait reçu deux balles, l'une dans l'abdomen, l'autre dans l'œil, toutes les deux tirées de très près.

Il étudia longtemps les photos, notant la position du corps de Capra, les motifs formés par les taches de sang.

Puis il prit le rapport d'autopsie et le lut attentivement deux fois.

Il examina de nouveau les photos.

Il y a quelque chose qui ne colle pas, pensa-t-il. La déclaration de Cordell ne tient pas debout.

Un rapport atterrit soudain sur son bureau. Il leva les yeux, surpris de voir Rizzoli.

— Visez un peu ça, dit-elle.

— Qu'est-ce que c'est ?

— Le rapport sur le cheveu trouvé au bord de la plaie d'Elena Ortiz.

Moore le parcourut du regard jusqu'à la dernière phrase et dit :

— Je n'ai pas la moindre idée de ce que ça signifie.

En 1997, tous les services de police de Boston furent installés dans la même enceinte, située à l'intérieur du tout nouveau complexe sis au 1, Schroeder Plaza, dans le quartier mouvementé de Roxbury. Les flics appelaient leur nouvelle piaule le « palais de marbre » à cause de l'usage immodéré de granit poli qu'on avait fait dans le hall. « Laissez-nous quelques années pour saloper l'endroit et on se sentira chez nous », disaient-ils en plaisantant. Schroeder Plaza ne ressemblait guère aux commissariats miteux qu'on voit dans les films policiers à la télé. C'était un bâtiment moderne et luxueux, éclairé par de grandes baies et des dômes vitrés. Les bureaux de la Criminelle, avec leur moquette et leurs postes de travail équipés d'ordinateurs, auraient pu passer pour le siège d'une grosse société. Ce que les flics appréciaient surtout à Schroeder Plaza, c'était l'intégration de tous les services.

Pour les inspecteurs de la Criminelle, il suffisait de longer le couloir jusqu'à l'aile sud du bâtiment pour rejoindre les services techniques.

Dans le labo des « cheveux et fibres », Moore et Rizzoli regardaient Erin Volchko, médecin légiste, passer en revue sa collection d'enveloppes contenant des indices.

— Je n'avais qu'un seul cheveu pour faire mon boulot, dit-elle. Mais c'est fou ce qu'un cheveu peut vous dire. Ah ! la voilà !

Elle avait retrouvé l'enveloppe portant le numéro de l'affaire Elena Ortiz et en sortait une lamelle.

— Je vais seulement vous montrer de quoi il a l'air au microscope. Les résultats chiffrés sont dans le rapport.

— Ces chiffres-là ? dit Rizzoli en regardant la longue série de résultats codés reportés sur la page.

— Oui. Chaque code décrit une caractéristique des cheveux, depuis leur couleur et leur courbure jusqu'à leurs aspects microscopiques. Celui-ci est un A01 — blond foncé. C'est un B01 : sa courbure, sa « boucle », a un diamètre inférieur à quatre-vingts. Autrement dit, il est raide, mais pas tout à fait. Il mesure quatre centimètres de long. Ce cheveu est malheureusement dans sa phase télogène et aucun tissu épithélial n'y adhère donc.

— Ce qui veut dire qu'il n'y a pas d'ADN.

— Exact. Le télogène est le dernier stade de croissance. Ce cheveu est tombé tout seul, il n'a pas été arraché. S'il y avait des cellules épithéliales sur la racine, nous pourrions utiliser leurs noyaux pour une analyse d'ADN, mais il n'y en a pas.

Rizzoli et Moore échangèrent un regard déçu.

— En revanche, ajouta Erin, nous avons quelque chose de bigrement intéressant. Pas autant que l'ADN, mais qui pourrait tenir devant un tribunal si vous épingliez un suspect. C'est vraiment dommage que nous n'ayons pas de cheveux dans l'affaire Sterling pour comparer.

Elle régla le microscope et s'écarta.

— Regardez.

Comme le microscope comportait un deuxième oculaire, Rizzoli et Moore purent examiner la lamelle simultanément. Ils virent un cheveu sur lequel perlaient de petits nodules.

— Qu'est-ce que c'est que ces renflements ? demanda Rizzoli. Ce n'est pas normal.

— Non seulement ce n'est pas normal, mais c'est rare, répondit Erin. C'est une maladie appelée *Trichorrhexis invaginata,* surnommée « cheveux bambous ». Vous pouvez voir d'où vient ce surnom. Ces petits nodules font ressembler le cheveu à une tige de bambou, vous ne trouvez pas ?

— D'où viennent ces nodules ? demanda Moore.

— D'un défaut dans la fibre du cheveu. Des sections fragiles permettent à la tige de se replier sur elle-même en formant une sorte de boule et d'alvéole.

— Comment s'attrape cette maladie ?

— Parfois à la suite d'un excès de soins capillaires. Teintures, permanentes, etc. Mais comme nous avons vraisemblablement affaire à un homme et qu'il n'y a aucune trace de coloration artificielle, je serais tentée de dire qu'elle n'est pas due à un traitement mais à une anomalie génétique.

— Comme quoi ?

— Le syndrome de Netherton, par exemple. C'est un état autosomique récessif qui affecte la formation de kératine. La kératine est une protéine fibreuse résistante que l'on trouve dans les cheveux et les ongles. Elle forme également la couche supérieure de notre peau.

— S'il y a un défaut génétique et si la kératine ne se forme pas normalement, le cheveu est affaibli ?

Erin hocha la tête.

— Et ce n'est pas seulement le cheveu qui risque d'être affecté. Les personnes atteintes du syndrome de Netherton souffrent parfois aussi de maladies de peau. Des éruptions et des desquamations.

— Nous sommes à la recherche d'un gars qui a de gros problèmes de pellicules ? dit Rizzoli.

— Ça peut être encore plus visible. Certains patients ont une forme grave de cette maladie, appelée ichtyose. Leur peau devient si sèche qu'elle ressemble à celle d'un crocodile.

Rizzoli se mit à rire.

— Alors c'est après l'« homme reptile » que nous en avons ! Ça réduit considérablement le champ de la recherche.

— Pas nécessairement. Nous sommes en été.

— Quel rapport ?

— La chaleur et l'humidité sont bonnes pour les peaux sèches. Il peut avoir une apparence tout à fait normale en cette période de l'année.

Rizzoli et Moore se regardèrent, frappés par la même pensée.

Les deux victimes avaient été assassinées en été.

— Tant que durera cette chaleur, reprit Erin, il passera probablement inaperçu.

— Nous ne sommes qu'en juillet, dit Rizzoli.

Moore acquiesça.

— Sa saison de chasse vient de commencer.

M. X avait maintenant un nom. Les infirmières du service des urgences avaient trouvé une plaque d'identité attachée à son trousseau de clés. Il s'appelait Herman Gwadowski et il avait soixante-neuf ans.

Dans le box du pavillon des soins chirurgicaux intensifs où se trouvait son patient, Catherine passait méthodiquement en revue les écrans et appareils disposés autour de son lit. La courbe qui serpentait sur l'oscilloscope du moniteur indiquait une fréquence normale. Les ondes artérielles faisaient des pointes à onze-sept et la ligne centrale indiquant la pression veineuse montait et descendait comme la houle d'une mer battue par le vent. À en juger par les chiffres, l'opération de M. Gwadowski avait réussi.

Mais il ne se réveillait pas alors que Catherine dirigeait un faisceau lumineux sur sa pupille gauche, puis sur la droite. Près de huit heures après l'intervention, il restait plongé dans un coma profond.

Elle se redressa et regarda sa poitrine se soulever et s'abaisser au rythme du respirateur. Elle avait jugulé l'hémorragie qui allait lui être fatale, mais qu'avait-elle sauvé ? Un corps dont le cœur battait mais dont le cerveau ne fonctionnait pas.

Elle entendit tapoter à la vitre. Elle aperçut son associé, le Dr Falco, qui lui faisait signe, une expression inquiète sur son visage d'ordinaire jovial.

Certains chirurgiens piquent des colères dans la salle d'opération. Après y être entrés, l'air pressé et arrogant, d'autres enfilent leur blouse blanche comme un empereur romain revêtait sa toge. D'autres encore sont des techniciens froids et efficaces pour qui les patients ne sont que des mécaniques dont les rouages exigent des réparations.

Et puis il y avait Peter. L'exubérant, l'amusant Peter, qui chantait à tue-tête, et faux, des chansons d'Elvis Presley en salle d'opération, qui organisait des concours d'avions en papier au bureau et se mettait gaiement à quatre pattes pour jouer aux Lego avec ses patients du service de pédiatrie. Quand elle le vit froncer les sourcils à travers la vitre, elle sortit immédiatement du box.

— Tout va bien ? demanda-t-elle.

— Je viens de finir mes visites.

Il regarda la forêt de tubes et d'appareils autour du lit de M. Gwadowski.

— J'ai entendu dire que tu l'avais tiré d'affaire de main de maître. Une hémorragie du tonnerre de Dieu.

— Je ne sais pas si on peut appeler ça tirer d'affaire. Tout fonctionne à l'exception de la matière grise, dit-elle en se retournant vers son patient.

Ils restèrent silencieux quelques instants en regardant la poitrine de M. Gwadowski se soulever et s'abaisser.

— Helen m'a dit que deux flics sont venus te voir ce matin. Qu'est-ce qui se passe ?

— Rien d'important.

— Tu as oublié de payer tes PV ?

Elle se força à rire.

— Exact, et je compte sur toi pour verser ma caution.

Ils sortirent du service de soins intensifs et longèrent le couloir, Peter, dégingandé, marchant à côté d'elle de son allure bondissante et élastique.

— Tout va bien, Catherine ? s'enquit Peter quand ils furent dans l'ascenseur.

— Pourquoi ? Je n'ai pas l'air d'aller bien ?

— Honnêtement ?

Il examina son visage, le regard de ses yeux bleus si direct qu'elle se sentit mise à nu.

— Tu sembles avoir besoin d'un verre de vin et d'un bon dîner au restaurant. Je t'invite.

— C'est tentant.

— Mais ?

— Mais je crois que je ne vais pas sortir ce soir.

Peter s'étreignit la poitrine comme s'il avait reçu un coup mortel.

— En plein cœur encore une fois ! Dis-moi quelle est la stratégie qui marche avec toi.

Catherine sourit.

— À toi de la trouver.

— Qu'est-ce que tu penses de celle-là ? Mon petit doigt m'a dit que samedi c'est ton anniversaire. Je t'emmène faire un tour dans mon avion.

— Je ne peux pas. Je suis de garde.

— Tu peux te faire remplacer par Ames. Je vais lui en parler.

— Oh ! Peter ! Tu sais que je n'aime pas monter en avion.

— Ne me dis pas que tu as une phobie ?

— C'est seulement que je n'aime pas ne plus maîtriser la situation.

Il hocha la tête, l'air grave.

— Personnalité typique du chirurgien.

— C'est une façon élégante de dire que je suis coincée.

— Alors, c'est non ? Je n'ai aucune chance de te faire changer d'avis ?

— Je ne crois pas.

Il soupira.

— Bon, j'ai usé de toutes mes armes. C'est tout ce que j'ai dans ma panoplie.

— Je sais. Mais tu vas revenir à la charge.

— C'est ce que me recommande Helen.

Elle lui lança un regard de surprise.

— Helen te briefe pour me convaincre de sortir avec toi ?

— Elle dit qu'elle ne supporte pas le spectacle désolant d'un homme qui se cogne la tête contre une forteresse imprenable.

Ils rirent en sortant de l'ascenseur pour se diriger vers leurs bureaux, le rire de deux collègues qui savaient que ce n'était qu'un jeu. En en restant là, aucun ne risquait d'être blessé dans ses sentiments. Un petit flirt sans conséquence. Il l'invitait à sortir en badinant, elle refusait sur le même ton et toute l'équipe était de la partie.

Il était déjà cinq heures et demie et leurs assistants étaient partis. Peter entra dans son bureau et Catherine dans le sien pour y laisser sa blouse blanche et prendre son sac. En accrochant la blouse à la patère, une pensée lui vint.

Elle traversa le couloir et passa la tête dans le bureau de Peter. Il était en train de revoir des résultats d'analyse, ses lunettes de vue sur le nez. Contrairement au bureau impeccablement ordonné de Catherine, le sien était un vrai capharnaüm. La corbeille était pleine d'avions en papier. Des traités et des revues de chirurgie s'entassaient sur des chaises. Un pan de mur était presque recouvert par un philodendron déchaîné. Les diplômes de Peter disparaissaient sous cette jungle de feuilles : un diplôme d'ingénierie aéronautique du Massachusetts Institute of Technology et un doctorat de l'école de médecine de Harvard.

— Peter ? C'est une question stupide, mais...

Il la regarda par-dessus ses lunettes.

— Dans ce cas, tu as tapé à la bonne porte.

— Es-tu allé dans mon bureau ?

— Dois-je appeler mon avocat avant de répondre ?

— Allez. Je parle sérieusement.

Il se redressa et son regard devint plus perçant.

— Non. Pourquoi ?

— C'est sans importance.

Elle se tourna pour s'en aller et l'entendit se lever. Il la suivit dans son bureau.

— Qu'est-ce qui est sans importance ? demanda-t-il.

— Je suis une maniaque de l'ordre, c'est tout. Je m'irrite quand les choses ne sont pas où elles devraient être.

— Par exemple ?

— Ma blouse. Je la suspends toujours à la porte et je la retrouve Dieu sait pourquoi sur le classeur ou sur une chaise. Je sais que ce n'est pas Helen ni une autre secrétaire. Je le leur ai demandé.

— C'est probablement la femme de ménage.

— Et puis je n'arrive pas à remettre la main sur mon stéthoscope et ça me rend folle.

— Tu ne l'as toujours pas retrouvé ?

— J'ai dû emprunter celui de l'infirmière-chef.

Il jeta un coup d'œil autour de la pièce, le sourcil froncé.

— Il est là.

Il se dirigea vers une étagère, où le stéthoscope était enroulé à côté d'un serre-livres. Elle le prit sans mot dire en le regardant comme un objet bizarre, un serpent noir pendant dans sa main.

— Qu'est-ce qui t'arrive ?

Elle prit une profonde inspiration.

— Je crois que c'est la fatigue, répondit-elle en fourrant l'appareil dans la poche gauche de sa blouse, où elle le laissait toujours.

— Tu es sûre qu'il n'y a pas autre chose ?

— J'ai besoin de rentrer chez moi.

Elle sortit de son bureau, suivie par Peter.

— Ça a à voir avec la visite de ces flics ? Si tu as des ennuis... si je peux t'aider...

— Je n'ai pas besoin d'aide, merci, rétorqua-t-elle plus froidement qu'elle ne l'aurait voulu.

Elle le regretta immédiatement. Peter ne méritait pas ça.

— Tu sais, ça ne me gênerait pas si tu me demandais un service de temps à autre, dit-il doucement. C'est normal quand on travaille ensemble, tu ne crois pas ?

Elle ne répondit pas. Il repartit vers son bureau.

— À demain.

— Peter ?

— Oui ?

— À propos de ces deux inspecteurs... Et de la raison de leur visite...

— Tu n'es pas obligée de me le dire.

— Non, mieux vaut que je t'en parle. Si je ne le faisais pas, tu me poserais des questions. Ils sont venus m'interroger sur une affaire de meurtre. Une femme a été assassinée vendredi soir. Ils pensaient que je la connaissais peut-être.

— Et ?

— Non. C'était une erreur. Seulement une erreur, ajouta-t-elle après un soupir.

Catherine tourna le verrou, qui se referma avec un claquement rassurant, puis mit la chaîne en place. Une ligne de défense supplémentaire contre les horreurs sans nom qui rôdaient au-dehors. Barricadée dans son appartement, elle retira ses chaussures, posa son sac et ses clés de voiture sur la console en merisier et, en collants, entra dans le séjour moquetté de blanc. Il régnait une fraîcheur agréable dans l'appartement grâce au miracle de l'air conditionné. Dehors, il faisait trente degrés, mais ici la température ne dépassait jamais vingt et un en été et ne descendait pas au-dessous de vingt en hiver. Il y avait peu de choses que l'on pouvait déterminer à l'avance dans sa vie et elle s'efforçait de maintenir un certain ordre à l'intérieur de l'espace circonscrit de la sienne. Elle avait élu domicile dans ce petit immeuble de douze appartements de Commonwealth Avenue parce qu'il était tout neuf et qu'il disposait d'un parking équipé d'un système de sécurité. Il n'avait pas le charme des immeubles anciens en brique rouge de Back Bay, mais n'en avait pas non plus les inconvénients : installations électriques et plomberie vétustes, etc. Catherine supportait mal ce genre d'incertitudes. Son appartement était impeccable et, à l'exception de quelques taches de couleurs vives, il était tout blanc. Carrelage blanc, moquette blanche, canapé blanc. La couleur de la pureté, de la virginité.

Elle se déshabilla dans la chambre, suspendit sa jupe et mit son chemisier de côté pour le porter au pressing. Puis elle passa un pantalon ample et un chemisier en soie sans manches. Quand elle entra pieds nus dans la cuisine, elle se sentait calme, maîtresse d'elle-même.

Ce qu'elle n'avait pas été dans la journée. La visite des deux inspecteurs l'avait secouée et, tout l'après-midi, elle s'était surprise à commettre des fautes d'inattention. Elle ne prenait pas la bonne fiche de labo, écrivait un chiffre erroné sur une feuille de température. Des erreurs sans gravité, mais elles étaient comme des vaguelettes qui troublaient la surface d'eaux agitées en profondeur. Pendant les deux années qui s'étaient écoulées depuis, elle avait réussi à ne plus penser à ce qui s'était passé à Savannah. Il arrivait de temps en temps qu'un souvenir lui revienne sans crier gare, mais elle l'écartait en douceur et tournait prestement son esprit vers d'autres idées. Mais aujourd'hui, elle ne pouvait éviter de se rappeler ces souvenirs, elle ne pouvait faire comme si ce qui était arrivé à Savannah ne s'était jamais produit.

Les carreaux de la cuisine étaient frais sous ses pieds nus. Elle se prépara une vodka-orange légère et la but à petites gorgées pendant qu'elle râpait du parmesan et coupait des tomates, des oignons et des fines herbes. Elle n'avait rien mangé depuis le petit déjeuner et l'alcool passait directement dans son sang. L'effet de la vodka était agréable et anesthésiant. Le raclement régulier du couteau contre la planche à découper, le parfum du persil et du basilic frais la réconfortaient. La cuisine comme thérapie.

Devant la fenêtre de sa cuisine, Boston était un chaudron surchauffé — embouteillages et accès de colère —, alors qu'ici, calfeutrée derrière la vitre, elle faisait sauter tranquillement les tomates dans l'huile d'olive, se versait un verre de chianti et mettait de l'eau à chauffer pour les pâtes fraîches. L'air frais sortait en sifflant du climatiseur.

Elle s'assit devant le plat de pâtes, la salade et le verre de vin et mangea avec Debussy en fond sonore sur le lecteur de CD. Malgré sa faim et le soin qu'elle avait apporté à la préparation de son repas, tout lui paraissait insipide. Elle se força à manger, mais elle avait l'impression d'avoir la gorge bloquée, comme si elle avait avalé quelque chose d'épais et de pâteux. Un deuxième verre de vin n'y fit rien. Elle reposa sa fourchette et regarda son dîner à moitié mangé. La musique enfla et la submergea comme des déferlantes.

Elle enfouit son visage dans ses mains. Au début, aucun son ne sortit. Tout se passait comme si son chagrin avait été longtemps refoulé, sans cesse contenu. Puis une plainte aiguë s'échappa de sa gorge, un son ténu. Elle ouvrit la bouche et un cri éclata, emporté par deux ans de souffrance libérée d'un seul coup. La violence de ses émotions l'effraya, parce qu'elle était incapable de les contenir, de mesurer la profondeur de sa douleur et de savoir si elle prendrait jamais fin. Elle cria à en avoir la gorge irritée, la poitrine agitée de spasmes, le bruit de ses sanglots piégé dans son appartement hermétiquement clos.

Enfin, vidée de toutes ses larmes, elle s'étendit sur le canapé et, épuisée, sombra immédiatement dans un profond sommeil.

Elle se réveilla en sursaut dans l'obscurité. Son cœur battait à toute allure, son chemisier était trempé de sueur. Avait-elle été réveillée par un bruit ? Un crissement sur les carreaux, des pas ? Qu'est-ce qui l'avait tirée de son sommeil ? Elle n'osait bouger de crainte de manquer un bruit révélateur de la présence d'un intrus.

Des lumières mouvantes entraient par la fenêtre, les phares d'une voiture. Son séjour fut brièvement éclairé et retomba dans l'obscurité. Elle écouta le sifflement doux de l'air conditionné, le bourdonnement léger du réfrigérateur. Rien d'anormal. Rien qui pût inspirer cette sensation écrasante de terreur.

Elle s'assit et rassembla son courage pour presser l'interrupteur de la lampe. Les horreurs sorties de son imagination s'évanouirent instantanément dans la lumière chaude. Elle se leva et passa d'une pièce à l'autre en allumant partout, regardant dans les placards. En faisant appel à sa raison, elle savait que personne n'était entré chez elle, que son appartement, avec son système d'alarme sophistiqué, ses verrous de sécurité et ses fenêtres hermétiquement fermées, était aussi bien protégé que possible. Mais elle n'eut de cesse qu'elle n'eût accompli le rituel et fouillé tous les coins sombres. Alors seulement, enfin persuadée que nul n'avait attenté à sa sécurité, elle put se remettre à respirer librement.

Il était dix heures et demie. Mercredi. *J'ai besoin de parler à quelqu'un. Ce soir, je ne peux m'en sortir seule.*

Elle s'assit à son bureau, mit en marche son ordinateur et regarda l'écran s'allumer. Cet assemblage de fils et de composants électroniques était vital pour elle, sa thérapie, le seul endroit sûr où elle pouvait épancher sa douleur.

Elle se connecta à Internet, rentra CCORD, son pseudo, et en quelques clics de souris, quelques mots tapés sur le clavier, navigua jusqu'au *chat* appelé, simplement, *Womanhelp*.

Une demi-douzaine de pseudos apparaissaient là. Des femmes sans visage, toutes attirées par ce havre de paix anonyme du cyberespace. Elle regarda un moment les messages se dérouler sur l'écran, entendant mentalement les voix de ces femmes blessées qu'elle n'avait jamais rencontrées en dehors de ce lieu virtuel.

LAURIE45 : Alors, qu'est-ce que tu as fait ?

VOTIVE : Je lui ai dit que je n'étais pas prête, que j'avais encore des réminiscences. Je lui ai dit que si je comptais pour lui, il aurait la patience d'attendre.

FEMME-FAT : Tu as bien fait.

WINKY98 : Ne te laisse pas bousculer.

LAURIE45 : Comment il a réagi ?

VOTIVE : Il a dit que je devais SURMONTER ÇA. Que j'étais une poule mouillée ou quelque chose de ce genre.

WINKY98 : Il faudrait que les hommes se fassent violer ! ! !

FEMME-FAT : Il m'a fallu deux ans avant de pouvoir recommencer.

LAURIE45 : Moi, plus d'un an.

WINKY98 : Tous ces mecs ne pensent qu'à leur bite. C'est tout ce qui compte pour eux. Tout ce qu'ils veulent, c'est satisfaire leur MACHIN.

LAURIE45 : Hou là là ! Tu en as marre ce soir, Wink.

WINKY98 : Peut-être. Il m'arrive de penser que l'idée de Lorena Bobbitt était bonne.

FEMME-FAT : Wink sort son couperet !

VOTIVE : Je ne crois pas qu'il ait envie d'attendre. Je suis persuadée qu'il va renoncer.

WINKY98 : Tu mérites qu'on t'attende. Tu LE MÉRITES !

Quelques secondes passèrent sans nouveaux messages. Puis :

LAURIE45 : Salut CCORD. Ça fait plaisir de te revoir.

Catherine pianota.

CCORD : Je vois que vous parlez encore des hommes.

LAURIE45 : Ouais. Comment ça se fait qu'on n'arrive jamais à sortir de ce sujet éculé ?

VOTIVE : Parce que ce sont eux qui nous font du mal.

Autre long silence. Catherine prit une profonde inspiration et tapa :

CCORD : J'ai eu une mauvaise journée.

LAURIE45 : Raconte-nous, CC. Qu'est-ce qui s'est passé ?

Catherine pouvait presque entendre le roucoulement de ces voix de femmes, leurs murmures apaisants, à travers l'éther.

CCORD : J'ai eu un accès de panique ce soir. Je suis chez moi, enfermée à double tour, où personne ne peut m'atteindre, et ça m'arrive quand même.

WINKY98 : Ne le laisse pas gagner la partie. Ne le laisse pas te garder prisonnière.

CCORD : C'est trop tard. Je suis prisonnière. Parce que je me suis rendu compte de quelque chose de terrible ce soir.

WINKY98 : Quoi donc ?

CCORD : Le mal ne meurt pas. Il ne meurt jamais. Il prend seulement un nouveau visage, un nouveau nom. Ce n'est pas parce que nous avons été blessées une fois que nous sommes à l'abri de l'être encore. La foudre peut tomber deux fois au même endroit.

Aucune ne tapa de nouveau message. Aucune ne répondit.

Nous avons beau faire attention, le mal sait où nous habitons, pensa-t-elle. Il sait comment nous retrouver.

Une goutte de sueur dégoulina dans son dos.

Et je le sens maintenant. Je le sens qui se rapproche.

Nina Peyton ne va nulle part, elle ne voit personne. Voilà des semaines qu'elle n'est pas allée à son travail. Aujourd'hui, j'ai téléphoné à son bureau à Brookline, où elle travaille comme représentante, et son collègue m'a dit qu'il ne savait pas quand elle reviendrait. Elle est comme un animal blessé, terrée dans sa tanière, terrifiée à l'idée de faire un pas dehors dans la nuit. Elle sait ce que la nuit lui réserve, parce qu'elle a été touchée par le mal qu'elle recèle, et même maintenant elle le sent filtrer comme de la vapeur à travers les murs de chez elle. Les rideaux sont tirés, mais le tissu est fin et je la vois aller et venir à l'intérieur. Sa silhouette est pelotonnée sur elle-même, les bras serrés contre sa poitrine, ses mouvements sont hachés et mécaniques.

Elle vérifie les verrous de la porte, les clenches des fenêtres. Elle tente d'empêcher l'obscurité d'entrer.

On doit étouffer dans cette petite maison. La nuit est comme une vapeur et elle n'est pas équipée du moindre climatiseur. Elle est restée à l'intérieur toute la soirée, les fenêtres fermées malgré la chaleur. Je l'imagine luisante de sueur, après avoir souffert pendant cette longue et chaude journée, tenaillée par l'envie de laisser entrer de l'air frais, mais effrayée à la pensée de ce qu'elle pourrait laisser entrer en même temps.

Elle passe une nouvelle fois devant la fenêtre. S'arrête. S'attarde là, encadrée par le rectangle de lumière. Puis le rideau s'écarte d'un seul coup et elle tend la main pour soulever le loquet. Elle remonte la fenêtre et reste là à inspirer avidement l'air frais, finalement vaincue par la chaleur.

Rien n'est plus excitant pour un chasseur que l'odeur d'une proie blessée. Je la sens presque sortir par bouffées, l'odeur d'une bête blessée, de la chair souillée. Alors qu'elle respire l'air de la nuit, je respire son odeur. Sa peur.

Mon cœur bat plus vite. Je caresse les instruments au fond de mon sac. Même l'acier est chaud au toucher.

Elle referme la fenêtre avec un claquement sec. Elle ne s'est accordé que quelques goulées d'air frais et elle s'enferme à nouveau dans sa petite maison étouffante.

Après un moment, quand j'ai digéré ma déception, je m'éloigne et la laisse mijoter dans son four.

D'après la météo, il fera encore plus chaud demain.

5

— Cet assassin est un *picqueriste* classique, dit le Dr Lawrence Zucker. Quelqu'un qui se sert d'un couteau pour obtenir une jouissance sexuelle secondaire ou indirecte. Le *picquerisme* consiste à frapper ou entailler, à accomplir un acte de pénétration à répétition avec un objet pointu. Le couteau est un symbole phallique, un succédané de l'organe sexuel masculin. Au lieu d'avoir une relation sexuelle normale, notre assassin arrive à la jouissance en soumettant sa victime à la souffrance et à la terreur. C'est le pouvoir qui l'excite. Le pouvoir suprême, celui de vie et de mort.

L'inspecteur Jane Rizzoli n'était pas facilement effrayée, mais le Dr Zucker lui donnait la chair de poule. Il faisait penser à un John Malkovich pâle et gros, et sa voix était douce, presque féminine. Quand il parlait, ses doigts remuaient avec l'élégance d'un serpent. Ce n'était pas un flic mais un psychologue de la Northeastern University, spécialisé dans les comportements criminels, conseiller auprès des services de police de Boston. Rizzoli avait déjà travaillé avec lui dans une affaire de meurtre et, à l'époque également, il lui avait fait froid dans le dos. Ce n'était pas seulement son apparence extérieure, mais la façon dont il s'insinuait complètement dans l'esprit de l'assassin et le plaisir manifeste qu'il retirait de son incursion dans cette dimension satanique. Cela lui *plaisait.* Elle percevait presque dans sa voix ce murmure d'excitation subliminal.

Elle jeta un coup d'œil aux quatre autres inspecteurs qui se tenaient dans la salle de réunion et se demanda si ce drôle d'oiseau leur donnait la chair de poule, à eux aussi, mais elle ne vit que des expressions lasses et les divers signes de fatigue décelables à cinq heures de l'après-midi.

Ils étaient tous exténués. C'est tout juste si elle-même avait dormi quatre heures la nuit précédente. Elle s'était réveillée dans l'obscurité qui précède l'aube, son esprit fonctionnant immédiatement à plein régime dans un kaléidoscope d'images et de voix. Son subconscient s'était si profondément imprégné de l'affaire Elena Ortiz que, dans ses rêves, elle et la victime s'étaient lancées dans une conversation, absurde il est vrai. Aucune révélation surnaturelle, aucun indice ne lui était parvenu d'outre-tombe, seulement des images produites par les connexions entre ses cellules cérébrales. Rizzoli n'en jugeait pas moins le rêve révélateur. Il lui montrait combien cette affaire lui importait. Diriger une enquête qui défraie la chronique revient à jouer les funambules sans filet. Si vous épinglez le coupable, tout le monde applaudit. Si vous vous plantez, le monde entier vous regarde aller au tapis.

C'était une affaire à sensation. Deux jours plus tôt, elle avait fait la une du tabloïd local : « Le Chirurgien opère de nouveau ». Grâce au *Boston Herald,* leur assassin avait un surnom, que même les flics utilisaient : le Chirurgien.

Dieu sait qu'elle était prête à faire un numéro de haute voltige, prête à risquer le tout pour le tout. Une semaine auparavant, quand elle était entrée dans l'appartement d'Elena Ortiz pour mener l'enquête, elle avait su tout de suite que l'évolution de sa carrière allait dépendre de cette affaire, et elle était impatiente de faire ses preuves.

Mais tout avait changé très vite.

En vingt-quatre heures, « son » affaire avait pris de l'ampleur et c'est le commissaire Marquette qui avait pris la direction de l'enquête. L'affaire Elena Ortiz avait été incorporée à l'affaire Diana Sterling et, outre Marquette, l'équipe comprenait maintenant cinq inspecteurs : Rizzoli et son coéquipier, Barry Frost, Moore et le sien, Jerry Sleeper, un costaud, plus un cinquième, Darren Crowe. Rizzoli était la seule femme de l'équipe ; en fait, elle était la seule femme de toute la Criminelle et certains de ses collègues faisaient en sorte qu'elle ne l'oublie jamais. Oh ! elle s'entendait bien avec Barry Frost, malgré sa bonne humeur irritante ! Jerry Sleeper était trop flegmatique pour que quelqu'un l'énerve ou pour énerver quelqu'un. Quant à Moore, malgré les réserves qu'elle avait eues à son égard au début, elle commençait à l'apprécier et le respectait vraiment pour son travail méthodique. Et surtout, il semblait *la* respecter. Quand elle disait quelque chose, elle savait qu'il l'écoutait.

C'était avec Darren Crowe, le cinquième flic de l'équipe, qu'elle avait des problèmes. De gros problèmes. Il était assis de l'autre côté de la table, face à elle, son petit sourire suffisant habituel sur son visage bronzé. Elle avait été élevée avec des gars comme lui. Des gars bourrés de muscles, bourrés de petites amies, à l'ego hypertrophié.

Elle et lui éprouvaient un mépris réciproque.

On fit circuler une liasse de papiers autour de la table. Rizzoli en prit un : c'était le profil du criminel que le Dr Zucker venait de brosser.

— Je sais que certains de vous pensent que mon travail est du bla-bla, dit Zucker. Laissez-moi donc vous expliquer mon raisonnement. Nous savons les choses suivantes sur l'assassin. Il pénètre dans le domicile de la victime par une fenêtre ouverte. Il le fait au petit matin, parfois entre minuit et deux heures. Il surprend la victime dans son lit. Il la met dans l'incapacité de se défendre en la chloroformant. Il la déshabille. Il l'immobilise en l'attachant au lit avec du Teflon autour des poignets et des chevilles. Il prend la précaution supplémentaire d'ajouter du Teflon autour de la partie supérieure des cuisses et du milieu du torse. Enfin, il la bâillonne. Lorsque la victime se réveille peu après, elle est incapable de bouger, de crier. C'est comme si elle était paralysée, et cependant elle est éveillée et a conscience de tout ce qui se passe ensuite. Et ce qui se passe ensuite est le pire des cauchemars, poursuivit Zucker d'une voix monotone.

Plus les détails étaient horribles, plus il parlait doucement, et tous se penchaient en avant, suspendus à ses lèvres.

— L'assassin commence à inciser. D'après le rapport d'autopsie, il prend son temps. Il est méticuleux. Il ouvre le bas de l'abdomen couche par couche. D'abord la peau, puis les tissus sous-cutanés, le fascia, le muscle. Il fait des points de suture pour empêcher un saignement trop abondant. Il repère et n'enlève que l'organe qui l'intéresse. Rien de plus. Et ce qui l'intéresse, c'est la matrice.

Zucker jeta un coup d'œil autour de la table pour observer les réactions. Son regard tomba sur Rizzoli, le seul flic présent à posséder l'organe en question. Elle lui rendit son regard, irritée de le voir concentrer son attention sur elle à cause de son sexe.

— Qu'est-ce que cela nous apprend sur lui, inspecteur Rizzoli ? demanda-t-il.

— Qu'il hait les femmes. Il leur enlève ce qui fait d'elles des femmes.

Zucker hocha la tête et son sourire la fit frissonner.

— C'est ce que Jack l'Eventreur a fait à Annie Chapman. En lui prenant sa matrice, il prive la victime de sa féminité. Il lui vole son pouvoir. Ses bijoux, son argent ne l'intéressent pas. Il ne veut qu'une chose et, une fois qu'il a recueilli son petit souvenir, il peut passer à l'acte final. Mais il marque une pause avant le dernier frisson. L'autopsie des deux victimes montre qu'il s'est arrêté à ce moment-là. Pendant environ une heure, la victime continue de perdre lentement son sang, qui s'accumule dans la plaie. Que fait-il pendant ce temps-là ?

— Il prend son plaisir, dit Moore à voix basse.

— Vous voulez dire qu'il se branle ? demanda Darren Crowe avec sa vulgarité habituelle.

— On n'a retrouvé aucune trace d'éjaculation sur les lieux des crimes, fit remarquer Rizzoli.

Crowe lui lança un regard qui signifiait : « Si c'est pas malin, ça ! »

— L'absence d'é-ja-cu-la-tion, dit-il en insistant sarcastiquement sur chaque syllabe, n'exclut pas la possibilité qu'il se soit branlé.

— Je ne crois pas qu'il se soit masturbé, intervint Zucker. Cet assassin n'est pas du genre à se départir à un tel point de sa maîtrise de soi dans un environnement inhabituel. Je pense qu'il attend de se trouver dans un endroit sûr pour obtenir une jouissance sexuelle. Tout sur le lieu du crime indique à l'évidence qu'il se contrôle. Quand il procède à l'acte final, il le fait avec assurance. Il égorge sa victime d'un seul coup, en profondeur. Puis il accomplit le rituel final.

Zucker tira de son attaché-case deux photos qu'il posa sur la table, l'une de la chambre de Diana Sterling, l'autre de celle d'Elena Ortiz.

— Il plie méticuleusement leurs vêtements de nuit et les place près du corps. Les éclaboussures de sang retrouvées à l'intérieur des plis montrent qu'il le fait après le meurtre.

— Pourquoi fait-il cela ? demanda Frost. Quel est le symbolisme de cet acte ?

— La maîtrise, là encore, dit Rizzoli.

Zucker acquiesça.

— Cela y participe sans aucun doute. Par ce rituel, il prouve qu'il domine la situation. Mais en même temps, le rituel *le* domine. Peut-être est-il incapable de résister à cette impulsion.

— Que se passerait-il s'il était empêché de l'accomplir ? demanda Frost. Disons, s'il était interrompu et ne pouvait aller jusqu'au bout ?

— Il en serait déçu et irrité. Peut-être éprouverait-il immédiatement le besoin de se mettre en quête de sa prochaine victime. Mais jusqu'ici, il a toujours réussi à accomplir le rituel. Et chaque meurtre lui a procuré une satisfaction suffisante pour lui permettre de tenir pendant de longues périodes.

Zucker jeta un coup d'œil circulaire avant de poursuivre :

— C'est la pire espèce de meurtrier que nous puissions rencontrer. Il laisse passer une année entière entre deux agressions. C'est extrêmement rare. Cela veut dire qu'il est capable de résister plusieurs mois avant de se remettre en chasse. On peut s'épuiser à lui courir après pendant qu'il attend patiemment la prochaine fois. Il est prudent, organisé. Il laisse très peu d'indices, quand il en laisse.

Il se tourna vers Moore pour obtenir confirmation.

— Nous n'avons trouvé ni empreintes digitales ni ADN sur aucun des lieux du crime, dit celui-ci. Tout ce qu'on a, c'est un cheveu, recueilli dans la plaie d'Ortiz. Et quelques fibres de polyester restées sur le châssis de la fenêtre.

— Je suppose que vous n'avez pas de témoins non plus.

— Nous avons interrogé mille trois cents personnes dans l'affaire Sterling et, jusqu'à maintenant, cent quatre-vingts dans l'affaire Ortiz. Aucune n'a vu qui que ce soit s'introduire chez elles ou traîner dans les parages.

— Mais nous avons eu droit à trois confessions, dit Crowe. Des gens qui se sont présentés spontanément. Nous avons pris leurs déclarations et les avons renvoyés. Des barjos, ajouta-t-il en riant.

— Le meurtrier n'est pas fou, reprit Zucker. Je suis à peu près certain qu'il a l'air parfaitement normal. Je vois bien un Blanc autour de la trentaine. Soigné de sa personne, d'une intelligence supérieure à la moyenne. Il a presque sûrement son bac et a sans doute été à l'université, voire fait de longues études supérieures. Les deux lieux du crime sont situés à près de deux kilomètres l'un de l'autre et les meurtres ont été commis à une heure où peu de transports en commun fonctionnent. Il a donc une voiture. Elle est certainement impeccable et bien entretenue. Il n'a probablement jamais été suivi pour des problèmes psychologiques, mais il se peut qu'il ait commis des vols ou se soit fait prendre pour voyeurisme dans sa jeunesse. S'il a un emploi, c'est un travail qui exige à la fois de l'intelligence et de la méticulosité. Nous savons qu'il se prépare soigneusement, comme le prouve le fait qu'il porte avec lui tout son attirail : scalpel, fil pour les sutures, Teflon, chloroforme. Plus un récipient dans lequel il rapporte son souvenir chez lui. Ce peut être une simple trousse en plastique. Il travaille dans un domaine qui réclame de l'attention aux détails. Comme il possède des connaissances anatomiques et des compétences chirurgicales, il se peut qu'on ait affaire à un membre d'une profession médicale.

Rizzoli croisa le regard de Moore, tous deux frappés par la même pensée : Boston était probablement la ville au monde où le nombre de médecins par habitant était le plus élevé.

— Comme il est intelligent, reprit Zucker, il sait que nous surveillons les endroits où ont été commis les crimes. Il résistera à la tentation d'y retourner. Mais cette tentation *existe* et cela vaut donc la peine de continuer à surveiller le domicile d'Ortiz, pendant quelque temps du moins. Il est aussi assez intelligent pour ne pas choisir ses victimes trop près de chez lui. Il sort de son quartier pour chasser. Tant que nous n'aurons pas d'autres cas avérés avec lesquels travailler, je ne serai pas vraiment en mesure de circonscrire les zones de la ville où concentrer nos recherches.

— De combien de cas avez-vous besoin ? demanda Rizzoli.

— Cinq au moins.

— Ce qui veut dire qu'il nous faut cinq meurtres ?

— Pour avoir quelque validité, le programme de ciblage géographique des criminels exige cinq données. Je l'ai déjà utilisé avec quatre seulement et cela permet d'obtenir parfois une prédiction sur la localisation du domicile du délinquant, mais elle manque de précision. Il nous faut en savoir plus sur ses déplacements. Quel est son espace d'activité, où sont ses points d'ancrage. Tous les meurtriers opèrent à l'intérieur d'une zone dans laquelle ils se sentent à l'aise. Comme les prédateurs. Ils ont leur territoire de chasse, leurs lieux de pêche préférés.

Zucker regarda autour de la table les visages des inspecteurs, qui ne paraissaient pas particulièrement impressionnés.

— Nous n'en savons pas encore assez sur cet assassin pour faire des prédictions. Nous devons donc concentrer nos efforts sur les victimes. Qui étaient-elles et pourquoi les a-t-il choisies ?

Zucker tira deux dossiers de son attaché-case, l'un portant la mention « Sterling », l'autre « Ortiz ». Il en sortit une douzaine de photos qu'il étala sur la table. Des photos prises du vivant des deux jeunes femmes, certaines datant de leur enfance.

— Il y a certaines de ces photos que vous n'avez pas vues. J'ai demandé à leur famille de me les fournir pour que nous nous fassions une idée du passé de ces femmes. Regarder leur visage. Comprendre qui elles étaient. Pourquoi l'assassin a-t-il jeté son dévolu sur elles ? Où les a-t-il croisées ? Qu'est-ce qui, en elles, lui a attiré l'œil ? Leur rire ? Un sourire ? Leur démarche ?

Il commença à lire une feuille tapée à la machine.

— Diana Sterling, trente ans. Cheveux blonds, yeux bleus. Un mètre soixante-huit, soixante-cinq kilos. Profession : agent de voyages. Lieu de travail : Newbury Street. Domicile : Marlborough Street, à Back Bay. Diplômée du Smith College. Ses parents, tous deux avocats, habitent une maison de deux millions de dollars dans le Connecticut. Petit ami : aucun à l'époque de son décès.

Il posa la feuille et en prit une autre.

— Elena Ortiz, vingt-deux ans. Hispano-américaine. Cheveux noirs, yeux marron. Un mètre cinquante-cinq, cinquante-deux kilos. Profession : vendeuse dans le magasin de fleurs familial dans le South End. Domicile : un appartement dans le South End. Études secondaires. À toujours vécu à Boston. Petit ami : aucun à l'époque de son décès.

Il leva les yeux.

— Deux jeunes femmes qui habitaient dans la même ville mais évoluaient dans des univers différents. Elles n'allaient pas dans les mêmes magasins, les mêmes restaurants, et n'avaient pas d'amis communs. Comment notre assassin les trouve-t-il ? *Où* les trouve-t-il ? Elles sont différentes non seulement l'une de l'autre, mais aussi des victimes habituelles des crimes sexuels. La plupart des meurtriers s'attaquent à des personnes vulnérables. Prostituées, auto-stoppeuses. Comme tous les fauves, ils traquent l'animal qui est en lisière du troupeau. Pourquoi alors avoir choisi ces deux-là ? Je n'en sais rien, ajouta Zucker en secouant la tête.

Rizzoli regarda les photos posées sur la table et l'une, de Diana Sterling, attira son attention. Elle montrait une jeune fille rayonnante en costume d'étudiante, qui venait de décrocher sa licence. La petite chérie de la famille. Quel effet ça fait d'être la petite chérie de la famille ? se demanda Rizzoli. Elle n'en avait pas la moindre idée. Elle avait grandi entre deux frères bien foutus, méprisée par eux, la fille ingrate, le garçon manqué, qui mourait d'envie de faire partie de la bande. Diana Sterling, avec ses pommettes aristocratiques et son cou de cygne, n'avait certainement jamais su ce que c'était d'être laissée sur la touche, exclue. Elle n'avait jamais su ce que c'était d'être ignorée.

Le regard de Rizzoli s'arrêta sur le pendentif en or que Diana portait autour du cou. Elle prit la photo et l'examina de plus près. Son pouls s'accéléra. Elle jeta un coup d'œil circulaire pour voir si les autres avaient vu ce qu'elle avait remarqué, mais aucun ne la regardait, ni elle, ni les photos. Leur attention était accaparée par le Dr Zucker.

Il avait déployé un plan de Boston. Deux zones avaient été ombrées sur la grille des rues, l'une qui englobait Back Bay, l'autre limitée au South End.

— Voici les zones d'activité connues de nos deux victimes. Les quartiers où elles habitaient et travaillaient. Notre vie quotidienne a tendance à se dérouler dans des zones familières. « Nous allons dans les endroits où nous nous sentons chez nous et nous nous sentons chez nous dans les endroits où nous allons », disent les spécialistes des profils géographiques. Cela vaut aussi bien pour les criminels que pour les victimes. On voit très bien sur ce plan les mondes séparés dans lesquels vivaient ces deux femmes. Il n'y a aucun chevauchement. Aucun point d'ancrage ou nœud commun où leurs vies se croisaient. C'est ce qui me laisse le plus perplexe et c'est essentiel pour l'enquête. Quel est le lien entre Sterling et Ortiz ?

Le regard de Rizzoli revint vers la photo. Vers le pendentif de Diana. *Je peux me tromper. Je ne dirai rien avant d'être certaine, sinon je donnerai un prétexte supplémentaire à Darren Crowe pour me ridiculiser.*

— Vous savez que l'affaire a pris un tour nouveau ? dit Moore. Le Dr Catherine Cordell.

Zucker acquiesça.

— La victime survivante de Savannah.

— Certains détails relatifs à la série de meurtres commis par Andrew Capra n'ont jamais été divulgués publiquement. L'usage de catgut. Le fait qu'il ait plié les vêtements de nuit des victimes. Et pourtant notre assassin remet en scène tous ces détails.

— Les meurtriers communiquent entre eux. C'est une sorte de confrérie.

— Capra est mort il y a deux ans. Il ne peut communiquer avec personne.

— Mais, de son vivant, il a pu partager tous ces horribles détails avec notre assassin. J'espère que c'est la bonne explication. Parce que l'autre est beaucoup plus inquiétante.

— L'hypothèse que notre homme ait accès aux rapports de police de Savannah, dit Moore.

Zucker hocha la tête.

— Ce qui veut dire qu'il appartiendrait à la police.

Le silence tomba sur la pièce. Rizzoli ne put s'empêcher de regarder ses collègues — tous des hommes. Elle pensa au genre d'hommes attirés par le métier de flic. Le genre d'hommes qui aiment jouir d'un pouvoir, d'une autorité, qui aiment porter une arme, un insigne. Qui veulent avoir la possibilité d'exercer une domination sur autrui. *Exactement ce qu'adore notre assassin.*

À la fin de la réunion, Rizzoli attendit que les autres inspecteurs soient sortis de la salle de réunion avant de s'adresser à Zucker.

— Est-ce que je peux garder cette photo ? demanda-t-elle.

— Puis-je vous demander pourquoi ?

— Une intuition.

Zucker lui lança un de ses sourires inquiétants à la John Malkovich.

— Vous la partagez avec moi ?

— Je ne partage pas mes présomptions.

— Ça porte la poisse ?

— Je protège mes plates-bandes.

— Nous travaillons en équipe.

— C'est marrant, le travail d'équipe. Chaque fois que je partage mes présomptions, quelqu'un s'en attribue le mérite.

La photo à la main, elle sortit de la pièce et regretta immédiatement d'avoir fait ce dernier commentaire. Mais toute la journée, elle avait été irritée par ses collègues masculins, par leurs petites remarques et leurs petites rebuffades, qui, ajoutées les unes aux autres, lui donnaient l'impression d'être dédaignée. L'interrogatoire que Darren Crowe et elle avaient mené auprès du voisin de palier d'Elena Ortiz avait été la goutte qui fait déborder le vase. Quand elle posait des questions, Crowe la coupait sans arrêt pour placer les siennes. Lorsqu'elle l'avait tiré hors de la pièce pour lui demander de cesser, il lui avait rétorqué : « Vous avez vos ragnagnas ou quoi ? », l'insulte masculine classique.

Non, elle allait garder ses pressentiments pour elle. Si ça ne menait à rien, personne ne pourrait la ridiculiser. S'ils étaient justes, elle pourrait en revendiquer les lauriers.

Elle retourna à son bureau et s'assit pour regarder de plus près la photo de Diana Sterling. Elle prit sa loupe et son regard tomba sur la bouteille d'eau minérale qu'elle avait toujours sur son bureau. La moutarde lui monta au nez en voyant ce qu'on avait fourré dedans.

Fais comme si de rien n'était, se dit-elle. Ne les laisse pas t'atteindre.

Ignorant la bouteille d'eau et l'objet répugnant qu'elle contenait, elle dirigea la loupe vers le cou de

Diana Sterling. Un silence inhabituel régnait dans la pièce. Elle sentait presque peser sur elle le regard de Darren Crowe, qui attendait qu'elle éclate.

Tu ne m'auras pas, pauvre con. Cette fois-ci, je vais rester relax.

Elle concentra son attention sur le collier de Diana. Elle avait failli passer à côté de ce détail, parce que, au début, c'était son visage qui avait attiré son regard, ses belles pommettes, la courbe délicate des sourcils. Elle examina attentivement les deux pendentifs accrochés à une fine chaîne. L'un avait la forme d'une serrure, l'autre d'une petite clé. La clé de mon cœur, pensa Rizzoli.

Elle farfouilla dans les dossiers posés sur son bureau et mit la main sur les photos prises sur les lieux du crime d'Elena Ortiz. Avec la loupe, elle étudia un gros plan du buste de la victime. Elle apercevait seulement la chaîne à travers la couche de sang coagulé sur son cou ; les deux pendentifs étaient indistincts.

Elle prit le téléphone et appela le bureau du médecin légiste.

— Le Dr Tierney est absent tout l'après-midi, annonça la secrétaire. Que puis-je pour vous ?

— C'est à propos de l'autopsie qu'il a pratiquée vendredi. Celle d'Elena Ortiz.

— Oui ?

— Quand elle a été transportée à la morgue, la victime portait un bijou. L'avez-vous encore ?

— Je vous dis ça tout de suite.

Rizzoli attendit en tapotant sur le bureau avec son stylo. La bouteille d'eau était juste devant elle, mais elle l'ignorait résolument. La colère avait laissé place à l'excitation. À l'euphorie de la chasse.

— Inspecteur Rizzoli ?

— Je suis là.

— Les effets personnels ont été réclamés par la famille. Une paire de boucles d'oreilles en or, un collier et une bague.

— Qui a signé le reçu ?

— Anna Garcia, la sœur de la victime.

— Merci.

Rizzoli raccrocha et regarda sa montre. Anna Garcia habitait à Danvers, en grande banlieue. Aller là-bas maintenant l'aurait obligée à circuler pendant les heures de pointe...

— Vous savez où est Frost ? demanda Moore.

Rizzoli sursauta et leva les yeux. Il était debout à côté de son bureau.

— Non, je ne sais pas.

— Vous ne l'avez pas vu dans les parages ?

— Je ne le tiens pas en laisse.

Silence. Puis il demanda :

— Qu'est-ce que c'est que ça ?

— Les photos prises dans la chambre d'Ortiz.

— Non, le machin dans la bouteille.

Elle leva de nouveau les yeux et vit qu'il avait les sourcils froncés.

— À votre avis ? C'est une saloperie de Tampax. Il y a dans le coin quelqu'un qui possède un sens de l'humour des plus fins, dit-elle en regardant de manière significative Darren Crowe, qui réprima un petit hennissement et se détourna.

— Je vais m'occuper de ça, dit Moore en prenant la bouteille.

— Eh, eh ! fit-elle d'un ton sec. Laissez tomber, Moore, nom de Dieu !

Il entra dans le bureau du commissaire Marquette. À travers la cloison de verre, elle le vit poser la bouteille sur le bureau de Marquette, qui se tourna et regarda dans sa direction.

Ça recommence. On va dire maintenant que cette conne ne supporte pas les farces.

Elle prit son sac, rassembla les photos et sortit du bureau.

Elle était déjà dans l'ascenseur quand Moore l'appela :

— Rizzoli.

— Ne vous mêlez pas de ces histoires, d'accord ? dit-elle sèchement.

— On ne se mêlait de rien. On était seulement assis là avec ce... truc qui était sur votre bureau.

— Un Tampax. Vous ne pouvez pas prononcer le mot haut et clair ?

— Vous êtes fâchée contre moi ? J'essaie de prendre votre défense.

— Écoutez, saint Thomas, voilà comment ça marche dans la réalité pour les femmes. Si je dépose une plainte, c'est moi qui me fais mettre. Une mention est ajoutée dans mes états de service : « S'entend mal avec ses collègues masculins. » Si je me plains encore une fois, ma réputation est faite. Rizzoli la pleurnicheuse. Rizzoli la poule mouillée.

— Si vous ne vous plaignez pas, vous les laissez gagner la partie.

— J'ai essayé. Ça ne donne rien. Alors, vous êtes prié de ne pas vous occuper de ça.

Elle balança son sac par-dessus son épaule et entra dans l'ascenseur.

À l'instant même où la porte se refermait entre eux, elle eut envie de retirer ces paroles. Moore ne méritait pas une telle réprimande. Il s'était toujours montré poli, gentleman, et dans sa colère elle lui avait jeté au visage le surnom qu'on lui donnait à la Criminelle. Saint Thomas. Le flic qui ne dépassait jamais la mesure, qui ne jurait jamais, qui ne s'emportait jamais.

Et puis il y avait le malheur qui l'avait frappé. Deux ans plus tôt, sa femme Mary avait eu une hémorragie cérébrale. Elle était restée dans le coma pendant six mois entre la vie et la mort, mais jusqu'au jour de son décès, il n'avait jamais abandonné l'espoir de la voir se remettre. Même maintenant, un an et demi après sa mort, il ne semblait pas l'accepter. Il continuait à porter son alliance, gardait toujours sa photo sur son bureau. Rizzoli avait vu les couples de trop de ses collègues partir à vau-l'eau, elle avait assisté à la valse des photos de femmes sur leurs bureaux. Celle de Mary demeurait sur le bureau de Moore, son visage souriant, un élément stable de son cadre de vie.

Saint Thomas? Rizzoli secoua la tête d'un air cynique. S'il y avait de vrais saints en ce monde, ce n'étaient certainement pas des flics.

L'un voulait qu'il vive, l'autre qu'il meure, et tous deux prétendaient l'aimer davantage. Le fils et la fille de Herman Gwadowski se faisaient face de chaque côté du lit de leur père et aucun n'était disposé à baisser pavillon.

— C'est pas toi qui t'es occupé de papa, dit Marilyn. Je lui ai préparé ses repas. J'ai fait le ménage. Je l'ai emmené chez le toubib chaque mois. Quand est-ce que tu es venu le voir? Tu avais toujours autre chose à faire.

— J'habite à Los Angeles, bon sang ! fit sèchement Ivan. J'ai une entreprise.

— Tu aurais pu venir une fois par an. C'était pas difficile de prendre l'avion.

— Je suis là, non ?

— Oh ! ouais ! M. le Gros-Bonnet arrive comme Zorro pour sauver la situation. T'as pas été fichu de venir plus tôt. Et maintenant tu veux que l'impossible soit fait.

— J'arrive pas à croire que tu veuilles le laisser mourir.

— Je ne veux pas qu'il souffre davantage.

— À moins que tu ne veuilles qu'il arrête de vider son compte en banque.

Tous les muscles du visage de Marilyn se tendirent brusquement.

— Espèce de salaud.

Ne pouvant en entendre davantage, Catherine intervint :

— Ce n'est pas le lieu pour de telles discussions. Veuillez sortir de la chambre tous les deux.

Le frère et la sœur se regardèrent un moment dans un silence hostile, comme si le simple fait de s'en aller le premier revenait à capituler. Puis Ivan sortit à grandes enjambées, intimidant avec son costume sur mesure. Marilyn, qui avait l'air en tout point de la maîtresse de maison banlieusarde fatiguée qu'elle était, pressa la main de son père et suivit son frère.

Dans le couloir, Catherine leur brossa un sombre tableau de la situation.

— Votre père est dans le coma depuis l'accident. Ses reins sont en train de flancher. Ils étaient déjà affaiblis par son diabète et le traumatisme n'a pas arrangé les choses.

— Dans quelle mesure l'opération a-t-elle aggravé son cas ? L'anesthésiant que vous lui avez donné ? demanda Ivan.

Catherine réprima son irritation et dit d'un ton égal :

— Il était inconscient quand il est arrivé ici. L'anesthésie n'a rien aggravé. Mais les dommages infligés aux tissus ont surmené les reins, qui se bloquent. En plus, on a diagnostiqué un cancer de la prostate, qui se propage déjà dans les os. Même s'il sort de son coma, ces problèmes ne seront pas réglés pour autant.

— Vous voulez que nous renoncions, n'est-ce pas ? dit Ivan.

— Je souhaite simplement que vous pensiez à son état. Si son cœur devait s'arrêter, nous ne sommes pas obligés de le ressusciter. Nous pourrions très bien le laisser partir paisiblement.

— Vous voulez dire le laisser mourir.

— Oui.

Ivan poussa un grognement.

— Laissez-moi vous dire quelque chose à propos de mon père. Il n'est pas homme à abandonner facilement la partie. Et moi non plus.

— Pour l'amour du ciel, Ivan, il ne s'agit pas de gagner ou de perdre une partie ! Il s'agit de décider du moment où il faut laisser faire les choses.

— Et tu es bien prompte à prendre cette décision, dit Ivan en se tournant pour lui faire face. Au premier signe de difficulté, la petite Marilyn renonce toujours et laisse papa la tirer d'affaire. Moi, il ne m'a jamais tiré d'affaire.

Marilyn avait les larmes aux yeux.

— Tu ne penses pas à papa. La seule chose que tu veux, c'est gagner.

— Non, lui laisser la possibilité de se battre.

Ivan regarda Catherine.

— Je veux que tout soit mis en œuvre pour sauver mon père. J'espère que c'est absolument clair.

Marilyn essuya les larmes sur son visage en le regardant s'éloigner.

— Comment peut-il dire qu'il l'aime alors qu'il n'est jamais venu le voir ?

Elle se tourna vers Catherine.

— Je ne veux pas qu'on maintienne artificiellement mon père en vie. Pouvez-vous mettre ça dans son dossier ?

C'était le genre de dilemme éthique que redoutait tout médecin. Catherine était du côté de Marilyn, mais les derniers mots de son frère faisaient planer une menace sans équivoque.

— Je ne peux modifier la consigne tant que votre frère et vous ne vous serez pas mis d'accord.

— Il n'acceptera jamais. Vous l'avez entendu.

— Alors, il faut que vous lui reparliez. Convainquez-le.

— Vous craignez qu'il vous poursuive en justice, n'est-ce pas ? C'est pour ça que vous ne voulez pas modifier l'ordonnance.

— Je sais qu'il est remonté.

Marilyn hocha tristement la tête.

— C'est comme ça qu'il gagne. Qu'il gagne toujours.

Je suis capable de recoudre les morceaux après un accident de la route, mais pas de rabibocher les membres de cette famille, pensa Catherine.

L'impression pénible laissée par cette rencontre ne l'avait pas quittée quand elle sortit de l'hôpital une demi-heure plus tard. On était vendredi soir et elle avait un week-end libre devant elle, mais, en sortant du garage du centre médical, elle n'éprouvait aucun sentiment de liberté. Il faisait encore plus chaud que la veille et elle était impatiente de retrouver la fraîcheur de son appartement, de s'affaler sur son canapé devant un thé glacé et la télé, réglée sur Canal Découverte.

Elle attendait que le feu passe au vert au premier croisement quand son regard tomba sur le nom de la rue transversale, Worcester Street.

C'était là qu'avait habité Elena Ortiz. L'adresse de la victime avait été mentionnée dans l'article du *Boston Globe,* que Catherine s'était finalement sentie obligée de lire.

Le feu passa au vert. Sur une impulsion, elle obliqua dans Worcester Street. Elle n'avait jamais eu de raison de passer par là auparavant, mais quelque chose l'y attirait. Le besoin morbide de voir où l'assassin avait frappé, de voir l'immeuble où une autre femme avait revécu son cauchemar. Elle avait les mains moites et, à mesure qu'elle voyait augmenter les numéros de la rue, elle sentait son pouls s'accélérer.

À l'adresse d'Elena Ortiz, elle se rangea contre le trottoir.

L'édifice n'avait rien de remarquable, rien qui évoquât la terreur et la mort. Un immeuble à trois étages comme les autres.

Elle sortit de la voiture et regarda les fenêtres des appartements du dernier. Lequel était celui d'Elena ? Celui avec les rideaux rayés ? Ou celui avec la jungle de plantes grimpantes ? Elle s'approcha de l'entrée et regarda les noms des locataires. Il y avait six appartements et pas de nom au 2A. Elena avait déjà été effacée, rayée du monde des vivants. Personne n'a envie qu'on lui rappelle la mort.

D'après le *Globe,* l'assassin avait accédé à l'appartement par l'échelle de secours. Catherine entra dans la ruelle latérale et la repéra contre le côté de l'édifice. Elle fit quelques pas dans la pénombre de la ruelle et s'arrêta brusquement. Elle sentait un picotement sur sa nuque. Elle se retourna vers la rue et vit un camion qui passait dans un bruit de ferraille, une femme qui faisait son jogging et un couple qui montait dans sa voiture. Rien qui expliquât cette sensation d'être menacée et pourtant elle ne pouvait ignorer ces cris de panique silencieux.

Elle retourna à sa voiture, s'enferma à l'intérieur et agrippa le volant en se répétant : « Tout va bien, tout va bien. » Le ventilateur de la climatisation soufflait de l'air frais et son pouls ralentit peu à peu. Enfin, avec un soupir, elle se renversa en arrière sur son siège.

Son regard se tourna de nouveau vers l'immeuble.

Alors seulement son attention fut attirée par la voiture garée dans la ruelle adjacente. Par la plaque d'immatriculation montée sur son pare-chocs arrière.

POSEY5.

L'instant d'après elle farfouillait dans son sac à la recherche de la carte de visite de l'inspecteur. Les mains tremblantes, elle composa son numéro sur son téléphone de voiture.

Il répondit avec un « Inspecteur Moore » sérieux.

— C'est Catherine Cordell. Vous êtes venu me voir il y a quelques jours.

— Oui, docteur Cordell ?

— Elena Ortiz avait-elle une Honda verte ?

— Pardon ?

— Je voudrais connaître le numéro d'immatriculation de sa voiture.

— Je crains de ne pas comprendre...

— *Dites-moi* seulement quel est ce numéro !

Son ton sec le surprit. Il y eut un long silence sur la ligne.

— Je vais vérifier, dit-il finalement.

À l'arrière-plan, elle entendait des hommes parler, des téléphones sonner. Il reprit l'appareil.

— C'est une plaque personnalisée. Je pense qu'elle fait référence au magasin de fleurs familial.

— POSEY5, murmura-t-elle.

Silence.

— Oui, dit-il d'une voix étrangement basse.

Alerte.

— Lors de notre entretien, l'autre jour, vous m'avez demandé si je connaissais Elena Ortiz.

— Et vous m'avez répondu que vous ne la connaissiez pas.

Catherine libéra une expiration tremblante.

— Je me trompais.

6

Elle faisait les cent pas dans la salle d'attente du service des urgences, le visage pâle et tendu, ses cheveux cuivrés tombant en broussaille sur ses épaules.

— Je ne me suis pas trompée ? demanda-t-elle à Moore quand il entra.

Il hocha la tête.

— POSEY5 était son pseudonyme sur Internet. Nous avons vérifié sur son ordinateur. Dites-moi comment vous le saviez.

Elle jeta un coup d'œil autour de la salle bruyante et dit :

— Allons dans l'une des pièces de repos.

Celle où elle l'emmena était sombre et petite, sans fenêtre, avec un lit, une chaise et un bureau pour tout mobilier. Pour un médecin épuisé dont la seule envie était de dormir, la chambre suffisait amplement. Mais quand la porte se referma, Moore eut une conscience aiguë de l'exiguïté de la pièce et il se demanda si cette intimité forcée la mettait aussi mal à l'aise que lui. Ils regardèrent autour d'eux en cherchant un endroit où s'asseoir. Elle s'installa finalement sur le lit et il prit la chaise.

— Je n'ai jamais réellement rencontré Elena, dit Catherine. Je ne savais même pas que c'était son nom. Elle participait au même *chat* que moi. Vous savez ce que c'est ?

— Le moyen d'avoir une conversation en direct sur son ordinateur.

— Oui. Un groupe de gens en ligne en même temps peuvent ainsi se rencontrer sur Internet. C'est un lieu de rendez-vous virtuel. Celui-ci est réservé aux femmes. Il faut connaître tous les mots de passe pour y accéder. Et on ne voit que des pseudonymes sur l'écran. Pas de vrais noms, pas de visages, ce qui permet de conserver l'anonymat. Comme ça, on se sent assez à l'aise pour partager ses secrets.

Elle s'arrêta un instant.

— Vous êtes déjà allé sur un *chat* ?

— Parler à des inconnus sans visage ne me tente guère, je dois l'avouer.

— Un inconnu sans visage est parfois la seule personne à laquelle on peut parler, dit-elle doucement.

Il perçut toute la souffrance contenue dans cette phrase et ne trouva rien à dire.

Après un moment, elle prit une profonde inspiration et fixa son regard sur ses mains croisées sur les genoux.

— Nous nous rencontrons une fois par semaine, le mercredi soir à neuf heures. Je me mets en ligne, je clique sur l'icône du *chat,* tape *TPT,* puis *womanhelp,* et j'y suis. Je communique avec d'autres femmes en envoyant des messages sur le Net. Les textes apparaissent sur l'écran, où nous pouvons toutes les voir.

— TPT ? Je suppose que ce sont les initiales de...

— Troubles post-traumatiques. Un joli terme clinique pour désigner ce que ces femmes ont subi.

— De quel traumatisme s'agit-il ?

Elle leva la tête et le regarda en face.

— Un viol.

Le mot parut résonner entre eux quelques instants, l'air chargé du son même. Une syllabe brutale à l'impact aussi violent qu'un coup.

— Et vous allez là à cause d'Andrew Capra, dit-il avec douceur. De ce qu'il vous a fait.

Catherine détourna le regard.

— Oui, murmura-t-elle.

Elle fixait de nouveau ses mains. Moore la regardait et sa colère montait à cause de ce qu'avait enduré cette femme. À cause de ce que Capra avait arraché à son âme. Il se demanda comment elle était avant l'agression. Plus chaleureuse, plus amicale ? Ou bien s'était-elle toujours protégée d'une carapace, comme une fleur recouverte de givre ?

Elle se redressa et poursuivit :

— C'est donc là que j'ai rencontré Elena Ortiz. Je ne connaissais pas son vrai nom, bien sûr. Seulement son pseudo, POSEY5.

— Combien de femmes y a-t-il sur ce *chat* ?

— Ça varie d'une semaine à l'autre. Certaines laissent tomber. Quelques nouveaux noms apparaissent. On peut être entre trois et douze, selon les jours.

— Comment avez-vous eu connaissance de ce *chat* ?

— Par une brochure sur les victimes de viol. Elle est remise aux femmes dans les cliniques et les hôpitaux de la ville.

— Les femmes qui viennent sur ce *chat* sont donc toutes de la région de Boston ?

— Oui.

— Et POSEY5 y venait régulièrement ?

— Elle y est venue plusieurs fois au cours des deux derniers mois. Elle ne disait pas grand-chose, mais je voyais son nom sur l'écran et je savais qu'elle était là.

— Parlait-elle de son viol ?

— Non. Elle se contentait d'écouter. On lui disait bonjour. Et elle nous répondait. Mais elle ne parlait pas d'elle. Comme si elle avait eu peur de le faire. Ou honte de dire quelque chose.

— Vous ne savez donc pas si elle *a été* violée.

— Je sais qu'elle l'a été.

— Comment ?

— Parce qu'elle a été soignée ici, au service des urgences.

Il la fixa du regard.

— Vous avez trouvé sa fiche ?

Elle hocha la tête.

— J'ai pensé qu'elle avait peut-être eu besoin de soins après l'agression. C'est l'hôpital le plus proche de chez elle. J'ai vérifié sur l'ordinateur. On y trouve les noms de tous les patients qui sont passés au service des urgences. Le sien y était. Je vais vous montrer sa fiche, poursuivit-elle en se levant.

Il la suivit dans le hall. En ce vendredi soir, des blessés arrivaient à flot continu. Le gars pris de boisson qui tenait un sac à glace contre son visage tuméfié. L'adolescent qui n'avait pas traversé assez vite au feu orange. L'armée des fêtards du week-end, qui arrivaient en titubant, contusionnés et en sang. Le service des urgences du centre médical Pilgrim était l'un des plus actifs de Boston, et Moore, qui esquivait infirmières et chariots et marcha dans une flaque de sang, avait l'impression de traverser un chaos.

Catherine le précéda à l'intérieur de la salle des dossiers, un espace pas plus grand qu'un placard aux murs couverts d'étagères surchargées de classeurs.

— C'est ici qu'on garde temporairement les fiches des consultations, expliqua Catherine en tirant le classeur marqué : « 7-14 mai ». Chaque fois qu'un patient est examiné au service des urgences, on remplit une fiche. Une seule page en général. Elle contient l'avis du médecin et les instructions pour le traitement.

— Il n'y a pas de dossier médical pour chaque patient ?

— Il s'agit seulement des gens de passage aux urgences. On n'établit donc pas de véritable dossier, seulement cette fiche. Ultérieurement, elles sont transférées dans la salle des archives, où on les scanne pour les conserver sur CD-Rom.

Elle ouvrit le classeur.

— La voilà.

Debout derrière elle, il regardait la fiche par-dessus son épaule. Un instant, il fut distrait par le parfum de ses cheveux et il dut se forcer à concentrer son attention sur la page. La visite était datée du 9 mai, treize heures. Le nom, l'adresse de la patiente, les renseignements concernant la facturation étaient tapés à la machine en haut de la fiche, le reste, écrit à la main. Jargon médical en abrégé, pensa-t-il en s'évertuant à déchiffrer les mots. Il ne comprenait que le premier paragraphe, rédigé par l'infirmière :

Hispano-Américaine de 22 ans, agressée sexuellement il y a 2 heures. Pas d'allergies, pas de traitement en cours. Tension : 10/7. Pouls : 100. Temp. : 37,2 °C.

Le reste de la page était indéchiffrable.

— Faut que vous me traduisiez, dit-il.

Elle le regarda par-dessus son épaule et leurs visages furent soudain si proches qu'il retint son souffle un instant.

— Vous n'arrivez pas à lire ?

— J'arrive à lire des traces de pneu et des taches de sang. Ça, non.

— C'est l'écriture de Ken Kimball. Je reconnais sa signature.

— Je n'arrive même pas à voir que c'est de l'anglais.

— Pour un médecin, c'est parfaitement lisible. Il suffit de connaître le code.

— C'est ce qu'on vous apprend à l'école de médecine ?

— En même temps que la poignée de main secrète et les instructions d'utilisation du décodeur.

Ça faisait un drôle d'effet d'échanger des pointes sur un sujet aussi macabre et plus encore d'entendre le Dr Cordell faire de l'humour. C'était la première fois qu'il entrevoyait la femme sous la coquille. La femme qu'elle était avant qu'Andrew Capra lui ait fait tout ce mal.

— Le premier paragraphe concerne l'examen physique, expliqua-t-elle. C'est en abrégé. « TOYNG » signifie tête, oreilles, yeux, nez, gorge. Elle avait une ecchymose sur la joue gauche. Les poumons étaient dégagés, pas de souffle au cœur ni de tachycardie.

— Ce qui veut dire ?

— Normal.

— Un médecin ne peut pas écrire tout simplement : « Le cœur est normal » ?

— Pourquoi les flics disent-ils « véhicule », et non pas tout simplement « voiture » ?

Il hocha la tête.

— Très juste.

— L'abdomen est plat, souple et sans organomégalie. Autrement dit...

— Normal.

— Ça commence à venir. Il décrit ensuite le... l'examen pelvien. Là, les choses ne sont pas normales.

Elle s'interrompit, prit une profonde inspiration, comme pour se donner le courage de poursuivre, puis continua d'une voix plus basse, sans aucune note d'humour cette fois-ci.

— Il y avait du sang dans l'orifice vaginal. Des égratignures et des ecchymoses sur les deux cuisses. Une déchirure vaginale à « quatre heures » montre que l'acte n'était pas consenti. Le Dr Kimball a ensuite arrêté l'examen.

Moore se concentra sur le dernier paragraphe. Il n'y avait pas d'abréviations médicales.

La patiente est devenue agitée. Elle a refusé qu'on fasse des prélèvements. Elle a refusé de coopérer davantage. Après prise de sang pour recherche du virus HIV et VDRL, elle s'est rhabillée et est partie avant qu'on ait eu le temps d'en référer aux autorités.

— Le viol n'a donc jamais été signalé à la police, dit-il. Il n'y a pas eu de prélèvement vaginal, on n'a pas recueilli d'ADN.

Catherine ne répondit pas. Elle restait là, tête baissée, les mains serrées sur le classeur.

— Docteur Cordell ? fit Moore en lui touchant l'épaule.

Elle sursauta comme s'il l'avait brûlée et il retira sa main tout de suite. Elle leva les yeux et il y lut de la rage. Une fureur émanait d'elle, qui, en cet instant, faisait d'elle son égale.

— Violée en mai, massacrée en juillet, dit-elle. Quel monde enchanteur pour les femmes, n'est-ce pas ?

— Nous avons parlé à tous les membres de sa famille. Aucun n'a dit quoi que ce soit à propos d'un viol.

— C'est qu'elle ne leur a rien dit.

Combien de femmes gardent le silence ? se demanda-t-il. Combien ont des secrets si douloureux qu'elles sont incapables de les partager avec ceux qu'elles aiment ? En regardant Catherine, il pensa qu'elle aussi avait recherché un réconfort auprès d'inconnues.

Elle sortit la fiche du classeur pour qu'il en fasse une photocopie. Quand il la prit, son regard tomba sur le nom du médecin et une autre pensée lui vint.

— Que pouvez-vous me dire sur le Dr Kimball ? demanda-t-il. Celui qui a examiné Elena Ortiz ?

— C'est un excellent médecin.

— Il travaille souvent de nuit ?

— Oui.

— Savez-vous s'il était de garde jeudi dernier ?

Il lui fallut un moment pour comprendre la signification de cette question. Quand elle le fit, il vit qu'elle était ébranlée par ses implications.

— Vous ne pensez pas vraiment...

— C'est une question de simple routine. Nous vérifions l'emploi du temps de toutes les personnes entrées en contact avec la victime avant le meurtre.

Mais la question n'était pas de simple routine et elle le savait bien.

— Andrew Capra était médecin, dit-elle à voix basse. Vous ne pensez pas qu'un autre médecin...

— Cette possibilité nous est venue à l'esprit.

Elle se détourna et prit une inspiration incertaine.

— À Savannah, lorsque ces femmes ont été assassinées, je tenais pour acquis que je ne connaissais pas le meurtrier. Je croyais ne jamais l'avoir rencontré. J'en étais certaine, intimement convaincue. Andrew Capra m'a montré à quel point je me trompais.

— La banalité du mal.

— C'est exactement cela que j'ai appris à connaître. Que le mal peut être ordinaire. Qu'un homme que je vois tous les jours, à qui je dis bonjour chaque matin, peut me rendre mon sourire... tout en pensant aux différents moyens par lesquels il aimerait m'assassiner, ajouta-t-elle à voix basse.

Le jour tombait quand Moore retourna à sa voiture, mais le bitume irradiait toujours la chaleur de la journée. La nuit s'annonçait encore pénible. Partout dans la ville, des femmes allaient dormir les fenêtres ouvertes au moindre souffle de la brise nocturne. Et aux maux recélés par la nuit.

Il s'arrêta et se tourna vers l'hôpital. Le néon rouge du service des urgences brillait comme un fanal.

Est-ce là ton terrain de chasse ? Là où les femmes vont se faire soigner ?

Une ambulance émergea de la nuit, gyrophare allumé. Il pensa à tous ceux qui pouvaient passer par le service des urgences en une journée. Personnel du SAMU, médecins, garçons de salle, gardiens.

Et des flics. C'était une possibilité qu'il s'était refusé à envisager, mais qu'il ne pouvait rejeter. La profession de représentant de la loi avait un curieux attrait pour ceux qui faisaient la chasse à d'autres êtres humains. Le revolver, l'insigne étaient des symboles grisants de domination. Et quel plus grand pouvoir de domination pouvait-on exercer que celui de torturer, de tuer ? Pour un tel chasseur, le monde est un vaste territoire grouillant de proies.

Il n'a qu'à faire son choix.

Il y avait des bébés partout. La cuisine dans laquelle Rizzoli attendait qu'Anna Garcia ait fini d'essuyer du jus de pomme répandu par terre sentait le lait aigre et le talc. Un bambin s'agrippait à la jambe d'Anna, un autre tirait des couvercles de pots d'un buffet et les cognait l'un contre l'autre comme des cymbales. Sur sa chaise haute, un bébé souriait à travers un masque d'épinards à la crème. Et, la tête couverte de croûtes de lait, un autre rampait sur le plancher à la recherche de tout objet dangereux à se fourrer dans la bouche. Rizzoli n'aimait pas les bébés et ça la rendait nerveuse d'en être entourée. Elle avait l'impression d'être Indiana Jones dans la fosse aux serpents.

— Ils ne sont pas tous à moi, se hâta d'expliquer Anna en boitillant jusqu'à l'évier, le marmot toujours accroché à sa cheville comme un boulet.

Elle pressa l'éponge sale et se rinça les mains.

— Celui-ci seulement, précisa-t-elle en montrant le bébé à ses pieds. Celui qui joue avec les pots et l'autre, sur la chaise haute, sont à ma sœur Lupe. Et celui qui est à quatre pattes, je le garde pour rendre service à ma cousine. Comme de toute façon je reste à la maison avec le mien, autant m'occuper d'autres.

Ouais, un de plus, un de moins, ça ne compte pas, pensa Rizzoli. Le plus curieux, c'était qu'Anna n'avait pas l'air de s'en plaindre. En fait, elle semblait à peine remarquer le boulet vivant qu'elle avait à la cheville, pas plus que le bruit métallique des pots cognés contre le plancher. Dans une situation qui aurait conduit Rizzoli droit à la crise de nerfs, Anna avait l'air serein de celle qui se trouvait exactement où elle voulait être. Rizzoli se demanda si Elena Ortiz serait devenue comme ça si elle avait vécu. Une mère de famille dans sa cuisine, qui essuyait gaiement le jus de fruits par terre et la morve sur le museau des bambins. Anna ressemblait beaucoup à sa sœur cadette telle que la montraient les photos, juste un peu plus rondelette. Et quand elle se tourna vers Rizzoli, la lumière de la cuisine tombant directement sur son front, celle-ci eut la sensation déplaisante de voir le visage qui la regardait fixement depuis la table d'autopsie.

— Avec tous ces mômes dans les pattes, il me faut un temps fou pour faire la moindre chose, dit Anna en ramassant le gamin pendu à sa jambe et en le calant d'une main experte sur sa hanche. Bon, voyons. Vous êtes venue pour le collier. Je vais chercher le coffret à bijoux.

Elle sortit de la cuisine et Rizzoli, laissée seule avec les bébés, eut un moment de panique. Une main collante se posa sur sa cheville. Elle baissa les yeux : le bambin à quatre pattes était en train de mâchouiller le revers de son pantalon. Elle s'en débarrassa d'une secousse et éloigna immédiatement sa jambe de sa bouche vorace.

— Le voilà, dit Anna en revenant avec le coffret, qu'elle posa sur la table de la cuisine. Nous avons préféré ne pas le laisser dans son appartement, avec tous ces inconnus qui vont et viennent pour nettoyer. Mes frères ont donc pensé que mieux valait que je le garde jusqu'à ce que la famille décide de ce qu'on va faire des bijoux.

Elle souleva le couvercle, et une petite mélodie se mit à tinter. *Somewhere My Love.* Anna parut un instant abasourdie par la musique. Elle était assise complètement immobile, les yeux pleins de larmes.

— Mme Garcia ?

Anna avala sa salive.

— Je suis désolée. Mon mari a probablement remonté le mécanisme. Je ne m'attendais pas à entendre...

La mélodie ralentit, puis se tut sur quelques notes douces. Silencieuse, Anna avait le regard perdu à l'intérieur du coffret, la tête inclinée tristement.

Avec répugnance, elle ouvrit l'un des compartiments tapissés de velours et en tira le collier.

Rizzoli sentit son pouls s'accélérer en le lui prenant des mains. Il était tel qu'elle se souvenait de l'avoir vu autour du cou d'Elena à la morgue, une petite serrure et une clé pendues à une fine chaîne d'or. Elle retourna la serrure et vit le poinçon de dix-huit carats sur la partie arrière.

— Où votre sœur s'est-elle procuré ce collier ?

— Je ne sais pas.

— Savez-vous depuis combien de temps elle l'avait ?

— Depuis peu, sans doute. Je ne l'avais jamais vu avant le jour...

— Quel jour ?

Anna déglutit péniblement et dit à voix basse :

— Le jour où je l'ai récupéré à la morgue. Avec les autres bijoux.

— Elle portait aussi des boucles d'oreilles et une bague. Vous les aviez déjà vues ?

— Oui. Elle les avait depuis longtemps.

— Mais pas le collier.

— Pourquoi me demandez-vous ça sans arrêt ? Quel rapport ça a avec...

Elle s'interrompit, une expression d'horreur dans les yeux.

— Oh ! mon Dieu ! Vous pensez qu'*il* le lui a placé autour du cou ?

Sentant que quelque chose n'allait pas, le bébé sur sa chaise haute poussa un vagissement. Anna posa son fils par terre et se dépêcha d'aller le prendre. Elle le serra dans ses bras et se détourna comme pour lui épargner la vue de ce talisman maléfique.

— Emportez-le, s'il vous plaît, murmura-t-elle. Je n'en veux pas chez moi.

— Je vais vous donner un reçu, dit Rizzoli en le glissant dans une trousse en plastique.

— Non, c'est pas la peine, prenez-le ! Peu m'importe que vous le gardiez.

Rizzoli remplit quand même le reçu et le posa sur la table près de l'assiette de bébé pleine d'épinards à la crème.

— J'ai encore une question à vous poser, dit-elle gentiment.

Anna faisait des allées et venues dans la cuisine en secouant un peu le bébé dans son agitation.

— Soyez aimable d'examiner à fond le contenu du coffret à bijoux de votre sœur et dites-moi s'il manque quelque chose.

— Vous me l'avez demandé la semaine dernière. Il ne manque rien.

— Il n'est pas facile de remarquer l'*absence* de quelque chose. On a au contraire tendance à se focaliser sur ce qu'il peut y avoir en trop. Je voudrais que vous réexaminiez le coffret. S'il vous plaît.

Anna avala sa salive avec peine. À contrecœur, elle s'assit et, le bébé sur les genoux, regarda à l'intérieur du coffret. Elle en sortit les bijoux un à un et les posa sur la table, pauvre assortiment de babioles achetées au supermarché : faux diamants, perles en cristal et fausses perles. Elena avait un goût affirmé pour le clinquant.

Anna posa le dernier bijou sur la table, une bague en turquoise. Puis elle resta immobile un moment en fronçant peu à peu les sourcils.

— Le bracelet, dit-elle.

— Quel bracelet ?

— Il devrait y avoir un bracelet, avec un petit porte-bonheur serti dessus. Des chevaux. Elle le portait tous les jours au lycée. Elena était folle des chevaux...

Elle leva les yeux, l'air stupéfait.

— Ça ne valait rien ! C'était en fer-blanc. Pourquoi l'aurait-il pris ?

Rizzoli regarda le sac dans lequel elle avait mis le collier. Un collier qui, elle en était maintenant certaine, avait appartenu à Diana Sterling. *Je sais exactement où nous allons retrouver le bracelet d'Elena : au poignet de la prochaine victime.*

Sur le perron de Moore, Rizzoli agitait triomphalement le sac contenant le collier.

— Il appartenait à Diana Sterling. Je viens de parler à ses parents. Ils ne s'étaient pas rendu compte qu'il manquait avant que je les appelle.

Il prit le sac mais ne l'ouvrit pas. Il se contenta de regarder la chaînette en or enroulée dedans.

— C'est le lien matériel entre les deux affaires, dit-elle. Il garde un souvenir de chaque victime et le laisse à la suivante.

— Je n'arrive pas à croire que nous soyons passés à côté de ce détail.

— Hé ! *nous* ne sommes pas passés à côté.

— Vous voulez dire que *vous* n'êtes pas passée à côté.

Il lui lança un regard qui lui donna l'impression d'être plus grande. Moore n'était pas le genre à vous taper sur l'épaule ou à chanter vos louanges. En fait, elle ne se souvenait pas de l'avoir entendu élever la voix, que ce soit sous l'effet de la colère ou de l'exaltation. Mais elle n'avait pas besoin d'autre éloge que ce regard, les sourcils haussés admirativement, les lèvres relevées d'un côté en un petit sourire.

Rouge de plaisir, elle prit le sac de plats à emporter qu'elle avait apporté.

— Vous avez faim ? Je me suis arrêtée à ce restaurant chinois qui est un peu plus bas.

— Il ne fallait pas.

— Ça me faisait plaisir. Je vous devais des excuses.

— Pour quelle raison ?

— Pour cet après-midi, cette histoire stupide de Tampax. Vous vouliez seulement prendre ma défense et j'ai mal réagi.

Un ange passa. Ils étaient là tous les deux sans trop savoir quoi dire, deux êtres qui ne se connaissaient pas très bien et essayaient de briser la glace.

Alors il sourit et ce sourire fit paraître beaucoup plus jeune son visage, d'ordinaire grave.

— Je meurs de faim, dit-il. À table !

Elle entra dans la maison en riant. C'était la première fois qu'elle venait là et elle s'arrêta un instant pour jeter un coup d'œil autour d'elle, appréciant toutes les touches féminines de la décoration. Les rideaux de chintz, les aquarelles représentant des fleurs accrochées aux murs. Bon sang, se dit-elle, c'est plus féminin que chez moi.

— Allons dans la cuisine, dit-il. Mes papiers sont là.

Il la précéda dans le séjour, où elle remarqua l'épinette.

— Super ! Vous en jouez ? demanda-t-elle.

— Non, c'est Mary. Je n'ai pas d'oreille.

C'est Mary. Au présent. Elle comprit alors soudain que cette maison avait l'air si féminine parce qu'elle vivait toujours à l'heure de Mary, parce qu'elle attendait, inchangée, le retour de la maîtresse des lieux. Une photo de la femme de Moore trônait sur le piano, une femme bronzée aux yeux rieurs, les cheveux au vent. Mais Mary, dont les rideaux de chintz étaient toujours suspendus aux fenêtres, ne reviendrait jamais.

Dans la cuisine, Rizzoli posa le sac de nourriture sur la table, près d'une pile de dossiers. Moore farfouilla dans la pile et trouva celui qu'il cherchait.

— Le rapport Elena Ortiz établi par le service des urgences, dit-il en le lui tendant.

— C'est Cordell qui l'a récupéré ?

Il eut un sourire ironique.

— Il semble que je sois entouré de femmes plus efficaces que moi.

Elle ouvrit le dossier et vit une photocopie de la feuille rédigée par le médecin de son écriture en pattes de mouche.

— On vous a traduit ce gribouillis ?

— C'est en gros ce que je vous ai dit au téléphone. Il n'est pas fait état du viol. Il n'y a eu aucun prélèvement vaginal, pas d'ADN. La famille d'Elena n'était pas au courant.

Elle referma le dossier et le reposa sur la pile.

— Bon sang, Moore, quel fatras ! J'ai l'impression de voir la table de mon séjour. Impossible de manger là.

— Ça vous bouffe l'existence, à vous aussi ? dit-il en faisant de la place pour le repas.

— Quelle existence ? Cette affaire est toute mon existence. Sommeil, repas, travail. Et, avec un peu de chance, il me reste une heure le soir devant la télé.

— Pas de petits amis ?

— Des petits amis ?

Elle poussa un grognement en disposant les barquettes de nourriture, les serviettes en papier et les baguettes sur la table.

— Hum, j'en ai des tonnes, dit-elle ironiquement.

Elle se rendit compte qu'elle avait l'air de s'apitoyer sur son sort, ce qui n'était nullement dans son intention.

— Je ne me plains pas. Si je dois passer le week-end à bosser, mieux vaut le faire sans avoir sur le dos un type qui me le reproche. Je ne supporte pas les geignards.

— C'est normal, vous êtes tout le contraire d'une geignarde. Comme je l'ai appris à mes dépens pas plus tard qu'aujourd'hui.

— Oui, oui. Je croyais m'en être excusée.

Il prit deux bières dans le réfrigérateur et vint s'asseoir face à elle. Elle ne l'avait jamais vu comme ça, en manches de chemise, l'air si décontracté. Elle aimait le voir ainsi. Non plus le sévère saint Thomas, mais un type avec qui bavarder, rire. Un type qui, s'il l'avait voulu, aurait pu tomber n'importe quelle fille.

— Vous savez, vous n'êtes pas obligée de vous montrer toujours plus dure que tout le monde.

— Si.

— Pourquoi ?

— Parce qu'*ils* croient le contraire.

— Qui ça ?

— Des types comme Crowe. Comme Marquette.

Il haussa les épaules.

— Il y en a toujours eu quelques-uns comme ça.

— Comment se fait-il que je finisse toujours par travailler avec eux ?

Elle ouvrit une bière et but une gorgée.

— C'est pour ça que vous êtes le premier à qui je parle du collier. Vous ne chercherez pas à vous attribuer le mérite de ce...

— C'est pas bon quand chacun en vient à revendiquer le mérite de ceci ou de cela.

Elle prit ses baguettes et fouilla dans la barquette de poulet *kung pao*. C'était très épicé, exactement comme elle aimait. Rizzoli n'était pas non plus une femmelette question épices. Elle dit :

— La première affaire importante dans laquelle j'ai travaillé aux Stups, j'étais la seule femme de l'équipe, avec cinq types. Quand elle a été résolue, il y a eu une conférence de presse, avec la télé et tout le tintouin. Vous savez ce qui s'est passé ? On a cité le nom de tous les membres de l'équipe, sauf le mien.

Elle prit une autre gorgée de bière.

— Je prends mes précautions pour que ça n'arrive plus. Vous, les hommes, vous pouvez concentrer toute votre attention sur l'affaire. Moi, je perds beaucoup d'énergie uniquement pour essayer de me faire entendre.

— Je vous comprends, Rizzoli.

— Ça me change un peu.

— Et Frost ? Vous avez des problèmes avec lui ?

— Frost est du genre coulant. Sa femme l'a mis au pas.

Ils rirent. Tous ceux qui avaient entendu ses « Oui, ma chérie », « Bien, ma chérie » soumis au téléphone savaient très bien qui portait la culotte chez Barry Frost.

— C'est pour ça qu'il n'ira jamais très loin, ajouta-t-elle. Il manque d'estomac. C'est un père de famille.

— Il n'y a pas de mal à être un père de famille. J'aimerais bien en être un.

Elle leva les yeux de la barquette de bœuf à la mongole et vit qu'il ne la regardait pas mais fixait le collier. Il y avait eu un accent de tristesse dans sa voix et, ne sachant que dire, elle jugea préférable de se taire.

Elle fut soulagée quand il ramena la conversation à leur affaire. Dans leur univers, les meurtres étaient toujours un sujet sans danger.

— Il y a quelque chose qui ne colle pas là-dedans, dit-il. Cette histoire de bijou ne rime à rien.

— Il rapporte un petit souvenir. Ça n'a rien d'extraordinaire.

— Mais quel intérêt de rapporter un souvenir si c'est pour s'en défaire ?

— Certains meurtriers prennent les bijoux de la victime pour les donner à leur femme ou à leur petite amie. Ça les excite de les voir autour de leur cou et d'être les seuls à savoir d'où ils viennent.

— Mais ce n'est pas ce que fait notre oiseau. Il laisse le souvenir sur les lieux de son crime *suivant.* Il ne l'emporte pas pour l'avoir en permanence sous les yeux, pour qu'il lui donne le frisson en lui rappelant son crime. Je n'y vois aucun profit sur le plan des sensations.

— Un symbole d'appropriation ? Comme un chien qui marque son territoire. Sauf que lui se sert d'un bijou pour marquer sa prochaine victime.

— Non, c'est pas ça.

Moore prit le sac en plastique et le soupesa comme pour deviner la fonction remplie par le collier.

— L'important, fit remarquer Rizzoli, c'est que nous avons trouvé un schéma récurrent. Nous savons à quoi nous attendre sur les lieux du prochain crime.

Il leva les yeux vers elle.

— Vous venez de trouver la solution du problème.

— Comment ça ?

— Il ne marque pas sa victime, mais le lieu du crime.

Rizzoli garda le silence quelques instants, puis comprit soudain la distinction.

— Bon sang, en marquant le lieu...

— Ce n'est ni un souvenir, ni un symbole d'appropriation, dit-il en reposant le collier, cette chaînette en or qui avait touché la chair de deux femmes mortes.

Rizzoli frissonna.

— C'est sa carte de visite, dit-elle à voix basse.

Moore acquiesça.

— Le Chirurgien s'adresse à nous.

Un lieu de vents violents et de marées dangereuses.

C'est ainsi que, dans son livre La Mythologie, *Edith Hamilton décrit le port grec d'Aulis, où se trouvent les ruines du temple d'Artémis, la déesse de la Chasse. C'est à Aulis que les mille vaisseaux noirs des Grecs se rassemblèrent pour lancer leur offensive contre Troie. Mais le vent du nord soufflait et les bateaux ne pouvaient prendre la mer. Les jours passaient et le vent ne cessait pas. L'armée grecque, commandée par le roi Agamemnon, se désespérait et la colère montait. Un devin révéla la raison pour laquelle soufflaient ces vents contraires : la déesse Artémis était furieuse parce que Agamemnon avait abattu l'un de ses animaux bien-aimés, un lièvre. Elle ne laisserait repartir les Grecs que si Agamemnon lui offrait un terrible sacrifice : sa fille, Iphigénie.*

Le roi envoya donc chercher Iphigénie en prétendant qu'il avait organisé son mariage avec Achille. Elle ignorait qu'elle allait en fait à la mort.

Ce violent vent du nord ne soufflait pas le jour où nous marchions, toi et moi, sur la plage près d'Aulis. Il faisait beau, la mer était d'huile, et le sable blanc aussi chaud que de la cendre sous nos pieds. Oh ! comme j'enviais les jeunes Grecs qui couraient pieds nus sur le rivage cuit par le soleil ! Le sable brûlait notre peau tendre de touristes, mais cela ne nous gênait pas, bien au contraire, car, comme ces gamins, nous voulions avoir la plante des pieds dure comme du cuir. Et il fallait souffrir pour que la corne se forme.

Le soir, à la fraîche, nous sommes allés au temple d'Artémis.

Après avoir marché au milieu des ombres indéfiniment allongées, nous sommes arrivés à l'autel où Iphigénie avait été sacrifiée. Malgré ses supplications — « Père, épargnez-moi ! » —, les guerriers la portèrent jusqu'à l'autel. On l'avait étendue sur la pierre, son cou blanc dénudé pour recevoir la lame. Selon

Euripide, les soldats d'Atrée et de toute l'armée baissèrent les yeux pour ne pas voir couler son sang de vierge, pour ne pas être témoins de l'horrible spectacle.

Ah! moi, j'aurais regardé! Et toi aussi. Et avec quel empressement!

Je m'imaginais les soldats silencieux assemblés dans la pénombre. J'imaginais le battement des tambours. Non pas le rythme entraînant des noces, mais une sombre marche vers la mort. Je voyais la procession qui serpentait à travers le bois. La jeune fille, blanche comme un cygne, flanquée de soldats et de prêtres.

Le battement des tambours s'arrête. Ils la portent, hurlante, jusqu'à l'autel.

Dans ma vision, c'est Agamemnon lui-même qui tient le couteau, car pour que ce soit un véritable sacrifice, il faut que ce soit lui qui fasse couler le sang. Je le vois s'approcher de l'autel où est étendue sa fille, sa chair tendre dévoilée aux yeux de tous. Elle l'implore de lui laisser la vie sauve, en vain.

Le prêtre l'empoigne par les cheveux et tire en arrière, dégageant la gorge. Les artères, qui battent sous la peau blanche, marquent l'endroit où il faut plonger la lame. Debout près de sa fille, Agamemnon a le regard baissé vers ce visage aimé. Dans les veines d'Iphigénie coule son sang. Dans ses yeux, il voit les siens. En lui tranchant la gorge, il tranche sa propre chair.

Il lève le couteau. Les soldats silencieux sont comme des statues au milieu des arbres du bois sacré. L'artère bat dans le cou de la jeune fille.

Artémis exige le sacrifice et Agamemnon doit le lui offrir.

Il appuie la lame sur le cou de sa fille et l'ouvre profondément.

Le sang jaillit et éclabousse le visage du roi d'une pluie chaude.

Iphigénie est encore vivante, ses yeux sont révulsés d'horreur car elle sent le sang s'échapper de son cou au rythme de son pouls. Le corps humain en contient environ cinq litres et il faut du temps pour qu'un tel volume s'écoule par une seule artère sectionnée. Tant que le cœur continue de battre, le sang coule. Pendant quelques secondes, peut-être même une minute ou davantage, le cerveau fonctionne. Les membres s'agitent convulsivement.

Au dernier battement de son cœur, Iphigénie voit le ciel s'obscurcir et sent la chaleur de son propre sang répandu sur son visage.

Les Anciens disent que le vent du nord s'arrêta presque tout de suite de souffler. Artémis avait obtenu satisfaction. Les navires grecs appareillèrent enfin, les armées combattirent et Troie tomba. Le sacrifice d'une jeune vierge ne pesait guère dans la balance face à ce bain de sang.

Mais quand je pense à la guerre de Troie, ce n'est ni le célèbre cheval, ni le cliquetis des armes, ni les mille vaisseaux noirs aux voiles déployées qui me viennent à l'esprit. Non, c'est l'image d'un corps de jeune fille, vidé de son sang, son père debout près d'elle, le couteau sanglant à la main.

L'image du noble Agamemnon, les larmes aux yeux.

7

— Il bat fort, dit l'infirmière.

La bouche sèche, Catherine avait les yeux fixés sur l'homme étendu sur la table d'opération, avec une barre de fer qui dépassait de trente centimètres de sa poitrine. Un étudiant en médecine s'était déjà évanoui en le voyant et trois infirmières le regardaient, bouche bée. La barre, plantée profondément dans le thorax, montait et descendait au rythme des battements de son cœur.

— Où on en est avec la tension ? demanda Catherine.

Le son de sa voix remit tout le monde en action. Le brassard du tensiomètre se gonfla puis se dégonfla dans un soupir.

— Sept-quatre. Le pouls a grimpé à cent cinquante !

— J'ouvre en grand les deux perfs !

— Apportez le plateau de thoracotomie...

— Qu'on appelle le Dr Falco immédiatement. Je vais avoir besoin d'aide, dit Catherine en mettant une blouse stérile et des gants.

Ses paumes étaient déjà moites. Le fait que la barre métallique ait suivi la fréquence cardiaque montrait que la pointe avait presque atteint le cœur ou, pis encore, qu'elle y avait pénétré. La retirer était la pire chose à faire. Cela risquait d'ouvrir une brèche par laquelle il pouvait perdre tout son sang en quelques minutes.

Sur le lieu de l'accident, les gars des secours d'urgence avaient pris la bonne décision : ils avaient mis le blessé sous perfusion et l'avaient transporté en laissant la barre en place. C'était à elle de faire le reste.

Elle venait de prendre le scalpel quand la porte s'ouvrit brusquement. Elle leva les yeux et poussa un soupir de soulagement en voyant entrer Peter Falco. Il s'arrêta et prit la mesure du problème en jetant un coup d'œil à la poitrine du patient, d'où la barre sortait comme un pieu planté dans un cœur de vampire.

— On voit pas ça tous les jours, dit-il.

— La tension est au plancher ! lança une infirmière.

— On n'a pas le temps de faire un pontage. J'ouvre tout de suite, dit Catherine.

— Je t'assiste, dit Peter avant de se tourner pour demander d'un ton presque désinvolte : Je peux avoir une blouse, s'il vous plaît ?

Catherine pratiqua prestement une incision antérolatérale, qui allait offrir le meilleur accès aux organes vitaux de la cage thoracique. Elle se sentait plus calme depuis l'arrivée de Peter, non pas seulement parce qu'elle disposait de deux mains expérimentées supplémentaires, mais aussi à cause de sa personnalité. Sa façon d'apprécier la situation au premier coup d'œil. Le fait qu'il n'élevait jamais la voix dans la salle d'opération ni ne montrait le moindre signe de panique. Il avait cinq ans d'expérience de plus qu'elle en première ligne au service des urgences et c'est dans des cas graves comme celui-ci que ça se voyait.

Il prit sa place de l'autre côté de la table d'opération, face à elle, ses yeux bleus braqués sur l'incision.

— OK. Alors, on s'amuse bien ?

— Une vraie partie de rigolade.

Il se mit à l'ouvrage, ses mains allant presque brutalement rejoindre celles de Catherine dans la poitrine ouverte. Ils avaient déjà opéré en équipe tant de fois que chacun savait automatiquement ce dont l'autre avait besoin et pouvait anticiper ses mouvements.

— Qu'est-ce qui lui est arrivé ? demanda-t-il.

Le sang gicla et, calmement, il donna un coup de bistouri électrique sur l'artère.

— Un ouvrier du bâtiment. Il est tombé de l'échafaudage et s'est empalé sur la barre de fer.

— Ça va te gâcher ton anniversaire. Le rétracteur Burford, s'il vous plaît.

— Burford.

— Où on en est avec le sang ?

— On attend le O négatif, répondit une infirmière.

— Le Dr Murata est dans la maison ?

— L'équipe de pontage ne va pas tarder.

— Il nous faut seulement gagner un peu de temps. Quelle est la fréquence cardiaque ?

— Tachycardie sinusale, cent cinquante. Quelques ESV...

— La systolique est tombée à cinq !

Catherine jeta un coup d'œil à Peter.

— On ne va pas arriver à tenir jusqu'au pontage, dit-elle.

— Voyons ce qu'on peut faire.

Dans un silence soudain, il regarda à l'intérieur de la plaie.

— Bon Dieu ! fit Catherine. Ça a pénétré dans l'oreillette.

La pointe de la barre avait percé l'enveloppe cardiaque et à chaque battement du sang frais giclait autour de l'ouverture. Le sang stagnait déjà abondamment dans la cavité thoracique.

— Si on la retire, on va avoir un vrai geyser, dit Peter.

— Ça saigne déjà autour.

— La systolique est à peine perceptible ! annonça une infirmière.

— Bon, dit Peter, sans la moindre trace de panique dans la voix, sans aucun signe d'affolement. Pouvez-vous me trouver un cathéter Foley de seize avec un ballon de trente cc ? demanda-t-il à une infirmière.

— Comment, docteur Falco ? Vous avez dit un *Foley* ?

— Oui. Un cathéter urinaire.

— Et nous allons avoir besoin d'une seringue avec dix cc de sérum physiologique, ajouta Catherine. Tenez-vous prêts à la mettre en place.

Peter et elle n'avaient pas besoin de se donner d'explications ; tous deux savaient ce qu'ils allaient tenter.

Il regarda Catherine.

— Tu es prête ?

— Allons-y.

Son cœur se mit à palpiter en voyant Peter empoigner la barre de fer, puis la tirer doucement hors de l'enveloppe cardiaque. Dès qu'elle fut sortie, le sang jaillit à flots. Catherine enfonça immédiatement l'extrémité du cathéter dans l'ouverture.

— Gonflez le ballon ! ordonna Peter.

L'infirmière mit en place la seringue et injecta dix millilitres de solution isotonique dans le ballon fixé à l'extrémité du Foley.

Peter tira sur le cathéter et plaqua le ballon contre l'intérieur de la paroi de l'oreillette. Le flot de sang s'arrêta net, seul un filet continuait de couler.

— Organes vitaux ? lança Catherine.

— La systolique est toujours à cinq. Le O négatif est là. On fait passer tout de suite.

Le cœur battant encore la chamade, Catherine regarda Peter, qui lui fit un clin d'œil à travers ses lunettes de protection.

— On s'est bien marrés, dit-il en prenant le clamp avec l'aiguille cardiaque. À toi l'honneur.

— Tu es trop aimable.

Il lui tendit le porte-aiguille. Elle allait recoudre les bords de l'ouverture, puis retirer le Foley avant de la refermer complètement. Tandis qu'elle faisait les points, elle sentait sur elle le regard approbateur de Peter. Elle se sentait rougir de plaisir à l'idée qu'ils avaient gagné la partie. Elle le savait dans son for intérieur, leur patient allait vivre.

— Façon sympathique de commencer la journée, tu ne trouves pas ? dit-il. Défoncer des cages thoraciques.

— C'est un anniversaire que je ne suis pas près d'oublier.

— Ma proposition tient toujours pour ce soir. Qu'est-ce que tu en dis ?

— Je suis de garde.

— Je vais demander à Ames de te remplacer. Allez ! La tournée des grands ducs.

— Je croyais qu'on devait faire de l'avion.

— Ce que tu voudras. Du tonnerre ! On va se faire des sandwichs au beurre de cacahuète. J'apporterai les chips.

— Ah ! Je savais que tu étais un flambeur.

— Catherine, je parle sérieusement.

Percevant le changement dans sa voix, elle leva les yeux et croisa son regard franc. Elle remarqua soudain que le silence s'était fait dans la salle et que tout le monde écoutait, pour voir si l'inaccessible Dr Cordell allait succomber au charme du Dr Falco.

Elle fit un autre point tout en pensant combien elle appréciait Peter en tant que collègue, au respect qu'ils avaient l'un pour l'autre. Elle ne voulait pas que ça change. Elle ne voulait pas mettre en danger cette précieuse relation en faisant un pas fatal vers l'intimité.

Mais comme elle regrettait l'époque où elle prenait plaisir à sortir le soir ! Quand elle attendait ça avec impatience au lieu de le redouter.

La salle était toujours silencieuse. Dans l'expectative.

Elle leva enfin les yeux vers lui.

— Passe me chercher à huit heures, dit-elle.

Catherine se versa un verre de merlot et, devant la fenêtre, le but à petites gorgées en regardant la nuit. Elle entendait des rires et voyait des gens se promener en contrebas dans Commonwealth Avenue. Newbury Street, la rue à la mode, n'était qu'à un pâté de maisons et, un vendredi soir d'été, ce quartier de Back Bay attirait beaucoup de gens. Catherine avait choisi d'habiter à Back Bay précisément pour cette raison ; ça la rassurait de savoir qu'il y avait du monde autour, même si c'était des inconnus. Le bruit de la musique et des rires voulait dire qu'elle n'était pas seule, pas isolée.

Oui, elle était là derrière sa fenêtre hermétiquement close à boire son verre de vin en essayant de se convaincre qu'elle était prête à retrouver le monde extérieur.

Un monde qu'Andrew Capra m'a dérobé.

Elle appuya la main contre la fenêtre, les doigts arc-boutés contre la vitre, comme pour sortir de sa prison stérile en brisant la glace.

Elle vida le verre avec insouciance et le posa sur l'appui de la fenêtre. Je ne vais pas rester dans la peau d'une victime, pensa-t-elle. Je ne vais pas le laisser gagner.

Elle alla dans sa chambre et passa en revue sa garde-robe. Elle tira du placard une robe en soie verte et l'enfila. Depuis combien de temps n'avait-elle pas mis de robe ? Elle ne s'en souvenait pas.

« Vous avez un message ! » avertit son ordinateur d'une voix enjouée dans l'autre pièce. Elle ignora l'information et alla se maquiller dans la salle de bains. Un masque de guerre, pensa-t-elle en se mettant du mascara et du rouge à lèvres. Un masque pour se donner le courage d'affronter le monde. À chaque nouvelle touche de blush, elle prenait un peu plus d'assurance. Elle reconnaissait à peine la femme qu'elle voyait dans la glace. Une femme qu'elle n'avait pas vue depuis deux ans.

— Bienvenue, murmura-t-elle en souriant.

Elle éteignit la lumière de la salle de bains et retourna dans le living, ses pieds se réaccoutumant au supplice des hauts talons. Peter était en retard ; il était déjà huit heures un quart. Elle se souvint de l'annonce vocale et alla cliquer sur l'icône « Boîte aux lettres » de son ordinateur.

Il y avait un message, intitulé « Rapport de labo », d'un expéditeur nommé Doc-Qui-Sait-Tout. Elle ouvrit le message.

Dr Cordell,

Ci-joint photos pathologie qui vous intéresseront.

Ce n'était pas signé.

Elle déplaça la flèche jusqu'à l'icône « Dossier téléchargé », puis hésita, le doigt posé sur la souris. Le nom de l'expéditeur, Doc-Qui-Sait-Tout, ne lui disait rien, et normalement elle ne transférait pas de dossier d'un inconnu. Mais ce message était de toute évidence lié à son travail et il lui était nommément adressé.

Elle cliqua sur « Dossier téléchargé ».

Une photo en couleurs se matérialisa sur l'écran.

Elle poussa un petit cri et, comme si elle avait été brûlée, bondit de son siège en le faisant tomber. Elle recula en titubant, une main sur la bouche.

Puis elle se précipita sur le téléphone.

— La photo est toujours sur l'écran ? demanda Thomas Moore sur le pas de la porte, le regard rivé sur son visage.

— Je n'y ai pas touché.

Elle s'écarta pour le laisser passer et il entra, l'air affairé, le parfait policier, son attention immédiatement attirée par l'homme qui était debout près de l'ordinateur.

— Voici le Dr Falco, annonça Catherine. Mon collègue.

— Docteur Falco, dit Moore, et les deux hommes se serrèrent la main.

— Catherine et moi avions prévu d'aller dîner dehors, expliqua Peter. J'ai été retenu à l'hôpital. Je suis arrivé juste avant vous et...

Il marqua un temps d'arrêt en regardant Catherine.

— Et j'ai bien l'impression que notre dîner tombe à l'eau.

Elle répondit d'un léger hochement de tête.

Moore s'assit devant l'ordinateur. L'économiseur était activé et des poissons tropicaux de couleurs vives nageaient à travers l'écran. Il remua la souris.

La photo téléchargée apparut.

Catherine se détourna et alla se placer devant la fenêtre, où, les bras serrés autour de sa poitrine, elle essaya de chasser l'image qu'elle venait de revoir sur l'écran. Elle entendit Moore taper sur le clavier derrière elle. Elle l'entendit téléphoner et dire : « Je viens de faire suivre le dossier. Vous l'avez ? » Un étrange silence était tombé sur les ténèbres sous sa fenêtre. Est-ce déjà trop tard ? se demanda-t-elle. En regardant la rue déserte, elle pouvait à peine croire qu'une heure plus tôt elle était prête à sortir dans la nuit et le monde extérieur.

Elle n'avait plus qu'une envie : s'enfermer à double tour et se cacher.

— Qui peut bien t'envoyer une chose pareille ? C'est dégueulasse, dit Peter.

— Je préfère ne pas en parler, répondit Catherine.

— Tu as déjà reçu des trucs comme ça ?

— Non.

— En quoi alors ça concerne la police ?

— Je t'en prie, Peter. Je ne veux pas discuter de ça.

Silence.

— Tu veux dire que tu ne veux pas en discuter avec moi.

— Pas maintenant. Pas ce soir.

— Mais tu vas en parler avec la police.

— Docteur Falco, intervint Moore, il serait préférable que vous vous en alliez maintenant.

— Catherine ? C'est à toi de décider.

Elle sentit à sa voix qu'il était blessé, mais elle ne se retourna pas.

— Je préfère que tu partes. Sois gentil.

Il ne répondit pas. C'est seulement quand la porte se referma qu'elle sut qu'il s'en était allé.

Il y eut un long silence.

— Vous ne lui avez pas parlé de Savannah ? demanda finalement Moore.

— Non, je n'ai jamais pu me résoudre à le faire. Le viol est un sujet trop intime, trop honteux, pour en parler. Même avec quelqu'un qui s'intéresse à vous. Qui est cette femme sur la photo ?

— J'espérais que vous pourriez me le dire.

Elle secoua la tête.

— Je ne connais pas non plus l'expéditeur du message.

La chaise craqua quand il se leva. Elle sentit sa main sur son épaule, sa chaleur pénétrer la soie de sa robe. Elle ne s'était pas changée et était toujours sur son trente et un. La seule idée de sortir en ville lui paraissait maintenant inconcevable. Qu'est-ce qu'elle s'était imaginé ? Qu'elle pouvait redevenir comme tout le monde ? Qu'elle pouvait retrouver son intégrité ?

— Catherine, dit-il. Il faut que vous me parliez de cette photo.

Ses doigts se resserrèrent sur son épaule et elle se rendit compte soudain qu'il l'avait appelée par son prénom. Il était assez près d'elle pour qu'elle perçoive son souffle chaud dans ses cheveux et pourtant elle ne se sentait pas menacée. Le contact de n'importe quel autre homme lui eût fait l'effet d'une agression, mais celui de Moore était vraiment réconfortant.

Elle hocha la tête.

— Je vais essayer.

Il apporta une autre chaise et ils s'assirent tous les deux devant l'ordinateur. Elle s'obligea à regarder la photo.

La jeune femme avait les cheveux bouclés, étalés sur l'oreiller comme des tire-bouchons. Sa bouche était bâillonnée par une bande de Teflon argentée, mais elle avait les yeux ouverts, le regard conscient, un reflet rouge dans la rétine sous le flash. La photo la montrait jusqu'à la taille. Elle était attachée au lit et nue.

— Vous la reconnaissez ? demanda-t-il.

— Non.

— Y a-t-il quelque chose sur la photo qui vous semble familier ? La pièce, le mobilier ?

— Non. Mais...

— Quoi ?

— Il a fait la même chose avec moi, murmura-t-elle. Andrew Capra m'a prise en photo. Il m'a attachée au lit...

Elle avala sa salive, humiliée, comme si c'était son corps qui était exposé au regard de Moore. Elle se prit à croiser les bras sur sa poitrine pour cacher ses seins.

— Le dossier a été transmis à huit heures moins cinq. Et le nom de l'expéditeur, Doc-Qui-Sait-Tout, ça vous dit quelque chose ?

— Non.

Elle concentra de nouveau son attention sur la jeune femme, qui lui rendit son regard avec ses pupilles rouge vif.

— Elle est éveillée. Elle sait ce qu'il va lui faire. Il attend cela. Il *veut* que vous soyez éveillée pour sentir la douleur. Il faut que vous le soyez, sinon il n'y trouvera pas son plaisir...

Bien qu'elle parlât d'Andrew Capra, elle était passée au temps présent comme si Capra était toujours en vie.

— Comment peut-il connaître votre adresse e-mail ?

— Je ne sais même pas qui c'est !

— Il *vous* a envoyé ça, Catherine. Il sait ce qui vous est arrivé à Savannah. Avez-vous une idée de qui a pu faire ça ?

Il n'y en a qu'un, pensa-t-elle. Mais il est mort. Andrew Capra est mort.

Le portable de Moore sonna. Elle faillit bondir de sa chaise.

— Nom de Dieu ! s'exclama-t-elle, le cœur battant, avant de se laisser retomber en arrière.

Il ouvrit le téléphone.

— Oui, je suis avec elle...

Il écouta un moment, puis regarda soudain Catherine. La façon dont il la fixa l'alarma.

— Qu'est-ce qu'il y a ? demanda-t-elle.

— C'est l'inspecteur Rizzoli. Elle dit qu'elle a retrouvé l'origine de l'e-mail.

— Qui l'a envoyé ?

— Vous.

C'était comme s'il l'avait giflée. Elle ne put que secouer la tête, incrédule, trop choquée pour répondre.

— Le nom Doc-Qui-Sait-Tout a été créé ce soir en utilisant *votre* compte America Online, expliqua-t-il.

— Mais j'ai deux comptes séparés. L'un pour mon usage personnel...

— Et l'autre ?

— Pour mon travail. Je m'en sers...

Elle marqua un temps d'arrêt.

— Au bureau. Avec l'ordinateur de mon bureau.

Moore leva le portable à son oreille.

— Vous avez entendu, Rizzoli ? On vous retrouve là-bas, ajouta-t-il après un silence.

L'inspecteur Rizzoli les attendait devant le service de Catherine et Peter. Un petit groupe s'était déjà rassemblé dans le couloir : un membre du service de sécurité de l'hôpital, deux policiers et plusieurs hommes en civil. Des inspecteurs, supposa Catherine.

— Nous avons fouillé les bureaux, annonça Rizzoli. Il est parti depuis longtemps.

— Il était donc bel et bien là ? dit Moore.

— Les deux ordinateurs étaient allumés. Le nom Doc-Qui-Sait-Tout est toujours sur la page d'accueil d'America Online.

— Comment a-t-il pu entrer ?

— La porte ne semble pas avoir été forcée. Un contrat a été passé avec une entreprise de nettoyage pour s'occuper des bureaux, il y a donc un certain nombre de passes en circulation. Sans compter ceux des employés qui travaillent dans ces bureaux.

— Nous avons une secrétaire chargée de la facturation, une réceptionniste et deux assistants cliniques, précisa Catherine.

— Plus le Dr Falco et vous.

— Oui.

— Bon, ça fait six clés supplémentaires qui ont pu être perdues ou empruntées, dit Rizzoli avec brusquerie.

Catherine n'aimait pas cette femme et se demandait si cette antipathie était réciproque. Rizzoli montra les bureaux d'un geste.

— Bien, faisons le tour des pièces, docteur Cordell, pour voir s'il manque quelque chose. Mais ne touchez à rien. Ni à la porte, ni aux ordinateurs. Nous allons relever les empreintes digitales.

Catherine regarda Moore, qui posa une main rassurante sur son épaule. Ils entrèrent dans le service.

Elle n'accorda qu'un rapide coup d'œil à la salle d'attente, puis entra dans la zone de réception, où travaillaient les secrétaires. L'ordinateur utilisé pour la facturation était allumé. Le lecteur de disquettes était vide ; l'intrus n'en avait laissé aucune derrière lui.

Avec un crayon, Moore remua la souris pour désactiver l'économiseur d'écran et la page d'AOL apparut. « Doc-Qui-Sait-Tout » était toujours dans le champ « Nom sélectionné ».

— Y a-t-il quoi que ce soit dans cette pièce qui vous paraisse changé ? demanda Rizzoli.

Catherine secoua la tête.

— OK. Allons dans votre bureau.

Son cœur battait plus vite quand elle longea le couloir et dépassa les deux salles de consultation. Elle entra dans son bureau. Son regard se porta instantanément vers le plafond. Elle recula brusquement avec un cri étouffé et faillit se cogner dans Moore. Il la reçut dans ses bras et la retint.

— C'est là que nous l'avons trouvé, dit Rizzoli en montrant le stéthoscope accroché au luminaire du plafond. Suspendu là. Je suppose que ce n'est pas vous qui l'y avez laissé.

Catherine secoua la tête.

— Je l'ai déjà trouvé à cet endroit, dit-elle d'une voix assourdie par le choc.

— Quand ? demanda Rizzoli, plongeant ses yeux perçants droit dans les siens.

— Ces jours derniers. J'ai constaté que des objets manquaient. Ou avaient été déplacés.

— Quels objets ?

— Le stéthoscope. Ma blouse blanche.

— Faisons le tour de la pièce, suggéra Moore gentiment. Quelque chose a changé ?

Elle parcourut des yeux les étagères de bibliothèque, le bureau, le classeur. C'était son espace personnel et elle en avait organisé chaque centimètre. Elle savait où les choses devaient ou ne devaient pas être.

— L'ordinateur est allumé, dit-elle. Je l'éteins toujours lorsque je m'absente pour la journée.

Rizzoli donna une tape à la souris et la page AOL apparut sur l'écran avec le pseudo de Catherine, « CCORD », dans le champ de l'identifiant.

— C'est comme ça qu'il a eu votre adresse e-mail, dit Rizzoli. Il lui a suffi de mettre en marche l'ordinateur.

Elle fixait le clavier. *Il a tapé sur ces touches. Il s'est assis sur mon siège.*

La voix de Moore la fit sursauter.

— Il manque quelque chose ? demanda-t-il. Probablement quelque chose d'insignifiant, de personnel.

— Comment pouvez-vous dire ça ?

— C'est dans ses habitudes.

C'était donc arrivé aux autres femmes, pensa-t-elle. Aux autres victimes.

— Ce peut être quelque chose que vous portez sur vous, précisa Moore. Quelque chose dont vous êtes la seule à vous servir. Un petit bijou, un peigne, un porte-clés.

— Bon Dieu ! fit-elle en tirant brusquement le tiroir du haut de son bureau.

— Hé ! s'exclama Rizzoli. Je vous ai dit de ne toucher à rien.

Mais Catherine avait déjà plongé la main dans le tiroir et farfouillait frénétiquement parmi les crayons et les stylos.

— Il n'est plus là.

— Quoi donc ?

— Mon deuxième trousseau de clés.

— Quelles clés y a-t-il dessus ?

— Une clé de ma voiture, une de mon casier à l'hôpital...

Elle s'interrompit, la gorge sèche.

— S'il a ouvert mon casier dans la journée, il a pu fouiller dans mon sac. Et trouver les clés de chez moi, ajouta-t-elle en levant les yeux vers Moore.

Les techniciens relevaient déjà les empreintes digitales quand Moore retourna dans le service de Catherine et de Falco.

— Vous l'avez mise au lit ? dit Rizzoli.

— Elle va dormir dans une salle de repos. Je ne veux pas qu'elle rentre chez elle avant que le nécessaire soit fait.

— Vous allez vous charger de changer les serrures ?

Il fronça les sourcils, n'appréciant pas ce qu'il percevait dans l'expression qui s'était peinte sur son visage.

— Quelque chose vous dérange ?

— C'est une jolie femme.

Il savait où tout ça allait mener et poussa un soupir de lassitude.

— Meurtrie. Vulnérable, poursuivit Rizzoli. Ça donne envie de voler à son secours, de la protéger.

— C'est pas notre boulot ?

— Y a-t-il vraiment que ça, le boulot ?

— Je n'ai pas envie d'en parler, dit-il avant de sortir du service.

Rizzoli le suivit dans le couloir comme un bouledogue aboyant sur ses talons.

— Elle est au cœur de cette affaire, Moore. Nous ne savons pas si elle a joué franc jeu avec nous. Ne me dites pas que vous êtes amoureux d'elle.

— Je ne suis pas amoureux.

— Je ne suis pas aveugle.

— Et que voyez-vous au juste ?

— Je vois comment vous la regardez. La façon dont elle vous regarde. Je vois un flic en train de perdre son objectivité.

Elle s'interrompit un instant.

— Un flic qui va se brûler les ailes.

Si elle avait élevé la voix, si elle avait dit cela avec hostilité, il se peut qu'il lui ait répondu sur le même ton. Mais elle avait prononcé ces derniers mots à voix basse et il n'arrivait pas à éprouver l'indignation nécessaire pour riposter.

— Je ne dirais pas cela à n'importe qui, reprit Rizzoli. Mais vous êtes un chic type. Si ç'avait été Crowe ou un sale con de son espèce, je lui aurais certainement dit d'aller au casse-pipe. Je m'en serais fichée comme de l'an 40. Mais je ne veux pas que ça vous arrive à vous.

Ils se regardèrent quelques instants. Et Moore se sentit un peu honteux de ne pas être capable de voir au-delà du manque de beauté de Rizzoli. Il avait beau admirer sa vivacité d'esprit, son acharnement à réussir, son attention serait toujours immanquablement attirée par son visage quelconque, ses pantalons sans forme. D'une certaine façon, il ne valait pas mieux que Darren Crowe, pas mieux que les pauvres types qui fourraient des Tampax dans sa bouteille d'eau minérale. Il ne méritait pas son admiration.

Quelqu'un se racla la gorge et ils se retournèrent pour voir l'un des techniciens de la Criminelle sur le pas de la porte.

— Aucune empreinte, annonça-t-il. Il a essuyé les deux ordinateurs. Le clavier, la souris, le lecteur de disquettes, tout a été parfaitement essuyé.

Le portable de Rizzoli sonna. Tout en l'ouvrant, elle dit :

— On espérait quoi ? Nous n'avons pas affaire à un crétin.

— Et les portes ? demanda Moore.

— Quelques empreintes partielles, répondit le technicien. Mais avec tout le passage qu'il y a ici — les patients, les employés —, nous ne pourrons rien identifier.

— Hé ! Moore, dit Rizzoli en refermant son portable. Allons-y.

— Où ?

— Au QG. Brody affirme qu'il va nous montrer le miracle des pixels.

— Je mets le fichier de l'image sur le programme Photoshop, annonça Sean Brody. Le fichier fait trois mégaoctets, ce qui veut dire qu'il est très détaillé. Pas de flou. Le gars a envoyé une photo de qualité. On voit même les cils de la victime.

Brody, un type de vingt-trois ans au teint de papier mâché, le grand spécialiste photo des services de police de Boston — un as —, était affalé devant l'ordinateur, la main quasiment greffée à la souris. Debout derrière lui, Moore, Rizzoli, Frost et Crowe fixaient l'écran par-dessus son épaule. Brody avait un rire agaçant, comme celui d'un chacal, et il émettait de petits gloussements de plaisir en manipulant l'image sur l'écran.

— Voilà la photo entière, commenta-t-il. La victime attachée au lit. Éveillée, les yeux ouverts, le flash fait apparaître la pupille très rouge. On dirait qu'elle a du Teflon sur la bouche. Tenez, regardez, dans le coin inférieur gauche de la photo, on voit le bord de la table de nuit. Vous apercevez le réveil posé sur deux livres. Je fais un zoom : vous voyez l'heure ?

— Deux heures vingt, dit Rizzoli.

— Très juste. La question est maintenant de savoir si c'est deux heures du matin ou de l'après-midi. Remontons vers le haut de la photo, où on aperçoit un coin de la fenêtre. Les rideaux sont tirés, mais vous arrivez à distinguer ce léger entrebâillement ici, où les bords du tissu ne se joignent pas tout à fait. Le soleil ne filtre pas. Si l'heure indiquée par le réveil est exacte, la photo a été prise à deux heures vingt du matin.

— Ouais, mais quel jour ? dit Rizzoli. Ça peut être la nuit dernière comme il y a un an. On ne sait même pas si c'est le Chirurgien qui a pris cette photo.

Brody lui lança un regard agacé.

— J'ai pas encore fini.

— Bon, alors, qu'est-ce qu'il y a d'autre ?

— Allons voir plus bas sur la photo. Regardez le poignet de la jeune femme. Il est caché par du Teflon, mais vous voyez cette petite tache, là ? Qu'est-ce que c'est, à votre avis ?

Il pointa la flèche et cliqua. Le détail s'agrandit.

— On voit toujours pas ce que ça peut être, dit Crowe.

— Bon, on va agrandir encore.

Il cliqua de nouveau. La masse sombre prit une forme reconnaissable.

— Bon Dieu ! s'exclama Rizzoli. On dirait un petit cheval. C'est le bracelet porte-bonheur d'Elena Ortiz !

Brody la regarda par-dessus son épaule avec un large sourire.

— Est-ce que je suis pas le meilleur ?

— C'est lui, dit Rizzoli. C'est le Chirurgien.

— Revenez à la table de nuit, demanda Moore.

Brody cliqua pour retrouver l'image entière et déplaça la flèche vers le coin inférieur gauche.

— Qu'est-ce que vous voulez voir ?

— Nous avons le réveil qui indique deux heures vingt. Et il y a aussi ces deux livres dessous. Regardez leur dos. Voyez comme la jaquette du livre de dessus reflète la lumière.

— Ouais.

— On l'a recouverte de plastique transparent pour la protéger.

— Ouais... dit Brody, qui ne comprenait pas où il voulait en venir.

— Faites un zoom sur la jaquette, dit Moore. Voyons si on peut lire le titre du livre.

Brody pointa la flèche et cliqua.

— On dirait qu'il a deux mots, fit Rizzoli. Je vois *Le*.

Brody cliqua de nouveau pour agrandir encore.

— Le deuxième mot commence par *M*. Et regardez ça, dit Moore en tapotant sur l'écran. Vous voyez le petit carré blanc, là, dans la partie inférieure de la jaquette ?

— Je vois où vous voulez en venir ! s'exclama Rizzoli d'une voix où perçait soudain de l'excitation. Le titre, bon sang, il nous faut ce putain de titre !

Brody cliqua une dernière fois.

Moore fixait l'écran, le deuxième mot du titre. Il se tourna brusquement et prit le téléphone.

— Vous avez trouvé quoi ? demanda Crowe.

— Le titre du bouquin est *Le Moineau,* répondit Moore. Et ce petit carré sur le dos, je parie que c'est une cote.

— C'est un livre emprunté à une bibliothèque, dit Rizzoli.

— Service des renseignements, j'écoute, fit une voix à l'appareil.

— Ici l'inspecteur Thomas Moore. J'ai besoin d'une communication urgente avec la bibliothèque publique de Boston.

— Des jésuites dans l'espace, dit Frost, assis sur la banquette arrière. Voilà de quoi parle le bouquin.

Ils remontaient à toute allure Centre Street, Moore au volant, gyrophare allumé. Deux autres voitures de police ouvraient la voie.

— Ma femme appartient à ce groupe de lecture, continua Frost. Je me souviens de l'avoir entendue parler du *Moineau.*

— C'est de la science-fiction ? demanda Rizzoli.

— Non, c'est plutôt un machin religieux. Quelle est la nature de Dieu... Des choses comme ça.

— Alors j'ai pas besoin de le lire, dit Rizzoli. Je connais toutes les réponses. Je suis catholique.

Moore jeta un coup d'œil à la rue transversale et dit :

— On approche.

L'adresse qu'ils cherchaient était dans Jamaica Plain, un quartier ouest de Boston entre Franklin Park et la ville limitrophe de Brookline. La jeune femme s'appelait Nina Peyton. Une semaine plus tôt, elle avait emprunté un exemplaire du *Moineau* à la bibliothèque du quartier. De toutes les personnes de la région qui avaient emprunté le livre, Nina Peyton était la seule à ne pas avoir répondu au téléphone à deux heures du matin.

— On y est, annonça Moore tandis que la voiture qui les précédait tournait à droite dans Eliot Street.

Il la suivit et, un pâté de maisons plus loin, s'arrêta derrière elle. Son gyrophare lançait des éclairs bleus surréalistes dans la nuit. Moore, Rizzoli et Frost franchirent le portillon et s'approchèrent de la maison. Une faible lumière brillait à l'intérieur.

Moore lança un coup d'œil à Frost, qui hocha la tête et fit le tour vers l'arrière de la bâtisse.

— Police ! lança Rizzoli en frappant à la porte.

Ils attendirent quelques secondes.

Rizzoli frappa plus fort.

— Madame Peyton, c'est la police ! Ouvrez !

Quelques instants de silence, puis la voix de Frost grésilla dans leur talkie-walkie :

— Le grillage de la fenêtre de derrière a été forcé !

Moore et Rizzoli échangèrent un regard et, sans un mot, la décision fut prise.

Moore brisa le panneau de verre sur le côté de la porte avec sa torche électrique, passa la main à l'intérieur et tira le verrou.

Ramassée sur elle-même, Rizzoli entra la première dans la maison en balayant la pièce avec son revolver à bout de bras. Sur ses talons, avec une forte poussée d'adrénaline, Moore enregistra mentalement une rapide succession d'images: le parquet au sol, un placard ouvert, la cuisine droit devant, le living sur la droite. Une lampe était allumée sur une table basse.

— La chambre, dit Rizzoli.

— On y va.

Ils s'engagèrent dans le couloir, Rizzoli devant. Elle tourna rapidement la tête à droite et à gauche en dépassant la salle de bains, une chambre d'amis, vides toutes les deux. La porte au bout du couloir était entrebâillée et ils ne voyaient pas ce qu'il y avait derrière, dans la chambre plongée dans l'obscurité.

Le doigt sur la détente, le cœur battant, Moore s'approcha sans bruit de la porte et la poussa avec le pied.

L'odeur de sang, tiède et fétide, l'assaillit. Il trouva l'interrupteur et alluma. Avant que l'image ne s'imprime sur sa rétine, il savait ce qu'il allait voir. Il n'était pourtant pas préparé à une telle horreur.

La femme avait été éventrée. Des boucles d'intestin grêle s'étaient déversées par l'incision et pendaient sur le côté du lit comme de monstrueux serpentins. Le sang dégoulinait par la plaie au cou et formait une mare sur le plancher.

Il fallut à Moore une éternité pour traiter ce flot d'informations visuelles. C'est seulement après, quand il eut pleinement enregistré les détails, qu'il comprit leur sens. Le sang, encore frais, coulait toujours. L'absence de sang artériel éclaboussé sur le mur. La mare de plus en plus grande de sang sombre, presque noir.

Il se dirigea tout de suite droit vers le corps, ses chaussures laissant des empreintes dans la flaque de sang.

— Hé ! s'écria Rizzoli. Vous êtes en train de contaminer les lieux.

Il appuya ses doigts sur le côté intact du cou de la victime.

Le cadavre ouvrit les yeux.

Bon Dieu ! Elle vit encore.

8

Catherine se figea dans le lit, le cœur battant à se rompre, les nerfs électrisés par la peur. Elle fixait l'obscurité en s'efforçant de vaincre la panique.

Quelqu'un frappait à grands coups à la porte de la pièce de repos.

— Docteur Cordell !

Elle reconnut la voix d'une des infirmières du service des urgences.

— Docteur Cordell !

— Oui ? dit Catherine.

— Nous avons une blessée grave qui arrive ! Perte de sang importante, blessures à l'abdomen et au cou. Je sais que le Dr Ames est de garde cette nuit, mais il est retardé. Vous pourriez aider le Dr Kimball ?

— Dites-lui que je suis là dans une seconde.

Elle alluma la lampe et regarda la pendule. Il était trois heures moins le quart. Elle n'avait dormi que trois heures. Sa robe en soie verte était toujours posée sur la chaise. Elle lui faisait l'effet d'être un objet étranger, appartenant à la vie d'une autre femme, pas à la sienne.

La tenue de chirurgien qu'elle avait passée pour se mettre au lit était trempée de sueur, mais elle n'avait pas le temps de se changer. Elle rassembla ses cheveux emmêlés en queue-de-cheval et alla au lavabo s'asperger le visage d'eau froide. Celle qui lui rendit son regard dans la glace était une inconnue, une femme traumatisée. *Concentre-toi. C'est le moment de te débarrasser de ta peur. D'aller travailler.* Elle glissa ses pieds dans les chaussures de jogging qu'elle avait récupérées dans son casier et, en prenant une profonde inspiration, sortit de la pièce.

— Ils seront là dans deux minutes ! lança la réceptionniste. Le SAMU dit que la systolique est tombée à sept !

— Docteur Cordell, ils s'installent en traumato 1.

— Qui a-t-on dans l'équipe ?

— Le Dr Kimball et deux internes. Heureusement que vous étiez là. La voiture du Dr Ames est restée en carafe et il ne peut pas arriver à temps...

Catherine entra dans la salle 1. Au premier regard, elle vit que l'équipe s'était préparée au pire. Trois poches de lactate de Ringer avaient été accrochées, les tubulures d'intraveineuses étaient enroulées, prêtes à être branchées. Un coursier attendait pour apporter d'urgence les éprouvettes de sang au labo. Les deux internes se tenaient de chaque côté de la table d'opération, des cathéters à la main, et le Dr Kimball, le médecin de garde, avait déjà arraché la bande qui scellait le plateau de laparotomie.

Catherine mit un bonnet de chirurgien puis enfila une blouse stérile. Une infirmière la lui attacha dans le dos et lui tint ouvert le premier gant. Chaque élément de la tenue ajoutait à son autorité et elle se sentait plus forte, plus maîtresse d'elle-même. Dans cette salle, elle était le sauveteur et non la victime.

— Qu'est-ce qui est arrivé à la patiente ? demanda-t-elle au Dr Kimball.

— Une agression. Blessures au cou et à l'abdomen.

— Des coups de feu ?

— Non, des coups de couteau.

Catherine s'arrêta en plein mouvement alors qu'elle enfilait le deuxième gant. Son estomac s'était brusquement noué. *Le cou et l'abdomen. Des coups de couteau.*

— L'ambulance arrive ! cria une infirmière à travers la porte.

— Le Grand-Guignol va commencer, dit Kimball en sortant pour aller à la rencontre de la patiente.

Déjà en tenue stérile, Catherine resta là. La salle était soudain devenue silencieuse. Aucun des deux internes, ni l'infirmière, prête à tendre les instruments à Catherine, ne soufflait mot. Leur attention était concentrée sur ce qui se passait derrière la porte.

Ils entendirent le Dr Kimball crier : « Allez, allez, dépêchez-vous ! »

La porte s'ouvrit à la volée et le chariot entra. Catherine aperçut des draps imbibés de sang, des cheveux châtains emmêlés et un visage de femme à moitié caché par la bande qui maintenait en place la sonde d'intubation.

Un, deux, trois ! Ils firent glisser la patiente sur la table.

Kimball tira le drap pour découvrir le torse.

Au milieu de l'agitation qui régnait dans la salle, personne n'entendit Catherine prendre une brusque inspiration, personne ne remarqua qu'elle fit un pas en arrière en titubant. Elle fixait le pansement compressif tout rouge sur le cou de la victime. Elle regarda l'abdomen, où un autre pansement appliqué à la hâte, à moitié détaché, laissait le sang se répandre sur le flanc nu. Alors que tous les autres entraient en action, branchaient la perfusion, les fils du moniteur, insufflaient de l'air dans les poumons de la victime, Catherine restait paralysée d'horreur.

Kimball retira le pansement abdominal. Des boucles d'intestin grêle dégringolèrent sur la table.

— La systolique est à peine perceptible ! Six ! Elle est en tachycardie sinusale...

— J'arrive pas à introduire le cathéter de la perf ! Sa veine s'est affaissée !

— Essayez une sous-clavière !

— Envoyez-moi un autre cathéter !

— Merde, tout le champ est contaminé...

— Docteur Cordell ? Docteur Cordell ?

Encore hébétée, Catherine se tourna vers l'infirmière qui venait de lui parler et fronçait les sourcils par-dessus son masque chirurgical.

— Vous voulez des champs de laparo ?

Catherine avala sa salive et prit une profonde inspiration.

— Oui, et de succion...

Elle regarda de nouveau la patiente. Une jeune femme. Ça lui rappela une autre salle d'opération, une nuit à Savannah où c'était elle qui était étendue sur la table.

Je ne te laisserai pas mourir. Je ne le laisserai pas t'ajouter à son tableau de chasse.

Elle saisit une poignée d'éponges et une pince à hémostase sur le plateau à instruments. Elle était maintenant parfaitement concentrée, la pro maîtresse d'elle-même. Toutes ses années d'expérience revenaient d'un coup. Elle accorda d'abord toute son attention à la plaie au cou et retira le pansement compressif. Du sang rouge sombre en dégoulinait jusque par terre.

— La carotide ! dit l'un des internes.

Catherine appliqua prestement une éponge sur la plaie et respira profondément.

— Non, non. Si c'était la carotide, elle serait déjà morte. Scalpel, dit-elle à l'adresse de l'infirmière.

L'instrument fut placé dans sa main d'un coup sec. Elle marqua un temps d'arrêt, se préparant à la tâche délicate qui l'attendait, et plaça la pointe du scalpel contre le cou. Tout en maintenant la pression sur la plaie, elle incisa rapidement la peau et disséqua en remontant vers la mâchoire pour dénuder la veine jugulaire.

— Le coup n'a pas été assez profond pour atteindre la carotide, dit-elle. Mais il a sectionné la jugulaire. Et son extrémité s'est rétractée à l'intérieur des tissus.

Elle reposa le scalpel et prit la pince à hémostase.

— Interne ? J'ai besoin que vous épongiez. *Doucement !*

— Vous allez réanastomoser ?

— Non, nous allons seulement suturer. Le drainage va se faire par la collatérale. Il faut que je dégage la veine suffisamment pour enrouler le fil. Clamp vasculaire.

L'instrument se retrouva instantanément dans sa main.

Catherine mit la pince en position et la referma sur le vaisseau sanguin. Elle poussa un soupir et jeta un coup d'œil à Kimball.

— Cet écoulement est jugulé. Je suturerai plus tard.

Elle dirigea son attention sur l'abdomen. Kimball et l'autre interne avaient déjà dégagé le champ avec des compresses absorbantes, et la plaie était parfaitement visible. Catherine repoussa doucement des boucles de l'intestin grêle et scruta l'intérieur de l'incision. Ce qu'elle vit la rendit malade de rage.

Elle croisa le regard stupéfait de Kimball, face à elle.

— Qui a bien pu faire une chose pareille ? dit-il à voix basse.

— Un monstre.

— La victime est encore sur le billard. Elle vit toujours.

Rizzoli referma son portable d'un coup sec et regarda Moore et le Dr Zucker.

— On a un témoin maintenant. Notre assassin devient négligent.

— C'est pas de la négligence, dit Moore. Il était pressé. Il n'a pas eu le temps d'achever la besogne.

À la porte de la chambre, Moore examinait le sang répandu par terre. Il était encore frais, encore luisant. *Il n'a pas eu le temps de sécher. Le Chirurgien était là juste avant nous.*

— La photo a été envoyée à Cordell à huit heures moins cinq. Elle révèle que le réveil indique deux heures vingt, fit remarquer Rizzoli en montrant le radio-réveil sur la table de nuit. Ça veut dire qu'il a dû prendre la photo la *nuit dernière.* Il a gardé la victime en vie, dans cette maison, pendant plus de vingt-quatre heures.

Pour faire durer le plaisir.

— Il devient trop sûr de lui, dit le Dr Zucker, une inquiétante pointe d'admiration dans la voix.

L'adversaire était à sa mesure.

— Non seulement il maintient la victime en vie un jour entier, mais la *laisse* ici un moment pour aller envoyer un e-mail. Il est en train de jouer avec nous.

— Ou avec Catherine Cordell, ajouta Moore.

Le sac de la victime était posé sur la commode. Les mains gantées, Moore passa en revue son contenu.

— Porte-monnaie avec trente-quatre dollars. Deux cartes de crédit. Carte AAA. Badge à son nom de la société Lawrence de fournitures scientifiques, service des ventes. Permis de conduire : Nina Peyton, vingt-neuf ans, un mètre soixante, soixante-cinq kilos. Donneuse d'organes, ajouta-t-il après avoir retourné le permis.

— J'ai l'impression qu'elle vient d'en donner un, dit Rizzoli.

Moore ouvrit la fermeture Éclair d'une poche latérale.

— Il y a un agenda.

— Ah oui ? fit Rizzoli en se tournant vers lui avec intérêt.

Il ouvrit le calepin au mois en cours. Il était vierge. Il le parcourut jusqu'à trouver quelque chose d'écrit. Ça datait de huit semaines : *Payer loyer.* Il remonta encore en arrière et vit d'autres notes :

Anniversaire de Sid. Pressing. Concert à 20 heures. Réunion du personnel. Toutes les petites choses de la vie. Pourquoi les inscriptions s'arrêtaient-elles brusquement huit semaines plus tôt ? Il pensa à celle qui avait écrit ces mots, d'une écriture bien nette à l'encre bleue. Une femme qui avait probablement feuilleté son agenda jusqu'à la page blanche de décembre et avait songé à Noël sous la neige, avec toutes les raisons de penser qu'elle serait encore en vie pour le voir.

Il referma le calepin, envahi par la tristesse au point d'être incapable de parler pendant quelques instants.

— Il n'a absolument rien oublié sur les draps, dit Frost, courbé au-dessus du lit. Ni fil chirurgical, ni instrument, que dalle.

— Pour un type qui était censé être pressé de foutre le camp, il a sacrément bien nettoyé derrière lui, fit observer Rizzoli. Et regardez, il a même pris le temps de plier la chemise de nuit. Ça ne cadre pas.

— Mais il a laissé sa victime en vie, dit Moore. La pire des erreurs.

— Ça n'a pas de sens, Moore. Il plie soigneusement la chemise de nuit, ramasse tout derrière lui. Et ensuite, il se montre négligent au point de laisser un témoin derrière lui ? Il est trop habile pour commettre une pareille erreur.

— Même les plus malins font des conneries, dit Zucker. Ted Bundy a fini par devenir négligent.

— C'est vous qui avez téléphoné à la victime ? demanda Moore en levant les yeux vers Frost.

— Ouais. Quand on appelait tous les numéros communiqués par la bibliothèque. J'ai téléphoné ici vers deux heures, deux heures un quart. Je suis tombé sur le répondeur. Je n'ai laissé aucun message.

Moore jeta un coup d'œil circulaire dans la pièce mais ne vit aucun répondeur. Il alla dans le living. Le téléphone sur la table basse était équipé d'un boîtier d'identification d'appels. Le bouton de mémoire était maculé de sang.

Il appuya sur le bouton avec la pointe d'un stylo et le numéro du dernier demandeur apparut sur l'écran à affichage digital.

Services de police de Boston, 2 h 14

— Est-ce que c'est ça qui lui a fait peur ? demanda Zucker, qui l'avait suivi dans le living.

— Il était ici quand Frost a appelé. Il y a du sang sur le bouton du boîtier d'identification.

— Le téléphone a donc sonné. Et notre assassin n'avait pas fini. Il n'était pas encore satisfait. Mais un coup de fil en pleine nuit, ça a dû le déconcerter. Il est venu dans le living et a vu le numéro s'afficher sur le boîtier. Il a vu que c'était la police, qui cherchait à joindre la victime.

Zucker marqua une pause.

— Qu'auriez-*vous* fait à sa place ?

— Je me serais barré.

Zucker hocha la tête et un sourire contracta ses lèvres.

Tout cela n'est qu'un jeu pour toi, pensa Moore. Il alla à la fenêtre et regarda la rue, que les éclairs bleus des gyrophares transformaient en kaléidoscope. Une demi-douzaine de voitures de police supplémentaires étaient maintenant garées devant la maison. La presse était là également ; les camions de la télé locale installaient leurs câbles d'alimentation satellite.

— Il n'a pas réussi à prendre son plaisir, dit Zucker.

— Il a pourtant pratiqué l'excision.

— Oui, mais ça, c'est seulement pour repartir avec son petit souvenir. Il n'est pas venu uniquement pour prélever un organe. Il venait pour le grand frisson : sentir la vie d'une femme s'échapper d'elle. Mais cette fois-ci, il n'y est pas arrivé. Il a été interrompu, distrait par la crainte de voir débarquer la police. Il n'est pas resté assez longtemps pour voir mourir sa victime.

Zucker se tut un instant.

— La prochaine ne va pas tarder à suivre. Notre meurtrier est frustré et la tension lui devient insupportable. Ce qui veut dire qu'il est déjà à la recherche d'une autre victime.

— Peut-être l'a-t-il même déjà choisie, ajouta Moore en pensant à Catherine Cordell.

Les premières lueurs de l'aube éclairaient le ciel. Moore n'avait pas dormi depuis près de vingt-quatre heures, il avait fonctionné à pleins gaz pendant la majeure partie de la nuit, carburant uniquement au café. Pourtant, en regardant le jour se lever, ce n'était pas de l'épuisement qu'il ressentait, mais une agitation renouvelée. Il y avait entre Catherine Cordell et le Chirurgien un lien qui lui échappait. Un fil invisible qui la rattachait à ce monstre.

— Moore.

Il se retourna. Rizzoli était là et il perçut instantanément une étincelle d'excitation dans ses yeux.

— La Brigade des crimes sexuels vient d'appeler, annonça-t-elle. Notre victime n'a vraiment pas de bol.

— Qu'est-ce que vous voulez dire ?

— Il y a deux mois, Nina Peyton a été agressée sexuellement.

Moore était abasourdi. Il pensa aux pages vierges de l'agenda de la victime. Huit semaines plus tôt, elle avait cessé d'y écrire quoi que ce soit. C'était à ce moment-là que la vie de Nina Peyton s'était brusquement arrêtée.

— Un rapport a été établi ? demanda Zucker.

— Oui, et des prélèvements ont été faits, répondit Rizzoli.

— *Deux* victimes de viol ? dit Moore. Est-ce possible que ce soit aussi facile ?

— Vous voulez dire que le violeur revient les tuer ?

— Ce ne peut être une simple coïncidence. Dix pour cent des violeurs en série communiquent ensuite avec leurs victimes. C'est pour eux une façon de continuer à les tourmenter. L'obsession.

— Le viol comme prélude au meurtre, dit Rizzoli avec un grognement dégoûté. Joli.

Une pensée vint soudain à Moore.

— Vous avez bien dit qu'on avait pratiqué des prélèvements ?

— Oui. On attend le résultat de l'analyse ADN.

— Qui a effectué les prélèvements ? Est-elle allée au service des urgences ?

Il était quasiment certain qu'elle allait répondre : *Pilgrim.*

Mais Rizzoli secoua la tête.

— Non. Elle est allée à la clinique pour femmes de Forest Hills. C'est au bout de la rue.

Une affiche en couleurs représentant l'appareil génital féminin sous les mots : « Femme. Une beauté stupéfiante » était placardée sur le mur de la salle d'attente de l'hôpital. Moore reconnaissait que le corps de la femme était une création miraculeuse, mais ça ne l'empêchait pas d'avoir l'impression d'être un voyeur en regardant ce diagramme explicite. Il remarqua que plusieurs femmes présentes l'observaient du coin de l'œil comme des gazelles lorgnent un prédateur parmi elles. Le fait d'être accompagné de Rizzoli ne changeait apparemment rien au fait qu'il était le mâle étranger.

Il fut soulagé quand la réceptionniste annonça enfin :

— Elle vous attend, inspecteurs. C'est la dernière porte à droite.

Rizzoli le précéda dans le couloir le long duquel des affiches les interpellaient au passage : « Les dix signes montrant que votre partenaire risque de vous maltraiter » ou « Comment savoir que c'est un viol ? ». À chaque pas, il avait le sentiment qu'une nouvelle tache de culpabilité masculine maculait sa personne, comme la poussière salit les chaussures. Rizzoli n'éprouvait aucun de ces tiraillements ; elle était en terrain connu. Le territoire des femmes. Elle frappa à la porte qui portait l'inscription : *Sarah Daly, infirmière spécialisée.*

— Entrez.

La femme qui se leva pour les accueillir était jeune et dans le coup. Sous sa blouse blanche, elle portait un jean et un tee-shirt noir, et une coupe à la garçonne mettait en valeur ses yeux sombres espiègles et l'élégance de ses pommettes. Mais c'est du petit anneau d'or qu'elle avait à la narine gauche que Moore ne parvenait pas à détacher les yeux. Pendant la plus grande partie de l'entretien, il eut l'impression de parler à cet anneau.

— J'ai réexaminé son dossier médical après votre appel, dit Sarah. Je sais qu'un rapport de police *a été* établi.

— Nous l'avons lu, répondit Rizzoli.

— Et quelle est la raison de votre venue ?

— Nina Peyton a été agressée cette nuit, chez elle. Elle est dans un état critique.

Après le premier choc, la rage monta rapidement chez la jeune femme. Moore le vit à la façon dont elle releva le menton ; ses yeux flamboyaient.

— Est-ce que c'est *lui* ?

— Lui ?

— Celui qui l'a violée ?

— Nous envisageons cette possibilité, dit Rizzoli. Malheureusement, la victime est dans le coma et n'est pas en état de nous parler.

— Cessez de l'appeler « la victime ». Elle a un nom.

Rizzoli releva à son tour le menton et Moore savait qu'elle était furax.

— Mademoiselle Daly, intervint Moore, c'est une agression d'une sauvagerie inimaginable et nous avons besoin...

— Rien n'est inimaginable s'agissant de ce que les hommes font aux femmes, coupa Sarah.

Elle prit une chemise sur le bureau et la lui tendit.

— Son dossier médical. Elle est venue ici le lendemain matin du viol. C'est moi qui me suis occupée d'elle.

— C'est vous qui l'avez examinée ?

— J'ai tout fait. L'entretien, l'examen pelvien. J'ai effectué les prélèvements vaginaux et confirmé qu'il y avait du sperme sous le microscope. J'ai peigné sa toison pubienne, je lui ai coupé les ongles pour les analyses d'usage. Je lui ai donné la pilule du lendemain.

— Elle n'est pas allée au service des urgences pour des examens complémentaires ?

— Quand la victime d'un viol franchit notre porte, on s'occupe de tout. Et c'est une seule personne qui s'en charge. Il faut absolument éviter qu'elle voie défiler des visages. C'est donc moi qui fais la prise de sang, qui l'envoie au labo. Je donne les coups de fil nécessaires à la police. Si la victime le désire.

Moore ouvrit le dossier et vit la fiche de renseignements de la patiente : la date de naissance, l'adresse, le numéro de téléphone et le nom de l'employeur de Nina Peyton. La page suivante était couverte d'une petite écriture serrée. La première mention datait du 17 mai.

Principal sujet de plainte : agression sexuelle.

Historique de l'affection actuelle : femme blanche de 29 ans, croit avoir été agressée sexuellement. La nuit dernière, alors qu'elle était allée boire un verre au Gramercy, s'est sentie prise de vertiges et se rappelle être allée aux toilettes. Elle n'a aucun souvenir de ce qui a suivi...

— Elle s'est réveillée chez elle, dans son lit, dit Sarah. Elle ne se souvenait pas comment elle était rentrée à son domicile, ni de s'être déshabillée. Elle ne se souvenait certainement pas d'avoir déchiré son chemisier. Mais elle était bel et bien là, dépouillée de ses vêtements. Elle avait les cuisses couvertes de ce qu'elle pensait être du sperme séché. Elle avait un œil gonflé et des bleus sur les poignets. Elle a rapidement compris ce qui lui était arrivé. Et elle a eu la même réaction que d'autres victimes de viol. Elle a pensé : C'est de ma faute. Je n'aurais pas dû être aussi insouciante. Mais c'est comme ça avec les femmes, ajouta-t-elle en regardant Moore directement. Nous nous en prenons à nous-mêmes, alors que c'est l'homme qui nous baise.

Face à une telle colère, il n'y avait rien à dire. Il baissa les yeux vers le dossier et lut le compte-rendu de l'examen physique.

Échevelée, repliée sur elle-même, la patiente parle d'une manière monotone. Elle n'est pas accompagnée et a fait à pied le trajet de chez elle à l'hôpital...

— Elle n'arrêtait pas de parler de ses clés de voiture, reprit Sarah. Elle était meurtrie, un œil fermé tellement sa joue était enflée, et elle n'arrivait pas à se concentrer sur autre chose que le fait qu'elle avait perdu ses clés de voiture, qu'elle devait les retrouver, sans quoi elle ne pourrait aller à son travail. Il m'a fallu un moment pour l'amener à sortir de cette boucle et à me parler. Il ne lui était jamais arrivé quoi que ce soit de vraiment grave. Elle était instruite, indépendante. Représentante pour la société

Lawrence, qui vend du matériel scientifique. Elle avait des contacts quotidiens avec d'autres gens. Et voilà comment elle était maintenant : pratiquement paralysée. Obsédée par ses conneries de clés de voiture. Elle a finalement ouvert son sac et fouillé dans toutes les poches : les clés étaient là. C'est seulement après les avoir retrouvées qu'elle a pu faire attention à ce que je disais et me raconter ce qui était arrivé.

— Et qu'a-t-elle dit ?

— Elle est entrée au Gramercy vers neuf heures pour retrouver une amie. L'amie en question n'est pas venue et Nina s'est attardée là un moment. Elle a pris un Martini, a parlé avec quelques types. Je connais l'endroit, c'est un pub animé tous les soirs. Une femme s'y sent en sécurité. Comme s'il y avait des endroits sûrs, ajouta-t-elle avec une pointe d'amertume.

— Se souvenait-elle de l'homme qui l'a ramenée chez elle ? demanda Rizzoli. C'est ça que nous devons savoir.

Sarah la regarda.

— Il n'est question que du violeur, n'est-ce pas ? Tous ces flics de la Brigade des crimes sexuels ne voulaient pas entendre parler d'autre chose. L'agresseur monopolise l'attention.

Moore sentait la température monter dans la pièce avec la colère de Sarah.

— Les inspecteurs affirment qu'elle n'a pu en faire la description, s'empressa-t-il de dire.

— J'étais là quand ils l'ont interrogée. Elle m'avait priée de rester et j'ai donc entendu toute l'histoire. Ils n'arrêtaient pas de lui demander à quoi il ressemblait et elle était incapable de le leur dire.

Elle n'arrivait pas à se rappeler quoi que ce soit de lui.

Moore passa à la page suivante du dossier.

— Vous l'avez vue une deuxième fois, en juillet. Il y a une semaine à peine.

— Elle est revenue pour l'analyse de sang. Il faut six semaines pour que le test de détection du virus HIV soit valable. C'est l'horreur ultime. D'abord vous vous faites violer, puis vous découvrez que votre agresseur vous a transmis une maladie mortelle. Ces six semaines à attendre avant de savoir si vous avez attrapé le sida sont insupportables. Six semaines à se demander si l'ennemi est en vous, en train de se multiplier dans votre sang. Quand ces femmes viennent pour le test, il faut que je leur remonte le moral. Et que je jure de les appeler dès que j'ai reçu les résultats.

— Les analyses ne sont pas faites ici ?

— Non. On envoie tout au labo Interpath.

Moore tourna la dernière page du dossier et vit les résultats.

HIV : négatif. Wassermann (syphilis) : négatif.

La page, un feuillet d'un formulaire à carbones intercalaires, était fine comme du papier à cigarette. Les nouvelles les plus importantes de votre vie vous arrivent souvent sur un papier aussi léger, pensa-t-il. Télégrammes, résultats d'examen, analyses de sang.

Il referma le dossier et le posa sur le bureau.

— Lorsque vous avez vu Nina la deuxième fois, quand elle est revenue pour son analyse, qu'est-ce qui vous a frappée en elle ?

— Vous me demandez si elle était encore traumatisée ?

— Je ne doute pas qu'elle l'ait été.

Sa réponse à voix basse parut percer la bulle de rage qui enflait en Sarah. Elle se renversa sur sa chaise comme si, sa colère désamorcée, elle avait perdu quelque combustible vital. Elle réfléchit un moment à la question.

— Lorsque je l'ai vue la seconde fois, elle était comme une morte vivante.

— C'est-à-dire ?

— Elle était sur la chaise où est assise l'inspecteur Rizzoli et j'avais l'impression de pouvoir presque voir à travers elle. Comme si elle avait été transparente. Elle n'était pas retournée à son travail depuis le viol. Je crois qu'elle avait du mal à se trouver en face des gens, surtout des hommes. Elle était paralysée par un tas de phobies bizarres : la peur de boire de l'eau du robinet, par exemple. Il fallait que ce soit absolument une bouteille ou un pack qui n'avait pas été ouvert, quelque chose dans lequel on n'ait pu verser un poison ou une drogue. Elle était persuadée que son violeur avait laissé du sperme sur ses draps et ses vêtements et elle passait chaque jour des heures à les laver et les relaver. Quoi qu'elle ait été auparavant, Nina Peyton était morte. Ce n'était plus qu'un fantôme.

Sarah avait laissé tomber sa voix et elle était assise parfaitement immobile ; elle avait le regard fixé sur Rizzoli mais voyait une autre femme à sa place. Une succession de femmes, de visages, de fantômes, un défilé de femmes brisées.

— A-t-elle dit qu'elle avait été traquée ? Que son agresseur était réapparu dans sa vie ?

— Un violeur ne disparaît jamais de votre vie. Tant que vous vivez, vous êtes sa propriété.

Sarah marqua une pause, puis ajouta amèrement :

— Il se peut qu'il soit venu revendiquer son bien.

9

Ce n'était pas des vierges que les Vikings sacrifiaient, mais des courtisanes.

En l'an de grâce 922, l'ambassadeur arabe Ibn Fadlan a été témoin d'un sacrifice de ce genre parmi un peuple qu'il appelait les Rus. Il les décrit comme de grands blonds au physique parfait qui, de Suède, descendaient les fleuves de Russie pour gagner les marchés méridionaux de Khazarie et du califat, où ils échangeaient de l'ambre et des fourrures contre de la soie et de l'argent de Byzance. C'est sur cette route commerciale, en un lieu appelé Bulgar, dans un méandre de la Volga, qu'il assista aux préparatifs du dernier voyage pour le Walhalla d'un chef viking.

Le bateau du défunt fut tiré à terre et placé sur des poteaux en bois de bouleau. On construisit un abri sur le pont et on y installa une couche recouverte de brocart grec. Le cadavre, qui avait été enseveli pendant dix jours, fut déterré.

À la grande surprise d'Ibn Fadlan, la chair noircie ne sentait pas mauvais.

Le cadavre fut ensuite paré de beaux atours : pantalons, bas et bottes, tunique et caftan de brocart à boutons en or. Ils le placèrent sur la couche dans le pavillon et le maintinrent en position assise avec des coussins. Ils disposèrent autour de lui du pain, de la viande et des oignons, une boisson alcoolisée et des plantes aromatiques. Ils tuèrent un chien et deux chevaux, un coq et une poule, qu'ils déposèrent également à l'intérieur du pavillon pour les besoins du défunt dans le Walhalla.

Ils amenèrent enfin une jeune esclave.

Pendant les dix jours passés sous terre par le mort, elle avait été vouée à la prostitution. Hébétée par l'alcool, elle avait été conduite de tente en tente pour satisfaire les envies de tous les hommes du camp. Une succession d'hommes en sueur étaient passés sur elle en grognant, son corps transformé en un réceptacle communautaire de la semence des hommes de la tribu. Elle avait été ainsi souillée, sa chair corrompue, son corps préparé pour le sacrifice.

Le dixième jour, on l'emmena au navire, accompagnée d'une vieille femme qu'ils appelaient l'Ange de la Mort. La jeune fille enleva ses bracelets et ses bagues. Elle but jusqu'à être ivre. Puis on la conduisit dans le pavillon du défunt.

Là, sur la couche tendue de brocart, elle fut encore souillée six fois. Par six hommes qui se faisaient passer son corps comme s'ils avaient partagé un morceau de viande. Après quoi, lorsque les hommes furent assis, on étendit la fille sur la couche au côté de son maître défunt. Deux hommes la tenaient par les pieds, deux autres par les mains, et l'Ange de la Mort passa une corde autour de son cou. Tandis que les hommes tendaient la corde, l'Ange leva son poignard à large lame et le plongea dans la poitrine de la fille.

Elle frappa encore et encore, répandant le sang comme les hommes avaient répandu leur semence, le poignard répétant le viol qui avait précédé, le métal pointu perçant la chair tendre.

Une pénétration brutale qui, avec le dernier coup, provoqua l'extase de la mort.

— Elle a besoin de transfusions massives de sang et de plasma frais, expliqua Catherine. Sa tension s'est stabilisée, mais elle est toujours inconsciente et sous poumon artificiel. Nous devons être patients, inspecteur. Et espérer qu'elle se réveille.

Devant le service de soins chirurgicaux intensifs, Catherine et l'inspecteur Darren Crowe regardaient les trois lignes onduler sur l'écran du moniteur. L'inspecteur n'était pas là seulement pour protéger Catherine ; il était impatient de prendre la déposition de Nina Peyton et, depuis quelques heures, il embêtait tout le monde, demandait sans arrêt si l'état de la patiente s'améliorait et rôdait près du box.

Il répéta une fois de plus la question qu'il avait posée toute la matinée :

— Est-ce qu'elle va s'en sortir ?

— Tout ce que je peux vous dire, c'est que les signes vitaux sont stables.

— Quand pourrai-je lui parler ?

Catherine poussa un soupir de lassitude.

— Vous n'avez pas l'air de comprendre à quel point son état est critique. Elle a perdu plus d'un tiers de son sang avant d'arriver ici. Son cerveau a peut-être été privé d'oxygène. Quand elle reprendra conscience, *si* elle le fait, il est possible qu'elle ne se souvienne de rien.

Crowe jeta un coup d'œil à travers la cloison vitrée.

— Dans ce cas, elle ne nous est d'aucune utilité.

Catherine le regarda avec une aversion croissante. Il n'avait pas une seule fois exprimé d'inquiétude à l'endroit de Nina Peyton, si ce n'est en tant que témoin, en tant que personne pouvant avoir un intérêt pour l'enquête. Pas une seule fois, de toute la matinée, il ne l'avait appelée par son nom. Il disait toujours « la victime » ou « le témoin. » En regardant dans le box, ce n'est pas une femme qu'il voyait, mais simplement un moyen de parvenir à une fin.

— Quand va-t-elle sortir du service de soins intensifs ?

— Il est trop tôt pour répondre à cette question.

— Ne pourrait-on pas la transférer dans une chambre particulière ? Si nous gardions la porte fermée, si nous limitions le personnel, personne ne saurait qu'elle est incapable de parler.

Catherine savait exactement où il voulait en venir.

— Je ne veux pas que mes patients servent d'appât. Elle doit rester en observation vingt-quatre heures sur vingt-quatre. Vous voyez ces lignes sur l'écran ? C'est l'électrocardiogramme, la tension veineuse centrale et la tension artérielle. J'ai besoin d'être informée immédiatement de tout changement de son état. Il n'y a que dans ce service que c'est possible.

— Combien de femmes pourrions-nous sauver si nous l'arrêtions maintenant ? Avez-vous pensé à ça ?

Si quelqu'un sait ce que ces femmes ont enduré, c'est bien vous, docteur Cordell.

Elle se figea sous l'effet de la colère. Il lui avait porté un coup au point le plus vulnérable. Ce que lui avait fait Andrew Capra était si personnel, si intime, qu'elle ne pouvait en parler à personne, pas même à son père. L'inspecteur venait de rouvrir brutalement la blessure.

— Elle est peut-être notre seul moyen de mettre la main sur lui, insista Crowe.

— Vous n'avez rien trouvé de mieux ? Vous servir d'une femme dans le coma comme appât ? Mettre en danger d'autres patientes de l'hôpital en y attirant un assassin ?

— Qui vous dit qu'il n'est pas déjà ici ? rétorqua Crowe avant de s'éloigner.

Déjà ici. Catherine ne put s'empêcher de jeter un coup d'œil autour d'elle. Des infirmières s'affairaient entre des patients. Des internes s'étaient rassemblés près de la batterie d'écrans. Un biologiste portait un plateau couvert d'éprouvettes pleines de sang et de seringues. Combien de personnes entraient et sortaient de cet hôpital en une journée ? Combien d'entre elles connaissait-elle vraiment ? Aucune. Andrew Capra lui avait au moins appris cela : on n'arrive jamais à savoir réellement ce que quelqu'un a dans le cœur.

— Docteur Cordell, un appel pour vous, annonça la réceptionniste du service.

Catherine alla au poste des infirmières et prit le téléphone. C'était Moore.

— On m'a dit que vous l'aviez tirée d'affaire.

— Oui, elle est encore en vie. Et, non, elle ne parle toujours pas, répondit Catherine brutalement.

Un silence.

— J'ai l'impression que j'ai mal choisi mon moment pour appeler.

Elle se laissa tomber sur une chaise.

— Excusez-moi. Je viens de parler à l'inspecteur Crowe et ça ne m'a pas mise de bonne humeur.

— Il semble que ce soit l'effet qu'il produit sur les femmes.

Ils rirent, un rire las qui dissipa toute hostilité entre eux.

— Comment vous en sortez-vous, Catherine ?

— On a eu des sueurs froides, mais je pense qu'on a réussi à stabiliser son état.

— Non, je parle de *vous.* Vous tenez bon ?

Ce n'était pas seulement de la courtoisie ; elle percevait une réelle inquiétude dans sa voix et elle ne savait que dire. Elle savait seulement que ça faisait du bien de sentir qu'on pensait à elle. Qu'elle avait les joues toutes roses en entendant ces paroles.

— Ne rentrez pas chez vous, hein, dit-il. Tant que les verrous n'ont pas été changés.

— Ça me fiche en rogne. Il me prive du seul endroit où je me sentais en sécurité.

— Nous allons y remédier. Je vais m'occuper de faire venir un serrurier.

— Un week-end ? Vous êtes magicien.

— Non, j'ai seulement un carnet d'adresses bien fourni.

Elle se renversa sur sa chaise, la tension de ses épaules commençait à se relâcher. Autour d'elle, le service de soins intensifs bourdonnait comme une ruche, et pourtant son attention était entièrement accaparée par son interlocuteur, dont la voix la calmait, la rassurait.

— Et vous, comment ça va ?

— La journée ne fait que commencer.

Il s'interrompit pour répondre à quelqu'un qui lui demandait apparemment quels indices il fallait emporter. Elle entendait d'autres voix à l'arrière-plan. Elle l'imagina dans la chambre de Nina Peyton, les témoignages de l'horreur tout autour de lui. Et pourtant, sa voix était calme, imperturbable.

— Vous m'appellerez dès qu'elle se réveille ?

— L'inspecteur Crowe rôde par ici comme un vautour. Je suis sûre qu'il le saura avant moi.

— Vous croyez qu'elle *va* se réveiller ?

— Honnêtement, je n'en sais rien. Je ne cesse de le répéter à Crowe, mais il ne l'admet pas.

— Docteur Cordell ?

L'infirmière de Nina Peyton l'appelait depuis le box. Le ton de sa voix alarma Catherine.

— Qu'est-ce qui se passe ?

— Il faut que vous veniez voir.

— Quelque chose ne va pas ? demanda Moore au bout du fil.

— Ne quittez pas, je vais voir.

Elle posa le combiné et entra dans le box.

— J'étais en train de la laver, expliqua l'infirmière. Au retour de la salle d'opération, elle avait encore du sang séché sur elle. Lorsque je l'ai tournée sur le côté, j'ai vu ça. C'est derrière sa cuisse gauche.

— Montrez-moi.

L'infirmière prit la patiente par l'épaule et la hanche et la roula sur le côté.

— Là, regardez, dit-elle à voix basse.

La peur cloua Catherine sur place. Elle fixait le message écrit au feutre noir sur la peau de Nina Peyton.

JOYEUX ANNIVERSAIRE. MON CADEAU VOUS PLAÎT ?

Moore la retrouva à la cafétéria de l'hôpital. Elle était assise à une table d'angle, le dos au mur, la place de quelqu'un qui se sait menacé et veut voir venir l'agresseur. Elle portait encore sa blouse de chirurgien et elle avait attaché ses cheveux en queue-de-cheval, ce qui dégageait ses traits plutôt anguleux, son visage pas maquillé, ses yeux brillants. Elle devait être aussi épuisée que lui, mais la peur avait aiguisé sa vigilance et, comme un chat sauvage, elle observait chacun de ses mouvements tandis qu'il s'approchait de la table. Elle avait devant elle une tasse de café à moitié vide. Il se demanda combien elle en avait bu et vit que sa main tremblait quand elle prit la tasse. Ce n'était pas la main sûre d'un chirurgien mais celle d'une femme apeurée.

Il s'assit face à elle.

— Une voiture de police va rester toute la nuit devant votre immeuble. On vous a remis vos nouvelles clés ?

Elle hocha la tête.

— Le serrurier me les a apportées. Il m'a dit qu'il avait posé ce qui se fait de mieux comme verrous.

— Ça va bien se passer, Catherine.

Elle baissa les yeux vers son café.

— Ce message m'était destiné.

— Nous n'en savons rien.

— C'était mon anniversaire, hier. Il le savait. Et il savait que j'étais de garde.

— Si c'est lui qui l'a écrit.

— Ne me racontez pas de conneries. Vous *savez* que c'est lui.

Après un silence, Moore acquiesça.

Ils restèrent un moment sans mot dire. C'était déjà la fin de l'après-midi et la plupart des tables étaient inoccupées. Derrière le comptoir, les employées enlevaient les plats et de la vapeur s'élevait en fines volutes. Une caissière ouvrit un rouleau de pièces, qu'elle laissa tomber dans le tiroir-caisse avec un bruit métallique.

— On a trouvé quelque chose dans mon bureau ?

— Il n'a laissé aucune empreinte digitale.

— Vous n'avez donc aucun indice.

— Aucun, admit-il.

— Il entre dans ma vie et en sort comme un courant d'air. Personne ne le voit. Personne ne sait à quoi il ressemble. Même si j'installais des barreaux à mes fenêtres, j'appréhenderais de m'endormir.

— Rien ne vous oblige à rentrer chez vous. Je vais vous conduire à un hôtel.

— Peu importe l'endroit où je me cache. Il saura me retrouver. Dieu sait pourquoi, il m'a choisie. Il me fait savoir que je suis la suivante.

— Je ne le crois pas. Avertir sa prochaine victime serait incroyablement maladroit de sa part. Le Chirurgien n'est pas stupide...

— Pourquoi m'a-t-il contactée ? Pourquoi m'écrit-il un message sur...

Elle avala sa salive.

— C'est peut-être une manière de *nous* défier, de se moquer de la police.

— En ce cas, c'est à *vous* qu'il aurait dû écrire, ce salaud !

Elle avait parlé si fort qu'une infirmière, occupée à se verser du café, se tourna pour la regarder.

Toute rouge, Catherine se leva. Elle était gênée par son éclat et ils sortirent de l'hôpital sans qu'elle dise un mot. Il avait envie de lui prendre la main, mais il pensa qu'elle se déroberait et y verrait un geste condescendant. Il ne voulait surtout pas qu'elle le croie condescendant. Plus que toute femme qu'il avait jamais rencontrée, elle forçait son respect.

Dans la voiture, elle dit à voix basse :

— J'ai craqué, excusez-moi.

— En pareilles circonstances, n'importe qui l'aurait fait.

— Pas vous.

— Moi, évidemment, je ne perds jamais mon sang-froid, ironisa-t-il.

— J'ai remarqué.

Qu'est-ce que cela veut dire ? se demanda-t-il en prenant la direction de Back Bay. Qu'elle le croyait à l'abri des tempêtes qui agitent le cœur humain ? Depuis quand la maîtrise de soi était-elle synonyme d'absence d'émotions ? Il savait que ses collègues l'avaient baptisé saint Thomas le Serein. Celui vers lequel on se tournait quand la situation devenait explosive et qu'une voix calme devenait nécessaire. Ils ne connaissaient pas l'autre Thomas Moore, celui qui, le soir, restait devant le placard de sa femme pour respirer le parfum qui s'attardait encore dans ses vêtements. Ils ne voyaient que le masque qu'il leur laissait voir.

— C'est facile pour vous de rester calme, ajouta-t-elle avec une pointe de ressentiment. Ce n'est pas sur vous qu'il a jeté son dévolu.

— Essayons de voir cela rationnellement...

— Voir ma propre mort ? Je vais *sûrement* pouvoir être rationnelle.

— Le Chirurgien s'est fixé une conduite qui lui convient bien. Il attaque la nuit, jamais le jour. Au fond, c'est un lâche, qui ne se risque pas à affronter une femme à armes égales. Il veut que sa proie soit vulnérable. Qu'elle soit au lit et endormie. Incapable de riposter.

— Me voilà donc condamnée à ne jamais dormir ? La solution est simple.

— Ce que je veux dire, c'est qu'il évite d'attaquer dans la journée, lorsque sa victime est à même de se défendre. C'est à la nuit tombée que tout change.

Il s'arrêta devant chez elle. Si l'immeuble n'avait pas le charme des vieilles maisons en brique de Commonwealth Avenue, il présentait l'avantage de disposer d'un garage souterrain fermé et bien éclairé. Pour ouvrir la porte d'entrée, il fallait à la fois une clé et le code.

Ils entrèrent dans le hall dallé de marbre et décoré de miroirs. Élégant et froid. L'ascenseur les propulsa au deuxième étage dans un silence déconcertant.

Devant la porte de son appartement, elle hésita, la nouvelle clé à la main.

— Je peux entrer le premier et jeter un coup d'œil si ça vous rassure, proposa Moore.

Elle parut prendre cette suggestion pour un affront personnel. En réponse, elle enfonça la clé dans la serrure et entra. Comme si elle devait se prouver à elle-même que le Chirurgien n'avait pas gagné. Qu'elle était toujours maîtresse de la situation.

— Pourquoi ne faisons-nous pas le tour des pièces ? dit-il. Uniquement pour s'assurer que rien n'a été dérangé.

Elle acquiesça.

Ils traversèrent le living, la cuisine, avant d'aller dans la chambre. Elle savait que le Chirurgien avait emporté des souvenirs des autres femmes et elle fouilla méticuleusement son coffret à bijoux, les tiroirs de sa commode, à la recherche d'un signe du passage d'un intrus. À la porte, Moore la regardait passer au peigne fin ses chemisiers, ses pulls et sa lingerie. Le souvenir troublant d'autres vêtements féminins, bien moins élégants, pliés dans une valise, lui revint brusquement. Un pull gris, un chemisier rose passé. Une chemise de nuit en coton à fleurs. Rien de flambant neuf, rien de luxueux. Pourquoi n'avait-il jamais rien acheté de beau à Mary ? À quoi étaient destinées ces économies ? Pas en tout cas à ce à quoi avait servi l'argent. Les honoraires des toubibs, les factures des infirmières à domicile.

Il retourna dans le living et s'assit sur le canapé. Le soleil du soir, qui entrait à flots par la fenêtre, l'éblouit. Il se frotta les yeux et inclina la tête dans ses mains, se sentant coupable de ne pas avoir pensé à Mary de toute la journée. Il se sentit encore plus coupable lorsque, relevant la tête et voyant Catherine, Mary fut instantanément chassée de son esprit.

Il pensa : c'est la plus belle femme que j'aie jamais connue.

La plus courageuse.

— Il ne manque rien, dit-elle. Pour autant que je puisse en juger.

— Vous êtes sûre que vous voulez rester ici ? Je me ferais un plaisir de vous conduire à un hôtel.

Elle alla à la fenêtre et regarda dehors, son profil éclairé par la lumière dorée du couchant.

— J'ai passé ces deux dernières années dans la peur. Retranchée du monde extérieur derrière des verrous. À regarder sans arrêt derrière les portes, à fouiller les placards. J'en ai assez.

Elle le regarda.

— Je veux me remettre à vivre. Cette fois-ci, je ne le laisserai pas gagner la partie.

Elle avait dit « cette fois-ci », comme s'il s'agissait d'une bataille qu'elle devait livrer au cours d'une longue guerre. Comme si le Chirurgien et Andrew Capra s'étaient fondus en une seule et même personne, sur laquelle elle avait brièvement eu le dessus deux ans plus tôt, sans toutefois la vaincre complètement. Capra et le Chirurgien. Deux têtes du même monstre.

— Vous avez dit qu'une voiture de police resterait toute la nuit devant l'immeuble ?

— Oui.

— Vous me le garantissez ?

— Absolument.

Elle prit une profonde inspiration et lui sourit courageusement.

— En ce cas, je n'ai aucune raison de m'inquiéter, n'est-ce pas ?

C'est son sentiment de culpabilité qui l'amena ce soir-là à se diriger vers Newton au lieu de rentrer directement chez lui. Il avait été ébranlé par sa réaction en présence de Cordell et troublé par la façon dont elle monopolisait maintenant ses pensées. Depuis la mort de Mary, un an et demi plus tôt, il avait mené une vie de moine, sans éprouver le moindre intérêt pour les femmes, toute passion étouffée par le chagrin. Il ne savait comment prendre cette nouvelle étincelle de désir. Il savait seulement que, compte tenu de la situation, elle était malvenue. Et que c'était une marque d'infidélité vis-à-vis de la femme qu'il avait aimée.

Il allait donc à Newton pour apaiser sa conscience.

Un bouquet de marguerites à la main, il referma le portillon métallique derrière lui. C'est comme si j'apportais du charbon à Newcastle, se dit-il en regardant autour de lui le jardinet qu'envahissaient les ombres du crépuscule. Chaque fois qu'il venait ici, il y avait davantage de fleurs. Des belles-de-jour et des rosiers avaient été palissés le long de la façade de la maison, si bien que le jardin semblait s'étendre également vers le ciel. Il se sentait presque embarrassé par son petit bouquet. Mais c'étaient les marguerites que préférait Rose et c'était devenu pour lui une habitude de les choisir à l'étal du fleuriste. Il aimait leur simplicité pleine de gaieté, ces soleils jaune citron à rayons blancs. Il aimait leur parfum, non point doux et écœurant comme ceux des autres fleurs, mais âcre. Affirmé. Il aimait la façon dont leurs sœurs sauvages poussaient sur les friches et au bord des routes, rappelant ainsi que la véritable beauté est spontanée et irrésistible.

Comme Mary elle-même.

Il sonna. La porte s'ouvrit quelques instants plus tard et le visage qui lui sourit ressemblait tant à celui de Mary qu'il eut l'habituel pincement au cœur. Rose Connelly avait les yeux bleus et les joues rondes de sa fille, et bien que ses cheveux aient été presque entièrement gris et que l'âge ait creusé sa marque sur son visage, la similitude de leurs traits était telle qu'on ne pouvait douter qu'elle était sa mère.

— Quel plaisir de vous voir, Thomas ! s'exclama-t-elle. Vous n'êtes pas venu souvent ces derniers temps.

— J'en suis désolé, Rose. J'ai du mal à trouver du temps libre ces jours-ci. C'est tout juste si je sais quel jour on est.

— J'ai suivi l'affaire à la télévision. Quel terrible métier vous faites !

Il entra et lui tendit les marguerites.

— C'est pas que vous manquiez de fleurs, dit-il avec une ironie désabusée.

— On n'a jamais trop de fleurs. Et vous savez combien j'aime les marguerites. Vous voulez du thé glacé ?

— Avec plaisir, merci.

Ils s'assirent dans le séjour et burent leur thé à petites gorgées. Il était doux et plein de soleil, comme on le boit en Caroline du Sud, où Rose était née. Très différent du sombre breuvage auquel Moore avait eu droit en Nouvelle-Angleterre dans son enfance. Une douceur régnait également dans la pièce, désuète selon les critères bostoniens. Trop de chintz, trop de bibelots. Mais comme elle lui rappelait Mary ! Elle était partout. Des photos d'elle étaient accrochées aux murs, les coupes qu'elle avait remportées aux championnats de natation, rangées sur des étagères. Le piano de son enfance trônait dans la pièce. Le fantôme de cette enfant était encore ici, dans cette maison où elle avait grandi. Et Rose, la gardienne de la flamme, était là, qui ressemblait tellement à sa fille que Moore croyait voir les yeux bleus de Mary le regarder.

— Vous avez l'air fatigué, dit-elle.

— Vraiment ?

— Vous ne partez jamais en vacances, n'est-ce pas ?

— On m'a rappelé. J'étais déjà en route pour le Maine, mes cannes à pêche dans le coffre. J'avais acheté une nouvelle boîte de matériel.

Il soupira.

— Le lac me manque. Je l'attends avec impatience toute l'année.

Mary aussi attendait toujours avec impatience le moment où ils allaient là-bas. Il regarda les coupes sur l'étagère. Mary avait été une robuste petite sirène, qui aurait volontiers passé sa vie dans l'eau si elle avait eu des branchies. Il se souvenait de la puissance de ses mouvements le jour où elle avait traversé le lac à la nage. Il se souvenait aussi de ses bras qui avaient fondu, gros comme des baguettes, quand elle était à l'hôpital.

— Quand l'affaire sera élucidée, vous pourrez toujours aller au lac, dit Rose.

— Je ne sais pas si elle sera élucidée.

— Ça ne vous ressemble pas d'être si découragé.

— C'est un crime d'un genre différent, Rose. Commis par quelqu'un que je n'arrive pas à comprendre.

— Vous y arrivez toujours.

— Toujours ?

Il secoua la tête et sourit.

— Vous m'accordez trop de mérite.

— C'est ce que disait Mary. Elle aimait se glorifier de vos succès, vous savez. « Il attrape toujours son homme. »

Mais à quel prix ? pensa-t-il, son sourire évanoui. Il se souvenait de toutes ces nuits dehors sur les lieux des crimes, des jours où il ne rentrait pas dîner, des week-ends où il avait l'esprit occupé uniquement par son travail. Et Mary attendait patiemment qu'il lui accorde un peu d'attention. *Si je pouvais revivre une seule de nos journées ensemble, j'en passerais chaque instant avec toi. On resterait au lit et je te chuchoterais des secrets sous les draps.*

Mais Dieu ne vous donne pas de deuxième chance.

— Elle était si fière de vous, dit Rose.

— J'étais fier d'elle.

— Vous avez eu vingt bonnes années ensemble. C'est plus que n'en ont connu la plupart des gens.

— Je suis insatiable, Rose. J'en voulais davantage.

— Et vous êtes furieux de ne pas l'avoir obtenu.

— Oui, j'imagine. Je suis furieux que ce soit elle qui ait eu un anévrisme. Qu'elle ait été celle qu'on n'a pas pu sauver. Je suis furieux que...

Il s'arrêta et souffla profondément.

— Excusez-moi. C'est très difficile. Tout est si difficile maintenant.

— Ça l'est pour nous deux, dit-elle à voix basse.

Ils se regardèrent en silence. Oui, bien sûr, ce devait être encore plus difficile pour Rose, qui était veuve et avait perdu son unique enfant. Il se demanda si elle lui pardonnerait s'il se remariait. Ou si elle y verrait une trahison, l'enfouissement du souvenir de sa fille dans une tombe encore plus profonde.

Il se surprit soudain à être incapable de soutenir son regard et il détourna les yeux dans un accès de culpabilité. Le même sentiment de culpabilité qu'il avait éprouvé un peu plus tôt quand il avait regardé Catherine Cordell et s'était senti attiré par elle.

— Il faut que j'y aille, dit-il en se levant après avoir posé son verre vide.

— Vous repartez déjà travailler ?

— Nous continuerons tant que nous ne l'aurons pas arrêté.

Elle l'accompagna jusqu'à la porte et le regarda traverser le petit jardin. Au portillon, il se retourna et lança :

— Fermez bien votre porte, Rose.

— Vous dites toujours ça.

— Et je le dis toujours sérieusement.

Sur un signe de main, il s'éloigna en pensant : ce soir plus que jamais.

Nous allons dans les endroits où nous nous sentons chez nous et nous nous sentons chez nous dans les endroits où nous allons.

L'aphorisme trottait dans la tête de Jane Rizzoli comme une chansonnette irritante tandis qu'elle fixait le plan de Boston punaisé sur une grande plaque de liège accrochée au mur de son appartement. Elle l'avait placé là le jour où on avait découvert le corps d'Elena Ortiz. À mesure que l'enquête se poursuivait, le nombre des épingles à tête de couleur qu'elle y avait piquées augmentait. Il y avait trois couleurs différentes : le blanc pour Elena Ortiz, le bleu pour Diana Sterling, le vert pour Nina Peyton. Chacune indiquait un endroit connu dans la sphère d'activité de chaque victime. Son domicile, son lieu de travail, le domicile de ses amis proches et de ses parents, le centre médical qu'elle fréquentait. Bref, l'habitat de la proie. Quelque part, au cours des activités quotidiennes de ces trois femmes, leur univers recoupait celui du Chirurgien.

Nous allons dans les endroits où nous nous sentons chez nous et nous nous sentons chez nous dans les endroits où nous allons.

Où va le Chirurgien ? se demanda-t-elle. En quoi consiste *son* univers ?

Elle mangeait son dîner froid — sandwich au thon et chips —, qu'elle faisait passer avec de la bière, tout en étudiant le plan. Elle l'avait fixé au mur près de la table du séjour et chaque matin au petit déjeuner, chaque soir au dîner — quand elle rentrait dîner —, son regard était inexorablement attiré par les épingles. Alors que d'autres femmes accrochaient des tableaux de fleurs, de jolis paysages ou des affiches de films, elle avait sous les yeux une carte de la mort, qui retraçait les déplacements de femmes assassinées.

C'était à cela que sa vie se résumait : manger, dormir et travailler. Elle habitait cet appartement depuis trois ans, mais les murs n'étaient guère décorés. Pas de plantes (pas le temps de les arroser), pas de bibelots à la gomme, pas même de rideaux aux fenêtres. Seulement des stores vénitiens. Comme son existence, son appartement était dépouillé au maximum pour faciliter son travail. Elle aimait son boulot et vivait pour lui. À l'âge de douze ans, elle avait su qu'elle voulait devenir flic quand une femme, inspecteur de police, était venue à son école le jour consacré à l'orientation des élèves. Ils avaient d'abord entendu une infirmière et une avocate, puis une boulangère et une ingénieure. Les élèves devenaient de plus en plus remuants et bruyants. Des élastiques volaient dans les rangs et une boulette de papier mâché traversa la classe. Quand la femme flic se leva, le revolver dans son étui à la hanche, le silence se fit soudain dans la salle.

Rizzoli ne l'avait jamais oublié. Elle n'avait jamais oublié avec quel respect même les garçons regardaient une *femme*.

Maintenant, c'était elle la femme flic, mais, alors qu'elle pouvait commander le respect de garçons de douze ans, les hommes adultes étaient loin de toujours lui en témoigner.

« Sois la meilleure » était sa stratégie. Travailler mieux qu'eux, les surpasser. Et elle était là à travailler même en mangeant. Sandwich au thon et au meurtre. Elle but une longue gorgée de bière, puis se renversa en arrière pour regarder le plan. Avoir devant soi la géographie humaine de victimes d'assassinat avait quelque chose d'angoissant. Les endroits où elles avaient vécu, ceux qui étaient importants pour elles. À la réunion de la veille, le Dr Zucker avait usé de son jargon de spécialiste à propos des profils psychologiques — points d'ancrage, nœuds d'activité, toile de fond de la cible. Elle n'avait pas besoin de ces expressions ronflantes ni d'un programme informatique pour lui expliquer ce qu'elle voyait et comment l'interpréter. En regardant ce plan, elle imaginait une savane grouillante de proies. Les épingles de couleur définissaient l'univers personnel de trois gazelles malchanceuses. Celui de Diana Sterling était centré au nord, à Back Bay et Beacon Hill. Celui d'Elena Ortiz se situait dans le South End. Celui de Nina Peyton était le sud-ouest, le faubourg de Jamaica Plain. Trois univers bien séparés, sans aucun chevauchement.

Et toi, où vis-tu ?

Elle essaya de voir la ville avec ses yeux. Elle distingua des canyons formés par les gratte-ciel. Des parcs pareils à des pâturages. Des pistes parcourues par des troupeaux de proies moutonnières, inconscientes de la présence d'un chasseur. D'un prédateur itinérant, qui tuait à travers l'espace et le temps.

La sonnerie du téléphone la fit sursauter et renverser la bouteille de bière. Tout en répondant, elle prit un paquet de serviettes en papier et essuya le liquide répandu.

— Rizzoli.

— Allô, Janie ?

— Oh ! Bonjour, m'man.

— Tu ne m'as pas rappelée.

— Hein ?

— Je t'ai téléphoné il y a quelques jours. Tu m'as dit que tu me rappellerais et tu ne l'as pas fait.

— Ça m'est sorti de l'idée. J'ai du travail pardessus la tête.

— Frankie vient à la maison la semaine prochaine. C'est pas une bonne nouvelle, ça ?

— Si.

Rizzoli soupira.

— C'est super.

— Tu vois ton frère une fois par an. Tu ne peux pas avoir l'air un peu plus enthousiaste ?

— Je suis fatiguée, m'man. Cette affaire du Chirurgien m'accapare vingt-quatre heures sur vingt-quatre.

— La police l'a attrapé ?

— Je *suis* la police, m'man.

— Tu sais ce que je veux dire.

Oui, elle savait. Sa mère s'imaginait probablement la petite Janie répondant au téléphone et apportant des cafés à ses importants collègues *masculins.*

— Tu vas venir dîner avec nous, hein ? dit sa mère, esquivant la question du travail de Jane. Vendredi prochain.

— Ce n'est pas sûr. Ça dépend de l'évolution de l'affaire.

— Oh ! tu peux faire un effort pour la venue de ton frère !

— Si ça commence à chauffer, il se peut que je vienne un autre jour.

— On ne peut pas reporter. Mike a déjà convenu de venir vendredi.

Évidemment. Plions-nous à la volonté de Michael.

— Alors, Janie ?

— Oui, m'man. À vendredi.

Elle raccrocha, l'estomac gargouillant sous l'effet d'une colère contenue, une sensation qui ne lui était que trop familière. Bon Dieu, comment avait-elle survécu à tout ça dans son enfance ?

Elle avala les quelques gouttes de bière qui restaient dans la cannette et leva les yeux vers le plan. Mettre la main sur le Chirurgien n'avait jamais eu autant d'importance pour elle qu'en cet instant. Sa rage accumulée toutes ces années où elle avait été la sœur ignorée, la fille quelconque, se tournait contre *lui*.

Où es-tu ? Où es-tu ?

Elle resta immobile un moment à réfléchir. Puis elle prit la boîte d'épingles et choisit une nouvelle couleur. Rouge. Elle ficha une épingle sur Commonwealth Avenue, une autre sur l'hôpital Pilgrim, dans le South End.

Le rouge définissait l'univers de Catherine Cordell. Il chevauchait ceux de Diana Sterling et d'Elena Ortiz. Cordell était le facteur commun. Elle évoluait dans l'univers des deux premières victimes.

Et la vie de la troisième, Nina Peyton, était entre ses mains.

10

Le Gramercy était un pub animé même le lundi. Il était sept heures du soir et les jeunes cadres célibataires endurcis étaient à pied d'œuvre. C'était leur terrain de chasse.

Rizzoli était assise à une table près de l'entrée. Elle sentait une bouffée d'air chaud s'engouffrer dans la salle chaque fois que la porte s'ouvrait pour laisser passer un nouveau clone des hommes qu'on trouvait dans *Gentlemen's Quarterly,* une autre Barbie tanguant sur des talons de huit centimètres. Avec son sempiternel tailleur-pantalon flottant et ses talons plats, elle avait l'impression d'être la surveillante générale d'un lycée. Elle vit entrer deux jeunes femmes, le poil brillant comme des chattes, laissant un mélange de parfums dans leur sillage. Rizzoli ne se parfumait jamais. Elle avait un tube de rouge, rangé quelque part dans le fond de son meuble de salle de bains en compagnie d'un bâton de mascara desséché et d'un flacon de fond de teint. Elle les avait achetés cinq ans plus tôt au rayon produits de beauté d'un supermarché en pensant que, grâce à ces artifices, elle arriverait peut-être à ressembler à Elizabeth Hurley. Après lui avoir mis de la crème sur le visage, puis de la poudre, une touche ici, un coup de pinceau là, la vendeuse lui avait tendu une glace d'un air triomphant et lui avait demandé : « Qu'est-ce que vous pensez de votre nouveau look ? »

Ce que pensait Rizzoli en se regardant dans la glace, c'est qu'elle haïssait Elizabeth Hurley parce qu'elle donnait aux femmes de faux espoirs. La vérité était que certaines femmes ne seraient jamais belles, et elle en faisait partie.

Elle passait donc inaperçue et sirotait sa boisson au gingembre en regardant le pub se remplir peu à peu. C'était une foule bruyante, bavarde ; les glaçons tintaient dans les verres, les rires étaient un peu trop forts, un peu forcés.

Elle se leva et se fraya un chemin jusqu'au comptoir.

— J'ai quelques questions à vous poser, dit-elle au barman en exhibant sa plaque.

C'est tout juste s'il y jeta un coup d'œil, puis il pianota une consommation sur la caisse enregistreuse.

— Allez-y, je vous écoute.

— Vous vous souvenez d'avoir vu cette femme ici ? demanda-t-elle en posant une photo de Nina Peyton sur le zinc.

— Ouais, et vous n'êtes pas le premier flic à me le demander. Une de vos collègues est venue ici il y a environ un mois.

— De la Brigade des crimes sexuels ?

— C'est possible. Elle voulait savoir si j'avais vu quelqu'un la ramasser.

— Et ?

Il haussa les épaules.

— Ici, tout le monde est là pour draguer. Je les suis pas à la trace.

— Mais vous vous souvenez d'avoir vu cette femme ? Elle s'appelle Nina Peyton.

— Je l'ai vue ici plusieurs fois, généralement avec une amie. Je ne connaissais pas son nom. Ça fait un moment qu'elle est pas revenue.

— Vous savez pourquoi ?

— Non.

Il prit un torchon et entreprit d'essuyer le comptoir, son attention déjà accaparée par d'autres choses.

— Je vais vous le dire, fit Rizzoli, élevant le ton sous l'effet de la colère. Parce qu'un connard a décidé de s'amuser un peu. Il est donc venu ici pour se mettre en chasse. Il a jeté un coup d'œil à la ronde, il a vu Nina Peyton, et il s'est dit : Tiens, voilà une chatte. Quand il la regardait, il ne voyait certainement pas un être humain, mais uniquement quelque chose dont il pouvait se servir avant de le jeter.

— Écoutez, c'est pas la peine de me raconter tout ça.

— Si, c'est la peine. Parce que ça s'est passé sous votre nez et que vous avez préféré ne pas voir. Ce salaud a versé en douce une drogue dans le verre de cette fille. Peu après, elle ne s'est pas sentie bien et elle est allée aux toilettes. Le type l'a prise par le bras et l'a embarquée. Et vous n'avez *rien* vu de tout ça ?

— Non, rétorqua-t-il.

Le silence s'était fait. Tout le monde la regardait. Sans un mot de plus, elle repartit à grands pas s'asseoir à sa table.

Le brouhaha des conversations reprit.

Le barman servit deux scotchs à un client, qui en tendit un à la jeune femme assise sur le tabouret à côté de lui. Des verres étaient portés aux lèvres, des langues léchaient le sel de margaritas, des têtes se renversaient en arrière et la vodka, la tequila et la bière coulaient dans les gorges.

Les mecs reluquaient les filles. Rizzoli regardait tout ça en buvant sa consommation à petites gorgées. Elle se sentait ivre, non d'alcool, mais de colère. Seule dans son coin, elle voyait parfaitement ce qu'était en fait cet endroit : un point d'eau où venaient s'abreuver prédateurs et proies.

Son portable sonna. C'était Barry Frost.

— Qu'est-ce que c'est que ce boucan ? demanda-t-il, à peine audible à cause du bruit.

— Je suis dans un bar.

Elle se retourna, furieuse, vers une table voisine d'où fusaient des éclats de rire tonitruants.

— Qu'est-ce que vous avez dit ?

— ... un médecin de Marlborough Street. J'ai une copie de sa fiche médicale.

— La fiche médicale de qui ?

— De Diana Sterling.

Rizzoli se pencha en avant, tendant l'oreille.

— Comment ? Qui est le médecin et pourquoi Sterling est-elle allée le voir ?

— C'est une femme, le Dr Bonnie Gillespie. Une gynécologue de Marlborough Street.

D'autres éclats de rire noyèrent ses paroles. Rizzoli mit sa main en coupe sur son oreille pour ne pas manquer ses paroles suivantes.

— Pourquoi Sterling est-elle allée la voir ? cria-t-elle.

Mais elle connaissait déjà la réponse. Elle l'avait devant elle : deux hommes convergeaient vers une femme comme des lions traquent un zèbre.

— Agression sexuelle, répondit Frost. Diana Sterling a, elle aussi, été violée.

— Toutes les trois ont été victimes d'agression sexuelle, dit Moore. Mais ni Elena Ortiz ni Diana Sterling n'en ont parlé à qui que ce soit. Nous avons appris que Sterling avait été violée uniquement parce que nous avons vérifié auprès des hôpitaux pour femmes et des gynécologues locaux si elle avait été traitée pour ça. Sterling n'a jamais parlé de l'agression à ses parents. Quand nous les avons appelés ce matin, ils n'en revenaient pas.

C'était seulement le milieu de la matinée, mais sur tous les visages qu'il voyait autour de la table de la salle de réunion les traits étaient tirés. Tous manquaient de sommeil et une longue journée de travail les attendait pourtant.

— La seule personne au courant du viol de Sterling était cette gynécologue de Marlborough Street ? demanda le commissaire Marquette.

— Oui, le Dr Bonnie Gillespie. C'est la seule fois où Diana Sterling est allée la voir. Elle l'a fait parce qu'elle craignait d'avoir attrapé le sida.

— Qu'est-ce que le Dr Bonnie Gillespie sait à propos du viol ?

Frost, qui avait interrogé la gynécologue, répondit à la question. Il ouvrit la chemise contenant le compte-rendu de la visite.

— Voilà ce qu'a écrit le Dr Gillespie : « Femme blanche, trente ans, demande test de dépistage du sida. Relation sexuelle sans préservatif cinq jours plus tôt, état HIV partenaire inconnu. Quand je lui ai demandé si son partenaire appartenait à un groupe à risques, la patiente a paru contrariée et s'est mise à pleurer. A révélé qu'elle n'avait pas été consentante et ignorait le nom de son agresseur. Ne souhaite pas déclarer l'agression. Refuse d'être adressée à un conseiller psychologique. »

Frost leva les yeux.

— Le Dr Gillespie n'a pu obtenir d'elle d'autres informations, poursuivit-il. Elle a effectué un examen pelvien, fait un test de dépistage de la syphilis, de la blennorragie et du sida, et a demandé à la patiente de revenir deux mois plus tard pour le suivi du test HIV. La patiente ne l'a pas fait. Pour une bonne raison : elle est morte.

— Et le Dr Gillespie n'a pas appelé la police ? Même après le meurtre ?

— Elle ignorait que sa patiente était morte. Elle n'avait pas vu les articles dans la presse.

— Y a-t-il eu des prélèvements de faits ? Sperme ?

— Non. La patiente, euh...

Frost rougit. Même des hommes mariés comme lui avaient du mal à parler de certaines choses.

— ... elle a fait plusieurs lavages internes, tout de suite après l'agression.

— On ne peut lui en vouloir, dit Rizzoli. Moi, j'aurais eu envie de me doucher avec du Lysol.

— Trois victimes de viol, observa Marquette. Ce n'est pas une coïncidence.

— Si vous trouvez le violeur, vous tiendrez sans doute l'assassin, dit Zucker. Où on en est avec l'ADN de Peyton ?

— On l'a demandé en urgence. Le labo a l'échantillon de sperme depuis deux mois et rien n'a été fait. Je leur ai mis la pression. Il ne nous reste plus qu'à croiser les doigts en espérant que notre gars est déjà sur le CODIS.

Le CODIS — Combined DNA Index System — était la banque de données nationale du FBI de profils ADN. Le système en était encore à ses débuts et les profils génétiques d'un demi-million de délinquants n'avaient pas encore été saisis. Les chances de tomber sur l'ADN d'un délinquant connu étaient minces. Marquette regarda le Dr Zucker.

— Notre assassin commence par agresser sexuellement la victime, puis il revient la tuer quelques semaines plus tard : ça tient debout ou non ?

— Il n'est pas nécessaire que ça tienne debout pour *nous,* répondit Zucker. Seulement pour lui. Il n'est pas inhabituel qu'un violeur revienne s'attaquer à sa victime une deuxième fois. Il a le sentiment qu'elle lui appartient. Bien qu'elle soit pathologique, une relation s'est nouée.

Rizzoli poussa un grognement.

— Vous appelez ça une relation ?

— Entre l'agresseur et sa victime. Ça paraît dingue, mais elle existe. Elle est fondée sur le pouvoir. L'agresseur commence par enlever le sien à sa victime, par la rendre moins qu'humaine. Elle devient un objet. Il le sait et, surtout, *elle* le sait. C'est le fait qu'elle soit meurtrie, humiliée, qui peut l'exciter suffisamment pour qu'il revienne à la charge. Il la marque d'abord en la violant, puis il revient revendiquer son droit de propriété suprême.

Des femmes meurtries, pensa Moore. Voilà le point commun entre les victimes. Il lui vint subitement à l'esprit que Catherine entrait elle aussi dans cette catégorie.

— Il n'a pas violé Catherine Cordell, dit-il.

— Mais elle *a été* victime d'un viol.

— Son agresseur est mort depuis deux ans. Comment le Chirurgien a-t-il pu savoir qu'elle l'a été ? Comment a-t-elle même pu apparaître sur son « écran-radar » ? Elle ne parle jamais de l'agression, à personne.

— Elle en parle sur le Net, non ? Sur un *chat*...

Zucker marqua une pause.

— Bon sang ! Est-il possible qu'il trouve ses victimes sur Internet ?

— Nous avons envisagé cette possibilité, dit Moore. Nina Peyton n'a même pas d'ordinateur. Et Cordell ne révèle jamais son vrai nom sur ce *chat*. On en revient donc à la question de départ : pourquoi le Chirurgien a-t-il fait une fixation sur Cordell ?

— Il semble en effet obsédé par elle. Il s'écarte de sa ligne de conduite pour la provoquer. Il prend des risques, dans le seul but de lui envoyer par e-mail cette photo de Nina Peyton. Et cela entraîne pour lui un enchaînement d'événements désastreux. La photo conduit la police chez Nina. Il se dépêche et n'a pas le temps d'égorger complètement sa victime. Pis encore, il laisse un témoin derrière lui. La pire des fautes possibles.

— Ce n'était pas une faute, objecta Rizzoli. Il a fait exprès de la laisser en vie.

Sa remarque fit naître des expressions sceptiques autour de la table.

— Comment expliquez-vous autrement une telle connerie ? poursuivit-elle. Cette photo envoyée par e-mail était censée nous attirer là. Il l'a envoyée et nous a attendus. Il a attendu que nous appelions chez la victime. Il savait que nous arrivions. Alors il a égorgé Nina en faisant le travail à moitié, parce qu'il *voulait* que nous la trouvions vivante.

— C'est ça, fit Crowe, sarcastique. Ça faisait partie de son plan.

— Et pour quelle raison aurait-il fait cela ? demanda Zucker à Rizzoli.

— La raison était exposée sur la cuisse de Nina Peyton. Elle était un cadeau pour Cordell. Un cadeau destiné à lui flanquer une trouille monstre.

Silence.

— Dans ce cas, ça a marché, dit Moore. Cordell est terrifiée.

Zucker se renversa sur son siège et réfléchit à la thèse de Rizzoli.

— Ça fait beaucoup de risques, uniquement pour faire peur à une femme. C'est un signe de mégalomanie. Ça pourrait vouloir dire qu'il perd les pédales. C'est ce qui a fini par arriver à Jeffrey Dahmer et à Ted Bundy. Ils se sont laissé dominer par leurs fantasmes et se sont montrés négligents. Ils ont commis des erreurs.

Zucker se leva et alla au tableau fixé au mur. Les noms des trois victimes y étaient écrits. Sous Nina Peyton, il en ajouta un quatrième : Catherine Cordell.

— Elle n'est pas l'une de ses victimes — pas encore. Mais, on ne sait pourquoi, elle l'intéresse. Pour quelle raison l'a-t-il choisie ?

Zucker jeta un coup d'œil circulaire dans la pièce.

— Avez-vous interrogé ses collègues ? Aucun d'eux ne vous a fait tiquer ?

— Nous avons éliminé Kenneth Kimball, le médecin des urgences. Il était de garde la nuit où Nina Peyton a été attaquée. Nous avons aussi interrogé la plupart des hommes qui font partie du personnel du service de chirurgie, ainsi que les internes.

— Et le Dr Falco, le confrère de Cordell ?

— Le Dr Falco n'a pas été éliminé.

Rizzoli avait éveillé l'intérêt de Zucker. Il la fixa avec une étrange lumière dans les yeux. Les flics de la Criminelle appelaient cela le « regard psybraque ».

— Dites-m'en plus, demanda-t-il doucement.

— Sur le papier, le Dr Falco a l'air d'un type super. Diplôme d'ingénieur en aéronautique au MIT. Doctorat de médecine à Harvard. Interne en chirurgie à Peter Bent Brigham. Il a été élevé par sa mère et a payé ses études en faisant des petits boulots. Il pilote son propre avion. En plus, il est bel homme. C'est pas Mel Gibson, mais il peut faire tourner quelques têtes.

Darren Crowe se mit à rire.

— Eh ! Rizzoli jauge les suspects en fonction de leur gueule. C'est comme ça que font les femmes flics ?

Rizzoli lui décocha un regard hostile.

— Je dis seulement que ce type pourrait avoir une douzaine de femmes à son bras. Mais, d'après les infirmières, Cordell est la seule qui l'intéresse. Ce n'est un secret pour personne qu'il l'invite sans arrêt à sortir et qu'elle refuse systématiquement. Il commence peut-être à en avoir marre.

— Faudrait le garder à l'œil, dit Zucker. Mais ne raccourcissons pas trop vite la liste. Revenons-en au Dr Cordell. Y a-t-il d'autres raisons pour que le Chirurgien la choisisse comme victime ?

Moore retourna la question dans sa tête à haute voix :

— Et si elle n'était pas qu'une simple proie parmi d'autres ? Si elle avait *toujours* été l'objet de son attention ? Chacun de ces crimes a été une répétition de ceux commis en Georgie, de celui dont Cordell a failli être la victime. Nous n'avons jamais expliqué pourquoi il imite Andrew Capra. Nous n'avons pas expliqué non plus pourquoi il a dans le collimateur la seule victime survivante de Capra. Et si, poursuivit-il en montrant la liste, ces femmes — Sterling, Ortiz, Peyton — n'étaient que des substituts ? Des victimes ne faisant que remplacer celle qu'il vise réellement ?

— La théorie de la cible compensatoire, dit Zucker. Vous ne pouvez tuer la femme que vous haïssez parce qu'elle est trop forte. Trop intimidante. Alors vous vous vengez sur une autre, une femme qui représente la cible.

— Vous voulez dire que sa cible a toujours été Cordell ? Mais qu'il a peur d'elle ? demanda Frost.

— C'est pour cette raison qu'Edmund Kemper n'a pas tué sa mère avant les tout derniers moments de son orgie meurtrière, répondit Zucker. Elle n'a jamais cessé d'être sa vraie cible, la femme qu'il méprisait. À la place, il a déchargé sa rage sur d'autres victimes. À chaque meurtre, il répétait symboliquement l'assassinat de sa mère. Il ne pouvait la tuer réellement, au début en tout cas, parce qu'elle exerçait sur lui une autorité trop forte. Sur un certain plan, il la redoutait. Mais à chaque nouveau meurtre, il prenait de l'assurance. Il gagnait en pouvoir. Et il a finalement atteint son but. Il a fracassé le crâne de sa mère, il l'a décapitée et violée. Et, injure suprême, il lui a arraché le larynx et l'a jeté à la poubelle. La série a pris fin à ce moment-là. Edmund Kemper s'est livré à la police.

Barry Frost, qui était généralement le premier à gerber en arrivant sur les lieux du crime, avait l'air un peu nauséeux à la pensée du traitement peu chrétien infligé par Kemper à sa mère.

— Il se pourrait donc que ces trois crimes ne soient qu'une mise en train avant le clou du spectacle ? dit-il.

Zucker acquiesça.

— Le meurtre de Catherine Cordell.

Cela fit presque mal à Moore de voir Catherine lui lancer un sourire quand il entra dans la salle d'attente de l'hôpital, sachant que les questions qu'il allait lui poser le feraient sans doute disparaître de ses lèvres. En la regardant maintenant, il ne voyait plus une victime, mais une femme belle et chaleureuse qui prit immédiatement sa main dans les siennes et parut la lâcher à contrecœur.

— J'espère que le moment n'est pas malvenu pour discuter, dit-il.

— Je trouverai toujours du temps pour vous voir, répondit-elle avec le même sourire ensorcelant. Voulez-vous un café ?

— Non merci, pas maintenant.

— Alors allons dans mon bureau.

Elle s'assit à son bureau et attendit les nouvelles. Ces derniers jours, elle avait appris à lui faire confiance et elle n'était pas sur ses gardes. Vulnérable. Il avait gagné sa confiance comme ami et il était sur le point de la briser.

— Il est évident que le Chirurgien vous a dans le collimateur, dit-il.

Elle hocha la tête.

— La question que nous nous posons est de savoir *pourquoi*. Pourquoi reproduit-il les meurtres commis par Andrew Capra ? Pourquoi êtes-vous devenue le centre de son attention ? Connaissez-vous la réponse ?

— Je n'en ai pas la moindre idée, répondit-elle, visiblement perplexe.

— Nous pensons le contraire.

— Comment pourrais-je connaître son mode de pensée ?

— Catherine, il pourrait traquer n'importe quelle autre femme de Boston. Choisir quelqu'un qui n'est pas préparé, qui ne se méfie pas. La logique voudrait qu'il s'en prenne à une proie facile. Vous êtes la plus difficile qu'il puisse choisir, parce que vous êtes déjà sur vos gardes. Et il se complique encore la tâche en vous avertissant. Pourquoi ?

L'expression de sympathie s'était évanouie dans son regard. Elle carra soudain les épaules et ses poings se fermèrent sur le bureau.

— Je ne cesse de vous le répéter, je ne *sais* pas.

— Vous êtes le lien matériel entre Andrew Capra et le Chirurgien. La victime commune. Tout se passe comme si Capra était encore vivant, comme s'il reprenait là où il s'est arrêté. Et c'est à vous qu'il s'est arrêté. À celle qui lui a échappé.

Elle fixait le bureau, les dossiers bien rangés en deux piles, « À voir » et « Vus ». L'ordonnance, qu'elle avait rédigée d'une écriture serrée et nette. Elle était parfaitement immobile, mais les articulations de ses mains saillaient, blanches comme de l'ivoire.

— Qu'est-ce que vous ne m'avez pas dit concernant Andrew Capra ? demanda-t-il à voix basse.

— Je ne vous ai rien caché.

— La nuit où il vous a agressée, pourquoi est-il venu chez vous ?

— En quoi est-ce important ?

— Parmi ses victimes, vous étiez la seule qu'il connaissait personnellement. Les autres étaient des inconnues, des jeunes femmes qu'il avait trouvées dans des bars. Mais vous, ce n'était pas la même chose. Il *vous* avait choisie.

— Il était... peut-être était-il fâché contre moi.

— Il est venu vous voir à propos de son travail. D'une erreur qu'il avait commise. C'est ce que vous avez dit à l'inspecteur Singer.

Elle acquiesça.

— Il ne s'agissait pas d'une erreur, mais de toute une série. Des erreurs médicales. Et il n'avait pas fait le nécessaire à la suite d'analyses de sang dont les résultats étaient anormaux. Il s'agissait de négligences à répétition. Je l'avais entrepris là-dessus dans la journée.

— Que lui aviez-vous dit ?

— Qu'il ferait mieux de chercher une autre spécialité, parce que je n'allais pas donner un avis favorable pour qu'il fasse sa deuxième année d'internat.

— Vous a-t-il menacée ? Était-il en colère ?

— Non. C'est ce qui était curieux. Il acceptait la chose. Et il... il me souriait.

— Il vous souriait ?

Elle hocha la tête.

— Oui, comme si ça n'avait pas d'importance pour lui.

À cette pensée, Moore eut le frisson. Elle ne pouvait pas deviner que le sourire de Capra masquait une rage insondable.

— Chez vous, dans la soirée, quand il vous a agressée... commença Moore.

— J'ai déjà expliqué ce qui s'est passé. C'est dans ma déposition. Tout est dans ma déposition.

Moore marqua une pause, répugnant à insister.

— Il y a des choses que vous n'avez pas dites à Singer. Des choses que vous avez laissées de côté.

Elle leva les yeux, rouge de colère.

— Je n'ai rien laissé de côté !

Il détestait devoir la harceler de questions, mais il n'avait pas le choix.

— J'ai relu le rapport d'autopsie de Capra, dit-il. Il n'est pas compatible avec la déclaration que vous avez faite à la police de Savannah.

— J'ai dit exactement ce qui s'est passé à l'inspecteur Singer.

— Vous avez dit que vous étiez couchée puis que vous aviez roulé sur le bord du lit. Que vous avez pris le revolver sous le lit. Dans cette position, vous avez visé Capra et vous avez tiré.

— C'est la vérité. Je le jure.

— D'après l'autopsie, la balle est remontée par l'abdomen et a traversé la colonne vertébrale au niveau du thorax, ce qui l'a paralysé. Cette partie du rapport d'autopsie concorde avec votre déposition.

— Quand aurais-je menti alors ?

Moore marqua encore une pause. Cela lui faisait mal au cœur de poursuivre. De continuer à la blesser.

— C'est la deuxième balle qui pose problème, dit-il finalement. Elle a été tirée presque à bout portant, en plein dans l'œil gauche, alors que vous étiez étendue par terre.

— Il s'est probablement penché en avant au moment où j'ai tiré...

— Probablement ?

— Je ne sais pas. Je ne me rappelle pas.

— Vous ne vous rappelez pas avoir tiré la deuxième balle ?

— Non. Si...

— Quelle est la vérité, Catherine ? demanda-t-il à voix basse, sans pouvoir cependant atténuer le côté blessant de ses paroles.

Elle se leva d'un bond.

— Je ne me laisserai pas interroger ainsi. C'est *moi* la victime.

— J'essaie de vous protéger. J'ai besoin de connaître la vérité.

— Je vous ai dit la vérité ! Je crois qu'il est temps que vous partiez.

Elle alla à la porte, l'ouvrit brusquement et sursauta.

Peter Falco était là et s'apprêtait à frapper.

— Ça va, Catherine ? demanda-t-il.

— Tout va bien, rétorqua-t-elle.

Peter vit Moore et lui jeta un regard acerbe.

— Qu'est-ce qui se passe ? La police te harcèle ?

— Je pose quelques questions au Dr Cordell, c'est tout.

— Ce n'est pas ce qu'il m'a semblé dans le couloir.

Peter regarda Catherine.

— Veux-tu que je le raccompagne ?

— Je suis capable de m'en charger moi-même.

— Tu n'es pas obligée de répondre à des questions.

— Je sais, merci.

— Bon. Mais si tu as besoin de moi, je suis là.

Peter lança un dernier regard d'avertissement à Moore, puis tourna les talons et retourna à son bureau. À l'autre bout du couloir, Helen et une autre secrétaire la regardaient. Énervée, elle referma la porte. Elle resta là un moment, le dos tourné, puis elle se redressa et se tourna vers lui. Qu'elle réponde maintenant ou plus tard, les questions demeureraient.

— Je ne vous ai rien caché, dit-elle. Si je suis incapable de vous dire tout ce qui s'est passé ce soir-là, c'est parce que je ne m'en souviens pas.

— La déclaration que vous avez faite à la police de Savannah n'était donc pas entièrement exacte.

— J'étais encore hospitalisée quand je l'ai faite. L'inspecteur Singer m'encourageait à raconter ce qui s'était passé, il m'aidait à reconstituer les événements. Je lui ai dit ce que je *croyais* alors être exact.

— Et maintenant, vous n'en êtes plus sûre.

Elle secoua la tête.

— C'est difficile de dire quels souvenirs sont réels. Il y a tant de choses que je ne peux me rappeler à cause du médicament que m'avait fait prendre Capra. Le Rohypnol. De temps en temps, une image me revient. Qui peut très bien ne pas correspondre à la réalité.

— Et vous avez encore de ces réminiscences ?

— J'en ai eu une la nuit dernière. La première depuis des mois. Je croyais que c'était fini. Je croyais que je n'en aurais plus.

Elle alla à la fenêtre et regarda dehors. La vue était obscurcie par l'ombre d'un grand bâtiment en béton. Son bureau faisait face aux rangées de fenêtres des chambres des patients. Un aperçu de l'univers intime des malades et des mourants.

— Deux ans, on pourrait croire que c'est long, reprit-elle. Mais en fait, ce n'est rien. *Rien.* Après cette terrible nuit, j'étais incapable de rentrer chez moi. De poser le pied à l'endroit où c'était arrivé. Mon père a dû emballer mes affaires et m'installer dans un nouvel appartement. Et voilà où j'en étais, moi, la première interne, habituée à la vue du sang et des viscères. À la seule pensée de parcourir ce couloir et d'ouvrir la porte de mon ancienne chambre, j'étais prise de sueurs froides. Mon père essayait de comprendre, mais c'est un ancien militaire. Il n'admet pas la faiblesse. Il voyait ça comme une blessure de guerre, quelque chose dont on guérit, et puis on se remet à vivre. Il me disait que je devais être grande et surmonter l'épreuve.

Elle secoua la tête et se mit à rire avant de poursuivre :

— « Surmonter l'épreuve. » Ça paraît si simple. Il n'avait pas idée combien il m'était difficile ne serait-ce que de sortir de chez moi le matin. D'aller jusqu'à ma voiture. De m'exposer. Après quelque temps, j'ai tout simplement cessé de lui parler, sachant à quel point ma faiblesse le dégoûtait. Voilà des mois que je ne lui ai pas téléphoné... Il m'a fallu deux ans pour arriver à dominer ma peur. À mener une vie à peu près normale. Je ne m'attendais plus à ce que quelque chose sorte brusquement de chaque buisson. J'avais recommencé à vivre.

Elle s'essuya les yeux, d'un mouvement rapide et furieux.

— Et maintenant, à nouveau je ne vis plus...

Son effort pour ne pas pleurer la faisait trembler, elle serrait ses bras autour de sa poitrine, enfonçait ses ongles dans ses bras comme pour ne pas perdre la maîtrise d'elle-même. Moore se leva et alla se placer derrière elle. Il se demanda quelle serait sa réaction s'il la touchait. Se déroberait-elle ? Le simple contact de la main d'un homme lui répugnait-il ? Il la regardait désespérément se recroqueviller sur elle-même et il crut qu'elle allait s'effondrer sous ses yeux.

Il lui toucha doucement l'épaule. Elle ne broncha pas, ne se déroba pas. Il la fit se tourner vers lui, la prit dans ses bras et l'attira contre sa poitrine. La profondeur de sa douleur le bouleversait. La souffrance faisait vibrer son corps à la façon d'un pont battu par le vent. Elle ne faisait pas de bruit, mais il la sentait respirer par saccades, réprimer ses sanglots. Il posa ses lèvres sur ses cheveux. Il n'avait pu s'en empêcher ; sa détresse l'émouvait au tréfonds de lui-même. Il prit son visage entre ses mains et embrassa son front, ses sourcils.

Elle se figea dans ses bras et il pensa qu'il était allé trop loin. Il se hâta de la lâcher.

— Je suis désolé, dit-il. Cela n'aurait pas dû arriver.

— Non, en effet.

— Pourrez-vous oublier que c'est arrivé ?

— Et vous, vous le pourrez ? demanda-t-elle à voix basse.

— Oui, répondit-il en se redressant.

Et il le répéta d'une voix plus ferme, comme pour s'en convaincre :

— Oui.

Elle baissa les yeux vers sa main et il savait ce qu'elle regardait. Son alliance.

— J'espère pour votre femme que vous le pourrez, dit-elle, le commentaire visant à lui instiller un sentiment de culpabilité.

Il regarda son alliance, un simple anneau d'or qu'il portait depuis si longtemps qu'il semblait greffé à sa chair.

— Elle s'appelait Mary, fit-il.

Catherine avait manifestement pensé qu'il trahissait sa femme et il tenait absolument à lui donner des explications, à remonter dans son estime.

— Ça s'est passé il y a deux ans. Une hémorragie cérébrale. Elle n'en est pas morte, pas tout de suite. Pendant six mois j'ai espéré, j'ai attendu qu'elle se réveille...

Il secoua la tête.

— Les médecins appelaient ça un état végétatif chronique. Comme je détestais ce mot, « végétatif ». Comme si elle avait été une plante ou un arbre. Une caricature de la femme qu'elle avait été. Quand elle est morte, je ne la reconnaissais plus. Il ne restait plus rien d'elle.

Le contact de sa main le prit par surprise et c'est lui qui broncha. Ils se regardèrent en silence dans la lumière grise qui tombait de la fenêtre et il pensa : aucun baiser, aucune étreinte ne pourrait rendre deux personnes plus proches que nous le sommes maintenant. L'émotion la plus intime que deux personnes peuvent partager n'est ni l'amour ni le désir, mais la douleur.

Le bourdonnement de l'Interphone rompit le charme. Catherine cligna des yeux comme si elle se rappelait brusquement où elle était. Elle se tourna vers le bureau et appuya sur le bouton.

— Oui ? dit-elle.

— Docteur Cordell, le service des soins intensifs vient d'appeler. Ils ont besoin de vous à l'étage immédiatement.

Moore vit au regard de Catherine que la même pensée leur était venue : *quelque chose est arrivé à Nina Peyton.*

— Ça concerne la chambre 12 ? demanda-t-elle.

— Oui. La patiente vient de se réveiller.

11

Nina Peyton avait le regard fou. Des sangles retenaient ses poignets et ses chevilles aux barreaux du lit et ses efforts pour dégager ses mains faisaient ressortir les tendons de ses bras.

— Elle a repris conscience il y a cinq minutes, dit Stephanie, l'infirmière de service. J'ai d'abord remarqué que son rythme cardiaque s'accélérait, puis elle a ouvert les yeux. J'ai essayé de la calmer, mais elle n'arrête pas de se débattre.

Catherine regarda le moniteur : le rythme était rapide mais il n'y avait pas d'arythmies. La respiration de Nina était elle aussi rapide, parfois sifflante, et elle expulsait alors du mucus par la trachée.

— C'est la sonde d'intubation qui la fait paniquer, dit Catherine.

— Dois-je lui donner du Valium ?

— Elle doit être consciente, dit Moore depuis la porte. Si elle est sous calmant, nous n'obtiendrons d'elle aucune réponse.

— De toute façon, elle ne peut pas parler tant que la sonde est en place.

Catherine regarda Stephanie.

— Comment étaient les derniers gaz du sang ? Est-ce qu'on peut extuber ? lui demanda-t-elle.

Stephanie feuilleta les papiers retenus par un clip sur la planchette.

— Ils sont limites. Le PO_2 est à soixante-cinq, le PCO_2 à trente-deux. On est à quarante pour cent d'oxygène pour le tube en T.

Catherine fronça les sourcils : aucune des options qui s'offraient à elle ne lui plaisait. Elle souhaitait, comme la police, que Nina soit éveillée et capable de parler, mais elle devait jongler avec plusieurs risques à la fois. La sensation d'avoir un tube enfoncé dans la gorge pouvait provoquer la panique chez n'importe qui et Nina s'agitait tant que ses poignets étaient déjà à vif à cause du frottement des sangles. Mais retirer la sonde comportait également des risques. Des fluides s'étaient accumulés dans les poumons après l'intervention chirurgicale et, bien qu'elle respirât quarante pour cent d'oxygène — deux fois plus que dans l'air ambiant —, l'oxygénation des poumons était tout juste suffisante. C'est pourquoi elle avait laissé la sonde en place. S'ils l'enlevaient, ils perdaient une marge de sécurité. S'ils la laissaient, la patiente allait continuer à paniquer et à se débattre. S'ils lui donnaient un calmant, Moore n'obtiendrait rien d'elle.

Catherine regarda Stephanie.

— Je vais extuber, dit-elle.

— Vous êtes sûre ?

— En cas de détérioration, nous réintuberons.

Plus facile à dire qu'à faire, lut-elle dans les yeux de Stephanie. Lorsque la sonde était en place depuis plusieurs jours, il arrivait que les tissus laryngés se mettent à enfler, ce qui rendait la réintubation difficile. Une trachéotomie en urgence était alors la seule solution. Catherine vint se placer derrière la tête de sa patiente et prit doucement son visage dans ses mains.

— Nina, je suis le Dr Cordell. Je vais enlever la sonde. C'est ce que vous voulez ?

La patiente hocha la tête, une réponse nette et désespérée.

— J'ai besoin que vous restiez parfaitement immobile, vous comprenez ? Afin de ne pas léser vos cordes vocales.

Catherine regarda Stephanie.

— Le masque est prêt ?

L'infirmière leva le masque à oxygène en plastique.

Catherine pressa l'épaule de Nina pour la rassurer. Elle retira le sparadrap qui maintenait la sonde en place et laissa échapper l'air du ballon.

— Prenez une profonde inspiration et soufflez.

Elle regarda la poitrine se gonfler et, quand Nina expira, elle tira doucement sur le tube. Nina toussa, la respiration sifflante, et l'extrémité de la sonde apparut dans une pluie de mucus. Catherine lui caressa les cheveux en lui murmurant des paroles gentilles pendant que Stephanie mettait en place le masque à oxygène.

— Ça va aller, dit-elle.

Mais les signaux lumineux continuaient de défiler à toute vitesse sur le moniteur cardiaque. Le regard effrayé de Nina restait fixé sur Catherine comme si elle avait été sa bouée de sauvetage et qu'elle n'osait pas la perdre de vue. En la regardant dans les yeux, Catherine éprouva une désagréable impression de familiarité. *C'était moi il y a deux ans, quand je me suis réveillée à l'hôpital de Savannah. Sortant d'un cauchemar pour me retrouver dans un autre...*

Elle regarda les sangles qui retenaient les poignets et les chevilles de Nina et se souvint qu'il était terrifiant de se sentir ainsi immobilisée. Comme elle l'avait été par Andrew Capra.

— Enlevez les sangles, dit-elle.

— Mais elle risque de tout arracher.

— *Enlevez-les.*

Stephanie s'empourpra. Sans un mot, elle défit les sangles. Elle ne comprenait pas. Personne ne pouvait comprendre, sauf Catherine, qui, deux ans après Savannah, ne supportait toujours pas les manches à poignets resserrés. La dernière sangle enlevée, elle vit les lèvres de Nina remuer en silence.

Merci.

Peu à peu, les bips de l'électrocardiogramme ralentirent. Les deux femmes en prirent conscience et se regardèrent. Si Catherine avait reconnu une partie d'elle-même dans le regard de Nina, cette dernière aussi s'était reconnue dans celui de Catherine. La solidarité silencieuse des victimes.

Nous sommes plus nombreuses que personne ne l'imaginera jamais.

— Vous pouvez entrer, messieurs, dit l'infirmière.

Moore et Frost entrèrent dans le box et trouvèrent Catherine assise à côté du lit, tenant la main de Nina.

— Elle m'a demandé de rester, annonça-t-elle.

— Je peux faire venir une collègue, dit Moore.

— Non, c'est moi qu'elle veut. Je ne bouge pas d'ici.

Elle regarda Moore droit dans les yeux, un regard inflexible, et il se rendit compte que ce n'était pas la même femme qu'il avait tenue dans ses bras à peine quelques heures plus tôt. C'était une autre facette d'elle, farouche et protectrice, et elle ne céderait pas.

Il acquiesça et s'assit au chevet de Nina Peyton. Frost installa le magnétophone et prit discrètement place au pied du lit. C'étaient sa personnalité effacée, sa courtoisie et sa réserve qui avaient décidé Moore à le choisir pour assister à cet interrogatoire. Nina Peyton n'avait certes pas besoin de la présence d'un flic agressif.

On avait remplacé son masque à oxygène par une fourche nasale et l'air sifflait dans les tubes qu'elle avait dans les narines. Son regard allait et venait rapidement entre les deux inspecteurs, attentif à toute éventuelle menace, à tout geste brusque. Moore les présenta, Frost et lui, en veillant à parler avec douceur. Il la guida pendant les préliminaires en lui demandant de confirmer son nom, son âge et son adresse. Ils possédaient déjà ces renseignements, mais en les lui faisant répéter devant un magnétophone, ils permettaient d'évaluer son état mental et de démontrer qu'elle avait tout son esprit et était en mesure de faire une déposition. Elle répondait à ses questions d'une voix rauque, terne, sinistrement dénuée d'émotion. Son attitude distante le déroutait. Il avait l'impression d'écouter une morte.

— Je ne l'ai pas entendu entrer chez moi, dit-elle. Quand je me suis réveillée, il était debout à côté de mon lit. Je n'aurais pas dû laisser les fenêtres ouvertes. Je n'aurais pas dû prendre de pilules...

— Quelles pilules ? demanda gentiment Moore.

— J'avais du mal à dormir, à cause du...

— À cause du viol ?

Elle détourna les yeux, évitant son regard.

— J'avais des cauchemars. À l'hôpital, on m'a donné des pilules pour m'aider à dormir.

Et un cauchemar, un vrai cauchemar est entré dans sa chambre.

— Vous avez vu son visage ?

— Il faisait sombre. Je l'entendais respirer mais je ne pouvais pas bouger. Je ne pouvais pas crier.

— Vous étiez déjà attachée ?

— Je ne me rappelle pas l'avoir vu le faire. Je ne me souviens pas comment ça s'est fait.

Il l'a d'abord chloroformée, pensa Moore. Avant qu'elle ne soit complètement réveillée.

— Que s'est-il passé ensuite, Nina ?

Sa respiration s'accéléra. Sur le moniteur cardiaque au-dessus du lit, le spot clignota plus vite.

— Il s'est assis sur une chaise à côté de mon lit. Je voyais sa silhouette.

— Et que faisait-il ?

— Il disait...

Elle avala sa salive.

— Il disait que j'étais sale. Souillée. Que je devrais être dégoûtée par ma propre ordure. Et qu'il allait... qu'il allait me retirer la partie de moi-même qui était souillée et me rendre ma pureté.

Elle s'arrêta et ajouta dans un murmure :

— C'est à ce moment-là que j'ai su que j'allais mourir.

Catherine était devenue toute pâle, mais Nina Peyton conservait un calme effrayant, comme si elle avait parlé du cauchemar vécu par une autre et non par elle. Elle ne regardait plus Moore et gardait les yeux fixés sur un point situé derrière lui, voyant de loin une femme attachée à un lit. Et sur une chaise, caché dans l'obscurité, un homme qui décrivait tranquillement l'horrible supplice qu'il s'apprêtait à lui faire subir. Pour le Chirurgien, il s'agit d'un prélude, pensa Moore. C'est ce qui l'excite. Sentir la peur d'une femme. Il s'en nourrit. Assis près de son lit, il instille dans son esprit des visions de mort. La sueur perle sur la peau de sa victime, une sueur qui exhale l'odeur aigre de la terreur. Un parfum exotique qu'il a un besoin maladif de sentir. Il le respire et il est excité.

— Que s'est-il passé ensuite ? demanda Moore.

Pas de réponse.

— Nina ?

— Il a tourné la lampe vers mon visage. Il me l'a mise en plein dans les yeux pour que je ne puisse pas le voir. Je ne voyais que cette lumière aveuglante. Et il m'a prise en photo.

— Et puis ?

Elle le regarda.

— Il a disparu juste après.

— Il vous a laissée seule dans la maison ?

— Non, pas seule, je l'entendais marcher. Et la télé... toute la nuit, j'ai entendu la télé.

Il a modifié sa conduite, pensa Moore. Frost et lui échangèrent des regards sidérés. Le Chirurgien était maintenant plus sûr de lui. Plus hardi. Au lieu d'accomplir son forfait en quelques heures, il prenait son temps. Toute la nuit et le jour suivant, il avait laissé sa proie attachée au lit, terrorisée à la pensée de la torture qui l'attendait. Insoucieux des risques, il faisait durer le plaisir.

Les clignotements du moniteur cardiaque s'étaient de nouveau accélérés. La voix de Nina restait morne, mais derrière la façade paisible, la peur demeurait.

— Que s'est-il passé ensuite, Nina ? demanda de nouveau Moore.

— À un certain moment de l'après-midi, j'ai dû m'endormir. Quand je me suis réveillée, il faisait déjà nuit. J'avais une soif terrible. Je ne pensais qu'à ça, boire...

— Vous a-t-il laissée seule ? Y a-t-il un moment où vous avez été seule dans la maison ?

— Je ne sais pas. La télévision est la seule chose que j'entendais. Lorsqu'il l'a éteinte, j'ai su qu'il revenait dans ma chambre.

— Et quand il est revenu, est-ce qu'il a allumé ?

— Oui.

— Vous avez vu son visage ?

— Juste ses yeux. Il portait un masque. Comme celui des chirurgiens.

— Mais vous avez vu ses yeux.

— Oui.

— Est-ce que vous l'avez reconnu ? L'aviez-vous déjà vu ?

Il y eut un long silence. Le cœur battant, Moore attendit la réponse qu'il espérait.

— Non, dit-elle doucement.

Il se renversa sur sa chaise. La tension était soudain retombée dans la pièce. Pour la victime, le Chirurgien était un inconnu, un homme anonyme, dont les raisons de la choisir restaient un mystère.

— Décrivez-le-nous, Nina, dit-il en dissimulant sa déconvenue.

Elle prit une profonde inspiration et ferma les yeux comme pour rappeler le souvenir.

— Il avait... il avait les cheveux courts. Une coupe bien nette...

— Les cheveux de quelle couleur ?

— Châtain. Châtain clair.

Ça concordait avec le cheveu trouvé dans la plaie d'Elena Ortiz.

— C'était donc un Blanc ?

— Oui.

— Les yeux ?

— Clairs. Bleus ou gris. J'avais peur de les regarder directement.

— Et la forme de son visage ? Ronde, ovale ?

— Un visage étroit. Ordinaire, ajouta-t-elle après une pause.

— Son poids ? Sa taille ?

— C'est difficile de...

— Environ.

Elle soupira.

— La moyenne.

La moyenne. Ordinaire. Un monstre qui ressemblait à M. Tout-le-Monde.

Moore se tourna vers Frost.

— Montrons-lui les jeux de six.

Frost lui tendit le premier album de photos d'identité judiciaire, appelé « jeux de six » parce qu'il y en avait six par page. Moore posa l'album sur un chariot qu'il plaça devant la patiente.

Pendant la demi-heure suivante, ils la regardèrent feuilleter les albums sans s'arrêter, leurs espoirs diminuant au fil des pages. Aucun ne soufflait mot ; on n'entendait que le sifflement de l'oxygène et le bruit des pages tournées. Les photos étaient celles de délinquants sexuels connus et Moore avait l'impression que le défilé était sans fin, qu'il représentait la face obscure de chaque homme, la pulsion reptilienne sous un masque humain.

Il entendit tapoter sur la vitre du box. Il leva les yeux et vit Jane Rizzoli qui lui faisait signe.

Il sortit pour lui parler.

— Vous l'avez identifié ? demanda-t-elle.

— Non, et nous n'y arriverons pas. Il portait un masque de chirurgien.

Rizzoli fronça les sourcils.

— Pourquoi un masque ?

— Ça fait peut-être partie du rituel. Partie de ce qui l'excite. Jouer au docteur est son fantasme. Il lui a dit qu'il allait lui retirer l'organe qui avait été souillé. Il savait qu'elle avait été victime d'un viol. Et qu'est-ce qu'il lui a retiré ? L'utérus.

Rizzoli jeta un coup d'œil dans le box.

— Peut-être portait-il un masque pour une autre raison, dit-elle à voix basse.

— Laquelle ?

— Il ne voulait pas qu'elle voie son visage. Il ne voulait pas qu'elle le reconnaisse.

— Mais cela voudrait dire...

— C'est ce que je me tue à répéter : le Chirurgien voulait que Nina Peyton survive, acheva-t-elle en se tournant vers Moore.

Nous voyons bien peu de choses à l'intérieur du cœur humain, pensa Catherine en examinant la radio du thorax de Nina Peyton fixée sur le négatoscope. Dans la semi-obscurité, elle étudiait les ombres formées par les os et les organes. La cage thoracique, le diaphragme et, au-dessus, le cœur — non pas le siège de l'âme, mais simplement une pompe musculaire, qui n'avait pas plus de fonction mystique que les poumons et les reins. Et pourtant, même Catherine, avec son éducation scientifique, en regardant le cœur de Nina Peyton, était malgré elle émue par son symbolisme.

C'était le cœur d'une survivante.

Elle entendit des voix dans la pièce voisine. C'était Peter, qui demandait les radios d'un patient à la responsable des archives. Peu après, il entra dans la pièce et marqua un temps d'arrêt en la voyant près du négatoscope.

— Tu es encore là ? dit-il.

— Toi aussi.

— Oui, mais c'est moi qui suis de garde cette nuit. Pourquoi ne rentres-tu pas chez toi ?

Catherine se retourna vers la radio.

— Je veux d'abord m'assurer que l'état de ma patiente s'est stabilisé.

Il vint se placer à côté d'elle, si grand, si imposant qu'elle dut lutter contre l'envie de s'écarter. Il examina la radio.

— En dehors d'une certaine atélectasie, je ne vois guère de raisons de s'inquiéter.

Il regarda la référence « Mlle X » dans l'angle de la radio.

— C'est la patiente du lit 12 ? Celle entourée de flics ?

— Oui.

— J'ai vu que tu l'avais extubée.

— Il y a quelques heures, dit-elle à contrecœur.

Elle n'avait aucune envie de parler de Nina Peyton, de laisser voir combien elle s'investissait personnellement dans son cas. Mais Peter continuait de lui poser des questions.

— Comment sont ses gaz du sang ?

— Convenables.

— Et par ailleurs, son état est stable ?

— Oui.

— Alors pourquoi ne rentres-tu pas chez toi ? Je me chargerai de la suivre.

— Je préfère le faire moi-même.

— Depuis quand n'as-tu plus confiance en ton collègue ? dit-il en lui posant la main sur l'épaule.

Elle se figea tout de suite à son contact. Il le sentit et retira sa main.

Après un silence, Peter s'éloigna et commença à accrocher prestement ses radios sur le négatoscope. C'était une série de tomographies abdominales et les radios occupaient toute une rangée. Quand il eut fini de les suspendre, il resta là, complètement immobile, ses yeux cachés par le reflet des radios sur ses lunettes.

— Je ne suis pas ton ennemi, Catherine, dit-il à voix basse, le regard fixé sur le négatoscope. J'aimerais t'en convaincre. Je persiste à croire que j'ai fait, j'ai dit quelque chose qui a changé ton attitude.

Il la regarda.

— On se fiait l'un à l'autre. Professionnellement du moins. Bon sang, l'autre jour, on s'est pratiquement tenu la main dans la poitrine de cet homme ! Et maintenant, tu ne me laisses même pas suivre une patiente. Tu ne me connais pas assez pour me faire confiance ?

— Il n'y a aucun chirurgien à qui je fasse plus confiance qu'à toi.

— Qu'est-ce qui se passe alors ? J'arrive au travail le matin, j'apprends qu'on s'est introduit dans ton bureau et tu ne m'en parles pas. Je te pose des questions sur ta patiente du lit 12 et tu ne me dis rien.

— La police m'a demandé de ne pas en parler.

— Ta vie semble régie par la police ces temps-ci. Pourquoi ?

— Je n'ai pas la liberté d'en discuter.

— Je ne suis pas seulement ton collègue, Catherine. Je croyais que j'étais aussi ton ami.

Il fit un pas vers elle. Il en imposait par son physique et, en le voyant s'approcher, elle eut soudain un accès de claustrophobie.

— Tu as peur, je le vois. Tu t'enfermes dans ton bureau. Tu donnes l'impression de ne pas avoir dormi depuis plusieurs jours. Je ne supporte pas de te voir comme ça.

Catherine décrocha d'un coup sec la radio de Nina Peyton et la fourra dans l'enveloppe.

— Ça n'a rien à voir avec toi.

— Si, dans la mesure où ça te touche.

Après être restée sur la défensive, elle se mit soudain en colère.

— Mettons les choses au clair, Peter. Nous travaillons ensemble et je te respecte en tant que chirurgien, c'est exact. Je t'aime bien comme collègue. Mais nous ne vivons pas ensemble. Et nous ne partageons pas nos secrets.

— Pourquoi pas ? dit-il gentiment. Qu'as-tu peur de me dire ?

Elle le fixait, déconcertée par la douceur de sa voix. En cet instant, elle avait plus que tout envie de s'épancher, de lui raconter dans le moindre détail ce qui lui était arrivé à Savannah. Elle savait quelles seraient les conséquences d'une telle confession. Elle comprenait que le fait d'avoir été violée vous marquait à jamais d'un stigmate, faisait de vous à jamais une victime. Et elle ne tolérait pas la pitié. Pas venant de Peter, dont le respect était tout pour elle.

— Catherine ? dit-il en tendant la main vers elle.

À travers ses larmes, elle regarda sa main tendue. Et comme une femme qui se noie et refuse le secours, elle ne la prit pas.

Elle tourna les talons et sortit de la pièce.

12

Mlle X a changé de service.

J'ai à la main une éprouvette contenant son sang et je suis déçu qu'il soit froid. Il est resté trop longtemps sur la table du biologiste et la chaleur du corps contenue dans l'éprouvette s'est dissipée à travers le verre. Le sang froid est une chose morte, sans âme ni pouvoir, qui ne me fait pas vibrer. C'est l'étiquette qui m'intéresse, un petit triangle collé au tube de verre, où sont portés le nom du patient, le numéro de sa chambre et son numéro de référence. L'étiquette dit : « Mlle X », mais je sais de qui vient ce sang. Elle n'est plus dans le service de soins chirurgicaux intensifs. On l'a installée chambre 538, dans le pavillon de chirurgie.

Je repose l'éprouvette sur le socle, en compagnie de deux douzaines d'autres, fermées par des bouchons en caoutchouc de couleurs différentes, selon la procédure à suivre. Les bouchons violets, pour la numération des hématies, les bleus pour les tests de coagulation, les rouges pour l'analyse chimique et les électrolytes. Dans certaines éprouvettes à bouchon rouge, le sang s'est déjà coagulé en colonnes de gélatine sombre. Je feuillette la liasse d'ordonnances et trouve celle de Mlle X. Ce matin, le Dr Cordell a demandé deux analyses : une numération complète des hématies et un bilan électrolytique. Je fouille plus loin dans les ordonnances de la nuit dernière et trouve le carbone d'une autre demande formulée par le Dr Cordell : « En urgence, gaz du sang, post-extubation. Deux litres d'oxygène par fourche nasale. »

Nina Peyton a été extubée. Elle respire seule, inspire l'air sans assistance mécanique, sans sonde dans la gorge.

Je suis assis immobile à mon poste de travail, songeant non pas à Nina Peyton, mais à Catherine Cordell. Elle croit qu'elle a gagné cette manche. Elle croit avoir sauvé Nina Peyton. Il est temps de la remettre à sa place, de lui apprendre l'humilité.

Je décroche le téléphone et appelle le service de diététique de l'hôpital en me faisant passer pour un membre du service Ouest 5. Une femme répond d'un ton pressé, le bruit métallique des plateaux en toile de fond. C'est presque l'heure du repas et elle n'a pas de temps à perdre en bavardages.

— J'ai l'impression que nous avons interverti les prescriptions de deux patients. Vous pouvez me dire ce que vous avez pour la chambre 538 ?

Elle pianote sur son clavier pour chercher l'information avant de répondre :

— Diète liquide. C'est ça ?

— Oui, c'est bien ça. Merci.

Je raccroche.

Le journal de ce matin dit que Nina Peyton est toujours dans le coma et dans un état critique. C'est faux. Elle s'est réveillée.

Catherine Cordell lui a sauvé la vie. J'étais certain qu'elle y parviendrait.

Une biologiste s'approche de moi et pose un plateau couvert d'éprouvettes sur la paillasse. Nous nous sourions, comme nous le faisons tous les jours, le sourire amical de deux collègues de travail qui, faute de se connaître vraiment, pensent du bien l'un de l'autre. Elle est jeune, ses seins hauts et fermes pointent comme des melons sous sa blouse blanche et elle a de jolies dents régulières. Elle prend une nouvelle liasse de demandes d'analyses, me salue de la main et sort de la pièce. Je me demande si son sang a un goût salé.

Les machines ronronnent et gargouillent en une incessante berceuse.

Je vais à l'ordinateur et rappelle à l'écran la liste des patients d'Ouest 5. Il y a dans ce service vingt et une chambres disposées suivant un H, le poste des infirmières se trouvant sur la barre du H. Je fais défiler la liste des patients — ils sont trente-trois — en parcourant rapidement leur âge et leur diagnostic. Je m'arrête au vingtième nom — la chambre 521. « M. Herman Gwadowski, 69 ans. Suivi par : Dr Catherine Cordell. Diagnostic : S/P laparotomie d'urgence pour traumatisme abdominal multiple. »

La chambre 521 est dans un couloir parallèle à celui où se trouve celle de Nina Peyton et, de la 521, on ne voit pas la sienne.

Je clique sur le nom de M. Gwadowski et accède à son dossier labo. Il est à l'hôpital depuis deux semaines et son dossier n'en finit pas. J'imagine ses bras couverts de marques ponctuelles et de bleus laissés le long des veines par les prises de sang. D'après ses taux de glucose sanguin, il est diabétique. Son taux élevé de globules blancs montre qu'il a une infection. Je remarque également que des cultures sont en cours à partir d'un prélèvement effectué à une plaie au pied. Le diabète a affecté la circulation dans ses membres et il y a un début de nécrose dans les jambes. Je vois aussi qu'une culture est faite à partir d'un prélèvement de sang veineux.

Je concentre mon attention sur son bilan électrolytique. Son taux de potassium a augmenté régulièrement : 4,5 il y a deux semaines ; 4,8 la semaine dernière ; 5,1 hier. Il est âgé et ses reins de diabétique luttent pour éliminer les toxines, comme le potassium, qui s'accumulent chaque jour dans son sang.

Il n'en faut pas beaucoup pour le faire basculer de l'autre côté.

Je n'ai jamais rencontré M. Gwadowski — du moins, face à face. Je retourne aux supports d'éprouvettes sur la paillasse et regarde les étiquettes. Il y a vingt-quatre éprouvettes sur le support, celui des services Est et Ouest 5. J'en trouve une, à bouchon rouge, de la chambre 521. C'est le sang de M. Gwadowski.

Je prends l'éprouvette et l'examine en la faisant tourner lentement à la lumière. Le sang ne s'est pas coagulé, il est sombre, d'apparence saumâtre, comme si le prélèvement avait été fait dans de l'eau stagnante. Je débouche l'éprouvette et en renifle le contenu. Il sent l'urée caractéristique d'un âge avancé et on perçoit l'odeur douceâtre de l'infection. L'odeur d'un organisme qui a déjà commencé à pourrir, même si le cerveau refuse encore d'admettre que le corps meurt autour de lui.

C'est ainsi que je fais connaissance avec M. Gwadowski.

Ce ne sera pas une relation bien longue.

En infirmière consciencieuse, Angela Robin était irritée parce que la dose d'antibiotiques de dix heures de M. Gwadowski n'était pas encore arrivée. Elle alla donc voir la secrétaire du service et lui dit :

— J'attends les médicaments pour l'intraveineuse de M. Gwadowski. Est-ce que vous pouvez appeler la pharmacie ?

— Vous avez regardé sur le chariot de la pharmacie ? Il est arrivé à neuf heures.

— Il n'y avait rien pour M. Gwadowski. J'ai besoin de sa dose de Zosyn tout de suite.

— Oh ! j'avais oublié...

La secrétaire se leva et alla prendre une boîte sur l'autre table.

— Un auxiliaire d'Ouest 4 l'a apportée il y a un petit moment.

— Ouest 4 ?

— Elle a été envoyée au mauvais étage.

Elle vérifia l'étiquette.

— Gwadowski, 521, c'est bien ça.

— Parfait, dit Angela en prenant la boîte.

En retournant à la chambre, elle lut l'étiquette, qui confirmait le nom du patient, celui du médecin et que la dose de Zosyn avait bien été ajoutée au sérum physiologique. Tout semblait correct. Quand Angela avait commencé à travailler, son diplôme d'infirmière en poche, on allait tout simplement au magasin du pavillon chercher un sac de sérum et on y ajoutait soi-même le médicament nécessaire. À la suite de quelques erreurs commises par des infirmières surmenées, quelques procès retentissants, tout cela avait changé. Pour obtenir ne serait-ce qu'une poche de sérum physiologique avec potassium ajouté, il fallait passer par la pharmacie de l'hôpital. Cela faisait un rouage administratif de plus dans la machinerie déjà compliquée des services médicaux et contrariait Angela. Résultat de tout cela, ce sac de sérum était arrivé avec une heure de retard.

Elle brancha la poche neuve sur la perfusion et l'accrocha. Pendant ce temps-là, M. Gwadowski était étendu sans bouger. Dans le coma depuis deux semaines, il exsudait déjà l'odeur de la mort. Angela était infirmière depuis assez longtemps pour reconnaître cette odeur, pareille à celle d'une sueur aigre, qui préludait au trépas. Chaque fois qu'elle la détectait, elle murmurait aux autres infirmières : « Celui-ci ne va pas s'en sortir. » C'est ce qu'elle pensait maintenant en augmentant le débit de la perfusion et en vérifiant les signes vitaux du patient. *Celui-ci ne va pas s'en sortir.* Elle n'en accomplit pas moins son travail avec le même soin qu'elle accordait à chaque patient.

Le moment était venu de le laver. Elle apporta une bassine d'eau chaude à côté du lit, y trempa un linge et entreprit de débarbouiller le visage de M. Gwadowski. Il reposait la bouche ouverte, sa langue sèche et creusée d'un sillon profond. Si seulement ils le laissaient s'en aller tranquillement... Mais le fils ne voulait pas en entendre parler et le vieillard continuait donc à vivre, si on pouvait appeler ça vivre : un cœur qui persistait à battre dans un corps en train de se décomposer.

Elle retira la chemise de nuit du patient et examina la veine du bras. L'endroit où était branchée la perfusion était légèrement enflammé, ce qui l'inquiéta. Il n'y avait plus d'emplacement intact. C'était le seul qui restait et Angela veillait consciencieusement à maintenir la plaie propre et à changer fréquemment le pansement. Elle le ferait après.

Elle lava le torse en suivant le dessin des côtes saillantes. On voyait qu'il n'avait jamais été musclé et il ne restait plus qu'un parchemin tendu sur les os.

Elle entendit un bruit de pas et vit avec déplaisir le fils de M. Gwadowski entrer dans la chambre. D'un seul regard, il la mit sur la défensive : il appartenait à cette catégorie d'hommes qui font toujours remarquer aux autres leurs erreurs et leurs défauts. Il se comportait souvent ainsi avec sa sœur. Elle les avait entendus un jour se disputer et elle avait dû se retenir de prendre la défense de la sœur. Après tout, il ne lui appartenait pas de dire à ce garçon ce qu'elle pensait de son attitude tyrannique. Mais elle n'avait pas non plus besoin de se montrer particulièrement aimable avec lui. Elle se contenta donc de le saluer d'un signe de tête et continua à laver son père.

— Comment va-t-il ? demanda Ivan Gwadowski.

— Il n'y a pas de changement, répondit-elle d'un ton froid et sérieux.

Elle avait envie de le voir s'en aller, mettre fin à sa petite cérémonie de fils qui fait semblant de s'inquiéter et qu'il la laisse continuer son travail. Elle était assez perspicace pour se rendre compte que l'amour filial n'était qu'une raison très secondaire de sa venue. Il avait pris les choses en main parce que c'était dans ses habitudes de le faire et qu'il n'abandonnerait à personne la maîtrise de la situation. Pas même à la mort.

— La doctoresse est venue le voir ?

— Le Dr Cordell vient tous les jours.

— Que pense-t-elle du fait qu'il soit toujours dans le coma ?

Angela posa le linge humide dans la bassine et se redressa pour le regarder.

— Je ne vois pas bien ce qu'on peut en dire, monsieur Gwadowski.

— Combien de temps va-t-il rester dans cet état ?

— Aussi longtemps que vous l'y maintiendrez.

— Qu'est-ce que ça veut dire ?

— Ne croyez-vous pas qu'il serait plus humain de le laisser partir ?

Ivan Gwadowski la fixa.

— Oui, ça simplifierait la vie de tout le monde, n'est-ce pas ? Et ça libérerait un lit.

— Ce n'est pas ce que j'ai dit.

— Je sais comment les hôpitaux fonctionnent de nos jours. Quand les patients restent trop longtemps, vous mangez vos marges.

— Je pensais seulement à ce qui est préférable pour votre père.

— Ce qui est préférable, c'est que l'hôpital fasse son boulot.

Avant de dire quelque chose de regrettable, Angela se détourna et reprit le linge dans la bassine. Elle l'essora, les mains tremblantes. *Ne discute pas avec lui. Fais ton travail, un point c'est tout. C'est le genre de type à aller se plaindre à la direction.*

Elle posa le linge humide sur l'abdomen du patient et alors seulement se rendit compte qu'il ne respirait plus.

Elle prit immédiatement son pouls.

— Qu'est-ce qui se passe ? demanda le fils. Ça ne va pas ?

Elle ne répondit pas et se précipita dans le couloir.

— Code bleu ! cria-t-elle. Lancez un code bleu, chambre 521 !

Catherine sortit en courant de la chambre de Nina Peyton, tourna le coin pour s'élancer dans l'autre couloir. Des membres du personnel soignant avaient déjà envahi la chambre 521 et continuaient d'affluer dans le couloir, où un petit groupe d'étudiants tendaient le cou pour regarder ce qui se passait, les yeux écarquillés.

— Qu'y a-t-il ? demanda Catherine d'une voix forte pour se faire entendre en entrant dans la chambre.

— Il vient de s'arrêter de respirer ! Le pouls a disparu, répondit Angela.

Catherine se fraya un chemin jusqu'au lit. Une autre infirmière avait déjà placé un masque sur le visage du patient et insufflait de l'oxygène dans ses poumons. Un interne avait placé ses deux mains sur la poitrine et exerçait des pressions brusques sur le sternum pour chasser le sang du cœur dans les artères et les veines. Pour alimenter les organes, alimenter le cerveau.

— L'électro est branché ! cria quelqu'un.

Catherine jeta un coup d'œil au moniteur cardiaque. La courbe révélait une fibrillation ventriculaire. Les cavités du cœur ne se contractaient plus, les muscles frémissaient et le cœur était devenu une poche flasque.

— Les électrodes sont chargées ? demanda Catherine.

— Cent joules.

— Allez-y.

L'infirmière plaça les électrodes du défibrillateur sur la poitrine et cria :

— Tout le monde en arrière !

Les électrodes se déchargèrent, envoyant une secousse électrique à travers le cœur. Le torse du patient se souleva brusquement du matelas comme un chat bondissant d'une plaque chaude.

— Toujours en fib V !

— Un milligramme d'épinéphrine en intraveineuse, puis donnez-lui une autre secousse à cent, dit Catherine.

La dose d'épinéphrine passa dans la tubulure de la voie veineuse centrale.

— Reculez-vous !

Autre choc électrique, autre convulsion du torse.

Sur le moniteur, la courbe de l'électrocardiogramme grimpa brusquement à la verticale puis retomba en une ligne tremblotante. Les derniers soubresauts d'un cœur qui flanche.

Catherine regarda le patient et pensa : comment pourrais-je ranimer ce vieux sac d'os ?

— Vous voulez... continuer ? demanda l'interne essoufflé sans cesser d'effectuer son travail de pompe sur la poitrine tandis qu'une goutte de sueur laissait une marque brillante le long de sa joue.

Je ne voulais pas du tout le ranimer, pensa-t-elle en s'apprêtant à renoncer, quand Angela lui chuchota à l'oreille :

— Le fils est là. Il regarde.

Catherine lança un rapide coup d'œil dans la direction d'Ivan Gwadowski, debout dans l'encadrement de la porte. Elle n'avait plus le choix. S'ils ne faisaient pas le maximum, il ferait en sorte de faire cracher l'hôpital.

Sur le moniteur, la courbe évoquait la surface d'une mer déchaînée.

— Recommençons, dit Catherine. Deux cents joules cette fois-ci. Prélevez immédiatement du sang pour un bilan électrolytique !

Elle entendit le tiroir du chariot s'ouvrir dans un bruit de ferraille. Des éprouvettes pleines de sang et une seringue apparurent.

— Je n'arrive pas à trouver de veine !

— Utilisez la voie veineuse centrale.

— En arrière !

Tous se reculèrent et les électrodes envoyèrent leur décharge.

Catherine regardait le moniteur, espérant que la secousse ferait redémarrer le cœur, mais la courbe s'effondra en une ondulation à peine perceptible.

Une autre dose d'épinéphrine entra dans la voie veineuse.

Tout rouge et en nage, l'interne recommença son travail de pompage sur la poitrine. Quelqu'un le remplaça, mais c'était comme tenter d'insuffler la vie dans une cosse desséchée. Catherine percevait déjà le changement dans les voix autour d'elle, le ton pressant disparu, les mots prononcés sur un ton neutre et automatique. Ce n'était plus maintenant qu'un exercice de pure forme, la défaite devenue inévitable. Elle regarda brièvement la bonne douzaine de personnes agglutinées autour du lit : la décision à prendre leur semblait évidente et ils n'attendaient plus qu'un mot d'elle.

— Fin du code, annonça-t-elle. Onze heures treize.

Tous contemplaient en silence l'objet de leur défaite, Herman Gwadowski, qui commençait à se refroidir au milieu d'un enchevêtrement de fils et de tubulures de perfusion. Une infirmière débrancha le moniteur et l'oscilloscope s'éteignit.

— Pourquoi ne pas essayer un pacemaker ?

Tout en signant la feuille de procédure, Catherine se retourna. Le fils du patient était entré dans la chambre.

— Il n'y a plus rien à faire, dit-elle. Je suis désolée. Nous n'avons pas réussi à faire repartir le cœur.

— N'est-ce pas à cela que servent les pacemakers ?

— Nous avons fait tout ce que nous avons pu...

— Vous lui avez seulement donné un électrochoc.

Seulement ? Elle jeta un coup d'œil autour d'elle aux preuves matérielles de leurs efforts, les seringues utilisées, les ampoules de médicaments et les emballages déchirés. Tout ce qui restait après chaque bataille menée pour tenter de sauver un patient. Les autres regardaient, attendant sa réaction.

Elle posa le support à pince sur lequel elle écrivait, sur le point de laisser éclater sa colère. Elle n'en eut pas le temps et se retourna brusquement vers la porte.

Une femme était en train de crier quelque part dans le service.

L'instant d'après, Catherine était sortie de la chambre, les infirmières sur ses talons. Elle tourna le coin au pas de course : dans le couloir, une aide en sanglots montrait la chambre de Nina. La chaise devant la porte était vide.

Il devrait y avoir un policier là. Où est-il ?

Catherine poussa la porte et resta paralysée.

La première chose qu'elle vit fut le sang qui dégoulinait sur le mur. Puis elle regarda sa patiente, étendue par terre sur le ventre. Nina était tombée à mi-chemin entre le lit et la porte, comme si elle avait réussi à faire quelques pas avant de s'écrouler. Sa perfusion était débranchée et le sérum coulait lentement de la tubulure sur le plancher, où il formait une flaque claire près de la mare de sang.

Il était ici. Le Chirurgien était ici.

Son instinct la pressait de s'en aller, de fuir, mais elle se força à avancer et se laissa tomber à genoux près de Nina. Le sang imbibait son pantalon de travail et il était encore tiède. Elle roula le corps sur le dos.

Un seul regard au visage blanc, aux yeux fixes, et elle sut que Nina était déjà morte. *Il y a quelques instants, j'ai entendu ton cœur battre.*

Revenant lentement de sa stupéfaction, Catherine leva les yeux et vit un cercle de visages effrayés.

— Le policier, dit-elle. Où est le policier ?

— Nous ne savons pas...

Elle se releva instantanément et les autres se reculèrent pour la laisser passer. Sans se soucier des marques de sang laissées derrière elle par ses chaussures, elle sortit de la chambre et lança un rapide coup d'œil à gauche et à droite dans le couloir.

— Oh ! mon Dieu ! dit une infirmière.

À l'autre bout du couloir, une ligne sombre avançait lentement sur le plancher. Du sang. Il venait de sous la porte du magasin.

13

Rizzoli regarda à l'intérieur de la chambre de Nina Peyton, sans franchir le ruban jaune de la police. Les banderoles formées par le sang séché sur le mur commémoraient le drame. Elle longea le couloir jusqu'au magasin, où on avait trouvé le corps du flic. Un entrelacs de rubans jaunes en interdisait là aussi l'accès. À l'intérieur, les pieds à perfusion rangés en faisceau, les étagères supportant les bassins de lit, les bassines et les boîtes de gants étaient éclaboussés de sang. L'un des leurs était mort dans cette pièce et pour tous les flics de Boston la traque du Chirurgien était devenue une affaire personnelle.

Elle se tourna vers l'agent qui était près d'elle.

— Où est l'inspecteur Moore ?

— Au service administratif. Ils sont en train de visionner les bandes des caméras de vidéosurveillance.

Rizzoli parcourut le couloir du regard dans les deux sens et ne vit aucune caméra. Ils n'auraient aucune vidéo de ce qui s'était passé ici.

Au rez-de-chaussée, elle se glissa dans la salle de réunion où se trouvaient Moore et deux infirmières. Aucun ne regarda dans sa direction, tous concentrés sur l'écran télé où passait la vidéo.

La caméra avait filmé l'ascenseur du service Ouest 5. Sur la vidéo, la porte de l'ascenseur était ouverte. Moore fit un arrêt sur image.

— Là, dit-il. C'est le premier groupe à sortir de l'ascenseur après que le code bleu a été lancé. Je compte onze personnes et elles sortent à toute vitesse.

— C'est normal dans ce cas, fit remarquer l'infirmière-chef. Une annonce est faite par tous les haut-parleurs de l'hôpital. Tous ceux qui ne sont pas occupés doivent répondre à l'appel.

— Regardez bien ces visages, dit Moore. Les reconnaissez-vous tous ? Y a-t-il quelqu'un qui ne devrait pas être là ?

— Je ne vois pas tous les visages. Ils sortent tous en groupe.

— Et vous, Sharon ? demanda Moore à la deuxième infirmière.

Sharon se pencha vers l'écran.

— Ces trois-là sont des infirmières. Et les deux jeunes gens à côté, des étudiants en médecine. Je reconnais ce troisième homme ici, dit-elle en montrant le haut de l'écran. Un garçon de salle. Le visage des autres m'est familier, mais je ne connais pas leur nom.

— Bon, fit Moore d'une voix lasse. Voyons le reste. Puis nous visionnerons la vidéo de la cage d'escalier.

Rizzoli s'approcha et vint se placer à côté de l'infirmière-chef.

Sur l'écran, les images repartirent en arrière et la porte de l'ascenseur se ferma. Moore appuya sur « Play » et la porte de l'ascenseur se rouvrit. Onze personnes en sortirent, avançant comme une sorte de mille-pattes dans leur hâte à répondre à l'alerte. Le groupe disparut sur la gauche de l'écran. La porte de l'ascenseur se referma. Après un moment, elle se rouvrit, livrant passage à une nouvelle fournée de membres du personnel. Rizzoli en compta treize. Jusque-là, vingt-quatre personnes étaient arrivées à l'étage en moins de trois minutes, et ce uniquement par l'ascenseur. Combien d'autres y avaient accédé par l'escalier ? Rizzoli regardait avec une stupéfaction grandissante. Le minutage avait été parfait. Lancer un code bleu, c'était déclencher une véritable ruée. Des dizaines de membres du personnel soignant convergeant vers le service Ouest 5, tout individu vêtu d'une blouse blanche pouvait se glisser parmi eux sans se faire remarquer. L'assassin avait sans doute dû se placer dans le fond de l'ascenseur, derrière les autres. Il avait certainement fait en sorte qu'il y ait quelqu'un entre la caméra et lui. Celui qu'ils recherchaient savait exactement comment fonctionnait l'hôpital.

Le deuxième groupe de passagers de l'ascenseur sortit de l'écran. Deux visages étaient restés tout le temps cachés.

Moore mit une autre cassette et le point de vue changea. La caméra montrait la porte de la cage d'escalier. Pendant un moment, il ne se passa rien. Puis la porte s'ouvrit brusquement et un homme en blouse blanche entra à toute vitesse dans le couloir.

— Je le connais. C'est Mark Noble, l'un des internes, dit Sharon.

Rizzoli prit son calepin et nota le nom.

La porte s'ouvrit de nouveau et deux femmes apparurent, toutes deux en uniforme blanc.

— Celle-ci est Veronica Tam, fit l'infirmière-chef en montrant la plus petite. Elle travaille à Ouest 5. Elle faisait une pause quand le code bleu a été lancé.

— Et l'autre ?

— Je ne sais pas. On ne voit pas bien son visage.

Rizzoli écrivit :

10 h 48, caméra escalier :

Veronica Tam, infirmière, Ouest 5.

Femme inconnue, cheveux noirs, blouse blanche.

Sept personnes en tout franchirent la porte de la cage d'escalier. Les infirmières en reconnurent cinq. Jusqu'ici, Rizzoli en avait dénombré trente et une arrivées à l'étage, soit par l'ascenseur, soit par l'escalier. Si on y ajoutait le personnel qui travaillait déjà à l'étage, ils avaient affaire à une quarantaine de personnes au moins.

— Voyons maintenant ceux qui s'en vont pendant et après l'alerte, dit Moore. Ils ne sont plus pressés. Peut-être pourrez-vous reconnaître quelques visages de plus, donner d'autres noms.

Il appuya sur la touche « Avance rapide » et l'heure indiquée sur l'écran avança de huit minutes. Ceux et celles dont la présence n'était pas nécessaire commençaient déjà à quitter le service. La caméra les montrait de dos tandis qu'ils se dirigeaient vers la porte de la cage d'escalier. D'abord, deux étudiants en médecine, suivis peu après par un homme non identifié, qui s'en allait seul. Il y eut ensuite un long vide et Moore fit encore défiler la bande en avance rapide. Puis quatre hommes sortirent ensemble dans la cage d'escalier. Il était onze heures quatorze. Le plan d'urgence avait alors officiellement pris fin et le décès de Herman Gwadowski avait été déclaré.

Moore changea de cassette. L'ascenseur apparut à nouveau sur l'écran.

Quand ils eurent repassé toutes les bandes, Rizzoli avait pris trois pages de notes et additionné le nombre d'arrivants pendant le code. Treize hommes et dix-sept femmes avaient répondu à l'appel. Rizzoli compta ceux qu'ils avaient vus repartir après la fin de l'alerte.

Les deux chiffres ne correspondaient pas.

Moore appuya finalement sur « Stop » et l'image disparut de l'écran. Ils avaient visionné les vidéos pendant plus d'une heure et les deux infirmières avaient l'air éprouvées.

Rizzoli rompit le silence et le son de sa voix les fit sursauter toutes les deux.

— Est-ce que vous avez des collègues hommes qui travaillent à Ouest 5 pendant votre tour de garde ? demanda-t-elle.

L'infirmière-chef la regarda, apparemment surprise qu'un autre flic soit entré dans la pièce sans qu'elle s'en rende compte.

— Un infirmier prend son service à trois heures, mais il n'y a pas d'hommes dans l'équipe de jour.

— Et aucun ne travaillait à Ouest 5 quand le code bleu a été lancé ?

— Il se peut qu'il y ait eu des internes dans le service, mais pas d'infirmiers.

— Quels internes ? Vous vous en souvenez ?

— Ils vont et viennent, ils se relaient. Je ne suis pas au courant de leurs arrangements. Nous avons notre travail à faire.

L'infirmière regarda Moore.

— Il faut vraiment que nous reprenions notre service.

Moore acquiesça.

— Vous pouvez y aller. Merci de votre aide.

Rizzoli attendit qu'elles soient sorties, puis elle dit à Moore :

— Le Chirurgien était déjà dans le service avant que le code ait été lancé, vous ne croyez pas ?

Moore se leva et alla au magnétoscope pour changer de cassette. Elle vit bien qu'il était en colère à ses gestes brusques.

— Treize hommes sont arrivés à Ouest 5 et quatorze en sont repartis. Il y en a un de trop. Il est fatalement resté ici tout le temps.

Moore appuya sur « Play » et la vidéo de la cage d'escalier recommença à défiler.

— Bon sang, Moore, Crowe était chargé d'organiser la protection de Nina Peyton et maintenant nous avons perdu notre seul témoin.

Il ne disait toujours rien, les yeux rivés sur l'écran à regarder les silhouettes maintenant familières qui apparaissaient et disparaissaient par la porte de la cage d'escalier.

— Ce mec-là est un vrai passe-muraille, dit-elle. Un vrai courant d'air. Neuf infirmières travaillaient à l'étage et aucune ne s'est aperçue de sa présence alors qu'il était avec elles tout le temps, nom de Dieu !

— C'est une possibilité.

— Alors comment a-t-il fait pour arriver jusqu'au flic ? Comment celui-ci a pu se laisser convaincre de quitter son poste devant la chambre de la patiente ? D'entrer dans le magasin ?

— Ce devait être quelqu'un qu'il avait l'habitude de voir. Quelqu'un qui ne représentait aucune menace.

Moore appuya sur « Pause ».

— Là, dit-il à voix basse. Je pense que c'est notre homme.

Rizzoli regarda l'écran. C'était celui qui était sorti seul par la cage d'escalier au début de l'alerte. On ne voyait que son dos. Il portait une blouse et un bonnet blancs. Une étroite bande de cheveux bruns coupés net dépassait du bonnet. Il était mince, sans rien d'impressionnant dans la carrure, et se tenait le dos voûté.

— C'est le seul endroit où il apparaît. Je ne l'ai pas repéré dans la séquence de l'ascenseur. Et on ne le voit pas non plus arriver par la porte de la cage d'escalier. Mais c'est par là qu'il s'en va. Vous voyez, il pousse la porte avec la hanche et ne la touche à aucun moment avec les mains ? Je parie qu'il n'a laissé aucune empreinte nulle part. Il est trop prudent. Et regardez, il marche voûté, comme s'il savait qu'il y a une caméra. Il sait qu'on le cherche.

— Les infirmières ont pu l'identifier ?

— Non.

— Merde. Pourtant il était à l'étage.

— Comme beaucoup d'autres. Tout le monde était occupé à essayer de sauver Herman Gwadowski. Sauf lui.

Rizzoli s'approcha de l'écran, le regard fixé sur la silhouette solitaire dans le couloir blanc. Elle ne voyait pas son visage, mais elle avait froid dans le dos comme si elle avait regardé le mal en personne. *Es-tu le Chirurgien ?*

— Personne ne se souvient de l'avoir vu, dit Moore. Personne ne se rappelle avoir pris l'ascenseur avec lui. Et pourtant, il est bien là. Un fantôme, qui apparaît et disparaît à volonté.

— Il est parti huit minutes après le lancement du code, fit observer Rizzoli en regardant l'heure affichée sur l'écran. Deux étudiants l'ont précédé.

— Oui, je les ai interrogés. Ils avaient un cours à onze heures. C'est pourquoi ils sont partis si tôt. Ils n'ont pas remarqué que quelqu'un les suivait dans l'escalier.

— Nous n'avons donc aucun témoin.

— Seulement cette caméra.

Elle regardait toujours l'heure affichée. Huit minutes après le lancement du plan d'urgence. Elle tenta mentalement de reconstituer l'enchaînement des événements. S'approcher du flic : dix secondes. Le décider à l'accompagner un peu plus loin dans le couloir et à entrer dans le magasin : trente secondes. L'égorger : dix secondes. Ressortir du magasin, fermer la porte et entrer dans la chambre de Nina Peyton : quinze secondes. Tuer la deuxième victime et sortir de la chambre : trente secondes. Cela faisait moins de deux minutes. Il restait plus de six minutes. Qu'avait-il fait pendant tout ce temps ? Se laver ? Il y avait beaucoup de sang et il avait très bien pu en être éclaboussé.

Il avait disposé de beaucoup de temps. L'aide-soignante avait découvert le corps de Nina Peyton dix minutes seulement après que l'homme filmé par la caméra eut disparu dans la cage d'escalier. À ce moment-là, il pouvait très bien être dans sa voiture, à un ou deux kilomètres de l'hôpital.

Un minutage parfait. Cet assassin règle ses mouvements avec une précision de montre suisse.

Elle se redressa brusquement sur sa chaise, frappée par une idée.

— Il savait. Bon sang, Moore, il savait qu'un code bleu allait être lancé.

Elle le regarda et vit, au calme avec lequel il réagissait, qu'il était déjà parvenu à la même conclusion.

— M. Gwadowski a-t-il reçu des visites ?

— Celle de son fils. Mais l'infirmière est restée tout le temps dans la chambre. Et elle était là quand le patient a flanché.

— Que s'est-il passé juste avant ?

— Elle a changé la poche de sérum physiologique. Nous l'avons fait analyser.

Rizzoli tourna de nouveau son regard vers l'écran vidéo, où l'image de l'homme en blouse blanche était arrêtée au milieu d'un pas.

— C'est absurde. Pourquoi aurait-il pris un tel risque ?

— Pour nettoyer le terrain, se débarrasser du témoin.

— Mais Nina Peyton n'avait vu son visage que masqué. Il savait qu'elle était incapable de le reconnaître, qu'elle ne représentait aucun danger. Et il s'est pourtant donné beaucoup de mal pour la supprimer. Il a pris le risque de se faire prendre. Qu'y a-t-il gagné ?

— La satisfaction de parachever son crime.

— Mais il aurait pu le faire chez elle. Il a laissé la vie à Nina Peyton cette nuit-là, Moore. Ce qui veut dire qu'il avait l'intention de terminer la besogne de cette manière.

— À l'hôpital ?

— Oui.

— Dans quel but ?

— Je n'en sais rien. Mais je trouve intéressant que, parmi tous les patients présents dans le service, il ait choisi Herman Gwadowski pour faire diversion. Un patient de Catherine Cordell.

Le portable de Moore sonna. Pendant qu'il répondait, Rizzoli tourna de nouveau son attention vers l'écran. Elle appuya sur « Play » et regarda l'homme en blouse blanche approcher de la porte. Il en poussa la barre avec la hanche et disparut dans la cage d'escalier. Pas un instant il ne laissa voir ne serait-ce qu'une partie de son visage à l'objectif de la caméra. Elle appuya sur « Rewind » et repassa la séquence. Cette fois-ci, au moment où il tournait légèrement la hanche, elle vit le renflement sous sa blouse. C'était sur son côté droit, à la hauteur de la taille. Y cachait-il quelque chose ? Des vêtements de rechange ? Son attirail d'assassin ?

— N'y touchez pas ! Laissez-la où elle est. J'arrive, dit Moore au téléphone.

— Qui c'était ? demanda Rizzoli quand il eut coupé la communication.

— Catherine. Notre copain vient de lui envoyer un autre message.

— C'est arrivé par le courrier interne, expliqua Catherine. Dès que j'ai vu l'enveloppe, j'ai su que ça venait de lui.

Rizzoli regarda Moore enfiler des gants — une précaution inutile, pensa-t-elle, puisque le Chirurgien n'avait jamais laissé la moindre empreinte. C'était une grande enveloppe en papier kraft munie d'un fermoir. Les mots : « Pour Catherine Cordell. Bon anniversaire de la part d'A.C. » avaient été écrits dessus à l'encre bleue.

Andrew Capra, pensa Rizzoli.

— Vous ne l'avez pas ouverte ? demanda Moore.

— Non, je l'ai posée tout de suite sur mon bureau. Et je vous ai appelé.

— C'est bien.

Rizzoli jugea cette réponse condescendante, mais Catherine ne la perçut manifestement pas de cette manière et adressa à Moore un sourire crispé. Quelque chose de chaleureux passa entre lui et Catherine, un regard, un courant, que Rizzoli remarqua avec un pincement de jalousie. C'est allé plus loin que je ne l'avais cru entre eux deux.

— Elle a l'air vide, dit-il.

Il défit le fermoir et Rizzoli glissa une feuille de papier blanc sur la table pour recueillir le contenu de l'enveloppe. Il souleva le rabat et retourna l'enveloppe.

Une mèche de cheveux auburn soyeux en glissa et tomba sur le papier.

Un frisson parcourut Rizzoli.

— Mon Dieu ! Mon Dieu...

Catherine se recula, frappée d'horreur. Rizzoli regarda ses cheveux, puis à nouveau la mèche tombée de l'enveloppe. Ce sont les siens. Ce sont les cheveux de Cordell.

— Catherine, dit Moore d'une voix calme, apaisante. Ce ne sont peut-être pas les vôtres.

Catherine le regarda, paniquée.

— Et si c'étaient les miens ? Comment a-t-il...

— Est-ce que vous laissez une brosse à cheveux dans votre casier de la salle d'opération ? Dans votre bureau ?

— Moore, regardez ces cheveux, dit Rizzoli. Ils n'ont pas été enlevés d'une brosse. Ils ont été coupés.

Elle se tourna vers Catherine.

— Quand vous êtes-vous fait couper les cheveux pour la dernière fois, docteur Cordell ?

Catherine s'approcha lentement de la table et regarda la mèche comme si ç'avait été une vipère.

— Je sais quand il a fait cela, dit-elle. Je m'en souviens.

— Quand ?

— C'était cette nuit-là...

L'air bouleversé, elle regarda Rizzoli.

— À Savannah.

Rizzoli raccrocha et regarda Moore.

— L'inspecteur Singer le confirme. Une mèche de ses cheveux a effectivement été coupée.

— Pourquoi n'en a-t-il pas fait mention dans son rapport ?

— Cordell ne s'en est aperçue que le lendemain de son arrivée à l'hôpital, quand elle s'est regardée dans la glace. Comme Capra était mort et qu'on n'avait pas trouvé de cheveux sur le lieu du crime, Singer a pensé que les cheveux avaient été coupés par le personnel de l'hôpital. Peut-être durant le traitement d'urgence. Rappelez-vous, Cordell avait le visage sacrément contusionné. Il se peut qu'on ait coupé quelques mèches pour lui nettoyer le cuir chevelu.

— Singer a-t-il confirmé que c'est quelqu'un de l'hôpital qui les a coupées ?

Rizzoli posa son stylo sur la table et soupira.

— Non, il n'a pas cherché à le savoir.

— C'en est resté là ? Il n'en a pas parlé dans son rapport parce que ça n'avait pas de sens ?

— Ça n'a, en effet, pas de sens ! Comment se fait-il que la mèche n'ait pas été trouvée dans l'appartement de Cordell, à côté du corps de Capra ?

— Catherine a oublié en grande partie ce qui s'est passé cette nuit-là. Le Rohypnol a effacé un pan important de son souvenir. Il se peut que Capra soit sorti. Qu'il soit revenu plus tard.

— OK. Reste la question numéro un. Capra mort, comment ce petit souvenir est-il arrivé entre les mains du Chirurgien ?

Moore n'avait pas de réponse. Deux assassins, un vivant, un mort. Quel était le lien entre ces deux monstres ? Ce n'était pas seulement de l'énergie psychique ; il avait pris maintenant une dimension matérielle. Quelque chose que l'on pouvait voir et toucher.

Il regarda les deux sachets. L'un portait l'étiquette : « Mèche de cheveux inconnus ». Le second contenait un échantillon des cheveux de Catherine, pour pouvoir comparer. Il avait coupé lui-même la mèche cuivrée. C'était en effet un souvenir tentant. Les cheveux sont quelque chose de très personnel. On les porte, on dort avec. Ils ont une couleur, une texture et un parfum particuliers. C'est l'essence même d'une femme. Pas étonnant que Catherine ait été horrifiée d'apprendre qu'un inconnu était en possession d'une partie d'elle-même si intime. De savoir qu'il l'avait caressée, reniflée, s'était familiarisé avec son odeur comme un amant.

Désormais, le Chirurgien connaissait bien son odeur.

Il était près de minuit, mais il y avait de la lumière chez elle. À travers les rideaux tirés, il vit passer sa silhouette. Elle ne dormait pas.

Moore alla jusqu'à la voiture de police garée et se pencha pour parler aux deux agents installés à l'intérieur.

— Rien à signaler ?

— Elle n'est pas ressortie de chez elle depuis son retour. Elle a fait beaucoup d'allées et venues. Elle paraît bien partie pour une nuit blanche.

— Je vais aller lui parler, dit Moore en se tournant pour traverser la rue.

— Vous restez toute la nuit ?

Moore s'arrêta et se retourna avec raideur pour regarder le flic.

— Pardon ?

— Est-ce que vous allez passer la nuit là ? Parce que si c'est le cas, on le signalera à la prochaine équipe. Juste pour qu'ils sachent que c'est l'un des nôtres qui est là-haut avec elle.

Moore ravala sa colère. La question de l'agent était tout à fait fondée. Pourquoi alors avait-il pris la mouche ?

Parce que je sais de quoi ça a l'air d'aller chez elle à minuit. Je sais ce qui doit leur passer par la tête. La même chose qui passe par la mienne.

À l'instant où il entra dans l'appartement, il lut la question dans ses yeux et répondit avec un hochement de tête lugubre.

— Le labo a confirmé. C'étaient bien vos cheveux.

Elle reçut la nouvelle en silence, sous le choc.

Dans la cuisine, une bouilloire se mit à siffler. Elle tourna les talons et sortit de la pièce.

Quand il referma la porte d'entrée, son regard s'attarda sur le verrou de sécurité flambant neuf. Même l'acier trempé semblait léger face à un adversaire capable de passer à travers les murs. Il la suivit dans la cuisine et la regarda éteindre le gaz sous la bouilloire. Elle prit maladroitement une boîte de sachets de thé et, avec une petite exclamation, en laissa échapper le contenu sur le plan de travail. Ce n'était rien, mais elle parut en faire une montagne. Elle s'appuya soudain sur le meuble, les poings fermés, les articulations toutes blanches sur les carreaux blancs. Elle luttait pour ne pas pleurer, pour ne pas s'effondrer sous ses yeux et elle était en train de perdre la bataille. Il la vit prendre une profonde inspiration. Il vit ses épaules se nouer, son corps entier faire effort pour étouffer ses sanglots.

Ne pouvant supporter de regarder ça plus longtemps, il s'approcha d'elle et l'attira contre lui. Il l'étreignit, tremblante. Il avait pensé à ça, il l'avait désiré toute la journée. Il n'avait pas voulu que ça se passe ainsi, qu'elle soit poussée dans ses bras par la peur. Il voulait être pour elle plus qu'un havre de sécurité, qu'un homme sur qui compter.

Mais c'était précisément ce dont elle avait besoin à cet instant. Il l'enveloppa donc de ses bras, la protégeant des terreurs de la nuit.

— Pourquoi est-ce que ça recommence ? murmura-t-elle.

— Je n'en sais rien, Catherine.

— C'est Capra...

— Non. Capra est mort.

Il prit son visage dans ses mains pour qu'elle le regarde.

— Andrew Capra est mort, répéta-t-il.

En lui rendant son regard, elle s'immobilisa dans ses bras.

— Pourquoi alors le Chirurgien m'a-t-il choisie ?

— Si quelqu'un connaît la réponse, c'est vous.

— Je ne la connais pas.

— Peut-être pas consciemment. Mais vous m'avez dit vous-même que vous ne vous souveniez pas de tout ce qui s'est passé à Savannah. Vous ne vous rappelez pas avoir tiré la deuxième balle. Vous ne vous rappelez pas qui vous a coupé les cheveux ni à quel moment. De quoi d'autre ne vous souvenez-vous pas ?

Elle secoua la tête. Puis elle cligna des yeux et sursauta en entendant son bip.

Ils peuvent pas me ficher la paix, pensa Moore en allant au téléphone de la cuisine pour répondre à l'appel.

La voix de Rizzoli lui répondit sur un ton accusateur.

— Vous êtes chez elle.

— Bonne pioche.

— Non, c'est grâce à l'identificateur d'appels. Il est minuit. Avez-vous réfléchi à ce que vous êtes en train de faire ?

— Pourquoi m'avez-vous appelé ? demanda-t-il, irrité.

— Elle écoute ?

Il regarda Catherine sortir de la cuisine. Sans elle, la pièce parut soudain très vide. Dépourvue d'intérêt.

— Non, dit-il.

— J'ai repensé à la mèche de cheveux. Il y a une autre façon d'expliquer qu'elle l'ait reçue.

— Laquelle ?

— Qu'elle l'ait envoyée elle-même.

— Je n'arrive pas à en croire mes oreilles.

— Et je n'arrive pas à croire que vous n'y ayez pas pensé.

— Pourquoi l'aurait-elle fait ?

— Pour la même raison qui pousse certains à entrer au commissariat pour avouer des meurtres qu'ils n'ont pas commis. Voyez toute l'attention dont elle est l'objet ! Votre attention. Il est minuit et vous, là, aux petits soins pour elle. Je ne dis pas que le Chirurgien ne l'a pas traquée. Mais cette mèche de cheveux m'a incitée à prendre du recul et à m'interroger. Il est temps de se demander ce qui pourrait se passer d'autre. Comment le Chirurgien s'est-il procuré ces cheveux ? Est-ce que c'est Capra qui les lui a donnés il y a deux ans ? Comment a-t-il pu le faire alors qu'il était étendu mort dans sa chambre ? Les incohérences entre sa déposition et le rapport d'autopsie de Capra ne vous ont pas échappé. Nous savons tous deux qu'elle n'a pas dit toute la vérité.

— Cette déposition lui a été tirée par l'inspecteur Singer.

— Vous pensez qu'il la lui a soufflée ?

— Songez à la pression sous laquelle était Singer. Quatre meurtres. Il fallait absolument qu'il arrête le meurtrier. Et il avait sous la main une solution simple, toute faite : l'assassin est mort, abattu par sa prochaine victime. Catherine allait lui permettre de clore l'affaire, à charge pour lui de lui mettre les mots dans la bouche.

Moore s'interrompit un instant.

— Nous devons absolument savoir ce qui s'est passé à Savannah cette nuit-là, conclut-il.

— Elle est la seule à avoir été là. Et, à l'en croire, elle ne se souvient pas de tout.

Moore leva les yeux et vit Catherine rentrer dans la cuisine.

— Pas encore, dit-il.

14

— Vous êtes certain que le Dr Cordell veut bien se livrer à cette expérience ? demanda Alex Polochek.

— Elle est ici et vous attend, répondit Moore.

— Ce n'est pas vous qui avez insisté pour qu'elle vienne ? Parce que l'hypnose ne marche pas si le sujet est réticent. Elle doit coopérer pleinement, sinon nous perdons notre temps.

« Une perte de temps », c'est ainsi que Rizzoli avait déjà qualifié cette séance et beaucoup de flics de la Criminelle étaient du même avis. Ils voyaient dans l'hypnose une activité de salon, bonne pour amuser la galerie. C'est ce que pensait Moore auparavant.

L'affaire de Meghan Florence l'avait fait changer d'opinion.

Le 31 octobre 1998, la petite Meghan, dix ans, rentrait de l'école. Une voiture s'était arrêtée près d'elle et on ne l'avait plus revue vivante.

Le seul témoin de l'enlèvement était un gamin de douze ans. Il avait bien vu la voiture et se souvenait de sa forme et de sa couleur, mais pas de son numéro d'immatriculation. Quelques semaines plus tard, comme l'enquête piétinait, les parents de la petite fille avaient demandé que l'enfant soit interrogé par un hypnotiseur. Ayant épuisé toutes ses cartouches, la police avait accepté à contrecœur.

Moore avait assisté à la séance. Il avait vu Alex Polochek mettre doucement le jeune garçon en état d'hypnose et, avec stupéfaction, il avait entendu le gamin réciter le numéro d'immatriculation.

Deux jours plus tard, on avait retrouvé le corps de Meghan Florence, enterré dans l'arrière-cour du ravisseur.

Moore espérait que Polochek pourrait répéter avec Catherine Cordell le miracle qu'il avait accompli une première fois.

Les deux hommes regardaient à travers une glace sans tain Catherine et Rizzoli, assises dans la pièce où devait avoir lieu la séance. Catherine semblait mal à l'aise. Elle changeait de position sur sa chaise et regardait vers la glace, comme si elle avait conscience d'être observée. Elle n'avait pas touché à la tasse de thé posée sur la petite table près d'elle.

— Il va lui être pénible de rappeler ce souvenir, dit Moore. Elle *souhaite* se montrer coopérative, mais ce sera loin d'être agréable pour elle. Au moment de l'agression, elle était encore sous l'emprise du Rohypnol.

— Le souvenir d'un événement datant de deux ans, alors qu'on l'avait droguée ? Et en plus, vous dites qu'il y a eu des interférences extérieures.

— Il se peut en effet que l'inspecteur de Savannah l'ait suggestionnée pendant qu'il prenait sa déposition.

— Vous savez, je ne peux pas faire de miracles. Et rien de ce que nous obtiendrons au cours de cette séance n'aura force de preuve. En revanche, cela invalidera tout témoignage qu'elle pourra faire devant un tribunal.

— Je sais.

— Et vous persistez néanmoins dans votre décision ?

— Oui.

Moore ouvrit la porte et les deux hommes entrèrent dans la pièce.

— Catherine, dit-il, voici Alex Polochek, dont je vous ai parlé. Il est hypnotiseur et travaille pour la police de Boston.

Polochek et elle se serrèrent la main et elle eut un rire nerveux.

— Excusez-moi, fit-elle. Je ne savais pas trop à quoi vous alliez ressembler.

— Vous vous attendiez à ce que j'aie une cape noire et une baguette magique ?

— C'est ridicule, mais oui.

— Et vous voilà avec un petit chauve potelé.

Elle rit de nouveau et se détendit un peu.

— Vous n'avez jamais été hypnotisée ? demanda-t-il.

— Non. Et, franchement, je ne crois pas pouvoir l'être.

— Pourquoi pensez-vous cela ?

— Parce que je n'y crois pas vraiment.

— Vous avez pourtant accepté de me laisser essayer.

— L'inspecteur Moore pensait qu'il le fallait.

Polochek prit place en face d'elle.

— Docteur Cordell, il n'est pas nécessaire que vous croyiez en l'hypnose pour que cette séance porte ses fruits. Mais il faut en revanche que vous désiriez que ça marche. Vous devez me faire confiance. Et vous devez être disposée à vous détendre et à vous laisser aller. À me permettre de vous amener à un état de conscience modifié. Cet état s'apparente beaucoup à celui dans lequel vous vous trouvez juste avant de vous endormir. Mais vous ne serez pas endormie. Je vous le promets, vous aurez conscience de ce qui se passe autour de vous. Mais vous serez si détendue que vous pourrez atteindre des régions de votre mémoire auxquelles vous n'avez pas accès en temps normal. Cela revient à ouvrir un classeur qui serait là, dans votre cerveau, et finalement à pouvoir ouvrir les tiroirs et à en tirer les dossiers.

— C'est à cela que je ne crois pas. Que l'hypnose vous amène à vous souvenir de quelque chose.

— Elle ne vous y amène pas. Elle vous permet de le faire.

— Bon, eh bien, *permettez*-moi de me souvenir. Il ne me semble pas possible que ça puisse m'aider à retrouver un souvenir que je suis incapable de rappeler moi-même.

Polochek hocha la tête.

— Vous avez raison de vous montrer sceptique. Ça paraît impossible, c'est vrai. Mais, tenez, voici un exemple de la façon dont les souvenirs peuvent être bloqués. On appelle ça la loi de l'effet contraire. Plus vous vous efforcez de vous rappeler quelque chose, moins vous avez de chances d'y arriver. Je suis sûr que vous en avez déjà fait l'expérience. Tout le monde a connu ça. Par exemple, vous voyez une actrice connue à la télévision et vous connaissez son nom. Mais vous êtes incapable de vous en souvenir. Ça vous rend folle. Vous vous creusez la cervelle pendant une heure pour retrouver le nom. Vous en arrivez à vous demander si vous n'avez pas déjà la maladie d'Alzheimer. Cela vous est arrivé, n'est-ce pas ?

— Ça m'arrive tout le temps.

Catherine souriait maintenant. Il était évident qu'elle aimait bien Polochek et se sentait en confiance. Un bon début.

— Plus tard, le nom en question vous revient brusquement, c'est ça ?

— Oui.

— Et à quel moment cela a-t-il le plus de chances de se produire ?

— Quand je cesse de me creuser la tête pour me le rappeler. Lorsque je suis détendue et pense à autre chose. Ou lorsque je suis au lit sur le point de m'endormir.

— Exactement. C'est lorsque vous êtes détendue, lorsque votre mental cesse de tirer désespérément sur ce tiroir du classeur. C'est alors que, comme par magie, le tiroir s'ouvre et que le dossier en sort tout seul. Est-ce que cela vous fait apparaître plus plausible la notion d'hypnose ?

Elle acquiesça.

— Eh bien, c'est ce que nous allons faire. Vous aider à vous détendre. Vous permettre d'ouvrir le meuble de rangement.

— Je ne suis pas sûre de pouvoir me détendre suffisamment.

— À cause de la pièce ? de la chaise ?

— Non, la chaise est très confortable. C'est... commença-t-elle en jetant un coup d'œil inquiet à la caméra vidéo, c'est l'assistance.

— Les inspecteurs Moore et Rizzoli vont sortir de la pièce. Quant à la caméra, ce n'est qu'un objet, une machine. Voyez-la ainsi.

— Je suppose...

— Vous avez d'autres d'appréhensions ?

Elle ne répondit pas tout de suite, puis dit à voix basse :

— J'ai peur.

— De moi ?

— Non. Du souvenir. De le revivre.

— En aucun cas je ne vous le ferai revivre. L'inspecteur m'a dit que l'épisode avait été traumatisant et nous n'allons pas vous infliger cette épreuve. Nous l'aborderons autrement, de sorte que la peur ne bloque pas vos souvenirs.

— Et comment saurez-vous que ce sont de vrais souvenirs ? Et non le produit de mon imagination ?

Polochek ne répondit pas tout de suite.

— Le risque existe en effet que vos souvenirs ne soient plus intacts, qu'ils aient été déformés par des apports extérieurs. Beaucoup de temps a passé. Nous sommes bien obligés de faire avec ce que nous avons. Je dois vous préciser que je sais moi-même très peu de chose de votre affaire. Je m'efforce de ne pas en connaître trop afin de ne pas risquer d'influer sur votre souvenir. Tout ce qu'on m'a dit, c'est que ça s'est passé il y a deux ans, que vous avez été agressée et qu'on vous avait fait prendre du Rohypnol. Je ne suis là que pour vous aider à ouvrir le classeur de votre mémoire.

Elle soupira.

— Bon, je crois que je suis prête.

Polochek regarda les deux inspecteurs.

Moore hocha la tête, puis Rizzoli et lui sortirent de la pièce.

De l'autre côté de la glace sans tain, ils regardèrent Polochek mettre un stylo et un bloc-notes sur la table près de lui. Il posa encore quelques questions, demanda à Catherine ce qu'elle faisait pour se relaxer, s'il y avait un lieu, un souvenir qu'elle trouvait particulièrement apaisant.

— En été, quand j'étais petite, répondit-elle. J'allais chez mes grands-parents dans le New Hampshire. Ils avaient une cabane au bord d'un lac.

— Décrivez-la-moi. En détail.

— Elle était très tranquille. Petite. Il y avait une grande véranda face au lac. Des framboisiers sauvages poussaient près de la maison. J'allais en cueillir les fruits. Et le long du sentier qui descendait à l'embarcadère, ma grand-mère plantait des hémérocalles.

— Vous vous souvenez donc des framboises. Des fleurs.

— Oui. Et de l'eau. J'adore l'eau. Je prenais des bains de soleil sur l'embarcadère.

— C'est bon à savoir.

Il griffonna quelques notes, puis reposa son stylo.

— Très bien. Inspirez trois fois profondément. Relâchez l'air lentement. Parfait. Maintenant, fermez les yeux et concentrez votre attention sur ma voix.

Les paupières de Catherine se fermèrent doucement.

— Commencez l'enregistrement, dit Moore à Rizzoli dans la pièce voisine.

Elle appuya sur le bouton de la vidéo et la bande se mit à tourner.

Polochek induisait un état de relaxation complète chez Catherine. Il lui disait de se concentrer d'abord sur ses orteils, de sentir la tension s'échapper de ses pieds, puis de ses mollets.

— Vous croyez vraiment à ces conneries ? demanda Rizzoli.

— J'ai constaté que ça marchait.

— C'est peut-être vrai, après tout. Ça me donne envie de dormir.

Il regarda Rizzoli, qui se tenait les bras croisés, la lèvre inférieure remontée en une expression de scepticisme têtu.

— Regardez et vous verrez, dit-il.

— Quand commence-t-elle à léviter ?

Polochek avait amené Catherine à concentrer son attention de plus en plus haut, sur les muscles des cuisses, du dos, des épaules. Ses bras pendaient maintenant mollement sur les côtés. Son visage était lisse, détendu. Sa respiration était devenue plus lente, plus profonde.

— Nous allons maintenant visualiser un endroit que vous aimez, dit Polochek. La maisonnette de vos grands-parents au bord du lac. Je veux que vous vous voyiez sous la véranda. Vous regardez le lac. Il fait beau, l'air est immobile. On entend seulement le gazouillis des oiseaux, rien d'autre. Tout est tranquille, paisible. Le soleil scintille sur l'eau...

Catherine avait l'air si serein que Moore avait peine à croire que c'était la même femme. Son expression reflétait les espérances, les rêves roses d'une petite fille. J'ai sous les yeux l'enfant qu'elle était, pensa-t-il. Avant la perte de l'innocence, les déceptions de l'âge adulte. Avant qu'Andrew Capra ait laissé sa marque.

— L'eau est magnifique, attrayante, continua Polochek. Vous descendez les marches de la véranda et vous vous engagez dans le sentier qui mène au lac.

Catherine était immobile sur sa chaise, le visage complètement détendu, les mains posées légèrement sur ses genoux.

— Le sol est mou sous vos pieds. Le soleil vous réchauffe le dos. Les oiseaux pépient dans les arbres. Vous êtes parfaitement à l'aise. À chaque pas que vous faites, vous êtes de plus en plus paisible. Un calme profond vous envahit peu à peu. Il y a des fleurs de chaque côté du sentier, des hémérocalles. Elles ont un doux parfum, que vous humez en les effleurant au passage. C'est un parfum très particulier, magique, qui vous entraîne vers le sommeil. À mesure que vous marchez, vous sentez vos jambes devenir lourdes. Le parfum des fleurs est pareil à une drogue, il vous détend. Et la chaleur du soleil fait fondre tout reste de tension dans vos muscles. Vous vous approchez du bord de l'eau et vous voyez une petite barque amarrée à l'extrémité de l'embarcadère. Vous marchez sur cette jetée. L'eau est calme, comme un miroir. Lisse comme du verre. La barque est immobile, parfaitement stable. C'est une barque magique. Elle vous conduit toute seule où vous voulez. Vous n'avez qu'à monter dedans. Vous levez votre pied droit pour embarquer.

Le pied de Catherine s'était levé et restait à quelques centimètres du sol.

— C'est ça. Vous posez votre pied droit dans la barque. Elle est stable. Vous y êtes en sécurité.

Vous êtes tout à fait en confiance, à l'aise. Maintenant, vous posez votre pied gauche dans l'embarcation.

Le pied gauche de Catherine se leva et s'abaissa lentement.

— C'est incroyable, s'étonna Rizzoli.

— Et pourtant, vous le voyez, dit Moore.

— Ouais, mais comment savoir si elle est vraiment hypnotisée ? Si elle ne simule pas ?

— On ne peut pas le savoir.

Polochek se penchait de plus en plus vers Catherine, mais sans la toucher, usant seulement de sa voix pour la guider dans la transe hypnotique.

— Vous larguez l'amarre de l'embarcadère. La barque flotte maintenant en toute liberté et dérive doucement. Vous maîtrisez la situation. La seule chose que vous avez à faire est de penser à un endroit et la barque vous y conduira comme par magie.

Polochek jeta un coup d'œil vers le miroir sans tain et hocha légèrement la tête.

— Il va la ramener maintenant, dit Moore.

— Très bien, Catherine.

Polochek nota rapidement l'heure à laquelle l'induction de l'état d'hypnose s'était terminée.

— Vous allez amener le bateau en un autre lieu. À un autre moment. Vous maîtrisez toujours la situation. Vous voyez une brume s'élever à la surface de l'eau, une brume tiède et douce, dont la caresse est agréable sur votre visage. La barque glisse à l'intérieur de cette nappe de brume. Vous tendez le bras pour toucher l'eau ; elle est pareille à de la soie. Tiède, étale. La brume commence à se lever et, juste devant vous, vous voyez un édifice sur le rivage. Un édifice percé d'une unique porte.

Tendu, Moore s'était penché vers la glace sans tain, son pouls s'était accéléré.

— La barque vous amène jusqu'à la berge et vous mettez pied à terre. Vous remontez le sentier vers la maison et ouvrez la porte. Il n'y a qu'une seule pièce. Un beau tapis, épais, couvre le sol. Vous voyez un fauteuil, dans lequel vous vous asseyez. Vous n'en avez jamais essayé de plus confortable. Vous êtes parfaitement à l'aise, maîtresse de vous-même.

Catherine poussa un profond soupir, comme si elle venait de s'asseoir sur d'épais coussins.

— Vous regardez le mur face à vous et vous y voyez un écran de cinéma. C'est un écran magique, car vous pouvez y voir des scènes de n'importe quelle période de votre vie. Il peut revenir en arrière aussi loin que vous voulez. Vous maîtrisez complètement le processus. Vous pouvez le faire aller en avant ou en arrière. Vous pouvez l'arrêter à un moment particulier de votre existence. C'est à vous de choisir. Essayons-le. Revenons à une période heureuse. À une époque où vous étiez chez vos grands-parents au bord du lac. Vous cueillez des framboises. Vous le voyez sur l'écran ?

Catherine mit du temps à répondre. Quand elle parla enfin, elle le fit si doucement que Moore entendit à peine ses paroles.

— Oui, je le vois.

— Que faites-vous ? Sur l'écran ? demanda Polochek.

— Je porte un sac en papier. Je cueille des framboises et les mets dans le sac.

— Et vous en mangez aussi ?

Un sourire doux et rêveur éclaira son visage.

— Oh ! oui ! Elles sont sucrées. Et chauffées par le soleil.

Moore fronça les sourcils. C'était inattendu. Elle éprouvait des sensations de goût et de toucher, ce qui voulait dire qu'elle revivait l'épisode. Elle ne regardait pas seulement l'écran, elle était en scène. Polochek se tourna vers la glace sans tain, l'air préoccupé. Il avait choisi l'image de l'écran de cinéma comme moyen de la détacher du trauma de l'expérience. Mais elle n'était pas détachée. Il hésitait, se demandant quoi faire.

— Catherine, dit-il, je veux que vous concentriez votre attention sur le coussin sur lequel vous êtes assise. Vous êtes dans le fauteuil, à l'intérieur de la pièce, en train de regarder l'écran de cinéma. Remarquez à quel point le coussin est moelleux. Combien le fauteuil soutient votre dos. Vous le sentez ?

Un silence.

— Oui.

— Très bien. Vous allez rester dans ce fauteuil. Vous n'allez pas le quitter. Et nous allons nous servir de l'écran magique pour voir une autre scène de votre vie. Vous serez toujours dans le fauteuil. Vous ne cesserez pas de sentir ce coussin moelleux contre votre dos. Et ce que vous allez voir sur l'écran n'est qu'un film. D'accord ?

— D'accord.

— Maintenant, commença Polochek en prenant une profonde inspiration, nous allons retourner au soir du 15 juin à Savannah. Le soir où Andrew

Capra est venu frapper à votre porte. Dites-moi ce qui se passe sur l'écran.

Moore regardait, osant à peine respirer.

— Il est debout sur le pas de ma porte, dit Catherine. Il dit qu'il a besoin de me parler.

— De quoi ?

— Des fautes qu'il a commises. À l'hôpital.

Ce qu'elle dit ensuite ne s'écartait guère de la déposition qu'elle avait faite devant l'inspecteur Singer à Savannah. Elle invitait à contrecœur Capra à entrer. La nuit était chaude et il disait qu'il avait soif. Elle lui avait donc servi une bière. Elle en avait ouvert aussi une pour elle. Il était agité, inquiet de son avenir. Oui, il avait commis des erreurs, mais tout médecin n'en commettait-il pas ? L'empêcher de terminer son internat, c'était gâcher son talent. Il connaissait un étudiant en médecine d'Emory, un type brillant, qui avait commis une seule erreur et cela avait mis un terme à ses études. Il n'était pas juste que Catherine ait le pouvoir de faire ou de briser une carrière. Il fallait donner aux gens une deuxième chance.

Bien qu'elle essayât de lui faire entendre raison, la colère montait dans le ton de la voix d'Andrew, ses mains tremblaient. Finalement, elle alla aux toilettes pour lui laisser le temps de se calmer.

— Et quand vous êtes revenue des toilettes ? demanda Polochek. Que se passe-t-il dans le film ? Que voyez-vous ?

— Andrew est plus calme. Moins en colère. Il affirme comprendre ma position. Il me sourit tandis que je finis ma bière.

— Il vous sourit ?

— Un sourire bizarre. Très bizarre. Comme celui qu'il m'avait adressé à l'hôpital...

Moore entendait la respiration de Catherine s'accélérer. Même en regardant la scène d'un film imaginaire en observatrice détachée, elle n'était pas immunisée contre l'horreur imminente.

— Que se passe-t-il ensuite ?

— Je m'endors.

— Vous le voyez sur l'écran ?

— Oui.

— Et après ?

— Je ne vois rien. L'écran est vide.

Le Rohypnol. Elle n'a pas souvenir de cette partie de la soirée.

— Très bien, dit Polochek. Passons directement à la scène suivante du film. À l'image suivante que vous voyez sur l'écran.

La respiration de Catherine était de plus en plus irrégulière.

— Que voyez-vous ?

— Je... je suis allongée sur mon lit. Dans ma chambre. Je ne peux bouger ni les bras ni les jambes.

— Pour quelle raison ?

— Je suis attachée au lit. Je n'ai plus mes vêtements et il est sur moi. En moi. En train de me pénétrer...

— Andrew Capra ?

— Oui, oui...

Sa respiration était maintenant chaotique, la gorge serrée par la peur. Moore ferma les poings et sa respiration s'accéléra aussi. Il lutta contre l'envie de taper sur la glace pour mettre immédiatement fin à l'expérience. Il supportait difficilement d'entendre tout ça. Ils ne devaient pas la forcer à revivre le viol.

Mais Polochek avait déjà pris conscience du danger et il l'écarta rapidement du souvenir pénible de cette épreuve.

— Vous êtes toujours dans le fauteuil, dit-il. En sécurité dans cette pièce, face à l'écran de cinéma. Ce n'est qu'un film. Ça arrive à quelqu'un d'autre. Vous, vous ne risquez rien. Vous êtes en sécurité. En confiance.

Sa respiration s'apaisa de nouveau, ralentit et reprit un rythme régulier.

— Très bien. Regardons le film. Concentrez-vous sur ce que vous faites et non sur ce que fait Andrew. Dites-moi ce qui se passe ensuite.

— L'écran est redevenu vide. Je ne vois rien.

Elle est encore sous l'effet du Rohypnol.

— Passez sur ce blanc. Allez directement à l'image suivante que vous voyez. Qu'est-ce que c'est ?

— De la lumière. Je vois de la lumière...

Polochek marqua une pause.

— Je veux que vous preniez du recul, Catherine, que vous élargissiez votre champ de vision. Que vous voyiez l'ensemble de la chambre. Que voyez-vous sur l'écran ?

— Des objets. Posés sur la table de nuit.

— Quels objets ?

— Des instruments. Un scalpel. Je vois un scalpel.

— Où est Andrew ?

— Je ne sais pas.

— Il n'est pas dans la chambre ?

— Il est parti. J'entends couler de l'eau.

— Qu'arrive-t-il ensuite ?

Sa respiration était rapide, sa voix trahissait son agitation.

— Je tire sur mes liens. J'essaie de m'en libérer. Je ne peux pas bouger les pieds. Mais ma main droite, oui — la corde n'est pas bien serrée autour de mon poignet. Je tire dessus. Je n'arrête pas de tirer. Mon poignet est en sang.

— Andrew est toujours hors de la chambre ?

— Oui. Je l'entends rire. J'entends sa voix. Mais il est dans une autre pièce.

— Et que se passe-t-il avec la corde ?

— Elle se défait. Le sang la rend glissante et j'arrive à sortir ma main...

— Que faites-vous ensuite ?

— Je prends le scalpel. Je coupe la corde autour de mon autre poignet. Tout ça demande beaucoup de temps. J'ai l'estomac retourné, mes mains m'obéissent mal. Je vais lentement et j'ai l'impression que la chambre passe alternativement de la lumière à l'obscurité. J'entends toujours sa voix, je l'entends parler. Je tends le bras et je coupe le lien de ma cheville gauche. J'entends maintenant le bruit de ses pas. J'essaie de descendre du lit, mais ma cheville est toujours attachée. Je roule sur le côté et tombe par terre. Sur le visage.

— Et puis ?

— Andrew est là, dans l'encadrement de la porte. Il a l'air surpris. Je tends le bras sous le lit. Et je sens le revolver.

— Il y a un revolver sous votre lit ?

— Oui. Celui de mon père. Mais ma main est mal assurée. J'arrive à peine à le tenir. Et tout recommence à devenir noir.

— Où est Andrew ?
— Il vient vers moi...
— Et que se passe-t-il, Catherine ?
— Je tiens le revolver. Et il y a un bruit. Un bruit très violent.
— Le coup est parti ?
— Oui.
— Vous avez tiré ?
— Oui.
— Et que fait Andrew ?
— Il tombe, les mains sur l'estomac. Du sang s'écoule entre ses doigts.
— Et que se passe-t-il ensuite ?
— Le noir. L'écran est devenu noir.
— Et quand l'image suivante apparaît-elle sur l'écran ?
— Il y a du monde, beaucoup de monde dans la chambre.
— Qui est-ce ?
— Des policiers...

Moore faillit pousser un grognement de déception. C'était le trou de mémoire essentiel. Le Rohypnol, combiné avec les suites du coup qu'elle s'était donné à la tête en glissant du lit, l'avait fait sombrer dans l'inconscience. Catherine ne se rappelait pas avoir tiré le deuxième coup de feu. Ils ne savaient toujours pas comment Andrew Capra avait fini avec une deuxième balle, dans la tête.

Polochek lança un regard interrogateur vers la glace sans tain. Avaient-ils obtenu ce qu'ils voulaient ?

À la surprise de Moore, Rizzoli ouvrit soudain la porte et fit signe à l'hypnotiseur de venir dans l'autre pièce. Il laissa Catherine seule et referma la porte derrière lui.

— Faites-la revenir en arrière, avant qu'elle ait tiré le premier coup. Quand elle était étendue sur le lit, dit Rizzoli. Je voudrais que vous concentriez vos efforts sur ce qu'elle a entendu dans l'autre pièce. L'eau qui coule. Le rire de Capra. Je veux savoir tout ce qu'elle a entendu.

— Vous avez des raisons particulières ?

— Faites-le.

Polochek hocha la tête et retourna dans la pièce où était Catherine. Elle n'avait pas bougé ; elle était assise parfaitement immobile, comme si l'absence de Polochek avait laissé son animation en suspens.

— Catherine, dit-il gentiment, je veux que vous rembobiniez le film. Nous allons revenir en arrière. Avant que vous ayez réussi à dégager vos mains et que vous ayez roulé par terre. Nous en sommes à la séquence où vous êtes encore allongée sur le lit et Andrew n'est pas dans la chambre. Vous avez dit que vous entendiez de l'eau couler.

— Oui.

— Dites-moi tout ce que vous entendez.

— L'eau. Je l'entends siffler dans les tuyaux. Je l'entends gargouiller par la vidange.

— Il fait couler de l'eau dans l'évier ?

— Oui.

— Et vous avez dit que vous l'avez entendu rire.

— Oui, il rit.

— Est-ce qu'il parle ?

Un silence.

— Oui.

— Que dit-il ?

— Je ne sais pas. Il est trop loin.

— Êtes-vous certaine que c'est lui ? Ce ne peut pas être la télévision ?

— Non, c'est lui. C'est Andrew.

— Bon. Ralentissez le film. Seconde par seconde. Dites-moi ce que vous entendez.

— L'eau coule toujours. Andrew dit : « Facile ». Il prononce le mot « facile ».

— C'est tout ?

— Il dit : « Le voir, le faire, le montrer à un autre. »

— « Le voir, le faire, le montrer à un autre », c'est ce qu'il dit ?

— Oui.

— Quelles sont les paroles suivantes que vous entendez ?

— « C'est mon tour, Capra. »

Polochek marqua un temps d'arrêt.

— Vous pouvez répéter ?

— « C'est mon tour, Capra. »

— *Andrew* dit cela ?

— Non. Pas Andrew.

Moore se figea, les yeux fixés sur Catherine immobile sur sa chaise.

Polochek jeta un rapide coup d'œil à la glace, l'air stupéfait, puis se retourna vers Catherine.

— Qui a prononcé ces mots ? demanda-t-il. Qui a dit : « C'est mon tour, Capra » ?

— Je ne sais pas. Je ne connais pas cette voix.

Moore et Rizzoli se regardèrent.

Il y avait quelqu'un d'autre dans la maison.

15

Il est avec elle.

Rizzoli maniait le couteau maladroitement et des morceaux d'oignon glissaient de la planche et tombaient par terre. Dans la pièce voisine, son père et ses deux frères avaient mis la télé à fond. La télé marchait toujours à fond dans cette maison et il fallait gueuler pour se faire entendre. Si vous ne gueuliez pas chez Frank Rizzoli, personne ne vous entendait, et quand les membres de la famille bavardaient, ils avaient l'air de se disputer. Elle versa les oignons hachés, qui la faisaient pleurer, dans un bol et attaqua l'ail, toujours hantée par l'image de Moore en compagnie de Catherine Cordell.

Après la séance d'hypnose, c'est Moore qui avait raccompagné Cordell chez elle. Elle les avait regardés se diriger vers l'ascenseur, elle l'avait vu la prendre par l'épaule, un geste qui n'était pas uniquement protecteur. La façon dont il la regardait, son expression, l'étincelle dans ses yeux, tout ça ne lui échappait pas. Ce n'était plus un flic assurant la protection d'une citoyenne, mais un homme en train de tomber amoureux.

Elle sépara les gousses d'ail, les écrasa une à une avec le plat de la lame et retira la peau. Son couteau claquait sur la planche et sa mère, près de la cuisinière, la regardait sans mot dire.

Il est avec elle. Chez elle. Peut-être dans son lit.

Elle libérait un peu de sa frustration contenue en donnant de grands coups de couteau aux gousses d'ail. Elle ne savait pas pourquoi la pensée que Moore et Cordell étaient ensemble la perturbait tant. Peut-être était-ce parce qu'elle avait cru que Moore faisait partie des quelques saints qu'on trouve de par le monde, des rares personnes à ne pas enfreindre les règles. Il lui avait fait espérer que l'humanité n'était pas entièrement imparfaite et voilà qu'il la décevait.

Peut-être était-ce parce qu'elle voyait là une menace pour l'enquête. Un homme qui s'investit affectivement est incapable de penser et d'agir avec logique.

À moins que ce soit parce que tu es jalouse d'elle. Jalouse d'une femme qui peut faire tourner la tête d'un homme d'un seul regard. Les hommes ne sont pas capables de résister aux femmes en danger.

Dans la pièce voisine, son père et ses frères poussèrent des acclamations devant la télé. Elle n'avait qu'une envie, c'était de retrouver le calme de son appartement, et commençait à imaginer des excuses pour s'en aller tôt. Il lui fallait au moins rester pour le dîner. Comme sa mère ne cessait de le lui répéter, Frank Jr ne venait pas souvent à la maison et comment Janie aurait-elle pu *ne pas* consacrer du temps à son frère ? Il allait lui falloir supporter toute la soirée les histoires de camps d'instruction de Frankie. L'entendre expliquer que la jeunesse américaine se ramollissait, que, cette année, les nouvelles recrues étaient de vraies gonzesses et qu'il devait leur botter le cul pour qu'ils finissent le parcours du combattant. Papa et maman étaient pendus à ses lèvres. Ce qui l'agaçait, c'est que personne ne lui demandait comment allait son travail. Jusque-là, dans sa carrière de marine, Frankie le macho n'avait fait que jouer à la guerre, alors qu'elle avait assisté à des batailles quotidiennes, contre des ennemis réels, de vrais assassins.

Frankie entra en plastronnant dans la cuisine et prit une bière dans le réfrigérateur.

— Quand est-ce qu'on mange ? demanda-t-il, comme si elle avait été la bonne, en ouvrant sa bière d'un coup sec.

— Dans une heure, répondit leur mère.

— Bon Dieu, m'man. Il est déjà sept heures et demie. Je crève de faim.

— Ne jure pas, Frankie.

— On mangerait beaucoup plus tôt si les garçons nous aidaient un peu, dit Rizzoli.

— Je peux attendre, esquiva Frankie en repartant vers le séjour.

Il s'arrêta à la porte.

— Oh ! j'allais oublier : tu as eu un message !

— Quoi ?

— Un mec t'a appelée sur ton portable. Un nommé Frosty.

— Tu veux dire Barry Frost ?

— Ouais, c'est ça. Il veut que tu le rappelles.

— Quand est-ce qu'il a appelé ?

— Quand tu étais dehors en train de déplacer les voitures.

— Bon sang, Frankie ! Ça fait une heure ! Tu pouvais pas le dire plus tôt ?

— Janie, intervint sa mère.

Rizzoli défit son tablier et le jeta sur le plan de travail.

— C'est mon boulot, m'man ! Pourquoi personne ne respecte ça ?

Elle décrocha le téléphone de la cuisine et composa le numéro du portable de Barry Frost.

Il répondit à la première sonnerie.

— C'est moi, dit-elle. Je viens d'avoir votre message.

— Vous allez manquer l'arrestation.

— Quoi ?

— On a eu la main heureuse avec la recherche d'ADN dans l'affaire Peyton.

— Vous voulez dire le sperme ? La recherche sur le CODIS ?

— L'ADN correspond à celui d'un certain Karl Pacheco. Arrêté en 1997, accusé d'agression sexuelle, mais acquitté. Il a prétendu que la fille était consentante et le jury l'a cru.

— C'est lui qui a violé Nina Peyton ?

— L'ADN le prouve.

Elle donna un coup de poing triomphal dans le vide.

— Quelle est l'adresse ?

— 4578, Columbus Avenue. L'équipe presque au complet est sur place.

— J'arrive.

Elle se précipitait déjà dehors quand sa mère cria :

— Janie ! Et le dîner ?

— Faut que j'y aille, m'man.

— Mais c'est le dernier soir de Frankie !

— Nous allons arrêter l'assassin.

— Ils ne peuvent pas le faire sans toi ?

Rizzoli s'arrêta, la main sur la poignée de la porte, sa colère sur le point d'éclater. Elle vit tout à fait clairement que, eût-elle remporté tous les succès imaginables et fait la plus belle carrière qui soit, la réalité serait toujours celle-ci : Janie, la sœur falote. La *fille*.

Sans un mot, elle sortit en claquant la porte.

Columbus Avenue était sur la bordure nord de Roxbury, en plein milieu du territoire de chasse du Chirurgien. Jamaica Plain, où avait habité Nina Peyton, était au sud ; l'appartement d'Elena Ortiz, au sud-est ; ceux de Diana Sterling et de Catherine Cordell, à Back Bay, au nord-est. Les rues étaient bordées d'arbres et de maisons en brique, un quartier peuplé d'étudiants et de membres du personnel de la Northeastern University. Des tas d'étudiantes.

Des tas de proies.

Le feu passa à l'orange. Sur une poussée d'adrénaline, elle appuya sur l'accélérateur. L'honneur d'arrêter le meurtrier lui revenait. Depuis des semaines, elle avait vécu, respiré pour ça, elle avait même rêvé du Chirurgien. Il avait accaparé chaque instant de son existence, de jour comme de nuit. Personne n'avait travaillé avec plus d'acharnement pour lui mettre le grappin dessus et maintenant elle était à la bourre pour revendiquer son dû.

À un pâté de maisons de l'immeuble où habitait Karl Pacheco, elle s'arrêta dans un crissement de pneus derrière une voiture de police. Quatre autres véhicules étaient garés n'importe comment dans la rue.

Trop tard, pensa-t-elle en courant vers l'immeuble. Ils sont déjà entrés.

À l'intérieur, elle entendit un bruit de pas pesants et des cris résonner dans la cage d'escalier. Elle suivit le bruit jusqu'au deuxième étage et entra dans l'appartement de Karl Pacheco.

C'était le chaos. La porte avait été enfoncée et des éclats de bois jonchaient le sol près de l'entrée. Il y avait des chaises renversées, une lampe cassée, comme si des taureaux avaient foncé à travers la pièce. Il flottait une odeur de testostérone, celle de flics déchaînés à la poursuite de celui qui avait égorgé l'un des leurs quelques jours plus tôt.

Un homme était étendu par terre, sur le ventre. Un Noir — pas le Chirurgien. Crowe l'immobilisait sans ménagement, le talon sur sa nuque.

— Je t'ai posé une question, Ducon ! hurla Crowe. Où est Pacheco ?

L'homme gémit et commit l'erreur d'essayer de lever la tête. Crowe la rabaissa brutalement avec le talon et le prisonnier se cogna durement le menton sur le plancher. Il émit un son étouffé et se débattit.

— Laissez-le se relever ! cria Rizzoli.

— Il veut pas se tenir tranquille !

— Laissez-le et il pourra peut-être parler ! fit Rizzoli en poussant Crowe.

Le Noir roula sur le dos, haletant comme un poisson échoué sur la berge.

— Où est Pacheco ? gueula encore Crowe.

— J'sais... j'sais pas...

— Tu es chez lui, bordel !

— Parti. Il est parti...

— Quand ?

L'homme se mit à tousser, une toux violente à se déchirer les poumons. Les autres flics s'étaient rassemblés autour du prisonnier et le fixaient avec un regard haineux. L'ami du meurtrier d'un de leurs collègues.

Écœurée, Rizzoli traversa la pièce pour aller dans la chambre. La porte du placard était ouverte et les vêtements suspendus aux cintres avaient été jetés par terre, l'appartement fouillé à fond, comme par une horde de barbares, toutes les portes ouvertes, la moindre cachette explorée. Elle mit des gants et entreprit de regarder dans les tiroirs, les poches, pour essayer de trouver un agenda, un carnet d'adresses, quelque chose permettant de savoir où Pacheco avait pu aller se cacher.

Elle leva les yeux vers Moore qui venait d'entrer dans la chambre.

— C'est vous qui êtes responsable de cette pagaille ? demanda-t-elle.

Il secoua la tête.

— Marquette a donné le feu vert. On avait été informés de la présence de Pacheco dans l'immeuble.

— Où il est alors ?

Elle referma le tiroir d'un coup sec et alla à la fenêtre. Elle était fermée mais pas verrouillée. L'échelle de secours se trouvait juste à côté. Elle ouvrit la fenêtre et passa la tête dehors. Une voiture de police était garée en dessous dans la ruelle, la radio de bord allumée. Un agent lançait un regard inquisiteur dans une benne à ordures en l'éclairant avec sa torche électrique.

Elle s'apprêtait à rentrer la tête quand elle sentit quelque chose tomber sur sa nuque et entendit des graviers rebondir sur l'échelle. Surprise, elle regarda vers le haut de l'immeuble. Les lumières de la ville inondaient le ciel nocturne et les étoiles étaient à peine visibles. Elle scruta un moment le profil du toit qui se découpait sur le ciel, mais rien ne bougea.

Elle passa par la fenêtre, monta sur l'échelle de secours et commença à grimper vers le troisième étage. La fenêtre de l'appartement situé au-dessus de celui de Pacheco était fermée par une grille et il n'y avait pas de lumière à l'intérieur.

Elle regarda de nouveau vers le toit. Elle ne vit rien, n'entendit aucun bruit venant de là-haut, mais ses cheveux s'étaient dressés.

— Rizzoli ? appela Moore par la fenêtre.

Elle ne répondit pas et montra le toit pour exprimer son intention.

Elle essuya ses paumes moites sur son pantalon et continua à monter sans bruit. Au dernier barreau, elle s'arrêta, prit une profonde inspiration et leva lentement la tête pour voir par-dessus le bord.

Sous le ciel sans lune, le toit était une forêt d'ombres. Elle aperçut la silhouette d'une table et de chaises, un enchevêtrement de branches formant voûte. Un jardin. Elle se hissa sur le toit, se laissa tomber sans bruit sur les bardeaux d'asphalte et tira son arme. Après deux pas, sa chaussure heurta un obstacle, qu'elle envoya valdinguer bruyamment. Un parfum âcre de géraniums envahit ses narines. Elle se rendit compte qu'elle était entourée de plantes en pots. Un véritable gymkhana.

Quelque chose bougea sur sa gauche.

Elle plissa les yeux pour distinguer une silhouette humaine dans ce fouillis. Elle le vit alors, accroupi comme un homuncule noir.

Elle leva son revolver et cria :

— Pas un geste !

Elle ne vit pas ce qu'il avait à la main. Ce qu'il se préparait à jeter sur elle.

Une fraction de seconde avant que le déplantoir ne touche son visage, elle sentit un souffle d'air pareil à un vent mauvais sorti de l'obscurité. Le coup fut si violent qu'elle vit trente-six chandelles.

Elle se retrouva à genoux, le souffle coupé, en proie à une douleur terrible.

— Rizzoli !

C'était Moore. Elle ne l'avait pas entendu sauter du parapet.

— Ça ira, ça ira... répondit-elle pour le rassurer.

Elle scruta l'obscurité dans la direction de la silhouette tapie. Elle avait disparu.

— Il est là, murmura-t-elle. Je veux choper ce salaud.

Moore avança avec précaution dans le noir. Elle se tenait la tête, attendant que passe l'étourdissement, se maudissant de son manque d'attention. Luttant pour garder l'esprit clair, elle se releva péniblement. Galvanisée par la colère, elle s'affermit sur ses jambes et serra son revolver.

Moore était à quelques mètres sur sa droite ; elle distinguait à peine sa silhouette qui passait à la hauteur de la table et des chaises.

Elle prit vers la gauche pour faire le tour du toit de l'autre côté. Chaque élancement dans sa joue lui rappelait qu'elle avait foiré. *Pas cette fois-ci.* Elle balayait du regard les ombres plumetées des arbustes et des buissons en pots.

Un fracas soudain la fit pivoter sur la droite. Elle entendit un bruit de course, vit une ombre foncer droit sur elle.

— Arrêtez ! Police ! cria-t-elle.

L'homme continuait d'avancer.

Rizzoli se mit en position, genoux fléchis, revolver au poing. Les élancements allaient crescendo. Toutes les humiliations subies, les rebuffades, les insultes quotidiennes, le harcèlement incessant de tous les Darren Crowe du monde semblaient s'être condensés dans sa rage.

Cette fois-ci, mon salaud, je te tiens. L'individu s'était arrêté, il avait levé les bras, mais la décision était irréversible.

Elle pressa la détente.

Dans un mouvement convulsif, l'homme recula en titubant.

Elle tira une deuxième fois, une troisième, et chaque recul de l'arme contre sa paume la soulageait.

— Arrêtez, Rizzoli !

Le cri de Moore pénétra finalement son bourdonnement d'oreille. Elle s'immobilisa, l'arme encore pointée, les bras tendus et endoloris.

Le type était étendu par terre, immobile. Elle se redressa et s'approcha lentement de la silhouette recroquevillée. Avec horreur, elle prenait davantage conscience à chaque pas de ce qu'elle venait de faire.

Moore était déjà agenouillé près de l'homme et prenait son pouls. Il leva les yeux vers elle et, bien qu'elle ne pût déchiffrer son expression dans l'obscurité, elle savait que son regard était accusateur.

— Il est mort, Rizzoli, dit-il.

— Il tenait quelque chose... dans sa main.

— Il n'y avait rien.

— Je l'ai vu. J'en suis sûre !

— Il avait les mains en l'air.

— Bon Dieu, Moore ! C'était un beau coup ! Vous allez me soutenir !

Il y eut soudain d'autres voix, d'autres flics arrivaient sur le toit et se joignaient à eux. Moore et Rizzoli n'échangèrent pas un mot de plus.

Crowe dirigea sa torche vers le mort. Rizzoli eut la vision cauchemardesque d'yeux ouverts, d'une chemise noire de sang.

— Eh ! c'est Pacheco ! dit Crowe. Qui l'a descendu ?

— Moi, répondit Rizzoli d'une voix blanche.

Quelqu'un lui donna une tape dans le dos.

— La fliquette se démerde bien !

— La ferme ! rétorqua Rizzoli.

Elle s'éloigna à grands pas, redescendit l'échelle de secours et, hébétée, retourna vers sa voiture. Elle s'assit au volant, pelotonnée, la douleur laissant place à la nausée. Elle n'arrêtait pas de repasser mentalement la scène sur le toit. Ce que Pacheco avait fait, ce qu'elle avait fait. Elle le revit courir dans sa direction, ombre fugitive. Elle le vit s'arrêter. Oui, s'arrêter. Elle le vit la regarder.

Une arme. Dieu, faites qu'il y ait une arme.

Mais elle n'avait vu aucune arme. Dans la fraction de seconde précédant son tir, l'image avait été gravée dans son esprit : celle d'un homme immobile, les mains levées en signe de soumission.

Quelqu'un cogna à la portière : Barry Frost. Elle baissa la glace.

— Marquette vous cherche, dit-il.

— OK.

— Ça ne va pas, Rizzoli ? Vous vous sentez pas bien ?

— J'ai l'impression qu'un camion m'a roulé sur le visage.

Frost se pencha et regarda sa joue tuméfiée.

— Eh ben. Ce salaud l'a pas volé.

C'est ce que Rizzoli voulait croire : que Pacheco avait mérité de mourir. Oui, vraiment, et elle se faisait du mauvais sang pour rien. Elle avait été attaquée, son visage en était la preuve, non ? C'était un monstre et en l'abattant elle avait fait justice. Elena Ortiz, Nina Peyton et Diana Sterling devaient certainement l'applaudir. Personne ne portait le deuil de la lie du genre humain.

Elle sortit de la voiture, rassérénée, ragaillardie par la sympathie que lui avait témoignée Frost. Elle se dirigea vers l'immeuble. Marquette discutait avec Moore devant l'entrée.

Tous deux se tournèrent à son approche. Elle remarqua que Moore évitait son regard. Il n'avait pas l'air dans son assiette.

— Il faut que vous me donniez votre arme, dit Marquette.

— J'étais en légitime défense. Il m'a attaquée.

— Je comprends bien. Mais vous connaissez la marche à suivre.

Elle regarda Moore. *Je t'aimais bien, j'avais confiance en toi.* Elle déboucla l'étui de son revolver et le tendit à Marquette.

— Qui est l'ennemi, putain ? Parfois je me pose la question, dit-elle.

Elle tourna les talons et retourna à sa voiture.

Moore regarda dans le placard de Pacheco et pensa : rien ne colle. Par terre, il y avait une demi-douzaine de paires de chaussures, pointure 45, sur les étagères, des pulls poussiéreux, une boîte à chaussures pleine de piles usagées et de petite monnaie, et une pile de *Penthouse*.

Il entendit qu'on ouvrait un tiroir et se retourna. Les mains gantées, Frost farfouillait dans le tiroir à chaussettes de Pacheco.

— Vous avez trouvé quelque chose, Moore ?

— Ni scalpel ni chloroforme. Même pas un rouleau de Teflon.

— Bingo ! lança Crowe dans la salle de bains, d'où il sortit une pochette en plastique transparent contenant des ampoules de liquide brun. Ça vient du Mexique, corne d'abondance pharmaceutique.

— Des Rophies ?

Moore regarda l'étiquette, rédigée en espagnol.

— Gamma hydroxybutyrate. Ça fait le même effet.

Crowe regarda la pochette.

— De quoi violer une centaine de gonzesses. Ce Pacheco ne chômait pas de la queue, dit-il en riant.

Ce rire irrita Moore. Il pensa aux dégâts qu'avait faits ce type, aux femmes qu'il avait meurtries non seulement dans leur chair, mais aussi dans leur âme. Il se souvint de ce qu'avait dit Catherine : la vie de toutes les victimes d'un viol est partagée en deux, avant et après. Une agression sexuelle transforme l'univers d'une femme en un paysage morne et étranger, où chaque sourire, chaque bon moment est teinté de désespoir. Quelques semaines plus tôt, peut-être n'aurait-il pas fait attention au rire de Crowe. Ce soir, il l'avait frappé par sa laideur.

Il alla dans le séjour où le Noir était interrogé par l'inspecteur Sleeper.

— Je vous dis qu'on était seulement en train de traîner, disait l'homme.

— Tu traînes avec six cents dollars en poche ?

— J'aime pas sortir sans une thune.

— Qu'est-ce que tu voulais acheter ?

— Rien.

— D'où tu connaissais Pacheco ?

— Je le connaissais.

— Oh ! un ami *intime* ! Qu'est-ce qu'il te vendait ?

Du gamma hydromachin, pensa Moore. Le médicament pour mettre les filles en condition. Voilà ce qu'il achetait. Un autre qui ne devait pas chômer.

Il sortit de l'immeuble et se sentit désorienté par les gyrophares des voitures. Celle de Rizzoli n'était plus là. Il regarda l'emplacement vide, et le poids de ce qu'il avait fait, de ce qu'il avait été obligé de faire, pesa soudain si lourdement sur ses épaules qu'il l'immobilisa. Jamais dans sa carrière il ne s'était trouvé face à un choix aussi terrible et, même si, dans son for intérieur, il savait avoir pris la bonne décision, elle le tourmentait. Il tenta de réconcilier le respect que lui inspirait Rizzoli avec ce qu'il avait vu sur le toit. Il n'était pas trop tard pour revenir sur ce qu'il avait dit à Marquette. Il faisait sombre, on ne voyait pas bien ; peut-être Rizzoli avait-elle vraiment cru que Pacheco était armé. Peut-être avait-elle vu un geste, un mouvement, qui lui avait échappé. Mais il avait beau essayer, il ne se souvenait de rien qui pût justifier son acte. Il ne parvenait pas à interpréter la scène dont il avait été témoin autrement que comme une exécution de sang-froid.

Quand il la revit, elle était à son bureau, les épaules voûtées, et tenait une vessie à glace contre sa joue. Elle leva les yeux quand il passa devant elle et son regard le figea sur place.

— Qu'avez-vous dit à Marquette ? demanda-t-elle.

— Ce qu'il voulait savoir. Comment est mort Pacheco. Je ne lui ai pas menti.

— Espèce de salaud.

— Vous croyez que ça me faisait plaisir de lui dire la vérité ?

— Rien ne vous y obligeait.

— Rien ne vous obligeait non plus à tirer. Vous n'avez pas fait le bon choix.

— Et vous, ça ne vous est jamais arrivé de faire le mauvais choix, n'est-ce pas ? Vous n'avez jamais commis d'erreur.

— Quand je le fais, je le reconnais.

— Ah ! ouais. Monsieur saint Thomas.

Il s'approcha du bureau et la regarda droit dans les yeux.

— Vous êtes un des meilleurs flics avec lesquels j'aie jamais travaillé, mais cette nuit vous avez descendu un type de sang-froid et je l'ai vu.

— Vous n'étiez pas obligé de le voir.

— Mais je l'ai vu.

— Et qu'est-ce que vous avez vu en réalité, Moore ? Des ombres, des mouvements. Ce qui sépare le bon choix du mauvais est aussi mince que ça, dit-elle en rapprochant le pouce et l'index. Et nous en tenons compte. Nous nous accordons mutuellement le bénéfice du doute.

— J'ai essayé de le faire.

— L'effort était insuffisant.

— Je n'ai pas l'habitude de mentir pour couvrir un autre flic. Même s'il ou elle est mon ami(e).

— N'oublions pas qui sont les méchants dans l'histoire. C'est pas *nous,* nom de Dieu !

— Si nous commençons à mentir, où traçons-nous la ligne de démarcation entre *eux* et *nous* ? Où ça finit ?

Elle retira la vessie de glace de son visage et montra sa joue. Elle était enflée au point de fermer l'œil et tout le côté gauche du visage était gonflé comme un ballon marbré. La vue de sa blessure l'impressionna.

— Voilà ce que Pacheco m'a fait. C'était pas une petite tape amicale, hein ? Vous parlez de nous et d'eux. De quel côté était-il ? J'ai rendu service au monde entier en lui faisant débarrasser le plancher. Personne ne regrettera le Chirurgien.

— Karl Pacheco n'était pas le Chirurgien. Vous n'avez pas descendu celui qu'il fallait.

Elle le fixa, son visage tuméfié, monstrueux d'un côté, normal de l'autre, évoquant un mauvais Picasso.

— C'était son ADN ! C'est lui qui a...

— C'est lui qui a violé Nina Peyton, oui. Rien en lui ne correspond au Chirurgien, dit Moore en laissant tomber sur le bureau un rapport du service d'analyse des cheveux et fibres.

— Qu'est-ce que c'est ?

— L'examen au microscope d'un cheveu de Pacheco. Couleur, courbure, densité différentes de celui trouvé dans la plaie d'Elena Ortiz. Aucun signe de « bambou ».

Paralysée, elle avait les yeux rivés sur le rapport d'expertise.

— Je ne comprends pas.

— Pacheco a violé Nina Peyton. C'est la seule chose que nous pouvons dire de lui avec certitude.

— Sterling et Ortiz ont toutes les deux été violées...

— On ne peut pas prouver que c'est Pacheco qui l'a fait. Maintenant qu'il est mort, on ne le saura jamais.

Elle leva les yeux vers lui, le côté intact de son visage déformé par la colère.

— Ça ne peut être que lui. S'il a embarqué trois filles au hasard, quelles sont les chances qu'elles aient été violées toutes les trois ? C'est pourtant ce que le Chirurgien a réussi à faire. Trois sur trois. Si ce n'est pas lui qui les viole, comment sait-il lesquelles choisir, lesquelles assassiner ? Si ce n'est pas Pacheco, alors c'est un pote à lui, un compère. Un vautour qui se repaît des charognes laissées par Pacheco.

Elle lui lança le rapport.

— J'ai peut-être pas flingué le Chirurgien, mais celui que j'ai flingué était une belle ordure. Tout le monde semble oublier ça. Pacheco était une ordure. Ai-je droit à une médaille ?

Elle se leva et poussa violemment la chaise contre le bureau.

— Règlement oblige, Marquette me transforme en gratte-papier. Merci beaucoup.

Il la regarda s'en aller sans rien trouver à dire, rien qui pût combler le fossé qui s'était creusé entre eux.

Il alla à son bureau et se laissa tomber dans le fauteuil. Je suis un dinosaure, pensa-t-il, qui traverse d'un pas lourd un monde où on méprise ceux qui disent la vérité. Il était incapable de penser à Rizzoli pour l'instant. La piste Pacheco s'était perdue dans les sables mouvants et ils se retrouvaient à la case départ, à la poursuite d'un assassin anonyme.

Trois femmes violées. Il en revenait toujours à ça. Comment le Chirurgien les trouvait-il ? Nina Peyton avait été la seule à faire une déposition. Elena Ortiz et Diana Sterling n'étaient pas allées voir la police. Seuls étaient au courant les violeurs, les médecins et infirmières qui les avaient soignées, et elles-mêmes. Mais les trois femmes s'étaient fait soigner à des endroits différents : Sterling chez la gynécologue de Back Bay, Ortiz au service des urgences de Pilgrim, et Nina Peyton à la clinique pour femmes de Forest Hills. Aucun toubib, aucune infirmière ou réceptionniste n'avaient été en contact avec deux d'entre elles, a fortiori avec les trois.

Le Chirurgien apprenait Dieu sait comment que ces femmes étaient meurtries et c'est ce qui l'attirait. Les auteurs de crimes sexuels choisissent leurs victimes parmi les membres les plus vulnérables de la société. Ils recherchent les femmes qu'ils peuvent dominer, qu'ils peuvent dégrader, des femmes qui ne représentent pas une menace pour eux. Et il n'y a pas de femmes plus fragiles que celles qui ont été violées.

En sortant, il s'arrêta un instant devant les photos de Sterling, Ortiz et Peyton épinglées au mur. Trois femmes, trois viols.

Et un quatrième. Catherine a été violée à Savannah.

L'image de son visage lui traversa l'esprit, une image qu'il ne pouvait s'empêcher d'ajouter à la galerie de victimes déjà au mur.

D'une façon ou d'une autre, tout nous ramène à ce qui s'est passé à Savannah cette nuit-là. Tout nous ramène à Andrew Capra.

[illegible]

[illegible]

[illegible]

Ainsi [illegible]
à accommoder [illegible]
[illegible] l'hiver la salle [illegible]

16

Des rivières de sang coulaient jadis au cœur de Mexico. Sous les fondations de la métropole moderne sont enfouies les ruines du Templo Mayor, l'important centre aztèque qui dominait l'ancienne Tenochtitlán. Des dizaines de milliers d'infortunées victimes y étaient sacrifiées aux dieux.

Le jour où je suis allé visiter les lieux, la présence voisine d'une cathédrale, où les catholiques vont allumer des cierges et murmurer des prières à l'adresse d'un Dieu miséricordieux, m'a passablement amusé. Ils s'agenouillent près de l'endroit où, dans le temps, les pierres étaient glissantes de sang. C'était un dimanche et j'ignorais que, ce jour-là, l'entrée était gratuite. Le musée du Templo Mayor grouillait d'enfants et leurs voix claires résonnaient dans les salles. Je n'aime pas les enfants et le désordre qu'ils font, et, si jamais je reviens ici un jour, je veillerai à éviter les musées le dimanche.

Mais c'était mon dernier jour à Mexico et j'ai dû m'accommoder du bruit. Je tenais à voir les fouilles et à visiter la salle 2. La salle du rituel et du sacrifice.

Les Aztèques croyaient que la mort était nécessaire à la vie. Pour entretenir l'énergie sacrée de la Terre, éviter les catastrophes et garantir que le soleil continue de briller, on devait nourrir les dieux de cœurs humains. Tecpatl Ixcuahua, *le couteau sacrificiel qui avait tranché les chairs, était exposé dans une vitrine de la salle du rituel. La lame était en silex et le manche avait la forme d'un homme agenouillé.*

Je me demandais comment il était possible de procéder à l'excision d'un cœur humain avec un couteau à lame de silex.

La question me hantait encore lorsque, plus tard dans l'après-midi, j'arrivai place Alameda, ignorant les gamins crasseux qui me harcelaient pour que je leur donne quelques pièces de monnaie. Après un moment, constatant que j'étais insensible au charme de leurs yeux sombres et de leurs sourires qui découvraient leurs dents blanches, ils me fichèrent la paix. Je pus enfin jouir d'une certaine tranquillité, si tant est que ce soit possible dans la cacophonie de Mexico. Je trouvai un café, m'assis à une table dehors et commandai un café serré. Le seul client à avoir choisi de s'installer à l'extérieur en pleine chaleur. J'ai un grand besoin de chaleur ; elle fait du bien à ma peau crevassée. Je la recherche comme les reptiles recherchent la pierre chauffée par le soleil. Et c'est ainsi que, en cette journée étouffante, je bus mon café et songeai au meilleur moyen d'accéder au trésor palpitant que recèle la poitrine humaine.

On a dit que le rituel sacrificiel des Aztèques était rapide et infligeait un minimum de souffrance, ce qui pose un problème. Je sais qu'il est difficile de défoncer le sternum, qui protège le cœur comme un bouclier. Les spécialistes de la chirurgie cardiaque pratiquent une incision verticale au milieu de la poitrine et coupent le sternum en deux avec une scie. Leurs assistants les aident à séparer les deux moitiés de l'os et ils se servent pour élargir le champ de divers instruments, tous en acier.

Muni d'un couteau à lame de silex, le prêtre aztèque aurait eu du mal à faire la même chose. Il lui aurait fallu taper sur le sternum avec un ciseau pour le fendre et la victime se serait beaucoup débattue, aurait beaucoup crié.

Non, il devait procéder autrement.

Une incision horizontale sur le côté, entre deux côtes ? Cette solution aussi présente des difficultés. Le squelette humain est solide et écarter deux côtes suffisamment pour plonger la main dans la cage thoracique exige de la force et des outils spéciaux. Il est peut-être plus facile de passer par-dessous. Après avoir ouvert le ventre, il ne restait plus au prêtre qu'à couper le diaphragme et à remonter la main pour empoigner le cœur. Mais c'est de la véritable boucherie et les intestins auraient risqué de glisser sur l'autel. Aucune sculpture aztèque ne montre les victimes sacrificielles avec les intestins sortis.

Les livres sont des mines d'informations. On y trouve tout, absolument tout, même comment extraire le cœur avec un couteau à lame de silex de la manière la plus pratique possible. J'ai trouvé la réponse que je cherchais dans un ouvrage intitulé Sacrifice humain et guerre, *écrit par un universitaire (les universités sont décidément des endroits intéressants à notre époque !), un certain Sherwood Clarke, que je serais fort content de rencontrer un jour.*

Je suis persuadé que cette rencontre serait très enrichissante pour tous les deux.

Les Aztèques, dit M. Clarke, recouraient à une thoracotomie transversale pour enlever le cœur. L'incision part entre la deuxième côte et la troisième d'un côté du sternum et le traverse jusqu'à l'autre côté. L'os est brisé transversalement, probablement d'un bon coup de ciseau. On obtient une brèche. Les poumons étant exposés à l'air extérieur, il se produit immédiatement un collapsus et la victime perd rapidement conscience. Alors que le cœur bat toujours, le prêtre plonge la main dans la poitrine et sectionne les artères et les veines. Il saisit l'organe encore palpitant, le sort de son berceau sanglant et le lève vers le ciel.

C'est ce que décrit Bernardino de Sahagún dans le codex de Florence, L'Histoire générale des choses de la Nouvelle-Espagne :

Un prêtre apportait la canne à tête d'aigle.

La plaçait sur la poitrine du captif, là où avait été le cœur, la teintait de sang, la plongeait dans le sang.

Puis il levait le sang pour le consacrer au soleil.

Il était dit : « Ainsi il donne à boire au soleil. »

Et celui qui l'avait capturé prenait le sang de son captif

dans une coupe verte au bord orné de plumes.

Les prêtres l'y versaient pour lui.

On y mettait également la canne creuse, elle aussi ornée de plumes,

Puis celui qui avait capturé la victime s'en allait nourrir les démons.

Nourriture des démons.

Comme le sang est chargé de sens !

Je pense à cela tout en le regardant monter dans une pipette fine comme une aiguille. Il y a des supports d'éprouvettes tout autour de moi et le bourdonnement des appareils emplit l'air. Les Anciens considéraient le sang comme une substance sacrée, le soutien de la vie, la nourriture des monstres. Il exerce sur moi la même fascination, même si je sais que c'est simplement un fluide biologique, des cellules en suspension dans du plasma. La chose avec laquelle je travaille tous les jours.

Un corps humain moyen, de soixante-dix kilos, ne renferme que cinq litres de sang. Ils consistent en quarante-cinq pour cent de cellules, le reste est du plasma. Ce plasma est une soupe chimique composée de quatre-vingt-quinze pour cent d'eau, le reste étant des protéines, des électrolytes et des éléments nutritifs. D'aucuns diront que le réduire à ses composants biologiques de base revient à le priver de son caractère divin, mais je ne suis pas de cet avis. C'est en observant ces éléments de base qu'on prend conscience de ses propriétés miraculeuses.

Le bip d'un appareil se déclenche, signalant que l'analyse est terminée, et un rapport sort de l'imprimante. Je déchire la feuille du rouleau et examine les résultats.

D'un seul coup d'œil, je sais beaucoup de choses sur Mme Susan Carmichael, que je ne connais pourtant pas. Son hématocrite est bas, vingt-huit seulement, au lieu de quarante. Elle est anémique ; elle manque de globules rouges, les véhicules de l'oxygène. C'est l'hémoglobine, cette protéine contenue dans ces cellules en forme de disque, qui donne sa couleur rouge à notre sang, qui rosit le lit de l'ongle et colore les joues d'une jeune fille. Le lit des ongles de Mme Carmichael est cireux et, si on soulève sa paupière, on constate que la conjonctive est d'un rose très pâle. Parce qu'elle est anémique, son cœur doit battre plus vite pour pomper son sang dilué à travers les artères. Elle doit s'arrêter à chaque étage pour reprendre son souffle, pour permettre à son pouls de ralentir. Je l'imagine penchée en avant, la main sur la gorge, sa poitrine se soulevant comme un soufflet de forge. Quiconque la croise se rend compte qu'elle ne va pas bien.

Moi, il me suffit de regarder cette feuille de papier pour le voir.

Et ce n'est pas tout. Son palais est semé de petites taches rouges, des pétéchies, là où des capillaires ont éclaté et où le sang s'est logé dans la muqueuse. Peut-être ne sait-elle pas qu'elle a ces minuscules marques d'ecchymoses sous-épidermiques. Peut-être en a-t-elle remarqué sur d'autres parties de son corps, sous les ongles ou sur les tibias. Il se peut qu'elle remarque des bleus sur ses bras ou ses cuisses, dont elle ne s'explique pas l'origine, et qu'elle se demande où elle a bien pu se cogner — contre la portière de la voiture, peut-être, à moins que son enfant lui ait laissé ces marques en s'agrippant à sa jambe. Elle cherche des causes extérieures alors que la qualité de son sang est à l'origine de tout cela.

Sa numération de plaquettes est de vingt mille ; elle devrait être dix fois supérieure. Sans plaquettes, les petites cellules qui aident le sang à se coaguler, le moindre choc laisse un bleu.

Cette feuille de papier révèle encore d'autres informations.

Je regarde la répartition des globules blancs et j'y trouve l'explication de ses malheurs. L'appareil a détecté la présence de myéloblastes, des globules blancs primitifs, précurseurs de ceux qui se trouvent dans le sang. Susan Carmichael est atteinte de leucémie myéloblastique aiguë.

J'imagine comment va se dérouler sa vie dans les mois à venir. Je la vois allongée sur une table de soins, fermant les yeux de douleur tandis que l'aiguille pénètre dans la moelle de l'os de la hanche.

Je vois ses cheveux tomber par poignées jusqu'à ce que, acceptant l'inévitable, elle se rase le crâne.

Je la vois passer des matinées entières sur la lunette des cabinets, de longues journées à regarder le plafond, son univers rétréci aux dimensions de sa chambre.

Le sang donne la vie, c'est le fluide magique qui nous maintient en vie. Mais le sang de Susan Carmichael s'est retourné contre elle et il coule dans ses veines comme un poison.

Je connais sur elle tous ces détails intimes sans jamais l'avoir rencontrée.

Je transmets immédiatement les résultats de l'analyse par fax au médecin, dépose le rapport du labo dans le panier « Sortie » et prends l'échantillon suivant. Autre patient, autre éprouvette.

Le lien entre le sang et la vie est connu depuis l'aube de l'humanité. Les Anciens ignoraient que le sang se forme dans la moelle des os et qu'il se compose essentiellement d'eau, mais ils appréciaient son pouvoir dans les rituels et les sacrifices. Les Aztèques se servaient de forets et d'aiguilles d'agave pour se percer la peau et tirer leur propre sang. Ils se trouaient les lèvres, la langue ou la poitrine, et offraient aux dieux le sang ainsi prélevé. Aujourd'hui, on trouverait macabres et monstrueuses ces automutilations, on y verrait un signe de folie.

Je me demande ce que les Aztèques penseraient de nous.

Et moi-même, je suis là, vêtu de blanc, dans ce milieu stérilisé, les mains gantées pour les protéger d'éventuelles éclaboussures. Comme nous nous sommes éloignés de notre nature essentielle ! À la seule vue du sang, des hommes s'évanouissent et on s'empresse de cacher ces horreurs aux yeux du public, on lave à grande eau les trottoirs quand le sang y a coulé et on oblige les enfants à détourner le regard lorsqu'on montre la violence à la télévision. Les hommes ont perdu le contact avec ce qu'ils sont vraiment.

À l'exception de certains d'entre nous.

Nous marchons dans la foule, normaux à tous égards. Peut-être sommes-nous plus normaux que les autres en ceci que nous ne nous sommes pas laissé envelopper et momifier dans les bandelettes stérilisées de la civilisation moderne. Quand nous voyons du sang, nous ne détournons pas les yeux. Nous apprécions sa beauté, son lustre, nous sentons son magnétisme primitif.

Ceux qui passent en voiture près d'un accident et ne peuvent s'empêcher de regarder le sang comprennent cela. Sous le besoin de se détourner, sous le dégoût, palpite une force plus grande. L'attraction.

Nous avons tous envie de regarder. Mais nous ne l'admettons pas tous.

On se sent seul quand on marche dans la foule anesthésiée. Dans l'après-midi, j'erre dans la ville et respire l'air, si épais que je le vois presque. Il me réchauffe les poumons comme du sirop tiède. Je scrute les visages des gens que je croise dans la rue et me demande qui, parmi eux, est mon frère de sang, comme tu l'étais naguère. Y en a-t-il un autre qui n'ait pas perdu le contact avec la force ancestrale qui circule en chacun de nous ? Je me demande si nous nous reconnaîtrions si nous nous croisions. Je crains que non, car nous nous sommes bien cachés sous le manteau de la prétendue normalité.

Je marche donc seul. Et je pense à toi, le seul qui ait jamais compris.

17

De par son métier, Catherine avait vu la mort tant de fois que son visage lui était familier. En regardant celui d'un patient, elle avait vu la vie s'en aller de ses yeux, les rendre vides et vitreux. Elle avait vu la peau devenir grise, l'âme s'échapper comme s'écoule le sang. La pratique de la médecine vous confronte aussi bien à la mort qu'à la vie, et Catherine avait depuis longtemps fait la connaissance de la Faucheuse autour du corps déjà froid d'un patient. Elle n'avait pas peur des cadavres.

Pourtant, lorsque Moore obliqua dans Albany Street et qu'elle vit l'immeuble en brique où se trouvait le bureau du médecin légiste, ses mains devinrent moites tout d'un coup.

Il se gara dans le parking derrière la bâtisse, près d'une fourgonnette blanche qui, sur le côté, portait l'inscription : « État du Massachusetts, service de médecine légale ». Elle n'avait pas envie de sortir de la voiture et elle ne le fit que lorsqu'il vint lui ouvrir la portière.

— Vous êtes prête ? demanda-t-il.

— Je ne peux pas dire que je brûle d'impatience, admit-elle, mais puisqu'il le faut, finissons-en.

Bien qu'elle eût assisté à des dizaines d'autopsies, elle n'était pas pleinement préparée à l'odeur de sang et à la puanteur que dégageaient les intestins rompus qui lui agressèrent les narines quand elle entra dans le labo. Pour la première fois de sa carrière médicale, elle crut qu'elle allait être malade à la vue d'un cadavre.

Un homme d'un certain âge, les yeux protégés par un écran facial en plastique, se tourna pour les regarder. Elle reconnut le Dr Ashford Tierney, qu'elle avait rencontré six mois plus tôt à une conférence sur la pathologie en médecine légale. Ceux qui échouaient sur sa table d'autopsie étaient souvent les victimes d'accidents que le chirurgien n'avait pas pu sauver et elle avait eu affaire à lui moins d'un mois plus tôt, à propos des circonstances troublantes qui avaient entouré la mort d'un enfant, provoquée par un éclatement de la rate.

Le gentil sourire du Dr Tierney formait un violent contraste avec les gants en caoutchouc maculés de sang qu'il portait.

— Heureux de vous revoir, docteur Cordell, dit-il, s'interrompant immédiatement, frappé par l'ironie de cette déclaration.

Il ajouta :

— ... Bien que les circonstances ne soient pas des plus plaisantes.

— Vous avez déjà commencé à ouvrir, remarqua Moore avec consternation.

— Le commissaire Marquette veut une réponse immédiate, dit Tierney. Chaque fois qu'un flic tire un coup de feu, la presse ne le lâche plus.

— J'avais pourtant annoncé notre venue.

— Le Dr Cordell a déjà assisté à des autopsies. Il n'y a là rien de bien neuf pour elle. Laissez-moi finir cette excision et elle pourra regarder le visage.

Tierney se concentra sur l'abdomen. Avec le scalpel, il acheva de dégager l'intestin grêle et le laissa tomber comme un long serpent dans une bassine en acier. Puis il s'écarta de la table et fit un signe de tête à Moore.

— Allez-y, dit-il.

Moore toucha le bras de Catherine, qui s'approcha à contrecœur du cadavre. Elle examina d'abord le ventre ouvert. Elle était en pays de connaissance devant ces organes, des repères impersonnels, des masses de tissus qui pouvaient être ceux de n'importe qui. Les organes ne comportaient aucune charge émotionnelle, aucune marque d'individualité. Elle pouvait les étudier avec le regard froid d'une professionnelle et c'est ce qu'elle fit, remarquant que l'estomac, le pancréas et le foie étaient encore à leur place, attendant d'être retirés d'un seul bloc. L'incision en Y, qui allait du cou au pubis, révélait à la fois la cage thoracique et la cavité abdominale. Le cœur et les poumons avaient déjà été excisés, et le thorax n'était plus qu'une cuvette vide. Les blessures provoquées par les balles étaient visibles sur la paroi thoracique, un impact juste au-dessus du sein gauche, l'autre quelques côtes plus bas. Les deux projectiles avaient dû entrer dans le thorax et percer le cœur ou un poumon. Dans la partie supérieure gauche de l'abdomen, la trajectoire d'une troisième balle conduisait droit à l'emplacement du pancréas. Autre blessure catastrophique.

Celui ou celle qui avait tiré sur Karl Pacheco l'avait fait dans l'intention de le tuer.

— Catherine ? dit Moore, se rendant compte qu'elle était silencieuse depuis trop longtemps.

Elle prit une profonde inspiration, inhalant l'odeur du sang et de la chair réfrigérée. Maintenant qu'elle avait fait connaissance avec la pathologie interne de Karl Pacheco, le moment était venu de voir son visage.

Elle vit des cheveux noirs. Un visage étroit, le nez fin comme une lame de couteau. Les muscles de la mâchoire affaissés, la bouche ouverte. Les dents plantées droit. Elle regarda enfin les yeux. Moore ne lui avait presque rien dit de lui, si ce n'est son nom et le fait qu'il avait été abattu par la police alors qu'il résistait. *Es-tu le Chirurgien ?*

Les yeux, la cornée voilée par la mort, n'évoquaient aucun souvenir. Elle étudia le visage, essayant de percevoir quelque vestige du mal sur le cadavre de Pacheco, mais elle ne sentit rien. Sa dépouille mortelle était une coquille vide et il n'y restait plus aucune trace de son ancien occupant.

— Je ne connais pas cet homme, dit-elle en quittant la pièce.

Elle attendait déjà près de la voiture quand Moore sortit de l'immeuble. Elle avait encore dans les poumons l'odeur fétide de la salle d'autopsie et elle inspirait l'air brûlant comme pour se nettoyer. Elle transpirait maintenant, mais le froid de l'air conditionné s'était installé dans la moelle de ses os.

— Qui était Karl Pacheco ? demanda-t-elle.

Il regarda en direction de l'hôpital Pilgrim en entendant approcher la sirène d'une ambulance.

— Un prédateur sexuel, répondit-il. Un chasseur de femmes.

— C'était lui, le Chirurgien ?

— Il semble que non, fit Moore en soupirant.

— Mais vous pensiez que ça pouvait être lui.

— Son ADN fait le lien avec Nina Peyton. Il l'a violée il y a deux mois. Mais rien ne prouve que ce soit lui qui ait agressé Elena Ortiz et Diana Sterling. Rien ne le rapproche d'elles.

— Ou de moi.

— Vous êtes certaine que vous ne l'avez jamais vu ?

— Je suis certaine de ne pas me souvenir de lui.

Le soleil avait transformé la voiture en sauna et ils laissèrent les portières ouvertes un moment pour l'aérer avant d'y entrer. En regardant Moore par-dessus le toit, elle vit à quel point il était fatigué. Sa chemise était déjà tachée de sueur. Une façon agréable de passer son samedi après-midi : conduire un témoin à la morgue. La vie des toubibs et celle des flics se ressemblaient à bien des égards. Ils avaient de longues journées de travail, qui ne s'arrêtaient pas systématiquement à cinq heures. Ils voyaient l'humanité dans ses moments les plus sombres, les plus douloureux. Ils étaient témoins de cauchemars et apprenaient à vivre avec leurs images.

Quelles images avait-il en lui ? se demanda-t-elle tandis qu'il la raccompagnait chez elle. Combien de visages de victimes, combien de lieux du crime étaient emmagasinés dans son esprit comme des photos d'archives ? Elle n'était qu'un élément de cette affaire. Combien d'autres femmes, vivantes ou mortes, avaient pu se disputer son attention ?

Il se rangea devant son immeuble et coupa le moteur. Elle regardait la fenêtre de son appartement et répugnait à sortir de la voiture. À quitter sa compagnie. Ils avaient passé ensemble tant de temps ces derniers jours qu'elle en était arrivée à compter sur sa force et sa gentillesse. S'ils s'étaient rencontrés en des circonstances plus heureuses, son allure aurait suffi à attirer son attention. Ce qui revêtait le plus d'importance pour elle maintenant n'était pas son charme ni même son intelligence, mais ce qu'il avait dans le cœur. Elle pouvait lui faire confiance.

Elle réfléchit à ce qu'elle allait dire ensuite et à quoi cela pouvait mener, puis estima qu'elle se fichait des conséquences.

— Vous voulez monter prendre un verre ? proposa-t-elle doucement.

Il ne répondit pas tout de suite et elle se sentit rougir, ce silence prenant une importance insupportable. Il se débattait pour prendre une décision. Lui aussi comprenait ce qui se passait entre eux et ne savait trop quoi faire.

Quand il la regarda enfin et dit : « Oui, volontiers », tous deux savaient qu'ils ne songeaient pas seulement à boire un verre.

Il posa un bras sur son épaule pendant qu'ils se dirigeaient vers l'entrée. Ce n'était guère plus qu'un geste protecteur, mais la chaleur du contact de sa main et la réaction qu'elle provoqua chez elle eurent pour effet de la faire tâtonner quand elle composa le code. À l'étage, elle ouvrit la porte les mains tremblantes et ils entrèrent dans son appartement, où régnait une délicieuse fraîcheur. Il s'arrêta le temps de refermer la porte et de tirer les verrous.

Puis il la prit dans ses bras.

Il y avait longtemps qu'elle ne s'était pas laissé étreindre ainsi. Pendant une période, elle paniquait à la seule pensée de mains d'homme posées sur elle. Mais dans les bras de Moore, elle se sentait parfaitement en sécurité. Elle répondit à ses baisers avec une fougue qui les surprit tous les deux. Elle avait été privée d'amour si longtemps qu'elle en avait perdu jusqu'au besoin. Maintenant seulement, tandis que son corps entier reprenait vie, elle se souvint de ce que c'était que d'éprouver du désir et ses lèvres cherchèrent celles de Moore avec une ardeur de femme affamée. C'est elle qui l'entraîna vers la chambre sans cesser de l'embrasser en chemin. C'est elle qui déboutonna sa chemise et déboucla sa ceinture. Il savait au fond de lui qu'il ne pouvait prendre l'initiative, sous peine de l'effrayer. Que pour cette fois, cette première fois, c'était elle qui devait montrer la voie. Mais il ne pouvait cacher son excitation et elle la sentit en ouvrant la fermeture Éclair de son pantalon.

Il leva les mains vers les boutons de son chemisier et s'arrêta, son regard cherchant le sien. Celui qu'elle lui lança, sa respiration qui s'accélérait ne laissaient aucun doute : c'était ce qu'elle voulait. Le chemisier s'ouvrit lentement et glissa de ses épaules. Son soutien-gorge tomba légèrement par terre. Il avait fait cela avec la plus extrême douceur, non pas comme s'il l'avait privée d'une protection, mais la libérant d'une entrave. Elle ferma les yeux et soupira de plaisir quand il se pencha pour lui embrasser les seins. Rien d'une agression, un acte de respect.

Et ainsi, pour la première fois depuis deux ans, Catherine laissa un homme lui faire l'amour. Quand Moore et elle furent couchés sur le lit, la pensée d'Andrew Capra ne l'effleura même pas. Aucun accès de panique, aucun souvenir effrayant ne lui revint quand ils enlevèrent ce qu'il leur restait de vêtements, quand le poids de son corps pesa sur elle. Ce que lui avait fait un autre homme était brutal au point de n'avoir aucun lien avec ce moment, avec ce corps qu'elle habitait. La violence n'est pas l'acte sexuel et l'acte sexuel n'est pas l'amour. Et c'est de l'amour qu'elle éprouvait quand Moore la pénétra en prenant son visage entre ses mains, son regard rivé au sien. Elle avait oublié le plaisir qu'un homme pouvait donner et elle s'abandonna à l'instant présent, ressentant de la joie comme pour la première fois.

Il faisait nuit quand elle se réveilla dans ses bras. Elle le sentit bouger et l'entendit demander :

— Quelle heure est-il ?

— Huit heures un quart.

— Ça alors !

Il eut un rire de stupéfaction et roula sur le dos.

— Je n'arrive pas à croire que nous ayons dormi tout l'après-midi. Tu m'as achevé.

— Tu avais du sommeil en retard.

— Qui a besoin de sommeil ?

— On croirait entendre un toubib.

— Nous avons ça en commun, dit-il, sa main suivant lentement les courbes de son corps. Nous avons tous les deux eu une trop longue abstinence...

Ils restèrent silencieux un moment, puis il demanda à voix basse :

— Comment c'était ?

— Tu me demandes si tu es un bon amant ?

— Non, je veux dire, comment c'était pour toi ? Le fait que je te touche ?

Elle sourit.

— C'était bon.

— Je n'ai rien fait qui t'a déplu ? qui t'a effrayée ?

— Je me sens en sécurité avec toi. C'est ce dont j'ai besoin par-dessus tout. Me sentir en sécurité. Je crois que tu es le seul homme qui ait jamais compris ça. Le seul homme à qui je puisse faire confiance.

— Certains hommes méritent la confiance.

— Oui, mais lesquels ? Je ne sais jamais.

— On ne le sait que quand ça se gâte. C'est celui qui est resté à tes côtés.

— Alors je crois que je n'en ai jamais rencontré. D'après d'autres femmes, dès que vous racontez à un homme ce qui vous est arrivé, dès que vous prononcez le mot « viol », il bat en retraite. Comme si vous étiez une denrée avariée. Les hommes n'ont pas envie d'entendre parler de ça. Ils préfèrent le silence aux confessions. Mais le silence s'éternise. Il devient envahissant, jusqu'au moment où vous devenez incapable de parler de quoi que ce soit. L'ensemble de votre vie devient un sujet tabou.

— Personne ne peut vivre ainsi.

— C'est pourtant la seule façon d'être que les autres supportent en notre présence. Nous devons garder le silence. Mais même quand nous n'en parlons pas, ça reste *là*.

Il l'embrassa et ce simple baiser était plus intime que n'importe quelle étreinte parce qu'il suivait une confession.

— Tu vas rester avec moi cette nuit ? murmura-t-elle.

L'haleine de Moore était chaude dans ses cheveux.

— Si tu me laisses d'abord t'emmener dîner.

— Oh ! j'avais complètement oublié le repas !

— C'est la différence entre les hommes et les femmes. Un homme n'oublie jamais de manger.

Elle s'assit, souriante.

— Prépare-nous à boire. Je vais te nourrir.

Il versa deux Martini-gin qu'ils burent à petites gorgées pendant qu'elle assaisonnait une salade et glissait deux steaks sous le gril. De la nourriture masculine, pensa-t-elle, amusée. De la viande rouge pour le nouvel homme qu'elle avait dans sa vie. Faire la cuisine ne lui avait jamais paru aussi agréable que ce soir. Moore souriait en lui tendant le sel et le poivre, et la tête lui tournait légèrement à cause du gin. Elle ne se rappelait pas non plus la dernière fois qu'elle avait trouvé la nourriture aussi savoureuse. C'était comme si elle venait de sortir d'un bocal et découvrait les goûts et les odeurs dans toute leur vigueur.

Ils mangèrent sur la table de la cuisine en sirotant du vin. Sa cuisine toute blanche lui semblait soudain éclatante de couleur. Le vin rubis, la laitue bien craquante, la nappe à carreaux bleus. Moore assis face à elle. Au début, elle l'avait cru fade, comme tous les autres hommes anonymes qu'on croise dans la rue, simples silhouettes sur une toile sans relief. Maintenant seulement elle le voyait vraiment, la teinte chaude de sa peau, les petites rides d'expression au coin des yeux. Toutes les charmantes imperfections d'un visage marqué par le temps.

Nous avons toute la nuit, pensa-t-elle, et à cette perspective, un sourire se dessina sur ses lèvres. Elle se leva et lui tendit la main.

Le Dr Zucker arrêta la vidéo de la séance d'hypnose et se tourna vers Moore et Marquette.

— Il se peut que ce soit un faux souvenir, que Cordell ait évoqué une deuxième voix qui n'existe pas. C'est le problème avec l'hypnose. La mémoire est fluide. Elle peut être modifiée, « réécrite » pour répondre à nos attentes. Elle a commencé cette séance en croyant que Capra avait un comparse. Et hop, le souvenir est là ! Une deuxième voix. Un deuxième homme dans la maison.

Zucker secoua la tête, incrédule, puis conclut :

— Ce n'est pas fiable.

— Ce n'est pas seulement sa mémoire qui amène de l'eau au moulin de l'hypothèse d'un deuxième criminel, dit Moore. Notre assassin a envoyé une mèche de cheveux qui ne peut provenir que de Savannah.

— Elle *dit* que ces cheveux ont été coupés à Savannah, fit remarquer Marquette.

— Vous ne la croyez pas non plus ?

— Le commissaire Marquette soulève une objection pertinente, dit Zucker. Nous avons affaire à une femme émotionnellement fragile. Même deux ans après l'agression, elle n'a peut-être pas retrouvé toute sa stabilité.

— Elle est chirurgienne, spécialisée en traumatologie.

— Oui, et elle est remarquable professionnellement. Mais elle est meurtrie. Nous le savons. L'agression l'a marquée.

Moore ne répondit pas. Il pensait au jour où il avait rencontré Catherine. À ses gestes précis, maîtrisés. Une personne différente de la fille insouciante qui était apparue durant la séance d'hypnose, de la jeune Catherine qui prenait le soleil sur la jetée devant la maison de campagne de ses grands-parents. Et la nuit précédente, la jeune Catherine était réapparue dans ses bras. Elle n'avait pas cessé d'être présente, enfermée dans sa fragile coquille, attendant d'être libérée.

— Alors qu'est-ce qu'on fait de cette séance d'hypnose ? s'enquit Marquette.

— Je ne dis pas qu'elle n'y croit pas, répondit Zucker. Elle s'en souvient comme si elle y était. C'est comme lorsqu'on dit à un enfant qu'il y a un éléphant dans le jardin. Au bout d'un moment, l'enfant y croit si fermement qu'il peut décrire la trompe de l'éléphant, les brins de paille collés à son dos. Une défense cassée. Le souvenir devient réalité alors qu'il ne s'est rien passé.

— Nous ne pouvons pas ne pas tenir compte du tout de ce souvenir, dit Moore. Peut-être ne croyez-vous pas pouvoir vous fier à Cordell, mais il n'en reste pas moins qu'elle est le centre d'intérêt de l'assassin. Ce que Capra a commencé — la traque, le massacre — n'a pas cessé. Ça l'a suivie jusqu'ici.

— Un assassin inspiré par un autre ? dit Marquette.

— Ou un coéquipier, dit Moore. Ça s'est déjà vu.

— Il n'est pas exceptionnel, en effet, de voir des assassins faire équipe, confirma Zucker. On a tendance à considérer les tueurs en série comme des loups solitaires, mais un quart des meurtres en série sont le fait de coéquipiers. Henry Lee Lucas en avait un. Kenneth Bianchi aussi. Ça leur facilite la tâche à tout point de vue : l'enlèvement, la maîtrise de la victime. La coopération garantit la réussite de la chasse.

— Les loups chassent en bande, acquiesça Moore. C'est peut-être ce qu'a fait Capra, lui aussi.

Marquette prit la télécommande du magnétoscope, appuya sur « Rewind », puis sur « Play ». Sur l'écran, on voyait Catherine assise, les yeux clos, les bras mous.

Qui a prononcé ces mots ? Qui a dit : « C'est mon tour, Capra » ?

Je ne sais pas. Je ne connais pas cette voix.

Marquette appuya sur « Pause » et le visage de Catherine se figea. Il regarda Moore.

— Ça fait plus de deux ans qu'elle a été agressée à Savannah, lui dit-il. Si ç'avait été le coéquipier de Capra, pourquoi aurait-il attendu si longtemps pour la prendre en chasse ? Pourquoi cela n'arrive-t-il que maintenant ?

Moore hocha la tête.

— Je me suis posé la même question et je crois connaître la réponse, dit-il en ouvrant la chemise qu'il avait apportée, d'où il tira une page du *Boston Globe*. C'est paru deux semaines avant le meurtre d'Elena Ortiz. C'est un article sur les femmes chirurgiens de Boston. Un tiers est consacré à Cordell. Ses succès. Et il y a une photo d'elle, en couleur.

Il tendit la coupure de journal à Zucker.

— C'est intéressant, dit celui-ci. Que voyez-vous quand vous regardez cette photo, inspecteur Moore ?

— Une jolie femme.

— En dehors de ça ? Que vous suggèrent son attitude, son expression ?

— De l'assurance... de la distance.

— C'est aussi ce que je vois. Une femme en pleine possession de ses moyens. Quelqu'un d'intouchable. Les bras croisés, le menton relevé fièrement. Hors de portée des simples mortels.

— Où voulez-vous en venir? demanda Marquette.

— Songez à ce qui excite notre assassin. Des femmes brisées, souillées par le viol. Des femmes symboliquement détruites. Et voici Catherine Cordell, celle qui a tué son coéquipier, Andrew Capra. Elle n'a pas l'air du tout brisée. Elle n'a pas l'air d'une victime. Non, sur cette photo, elle a un air conquérant. Qu'est-ce que, selon vous, il éprouve en voyant cela? demanda Zucker en se tournant vers Moore.

— De la colère.

— Pas seulement de la colère, inspecteur. Une rage folle. Quand elle quitte Savannah, il la suit à Boston, mais il ne peut l'atteindre parce qu'elle se protège. Alors, il attend son heure et tue d'autres femmes. Il s'imagine probablement que Cordell est traumatisée. Une femme diminuée, une victime toute choisie. Puis un jour, il ouvre le journal et il a sous les yeux non pas une victime mais cette *femelle* à l'allure conquérante.

Zucker rendit l'article à Moore.

— Notre homme est en train d'essayer de la démolir de nouveau et, pour ce faire, il a recours à la terreur.

— Mais quel est son but ultime? demanda Marquette.

— La rabaisser à un niveau où il se sente capable de l'affronter. Il agresse uniquement des femmes qui se comportent en victimes. Des femmes suffisamment brisées et humiliées pour qu'elles ne représentent aucune menace pour lui. Et si Andrew Capra *était* effectivement son coéquipier, notre assassin a un mobile de plus : la vengeance.

— Si Capra avait un coéquipier, ça nous ramène à Savannah. Ici, nous n'avons rien en main. Nous avons interrogé près de mille personnes, sans avoir trouvé de véritable suspect. Je crois qu'il est temps de se tourner vers tous ceux qui ont été en contact avec Andrew Capra. De voir si l'un d'eux est venu à Boston. Frost est déjà au téléphone avec l'inspecteur Singer, celui qui a mené l'enquête à Savannah. Il peut prendre un avion et aller là-bas revoir le dossier.

— Pourquoi Frost ?

— Pourquoi pas ?

Marquette regarda Zucker.

— Ne risque-t-il pas d'aller là-bas pour rien ?

— Il a aussi des chances de trouver quelque chose.

Marquette acquiesça.

— Bon, essayons Savannah.

Moore se leva pour s'en aller, mais Marquette le retint.

— Vous pouvez rester une minute ? Il faut que je vous parle.

Ils attendirent que Zucker soit sorti du bureau, puis Marquette ferma la porte et dit :

— Je ne veux pas que l'inspecteur Frost aille à Savannah.

— Puis-je vous demander pourquoi ?

— Parce que je veux que ce soit vous qui y alliez.

— Frost est prêt à partir. Il a déjà tout organisé.

— Il ne s'agit pas de Frost, mais de vous. Vous avez besoin de prendre un peu de distance avec l'affaire.

Moore resta coi, sachant où il voulait en venir.

— Vous avez passé beaucoup de temps avec Catherine Cordell, poursuivit Marquette.

— Elle est au cœur de l'enquête.

— Vous avez passé trop de soirées en sa compagnie. Vous étiez avec elle mardi à minuit.

Rizzoli. C'est Rizzoli qui lui a dit ça.

— Et samedi, vous êtes resté toute la nuit avec elle. Qu'est-ce qui se passe au juste ?

Moore ne répondit pas. Que pouvait-il dire ? « Oui, j'ai dépassé les bornes. Mais je ne pouvais m'en empêcher. »

Marquette s'affaissa dans son fauteuil, l'air profondément déçu.

— J'ai peine à croire que c'est à vous que je parle de cette histoire. Je n'aurais jamais imaginé ça de vous. Il est temps de faire machine arrière, ajouta-t-il en soupirant. Nous allons charger quelqu'un de s'occuper d'elle.

— Mais elle a confiance en moi.

— C'est tout ce qu'il y a entre vous, de la confiance ? J'ai entendu dire que ça allait bien au-delà. Je n'ai pas besoin de vous expliquer à quel point c'est malvenu. Nous avons déjà vu cela arriver à d'autres flics. Ça ne marche jamais. Pour le moment, elle a besoin de vous, et il se trouve qu'elle vous a sous la main. Ça va comme sur des roulettes pendant quelques semaines, un mois. Puis vous vous réveillez tous les deux un beau matin, et vlan !

c'est fini. Ou bien c'est elle ou bien c'est vous qui trinquez. Et tout le monde regrette que ce soit arrivé.

Marquette s'interrompit, attendant une réponse, mais Moore n'en avait aucune.

— En dehors de toute considération personnelle, reprit le commissaire, ça complique l'enquête. C'est très gênant pour toute la brigade.

Il montra la porte d'un geste brusque.

— Allez à Savannah et prenez vos distances avec Cordell, bon Dieu !

— Il faut que je lui explique...

— Ne lui téléphonez même pas. Nous veillerons à lui faire passer le message. Je vous ferai remplacer par Crowe.

— Non, *pas* Crowe, dit vivement Moore.

— Qui, alors ?

— Frost. Envoyez Frost, dit Moore en soupirant.

— Va pour Frost. Allez prendre votre avion. C'est exactement ce qu'il vous faut pour laisser les choses se calmer : quitter Boston. Vous êtes sans doute en rogne contre moi, mais vous savez très bien que ce que je vous demande est la seule chose à faire.

Moore le savait et ce n'était pas agréable de voir son comportement dans un miroir. Ce qu'il y voyait, dans ce miroir, c'était saint Thomas déchu, vaincu par ses désirs. Et la vérité le mettait en fureur, parce qu'il ne pouvait la rejeter. La nier. Il réussit à se taire jusqu'à ce qu'il fût sorti du bureau de Marquette, mais quand il vit Rizzoli à sa place, il ne put contenir plus longtemps sa fureur.

— Félicitations, dit-il. Vous avez eu votre revanche. Ça fait du bien, hein ?

— Que voulez-vous dire ?

— Vous avez vendu la mèche à Marquette.

— Hum, si je l'avais fait, je n'aurais pas été le premier flic à moucharder un collègue.

La réplique était cinglante et elle eut l'effet désiré. Sans mot dire, il tourna les talons et s'en alla.

En sortant de l'immeuble, il s'arrêta dans le passage couvert, désolé de ne pas voir Catherine ce soir. Pourtant, Marquette avait raison, il devait en être ainsi. Il *aurait* dû en être ainsi depuis le début, il aurait dû garder ses distances avec elle, ignorer l'attirance qu'elle exerçait sur lui. Mais elle était vulnérable et lui, assez fou pour s'être laissé émouvoir. Après avoir marché droit pendant des années, il se retrouvait maintenant en terrain inconnu, dans une situation troublante gouvernée, non par la logique, mais par la passion. Il ne se sentait pas à l'aise dans cet univers nouveau. Et il ne savait comment en sortir.

Assise dans sa voiture, Catherine rassemblait son courage pour entrer au 1, Schroeder Plaza. Tout l'après-midi, au cours de sa consultation, elle avait examiné des patients, discuté avec des collègues et s'était attaquée aux petits problèmes qui ne manquent pas de se poser au fil d'une journée de travail tout en faisant les plaisanteries habituelles. Mais ses sourires n'avaient été que de façade et, sous le masque, elle était au désespoir. Moore ne la rappelait pas et elle en ignorait la raison. Ils n'avaient passé ensemble qu'une seule nuit et déjà quelque chose clochait entre eux.

Elle sortit enfin de sa voiture et entra dans le quartier général de la police de Boston.

Elle y était déjà venue une fois, pour la séance d'hypnose avec le Dr Polochek, et pourtant l'immeuble lui faisait l'effet d'être une forteresse menaçante où elle n'avait pas sa place. Cette impression était renforcée par l'agent en uniforme qui la mesurait du regard derrière le bureau de la réception.

— Puis-je vous aider ? demanda-t-il d'un ton qui n'était ni affable ni hostile.

— Je cherche l'inspecteur Thomas Moore, de la Brigade criminelle.

— Je vais vous annoncer. Quel est votre nom ?

— Catherine Cordell.

Elle attendit dans le hall pendant qu'il téléphonait, impressionnée par tout ce granit, par tous ces policiers, en uniforme ou en civil, qui passaient par là et lui lançaient des regards curieux. C'était l'univers de Moore et elle y était une inconnue, qui s'était introduite en ce lieu où des hommes durs, revolver à la hanche, vous fixaient des yeux.

— Docteur Cordell ?

Elle se retourna et reconnut le blond à l'allure anodine et aimable qui venait de sortir de l'ascenseur. C'était l'inspecteur Frost.

— Pourquoi n'allons-nous pas à l'étage ? dit-il.

— Je suis venue voir Moore.

— Oui, je sais. Je suis descendu vous chercher, répondit-il en l'invitant à entrer dans l'ascenseur.

Au deuxième, il la précéda dans le couloir et ils entrèrent dans la section de la Criminelle. Elle n'y était jamais venue et fut surprise de constater à quel point elle ressemblait aux bureaux d'une entreprise, avec ses terminaux d'ordinateurs et ses bureaux regroupés en unités. Il lui indiqua un fauteuil et la fit asseoir. Il avait un regard gentil. Il voyait qu'elle se sentait gênée dans cet endroit inconnu pour elle et il essaya de la mettre à l'aise.

— Vous prendrez bien un café ?

— Non, merci.

— Vous voulez autre chose ? Un soda ? Un verre d'eau ?

— Non, vraiment.

Il s'assit à son tour.

— Bon. Qu'est-ce qui vous amène, docteur Cordell ?

— J'espérais voir l'inspecteur Moore. J'ai passé toute la matinée en salle d'opération et j'ai pensé qu'il avait peut-être essayé de me joindre...

— En fait... commença Frost, manifestement ennuyé, j'ai laissé un message à votre secrétaire vers midi. Dorénavant, c'est moi que vous devrez appeler en cas de problème. Pas l'inspecteur Moore.

— Oui, j'ai eu votre message. Je voulais seulement savoir...

Elle ravala ses larmes.

— Je voulais savoir pourquoi cela avait changé.

— Pour, heu... rationaliser l'enquête.

— Qu'est-ce que ça veut dire ?

— Il est nécessaire que Moore s'occupe d'autres aspects de l'affaire.

— Qui a décidé cela ?

Frost avait l'air de plus en plus mal à l'aise.

— Je ne le sais pas vraiment, docteur Cordell.

— C'est Moore ?

Autre silence.

— Non.

— Ce n'est donc pas qu'il ne veut pas me voir.

— Je suis certain que non.

Elle ignorait s'il disait la vérité ou essayait seulement de la réconforter. Elle remarqua que deux policiers dans un bureau vitré regardaient dans leur direction et la moutarde lui monta au nez. Tout le monde savait donc, sauf elle ? Était-ce de la pitié qu'elle lisait dans leurs yeux ? Toute la matinée, elle avait savouré le souvenir de la nuit précédente. Elle avait attendu un appel de Moore, mourant d'envie d'entendre sa voix, et elle savait qu'il pensait à elle. Mais il n'avait pas téléphoné.

Et à midi, on lui avait transmis le message de Frost, disant qu'à l'avenir elle devait s'adresser à lui pour tout ce qui concernait l'affaire.

La seule chose qu'elle pouvait faire, c'était garder la tête haute et réprimer son envie de pleurer quand elle demanda :

— Y a-t-il une raison pour laquelle je ne puisse lui parler ?

— Il n'est pas à Boston. Il est parti cet après-midi.

— Je vois.

Elle comprenait, sans autre explication, qu'il ne pouvait lui en dire davantage. Elle ne demanda pas où Moore était parti, ni comment le joindre. Ça l'avait déjà gênée de venir là et son orgueil reprenait maintenant le dessus. Au cours des deux dernières années, c'était dans sa fierté qu'elle avait puisé l'essentiel de sa force. Elle avait continué d'avancer, jour après jour, en refusant de se donner le rôle de victime. Ceux qui la regardaient ne voyaient qu'un professionnalisme froid et une distanciation affective, parce qu'elle ne laissait pas paraître autre chose.

Seul Moore m'a vue telle que je suis. Blessée et vulnérable. Et voilà le résultat. C'est pour cela que je ne peux plus jamais montrer de faiblesse.

Quand elle se leva pour s'en aller, elle avait le dos bien droit, le regard assuré. En sortant du service, elle passa devant le bureau de Moore. Elle sut que c'était le sien parce que son nom était indiqué sur la porte. Elle s'arrêta juste le temps d'entrevoir la photo posée à côté de l'ordinateur, celle d'une femme souriante, le soleil dans les cheveux.

Elle sortit, laissant derrière elle l'univers de Moore, et repartit tristement dans le sien.

18

Moore trouvait insupportable la chaleur qui régnait à Boston et il n'était pas préparé à affronter celle de Savannah. Quand il sortit de l'aéroport en fin d'après-midi pour se diriger vers le parking du loueur de voitures, où l'air moite tremblotait au-dessus du macadam, il eut l'impression d'entrer dans un bain chaud et de patauger, les jambes molles, dans un milieu liquide. Lorsqu'il arriva à l'hôtel, sa chemise était déjà trempée de sueur. Il se déshabilla, s'étendit sur le lit pour se reposer quelques minutes et dormit jusqu'en début de soirée.

À son réveil, il faisait nuit et il frissonnait à cause de l'air conditionné. Il s'assit au bord du lit, la tête bourdonnante.

Il tira une chemise propre de sa valise, s'habilla et sortit de l'hôtel.

Même la nuit, l'air était comme de la vapeur, mais il conduisait la glace baissée et inhalait les odeurs humides du Sud. Il n'était jamais venu à Savannah mais avait entendu parler de son charme, de ses jolies vieilles maisons, de ses bancs en fer forgé et de *Minuit dans le jardin du bien et du mal.* Mais ce soir, il n'était pas sorti pour faire du tourisme. Il cherchait une adresse, dans la partie nord-est de la ville. C'était un quartier agréable de petites maisons proprettes, avec un porche sur le devant, des jardins entourés d'une clôture et des arbres aux branches déployées. Il réussit à trouver Ronda Street et s'arrêta devant la maison.

À l'intérieur, il y avait de la lumière et on voyait la lueur bleutée de la télévision.

Il se demanda qui habitait là maintenant et si les occupants actuels de la maison en connaissaient l'histoire. Quand ils éteignaient la lumière le soir et montaient se mettre au lit, pensaient-ils à ce qui s'était passé dans leur chambre ? Couchés dans l'obscurité, percevaient-ils les vagues de terreur encore répercutées par les murs ?

Une silhouette passa devant la fenêtre, celle d'une femme, mince, les cheveux longs. Ressemblant beaucoup à celle de Catherine.

Il voyait la scène. Le jeune homme sur le perron qui frappait à la porte. La porte qui s'ouvrait, la lumière dorée qui se répandait dans la nuit. Catherine debout là, encadrée par le halo, qui invitait son jeune collègue de l'hôpital à entrer, à cent lieues de soupçonner les horreurs qu'il avait en tête.

Et la seconde voix, le deuxième homme — par où entre-t-il ?

Moore resta un bon moment à étudier la maison, notant mentalement l'emplacement des fenêtres et des buissons. Il sortit de la voiture et longea le trottoir pour voir le côté de la maison. La végétation était abondante et dense et il distinguait mal l'arrière-cour.

De l'autre côté de la rue, la lumière s'alluma au-dessus d'un porche.

Il se retourna. Une grosse femme le regardait de sa fenêtre, un téléphone à l'oreille.

Il retourna à sa voiture et démarra. Il y avait une autre adresse où il voulait aller. C'était près du State College, à plusieurs kilomètres au sud. Il se demanda combien de fois Catherine avait effectué le trajet, si elle allait dans cette pizzeria sur la gauche ou ce pressing sur la droite. Partout où il dirigeait son regard, il avait l'impression de voir son visage et cela le troublait. Cela voulait dire qu'il laissait ses sentiments se mêler à l'enquête et ce n'était bon pour personne.

Il arriva dans la rue qu'il cherchait. Après quelques pâtés de maisons, il s'arrêta devant ce qui aurait dû être le numéro indiqué. Il n'y avait plus qu'un terrain vague envahi par les mauvaises herbes. Il s'attendait à trouver là un petit immeuble appartenant à une certaine Stella Poole, une veuve de cinquante-huit ans. Trois ans plus tôt, Mme Poole avait loué l'appartement de l'étage à un interne en chirurgie nommé Andrew Capra, un jeune homme tranquille qui payait toujours son loyer en temps et en heure.

Il sortit de la voiture sur le trottoir où Andrew Capra avait marché. Il jeta un coup d'œil à gauche et à droite dans la rue où Capra avait habité. Elle était tout près du State College et il supposa que beaucoup de maisons de la rue étaient louées à des étudiants — des locataires de courte durée, qui ne connaissaient peut-être pas l'histoire de leur infâme voisin.

Un souffle de vent agita l'air poisseux et dégagea une odeur déplaisante. Une odeur humide de pourriture. Il leva les yeux vers l'arbre qui se dressait dans la cour de l'ex-domicile d'Andrew Capra et vit une touffe de mousse qui pendait d'une branche. Il frissonna en se souvenant d'un Halloween de son enfance. Un voisin avait passé une corde au cou d'un épouvantail et l'avait pendu à un arbre, y voyant un bon moyen d'effrayer les enfants qui faisaient la quête en cette veille de la Toussaint. Le père de Moore avait pâli en voyant cela. Il avait foncé chez le voisin et, malgré ses protestations, il avait coupé la corde.

Moore avait envie de faire la même chose, grimper à l'arbre et arracher cette mousse de la branche.

Mais il retourna à sa voiture et rentra à l'hôtel.

L'inspecteur Mark Singer posa une boîte en carton sur la table et tapa dans ses mains pour en chasser la poussière.

— Voilà la dernière, annonça-t-il. On a mis le week-end pour les retrouver, mais elles sont toutes là.

Moore regarda la douzaine de boîtes d'archives alignées sur la table et dit :

— Je ferais bien d'apporter un sac de couchage et de m'installer carrément ici.

Singer rit.

— Ça me paraît sage si vous avez l'intention d'éplucher tous les papiers contenus là-dedans. Rien ne doit sortir de l'immeuble, on est bien d'accord ? Il y a un photocopieur au bout du couloir. Vous n'avez qu'à entrer votre nom et celui de votre service. Les toilettes sont par là. En général, vous trouverez des beignets et du café dans la salle commune. Si vous prenez des beignets, les gars apprécieront sûrement si vous laissez quelques dollars dans le pot.

Tout cela avait été dit avec le sourire et le doux accent traînant du Sud, mais le message implicite n'avait pas échappé à Moore : nous avons nos règles à nous et même vous, les fortiches de Boston, vous devez vous y conformer.

Ce flic n'avait pas plu à Catherine et Moore comprenait pourquoi. Singer était plus jeune qu'il ne l'avait pensé, pas encore quarante ans, le genre de type musclé, de gagneur, qui ne devait guère supporter les critiques. Il ne pouvait y avoir qu'un meneur dans une meute et, pour l'instant, Moore ne disputerait pas ce rôle à Singer.

— Ces quatre boîtes-là contiennent les dossiers sur le suivi de l'enquête. Il serait peut-être bien que vous commenciez par là. Les dossiers de recoupement sont dans celles-ci, les dossiers des opérations dans celles-là, poursuivit-il en donnant une petite tape sur les boîtes correspondantes. Et celle-ci contient les dossiers d'Atlanta sur Dora Ciccone. Ce sont des photocopies.

— Les services d'Atlanta ont conservé les originaux ?

Singer acquiesça.

— C'était la première victime, la seule qui a été tuée là-bas.

— Comme ce sont des photocopies, peut-être puis-je emporter la boîte pour examiner les documents à mon hôtel ?

— Si vous la rapportez.

Singer soupira en jetant un coup d'œil circulaire sur les boîtes.

— Je ne sais pas vraiment ce que vous cherchez. L'affaire a été close tout de suite. Dans chaque meurtre, nous avons l'ADN de Capra. Les fibres trouvées sur place correspondent. Les dates aussi. Capra habitait Atlanta, Dora Ciccone a été assassinée à Atlanta. Il s'installe à Savannah, les filles du coin commencent à se faire trucider. Il a toujours été au bon endroit, au bon moment.

— Je ne doute pas un instant que Capra ait été votre homme.

— Pourquoi alors venez-vous farfouiller là-dedans ? Une partie de cette paperasse date de trois ou quatre ans.

Moore sentit que Singer était sur la défensive. La diplomatie était de rigueur. S'il laissait entendre que Singer avait commis des erreurs au cours de l'enquête, qu'il était passé à côté de détails essentiels, comme le fait que Capra avait un coéquipier, tout espoir de coopération avec la police de Savannah s'évanouissait. Moore choisit une phrase qui n'impliquait aucune accusation :

— Nous avons formé l'hypothèse de meurtres inspirés par d'autres, expliqua-t-il. Notre assassin de Boston semble être un admirateur de Capra. Il reproduit ses crimes dans les moindres détails.

— Comment aurait-il connu ces détails ?

— Peut-être ont-ils correspondu du vivant de Capra.

Singer parut se détendre et se mit même à rire.

— Un groupie de ce salopard, c'est ça ? Sympa.

— Puisque notre meurtrier connaît sur le bout des doigts le travail de Capra, il faut que je fasse de même.

— Eh bien, allez-y, dit Singer en montrant la table couverte de cartons.

Quand il eut quitté la pièce, Moore passa en revue les étiquettes des boîtes d'archives. Il ouvrit celle marquée « SE n° 1 », le suivi de l'enquête. Trois dossiers à soufflet bourrés à bloc y étaient rangés. Et ce n'était qu'une des quatre boîtes « SE ». Le premier dossier contenait les rapports sur les circonstances des trois meurtres de Savannah, les dépositions des témoins et les mandats des perquisitions effectuées. Le deuxième, les dossiers sur les suspects, les vérifications de leur casier judiciaire et les rapports du labo. Dans cette première boîte, il y avait déjà amplement de quoi lire une journée entière.

Et il y en avait onze autres.

Il commença par revoir le résumé final de Singer. Une fois de plus, il fut frappé par la convergence des preuves qui accablaient Andrew Capra. Cinq agressions lui étaient imputées, dont quatre ayant entraîné la mort. La première victime était Dora Ciccone, assassinée à Atlanta. Les meurtres avaient commencé à Savannah un an plus tard. Trois femmes en un an : Lisa Fox, Ruth Voorhees et Jennifer Torregrossa.

La série avait pris fin quand Capra avait été abattu par Catherine Cordell.

Dans chaque affaire, on avait trouvé du sperme dans le vagin de la victime et l'ADN correspondait à celui de Capra. La première victime, Dora Ciccone, avait été tuée à Atlanta l'année où Capra finissait ses études à l'école de médecine de l'université d'Emory.

Les meurtres suivaient Capra à Savannah.

Les faits s'articulaient en un schéma cohérent, apparemment inattaquable. Mais Moore avait conscience de ne lire qu'un résumé de l'affaire, qui réunissait tous les éléments en faveur des conclusions de Singer. Il était possible que des détails contradictoires aient été laissés de côté. C'étaient ces détails mêmes, les incohérences mineures mais significatives, qu'il espérait dénicher dans ces boîtes d'archives. Le Chirurgien a dû laisser là-dedans une trace de son passage, pensa-t-il.

Il ouvrit le premier dossier à soufflet et commença à lire.

Quand il se leva de sa chaise trois heures plus tard et s'étira, il était déjà midi et il avait à peine attaqué cette montagne de papiers. Pas le moindre signe de la présence du Chirurgien. Il fit le tour de la table en regardant les étiquettes des boîtes qui n'avaient pas encore été ouvertes et en repéra une marquée « N° 12. Fox/Torregrossa/Voorhees/Cordell. Coupures de presse/Vidéos/Divers ».

Il ouvrit la boîte et y trouva une demi-douzaine de cassettes vidéo au-dessus d'une épaisse pile de dossiers. Il prit la vidéo étiquetée « Domicile Capra ». Elle était datée du 16 juin. Le lendemain du jour où Catherine avait été agressée.

Il trouva Singer à son bureau, en train de manger un épais sandwich au rosbif. Le bureau en disait long sur son occupant. Il était parfaitement en ordre, les piles de papiers alignées au carré. Un flic méticuleux, mais sûrement un emmerdeur fini.

— Est-ce que vous avez un magnétoscope dont je pourrais me servir ? demanda Moore.

— Il est enfermé dans un placard.

Moore attendit, sa requête suivante si évidente qu'il ne se donna pas la peine de la formuler. Avec un grand soupir, Singer prit les clés dans le tiroir de son bureau et se leva en disant :

— J'imagine que vous le voulez tout de suite ?

Il tira du débarras le chariot avec le magnétoscope et la télé, et le poussa dans la salle de réunion où travaillait Moore. Il brancha les câbles, appuya sur les boutons « On » et poussa un grognement de satisfaction en constatant que tout fonctionnait.

— Merci, dit Moore. Je vais probablement en avoir besoin pendant quelques jours.

— Vous avez déjà de grandes révélations à nous faire ? fit Singer avec une pointe de sarcasme évidente dans la voix.

— Je ne fais que commencer.

— Je vois que vous avez la vidéo de Capra, fit-il en secouant la tête, incrédule. Bon sang, on a vraiment trouvé les pires saloperies chez lui.

— Je suis passé à son adresse hier. Il n'y a plus qu'un terrain vague.

— La maison a brûlé il y a un an. Après Capra, la propriétaire ne pouvait plus louer l'étage. Alors, elle s'est mise à faire visiter la baraque et, croyez-le si vous voulez, il y a eu un tas d'amateurs. Une foule de malades style Anne Rice est venue rendre un culte dans l'antre du monstre. Ouais, la proprio elle-même était une femme bizarre.

— Il faut que je lui parle.

— Impossible, sauf si vous parlez avec les morts.
— Elle a péri dans l'incendie ?
— Non, cancer de la gorge.
Singer se mit à rire.
— Fumer nuit gravement à la santé. Elle en a donné la preuve.
Moore attendit que Singer soit sorti et il introduisit la cassette « Domicile Capra » dans le magnétoscope.
Les premières images avaient été prises de jour, en extérieur, une vue de la façade de la maison. Moore reconnut l'arbre avec la mousse dans la cour de devant. La maison elle-même n'avait aucun charme, un cube à un étage qui avait besoin d'un bon coup de peinture. La voix off du cameraman indiqua la date, l'heure et le lieu. Il se présenta comme étant l'inspecteur Spiro Pataki, de la police de Savannah. À en juger par la qualité de la lumière, Moore estima que la vidéo avait été tournée en début de matinée. La caméra fit un panoramique de la rue ; un joggeur passa devant et se tourna vers l'objectif avec curiosité. Il y avait beaucoup de circulation et, sur le trottoir, quelques voisins regardaient le cameraman.
La caméra revint à la maison et approcha de l'entrée au rythme saccadé des pas de l'inspecteur Pataki. À l'intérieur, celui-ci fit un rapide panoramique du rez-de-chaussée, où habitait la propriétaire, Mme Poole. Moore entrevit des tapis aux couleurs passées, des meubles sombres et un cendrier débordant de mégots. La fumeuse invétérée. La caméra monta l'étroit escalier et, par une porte équipée d'un lourd verrou, entra dans l'appartement d'Andrew Capra.

Moore eut un accès de claustrophobie rien qu'à le regarder. Le premier étage avait été divisé en petites pièces et celui qui s'était chargé de cette « rénovation » devait avoir des prix chez un fournisseur de lambris. Tous les murs étaient couverts d'un placage foncé. La caméra suivit un couloir si étroit qu'elle semblait s'enfoncer dans un tunnel. « Chambre sur la droite », commenta la voix de Pataki, qui tourna la caméra vers l'embrasure de la porte pour montrer un lit double fait au carré, une table de nuit, une commode — tout le mobilier que pouvait recevoir cette petite caverne sombre.

« Nous allons maintenant vers le living, situé à l'arrière », poursuivit la voix off, tandis que la caméra reprenait sa progression cahotante le long du couloir. Elle arriva dans une pièce plus grande où se trouvaient d'autres personnes, la mine sinistre. Moore reconnut Singer près de la porte d'un débarras. C'était là que ça s'était passé.

La caméra se fixa sur Singer, qui dit en montrant le verrou cassé : « Cette porte était cadenassée, nous avons dû l'arracher de ses gonds. À l'intérieur, nous avons trouvé ceci. » Il ouvrit la porte et fit de la lumière.

L'image devint floue quelques instants, puis redevint nette brusquement, emplissant l'écran avec une clarté étonnante. C'était la photo en noir et blanc d'un visage de femme, les yeux grands ouverts et sans vie, la gorge fendue si profondément que le cartilage de la trachée était ouvert. « Je crois que c'est Dora Ciccone, dit Singer. Bon, faites le point sur celle-là maintenant. »

La caméra se déplaça vers la droite. Autre photo, autre femme. « Il semble que ce soient des photos post mortem des quatre victimes. Nous voyons probablement les visages de Dora Ciccone, Lisa Fox, Ruth Voorhees et Jennifer Torregrossa mortes. »

C'était la galerie de photos personnelle d'Andrew Capra. Une retraite où il retrouvait le plaisir qu'il avait pris en assassinant ces jeunes femmes. Moore trouva l'espace libre sur les murs et le petit paquet de punaises posé sur une étagère encore plus dérangeants que les photos elles-mêmes. Il restait encore beaucoup de place à occuper.

La caméra sortit à la hâte du débarras et balaya lentement le séjour, montrant un canapé, une télévision, un bureau, un téléphone. Des étagères couvertes de livres de médecine. Elle poursuivit son panoramique jusqu'au coin cuisine, où elle s'arrêta sur le réfrigérateur.

Moore se pencha pour mieux voir, la gorge sèche. Il savait déjà ce que contenait le réfrigérateur, mais son pouls s'accéléra et il eut l'estomac retourné quand il vit Singer se diriger vers le frigo. L'inspecteur s'arrêta et se tourna vers la caméra.

« Voilà ce que nous avons trouvé à l'intérieur », dit-il en ouvrant la porte.

19

Il fit le tour du pâté de maisons et, cette fois-ci, remarqua à peine la chaleur, tant il avait été refroidi par les images découvertes dans la vidéo. Il était soulagé d'être sorti de la salle de réunion, désormais associée dans son esprit à l'horreur. Savannah même, avec son air sirupeux et sa douce lumière verdâtre, le mettait mal à l'aise. Boston était tout en angles, les voix discordantes, chaque immeuble, chaque visage renfrogné, nettement découpés. À Boston, on savait qu'on était vivant, ne serait-ce que parce qu'on était sur les nerfs. Ici, tout semblait flou. Il avait l'impression de voir Savannah à travers de la gaze, une ville où les sourires étaient polis, les voix assoupies, et il se demandait quel côté obscur tout cela cachait.

Quand il retourna dans les bureaux de la police, Singer pianotait sur le clavier de son ordinateur.

— Attendez une seconde, dit-il en cliquant sur « Vérification de l'orthographe ».

À Dieu ne plaise qu'il y ait une faute dans *ses* rapports. Satisfait, il leva les yeux vers Moore.

— Ouais ?

— Avez-vous retrouvé le carnet d'adresses de Capra ?

— Quel carnet d'adresses ?

— La plupart des gens en ont un près de leur téléphone. Je n'en ai pas vu sur la vidéo de son appartement et je n'en ai pas trouvé sur la liste de ses objets personnels.

— Ça remonte à deux ans, cette histoire. S'il n'est pas sur la liste, c'est qu'il n'y en avait pas.

— Ou qu'il a été emporté avant votre arrivée.

— Qu'est-ce que vous essayez de faire ? Je croyais que vous étiez venu pour étudier la technique de Capra, pas pour élucider les meurtres une deuxième fois.

— Ce qui m'intéresse, ce sont les amis de Capra. Tous ceux qu'il connaissait bien.

— Vous aurez du mal à en trouver un seul. Nous avons interrogé les médecins et les infirmières avec lesquels il travaillait. Sa proprio, les voisins. Je suis allé à Atlanta voir sa tante. Sa seule parente vivante.

— Oui, j'ai lu les interrogatoires.

— Dans ce cas, vous savez qu'il les a tous roulés dans la farine. C'étaient toujours les mêmes remarques : « Un médecin plein de compassion ! Un jeune homme si *poli* ! »

Singer poussa un grognement et retourna à son clavier.

— Personne ne sait jamais qui sont les monstres.

Le moment était venu de visionner la dernière cassette. Moore l'avait repoussé jusqu'à la fin, car il n'était pas prêt à voir les images. Il avait réussi à regarder les autres avec détachement, en prenant des notes sur les chambres de Lisa Fox, Jennifer Torregrossa et Ruth Voorhees. Il avait vu et revu les taches du sang qui avait giclé, les nœuds de la corde en Nylon autour des poignets des victimes, leur regard vitreux. Il avait pu regarder ces cassettes avec un minimum d'émotion parce qu'il ne connaissait pas ces femmes et leurs voix ne résonnaient pas dans sa mémoire. Il avait concentré son attention non sur les victimes, mais sur la présence malfaisante qui avait traversé ces pièces. Il éjecta la cassette du meurtre Voorhees et la posa sur la table. Il prit avec répugnance celle qui restait. L'étiquette indiquait la date, le numéro de l'affaire et portait les mots : « Domicile Catherine Cordell ».

Il eut envie de remettre au lendemain matin, quand il serait reposé. Il était vingt et une heures et il avait passé toute la journée enfermé dans cette pièce. La cassette à la main, il hésitait.

Il se rendit alors compte que Singer était sur le pas de la porte et le regardait.

— Bon sang, vous êtes encore là, dit-il.

— J'ai du pain sur la planche.

— Vous avez visionné toutes les cassettes ?

— Toutes, sauf celle-ci.

Singer jeta un coup d'œil à l'étiquette.

— Ah ! Cordell.

— Oui.

— Allez-y, passez-la. Je pourrai peut-être vous donner quelques détails.

Moore inséra la cassette dans le magnétoscope et appuya sur « Play ».

La façade de la maison de Catherine apparut sur l'écran. De nuit. Le porche était éclairé, et toutes les lumières allumées à l'intérieur. Le cameraman indiqua la date, l'heure — deux heures du matin — et son nom. C'était encore Spiro Pataki, qui était apparemment le favori pour ce travail de tournage. Il y avait beaucoup de bruit en fond — des voix, une sirène hurlante qui s'éloignait. Pataki fit son panoramique habituel des abords et Moore vit un rassemblement de voisins lugubres derrière le ruban jaune, leurs visages illuminés par les gyrophares de plusieurs voitures de police garées dans la rue. Cela le surprit, compte tenu de l'heure tardive. Il devait y avoir eu un sacré remue-ménage pour que tant de monde soit réveillé.

Pataki tourna de nouveau la caméra vers la maison et s'approcha de la porte.

— Des coups de feu, dit Singer. C'est comme ça que nous avons été prévenus. La voisine d'en face en a entendu un premier, puis, après un long moment, un second. Elle a appelé le 911. Le premier flic est arrivé sept minutes plus tard. Une ambulance a été demandée deux minutes après.

Moore se souvint de la grosse femme qui le regardait de sa fenêtre, de l'autre côté de la rue.

— J'ai lu la déposition de la voisine, dit-il. Elle affirme qu'elle n'a vu sortir personne par la porte de devant.

— C'est exact. Elle a seulement entendu les deux coups de feu. Elle s'est levée après le premier et a regardé par la fenêtre. Elle a entendu le deuxième coup peut-être cinq minutes plus tard.

Cinq minutes, pensa Moore. Qu'est-ce qui explique cet intervalle ?

La caméra entra dans la maison. Par la porte ouverte d'un placard, on voyait des vêtements suspendus à des cintres, un parapluie, un aspirateur.

Puis la caméra montra le séjour. Des verres, dont l'un contenait apparemment de la bière, étaient posés sur la table basse près du canapé.

— Cordell l'a invité à entrer, poursuivit Singer. Ils ont bu quelques verres. Elle est allée à la salle de bains, elle est revenue et a fini sa bière. En moins d'une heure, le Rohypnol avait fait son effet.

Le canapé était couleur pêche, avec un motif floral délicat brodé dans le tissu. Pour Moore, Catherine n'était pas le genre de femme à aimer les petites fleurs, mais le fait est qu'il y en avait partout. Sur les rideaux, sur les coussins des chaises. À Savannah, elle s'était entourée de couleurs. Il l'imagina assise sur le canapé avec Andrew Capra, l'écoutant avec sympathie lui faire part de ses inquiétudes concernant son avenir, tandis que le Rohypnol passait lentement dans son sang, s'acheminait vers le cerveau, et que la voix de Capra s'affaiblissait.

Ils étaient maintenant dans la cuisine, la caméra balayant une à une toutes les pièces de la maison, telles qu'ils les avaient trouvées à deux heures du matin, ce samedi-là. Un verre d'eau était posé sur l'évier.

— Ce verre... vous avez analysé la salive ? demanda Moore en se penchant soudain.

— Pourquoi l'aurait-on fait ?

— Nous ne savons pas qui a bu dedans ?

— Il n'y avait que deux personnes dans la maison quand nous avons été alertés. Capra et Cordell.

— Il y avait deux verres sur la table basse. Qui a bu dans le troisième ?

— Il est peut-être resté dans l'évier toute la journée, bon Dieu ! Ce n'était pas important.

Le cameraman termina son panoramique de la cuisine et passa dans le couloir.

Moore prit la commande à distance et appuya sur « Rewind » pour rembobiner la cassette jusqu'au début de la séquence de la cuisine.

— Qu'est-ce qu'il y a ? demanda Singer.

Moore ne répondit pas. Il se pencha vers l'écran pour mieux revoir les images. Le réfrigérateur, semé d'aimants en forme de fruits. Les boîtes métalliques à sucre et à farine sur le plan de travail. L'évier, avec le verre. Puis la caméra passa la porte de la cuisine pour entrer dans le couloir.

Moore appuya encore sur « Rewind ».

— Qu'est-ce qui vous intéresse tant ? demanda à nouveau Singer.

De nouveau l'image du verre d'eau apparut sur l'écran, puis la caméra commença son travelling vers le couloir.

— Ça, répondit Moore en appuyant sur « Pause ». La porte de la cuisine. Où donne-t-elle ?

— Euh... l'arrière-cour. Elle donne sur une pelouse.

— Et qu'y a-t-il au-delà de la cour ?

— La cour voisine. Une autre rangée de maisons.

— Avez-vous interrogé le propriétaire de cette cour ? A-t-il ou a-t-elle entendu les coups de feu ?

— Quelle différence cela fait-il ?

Moore se leva et s'approcha de la télévision.

— Regardez la porte de la cuisine, dit-il en tapotant sur l'écran. Il y a une chaîne et elle n'est pas attachée.

Silence.

— Mais la porte est verrouillée. Vous voyez la position du bouton de la poignée ?

— Exact. C'est ce genre de bouton qu'on pousse quand on sort pour verrouiller la porte derrière soi.

— Où voulez-vous en venir ?

— Pourquoi Cordell aurait-elle poussé le bouton sans mettre la chaîne de sécurité ? Quand on s'enferme pour la nuit, on fait tout en même temps. On appuie sur le bouton et on glisse la chaîne. Elle n'a pris que la première précaution.

— Il n'y avait que deux personnes dans cette maison. Capra et Cordell.

Moore réfléchit à ce qu'il allait dire, se demandant s'il avait à perdre ou à gagner en ne mâchant pas ses mots. Singer savait maintenant où cette conversation allait mener.

— Vous voulez dire que Capra avait un coéquipier ? demanda-t-il.

— Oui.

— C'est tirer une sacrée conclusion d'une chaîne non fermée.

Moore respira un bon coup.

— Ce n'est pas tout. La nuit où Catherine Cordell a été agressée, elle a entendu une autre voix dans la maison. Un homme qui parlait à Capra.

— Elle ne me l'a jamais dit.

— Elle l'a fait au cours d'une séance d'hypnose médico-légale.

Singer éclata de rire.

— Vous avez fait appel à un médium pour étayer ça ? Dans ce cas, je ne peux qu'être convaincu.

— Cela explique pourquoi le Chirurgien connaît si bien la technique de Capra. Les deux hommes faisaient équipe. Et le Chirurgien entretient la pratique au point de traquer la seule victime survivante.

— Les femmes ne manquent pas. Pourquoi s'acharner sur celle-ci ?

— Pour achever le travail.

— Ouais. J'ai une meilleure théorie, dit Singer en se levant. Cordell a oublié de mettre la chaîne de la porte de sa cuisine. Votre gars de Boston reproduit ce qu'il lit dans les journaux. Et votre hypnotiseur a fait remonter un faux souvenir.

Il se dirigea vers la porte en secouant la tête, avant de lancer une dernière pique, sarcastique, en guise d'au revoir.

— Prévenez-moi quand vous aurez attrapé le vrai meurtrier.

Moore s'efforça de chasser rapidement la contrariété provoquée par cet échange de propos. Singer défendait le travail qu'il avait accompli et on ne pouvait lui en vouloir de se montrer sceptique. Moore commençait à douter de son intuition. Il avait fait le trajet jusqu'à Savannah pour confirmer ou infirmer la théorie du coéquipier et jusque-là il n'avait rien pour l'étayer.

Il concentra son attention sur l'écran et appuya sur « Play ».

La caméra sortit de la cuisine et remonta le couloir. Un arrêt devant la salle de bains : serviettes roses, rideau de douche imprimé de poissons multicolores. Il avait les mains moites et redoutait ce qui allait venir, mais il ne pouvait détacher ses yeux de l'écran. La caméra poursuivit son travelling dans le couloir, passa devant une aquarelle accrochée au mur représentant des pivoines roses. Les premiers agents arrivés sur les lieux, puis, dans leur hâte, les ambulanciers avaient laissé des traces de pas sanglantes sur le parquet — une troublante abstraction dans les tons rouges. Une porte apparut au fond, l'image tressautant à cause du mouvement.

La caméra entra dans la chambre.

Moore avait l'estomac retourné, non parce que ce qu'il voyait était plus bouleversant que ce qu'avaient montré les autres cassettes. Ce sentiment d'horreur était profondément viscéral parce qu'il connaissait la femme qui avait souffert dans cette pièce et qu'elle comptait beaucoup pour lui. Il avait examiné les photos de la chambre, mais elles ne faisaient pas une impression aussi terrible que cette vidéo. Bien que Catherine ait déjà été conduite à l'hôpital, ces images étaient des témoignages criants de l'épreuve qu'elle avait subie. Il vit les cordes de Nylon avec lesquelles elle avait eu les poignets et les chevilles attachés encore accrochées aux quatre montants du lit. Il vit les instruments chirurgicaux — un scalpel et des rétracteurs — laissés sur la table de nuit. Il vit tout cela et le choc fut si grand qu'il tangua en arrière sur sa chaise comme s'il avait reçu un coup de poing.

Quand l'objectif de la caméra se déplaça finalement vers le corps d'Andrew Capra étendu par terre, il ne ressentit quasiment rien, déjà glacé par ce qu'il avait vu quelques secondes plus tôt. La blessure abdominale de Capra avait saigné abondamment et son torse baignait dans une grande flaque rouge. La deuxième balle, dans l'œil, l'avait achevé. Il se souvint de l'intervalle de cinq minutes entre les deux coups de feu. L'image montrée par la caméra confirmait l'existence de ce délai. À en juger par la quantité de sang répandue, Capra était resté en vie et avait saigné pendant au moins cinq minutes.

Il arriva à la fin de la cassette.

Il resta un moment les yeux fixés sur l'écran vide, puis il sortit de sa paralysie et éteignit le magnétoscope. Il était vidé au point de ne pouvoir se lever. Quand il y parvint enfin, ce fut pour s'échapper de cette pièce. Il emporta la boîte contenant les photocopies des documents relatifs à l'enquête d'Atlanta.

De retour à son hôtel, il prit une douche et se fit servir un hamburger-frites dans sa chambre. Il passa une heure devant la télé pour décompresser, mais pendant tout le temps qu'il resta là à zapper, ça le démangeait d'appeler Catherine. La dernière vidéo lui avait fait comprendre exactement quelle sorte de monstre la traquait et il n'était pas tranquille.

À deux reprises, il décrocha le téléphone et le reposa. Il le prit une troisième fois et, cette fois-ci, ses doigts composèrent d'eux-mêmes le numéro qu'il connaissait si bien. À la quatrième sonnerie, il tomba sur le répondeur.

Il raccrocha sans laisser de message.

Les yeux fixés sur le téléphone, il avait honte de constater avec quelle facilité il était revenu sur sa résolution. Il s'était promis de tenir bon, il avait convenu avec Marquette de conserver ses distances avec Catherine pendant la durée de l'enquête. *Quand tout cela sera fini, j'arrangerai les choses entre nous.*

Il regarda la pile de documents « Atlanta » sur le bureau. Il était minuit, et il n'avait même pas commencé à les éplucher. Il ouvrit en soupirant le premier dossier.

L'affaire Dora Ciccone, la première victime de Capra, n'était pas d'une lecture particulièrement attrayante. Il connaissait déjà les principaux détails, résumés dans le rapport final de Singer. Mais il n'avait pas lu les rapports d'origine de la police d'Atlanta, et voilà qu'il remontait dans le temps et examinait les premières œuvres d'Andrew Capra. C'était là que tout avait commencé. À Atlanta.

Il lut le rapport initial sur le meurtre, puis passa au dossier des interrogatoires. Il lut les dépositions des voisins de Ciccone, du patron du bar local où on l'avait vue en vie pour la dernière fois, et de l'amie qui avait trouvé son corps. Il y avait aussi un dossier contenant une liste de suspects et leurs photos ; Capra n'était pas parmi eux.

Dora Ciccone était étudiante en troisième cycle à Emory. La nuit du meurtre, elle avait été vue pour la dernière fois aux alentours de minuit à La Cantina, où elle sirotait une margarita. Quarante heures plus tard, son corps, nu et attaché au lit par des cordes de Nylon, avait été découvert chez elle. On lui avait retiré l'utérus et on l'avait égorgée.

Il trouva la chronologie des événements retracée par la police. Ce n'était qu'une ébauche, à peine lisible, comme si l'inspecteur d'Atlanta l'avait rédigée à la hâte pour respecter une procédure interne. Ces pages sentaient l'échec, il le voyait dans l'écriture tombante du rédacteur. Lui-même avait connu cette sensation oppressante quand, après vingt-quatre heures, puis une semaine, un mois, on n'avait toujours pas trouvé de piste tangible. Et c'est ce que l'inspecteur d'Atlanta avait entre les mains : rien. Le meurtrier de Dora Ciccone restait un inconnu.

Il ouvrit le rapport d'autopsie.

Le massacre de Dora Ciccone n'avait été ni aussi rapide ni accompli avec autant d'habileté que les assassinats ultérieurs commis par Capra. Les bords déchiquetés de l'incision abdominale indiquaient que l'assurance nécessaire pour ouvrir le ventre proprement avait manqué à Capra. Il avait hésité, la lame était revenue en arrière, avait lacéré la peau. Après l'incision, la procédure avait dégénéré en un travail de boucher et, en extrayant l'objet de sa convoitise, il avait entaillé profondément la vessie et l'intestin. Il n'avait pas ligaturé les artères de sa première victime, qui avait abondamment saigné, et Capra avait dû opérer à l'aveuglette, ses points de repère anatomiques immergés dans un bain de sang.

Seul le coup de grâce avait été donné avec une certaine habileté : une entaille unique, bien nette, de gauche à droite, comme si, sa soif apaisée, calmé, il était redevenu maître de lui et avait pu finir le travail efficacement.

Moore mit de côté le rapport d'autopsie et son regard tomba sur les restes de son dîner, sur le plateau à côté de lui. Soudain nauséeux, il alla déposer le plateau dans le couloir, devant la porte de sa chambre. Puis il revint au secrétaire et ouvrit le dossier suivant, qui contenait les rapports du labo.

La première feuille donnait les résultats de l'examen au microscope : *Identification de sperme sur prélèvement vaginal effectué sur la victime.*

Il savait que l'analyse ADN de ce sperme confirmait que c'était celui de Capra. Il avait violé Dora Ciccone avant de l'assassiner.

Moore tourna la page et trouva une liasse de rapports du service spécialisé dans l'analyse des cheveux et fibres. La toison pubienne de la victime avait été peignée, et les poils examinés. Parmi eux se trouvait un poil brun-roux identique à ceux de Capra. Il passa rapidement sur les pages suivantes de rapports, les résultats de l'examen de divers cheveux et poils trouvés sur le lieu du crime. La plupart appartenaient à la victime. On avait également retrouvé un court poil blond sur la couverture, de provenance non humaine, comme le montra par la suite la structure complexe de la moelle. Une mention était rajoutée à la main : « La mère de la victime possède un retriever doré. Des poils semblables ont été retrouvés sur la banquette arrière de la voiture de la victime. »

Il arriva à la dernière page et s'arrêta. C'était l'analyse d'un autre cheveu, humain celui-là, mais dont la provenance n'avait jamais été déterminée. Il était sur l'oreiller. Dans n'importe quelle maison, on trouve des cheveux. L'être humain en perd des dizaines chaque jour et, selon que vous êtes maniaque ou non et la fréquence à laquelle vous passez l'aspirateur, les couvertures, les tapis, la moquette et les canapés conservent une trace du passage de chaque visiteur resté chez vous assez longtemps. Ce cheveu pouvait être celui d'un amant, d'un invité, d'un parent. Il n'appartenait pas à Andrew Capra.

Cheveu châtain clair (A01), courbure B01, longueur : 5 cm. Phase télogène. Trichorrhexis invaginata *prononcée. Origine non identifiée.*

Trichorrhexis invaginata, « cheveux bambous ».

Le Chirurgien était venu là.

Il se renversa sur sa chaise, abasourdi. Un peu plus tôt, il avait lu les rapports de labo concernant Fox, Voorhees, Torregrossa et Cordell. Chez aucune on n'avait trouvé de cheveux atteints de *Trichorrhexis invaginata.*

Mais le coéquipier de Capra était là depuis le début. Il était resté invisible, n'avait laissé derrière lui ni sperme ni ADN. Le seul témoignage de sa présence était cet unique cheveu et sa voix enfouie dans la mémoire de Catherine.

Leur association remontait au premier meurtre. À Atlanta.

20

Peter Falco était dans le sang jusqu'aux coudes. Il leva les yeux de la table d'opération quand Catherine entra dans la salle. La tension qui avait pu se créer entre eux, la gêne qu'elle avait éprouvée en sa présence furent immédiatement chassées. Tous les deux étaient dans leur rôle de professionnels qui travaillaient ensemble au plus fort de la bataille.

— Il y en a un autre qui arrive ! lança Peter. Ça fait quatre. Ils sont en train de l'extraire de la voiture avec un ouvre-boîte.

Du sang jaillit de l'incision. Il prit un clamp sur le plateau et le plongea dans le ventre ouvert.

— Je vais t'assister, dit Catherine en arrachant la bande de protection d'une blouse stérile.

— Non, je fais mon affaire de celui-ci. Kimball a besoin de toi en salle 2.

Comme pour confirmer ses dires, la sirène d'une ambulance perça le brouhaha de la salle d'opération.

— Celui-là est pour toi, dit Peter. Amuse-toi bien.

Catherine se précipita au quai de déchargement des ambulances. Le Dr Kimball et deux infirmières attendaient déjà dehors tandis que le véhicule reculait. Avant même que Kimball eût ouvert la portière de l'ambulance, ils entendaient déjà les cris du blessé.

C'était un jeune homme, les bras et les épaules couverts de tatouages. Il se débattait et jurait pendant qu'on roulait sa civière à l'extérieur. Catherine jeta un coup d'œil au drap imbibé de sang qui recouvrait ses membres inférieurs et comprit pourquoi il hurlait.

— Nous lui avons donné une tonne de morphine sur le lieu de l'accident, dit l'ambulancier en poussant le chariot dans la salle 2. Apparemment, ça ne lui a pas fait d'effet.

— Combien vous lui en avez donné ? demanda Catherine.

— Quarante, quarante-cinq milligrammes en intraveineuse. On s'est arrêtés quand sa tension a commencé à chuter.

— Faites-le glisser ! dit une infirmière. Un, deux, trois !

— Putain de bordel ! Ça fait mal !

— Je sais, mon garçon, je sais.

— Vous savez que dalle, putain de Dieu !

— Ça ira mieux dans une minute. Comment vous appelez-vous, mon petit ?

— Rick... Oh ! putain, ma jambe...

— Rick comment ?

— Roland !

— Vous avez des allergies, Rick ?

— Qu'est-ce que vous avez, bon sang, à me poser toutes ces questions ?

— Où en sont la tension et le pouls ? coupa Catherine en enfilant des gants.

— Tension : douze-six. Pouls : cent trente.

— Dix milligrammes de morphine en intraveineuse, dit Kimball.

— Donnez-m'en cent, putain !

Pendant que le reste de l'équipe s'affairait, faisait une prise de sang, mettait sous perfusion, Catherine tira le drap ensanglanté et retint son souffle quand elle vit le tourniquet attaché autour de ce qui ressemblait à peine à un membre.

— Donnez-lui-en trente, dit-elle.

La partie inférieure de la jambe droite ne tenait plus que par quelques lambeaux de peau. Le membre, presque sectionné, n'était plus qu'une masse pulpeuse rouge et le pied était tourné quasiment en arrière.

Elle toucha les orteils. Ils étaient tout froids.

— Ils ont dit que le sang giclait par l'artère, expliqua l'ambulancier. Le premier flic arrivé a placé le tourniquet.

— Il lui a sauvé la vie.

— Morphine injectée !

Catherine dirigea la lumière sur la jambe.

— Il semble que l'artère et le nerf poplités aient été sectionnés. La jambe n'est plus irriguée.

Elle regarda Kimball, tous deux comprenaient ce qu'il fallait faire.

— Amenez-le en salle d'opération, dit Catherine. Son état est assez stable pour qu'on le transporte. Ça libérera traumato 2.

— Juste à temps, fit remarquer Kimball tandis qu'une autre sirène d'ambulance approchait, et il se tourna pour sortir.

— Hé ! Hé ! fit le patient en lui empoignant le bras. C'est pas vous le docteur ? Ça me fait mal, putain ! Dites à ces garces de faire quelque chose !

Kimball lança à Catherine un sourire forcé et dit :

— Sois gentil avec elles, mon pote. Ce sont ces « garces » qui font marcher la baraque.

Catherine ne décidait jamais d'amputer à la légère. Quand un membre pouvait être sauvé, elle faisait tout son possible pour le rattacher. Mais quand elle se retrouva dans la salle d'opération une demi-heure plus tard, le scalpel à la main, et regarda ce qui restait de la jambe droite de son patient, elle sut qu'elle n'avait pas le choix. Le mollet était en bouillie, le tibia et le péroné réduits à l'état d'esquilles. À en juger par la jambe gauche, la droite avait dû être musclée et bien bronzée. La peau de son pied nu, curieusement intact malgré l'angle invraisemblable dans lequel il était tourné, était tannée par le soleil entre les marques blanches laissées par les lanières de ses sandales et il avait du sable sous les ongles des orteils. Elle n'aimait pas ce patient et n'avait apprécié ni sa façon de jurer ni les insultes qu'il leur avait lancées, à elle et aux infirmières, mais quand le scalpel pénétra dans la peau pour façonner le lambeau de peau postérieur, quand elle scia les bords acérés du tibia et du péroné fracturés, la tristesse l'envahit.

L'infirmière enleva le membre coupé de la table et l'enveloppa dans un linge. Ce pied qui avait foulé le sable chaud de la plage n'allait pas tarder à être réduit en cendres, incinéré comme les autres membres et organes sacrifiés qui s'étaient retrouvés au service des urgences ou de pathologie de l'hôpital.

Après l'opération, Catherine se sentait déprimée, vidée. Quand elle retira enfin ses gants et sa blouse et sortit de la salle, elle n'était pas d'humeur à faire bon accueil à Jane Rizzoli, qui l'attendait dehors.

— Il est minuit, inspecteur. Vous ne dormez jamais ? dit-elle en allant se laver les mains dans le lavabo pour éliminer l'odeur de talc et de caoutchouc.

— Probablement à peu près autant que vous. J'ai quelques questions à vous poser.

— Je croyais que vous ne vous occupiez plus de l'affaire.

— Je n'ai jamais cessé de le faire... quoi qu'on vous ait dit.

Catherine se sécha les mains et se retourna pour regarder Rizzoli.

— Vous ne m'aimez pas beaucoup, n'est-ce pas ?

— Que je vous aime beaucoup ou non importe peu.

— Je vous ai dit ou j'ai fait quelque chose qui vous a déplu ?

— Écoutez, vous avez fini ici pour ce soir ?

— C'est à cause de Moore, n'est-ce pas ? C'est pour ça que vous avez une dent contre moi.

Rizzoli leva la mâchoire.

— La vie privée de l'inspecteur Moore le regarde.

— Mais vous ne l'approuvez pas.

— Il ne me demande pas mon avis.

— Votre avis est assez évident pour que vous n'ayez pas à le donner.

Rizzoli la regarda sans cacher son antipathie.

— J'admirais Moore. Je croyais qu'on n'en faisait plus des comme lui. Le flic qui ne dépasse jamais les limites. Il s'est avéré qu'il n'était pas meilleur que les autres. Et je n'arrive pas à croire qu'il se soit mis à déconner à cause d'une femme.

Catherine retira son bonnet de chirurgien et le jeta à la poubelle.

— Il sait que c'était une erreur, dit-elle en se dirigeant vers le couloir.

— Depuis quand ? demanda Rizzoli en lui emboîtant le pas.

— Depuis qu'il a quitté la ville sans prévenir. J'imagine que c'était pour lui un moment d'égarement.

— C'est ce que c'était pour vous aussi, un moment d'égarement ?

Debout dans le couloir, Catherine cligna des yeux pour chasser ses larmes. *Je ne sais pas. Je ne sais que penser.*

— Il semble que vous soyez au centre de tout, docteur Cordell. Vous occupez le devant de la scène, vous êtes l'objet de l'attention de tous. Celle de Moore. Celle du Chirurgien.

Catherine se tourna vers Rizzoli avec colère.

— Vous croyez que je l'ai voulu ? Je n'ai jamais demandé à être une victime !

— Mais il n'en reste pas moins que c'est ce qui vous arrive. Il existe un lien bizarre entre le Chirurgien et vous. Au début, je ne l'ai pas vu. Je croyais qu'il assassinait les autres femmes pour satisfaire ses fantasmes de malade. Maintenant, je suis convaincue que tout tourne autour de vous. Il est un peu comme un chat qui tue des oiseaux et les rapporte à sa maîtresse pour montrer qu'il est un bon chasseur. Ces victimes étaient en quelque sorte des offrandes destinées à vous impressionner. Plus vous êtes effrayée, plus il a le sentiment de réussir. C'est pour cela qu'il a attendu que Nina Peyton soit à l'hôpital pour la tuer. Il voulait que vous soyez témoin de première main de son savoir-faire. Vous êtes son obsession. J'aimerais savoir pourquoi.

— Lui seul peut vous répondre.

— Vous n'en avez aucune idée ?

— Comment le pourrais-je ? Je ne sais même pas qui il est.

— Il était chez vous en même temps qu'Andrew Capra. Si ce que vous avez dit sous hypnose est exact.

— Andrew est le seul que j'aie vu cette nuit-là. Andrew est le seul...

Elle s'interrompit.

— Peut-être n'est-ce pas *moi* qui l'obsède réellement, inspecteur, mais Andrew. Avez-vous pensé à cela ?

Rizzoli fronça les sourcils, frappée par cette suggestion. Catherine se rendit compte qu'elle avait visé juste. Le centre de l'univers du Chirurgien n'était pas elle, mais Andrew Capra. L'homme qu'il imitait, qu'il vénérait peut-être. Le coéquipier dont Catherine l'avait privé.

Elle leva les yeux vers le tableau d'affichage digital où son nom venait d'apparaître.

« Dr Cordell demandée immédiatement au service des urgences. Dr Cordell demandée immédiatement... »

On ne me fichera donc jamais la paix ?

Elle appela l'ascenseur.

— Docteur Cordell ?

— Je n'ai pas le temps de répondre à vos questions. J'ai des patients à voir.

— Quand aurez-vous le temps ?

La porte s'ouvrit et Catherine entra dans l'ascenseur, tel le soldat fatigué rappelé au front.

— Ma nuit ne fait que commencer.

C'est grâce à leur sang que je les connais.

J'embrasse du regard les supports d'éprouvettes comme un autre se pourlèche les babines devant une boîte de chocolats en se demandant quel est le meilleur. Notre sang est unique comme nous le sommes et, à l'œil nu, je suis capable de discerner ses différentes nuances de rouge, du pourpre brillant au cerise sombre. Je suis au fait de ce qui produit cette large palette de teintes ; je sais que le rouge provient de l'hémoglobine en des états d'oxygénation divers. C'est de la chimie, rien de plus, mais, ah ! cette chimie a le pouvoir de bouleverser, d'horrifier. Nous sommes tous remués par la vue du sang.

Bien que j'en voie tous les jours, il ne manque jamais de m'enivrer.

Je parcours des yeux les éprouvettes avec avidité. Elles proviennent de toute la région de Boston, convergent ici depuis les cabinets médicaux, les cliniques et l'hôpital voisin. Nous sommes le plus gros laboratoire d'analyses de la ville. Dans n'importe quel quartier de Boston, si on vous fait une prise de sang, il y a de bonnes chances que votre sang atterrisse ici. Sur ma table.

J'entre sur l'ordinateur la première rangée d'échantillons. Sur chaque éprouvette, une étiquette indique le nom du patient, celui du médecin et la date. La liasse d'ordonnances se trouve près du support. Je les feuillette en parcourant rapidement les noms.

Je m'arrête sur celle d'une certaine Karen Sobel, vingt-cinq ans, qui habite au 7536, Clark Road, à Brookline. C'est une Blanche, célibataire. Tous ces renseignements apparaissent sur l'ordonnance, ainsi que son numéro de Sécurité sociale, le nom de son employeur et le nom de la compagnie d'assurances.

Le médecin a demandé deux analyses de sang : recherche HIV et test VDRL.

Sur la ligne réservée au diagnostic, le médecin a écrit : « Agression sexuelle ».

Je trouve l'éprouvette contenant le sang de Karen Sobel sur le support. Il est d'un rouge sombre et profond, le sang d'un animal blessé. Je le tiens dans ma main et, à mesure qu'il se réchauffe à mon contact, je la vois, je la sens, cette femme nommée Karen. Brisée et chancelante. Prête à être cueillie.

Une voix me fait alors sursauter et je lève les yeux.

Catherine Cordell vient d'entrer dans le labo.

Elle est si près de moi que je pourrais presque la toucher. Je suis stupéfait de la voir ici, surtout à cette heure tardive, juste avant l'aube. Il est rare que les médecins s'aventurent dans notre sous-sol et la voir ici maintenant me procure un frisson inattendu. C'est la vision de Perséphone descendue aux Enfers.

Je me demande ce qui l'a amenée ici. Je la vois alors tendre au technicien à la table de manipulation voisine plusieurs éprouvettes contenant un fluide couleur paille et j'entends le mot « pleurésie ». Je comprends pourquoi elle a daigné nous rendre visite. Comme beaucoup de médecins, elle préfère ne pas confier certains fluides corporels particulièrement précieux aux coursiers de l'hôpital et elle a traversé le tunnel qui relie le centre médical Pilgrim à l'immeuble du labo Interpath pour les déposer elle-même.

Je la regarde s'éloigner. Elle passe à côté de ma table. Elle a les épaules affaissées et elle flageole un peu sur ses jambes, comme si elle marchait dans de la boue. La fatigue et le néon donnent l'impression que sa peau n'est guère qu'un badigeon laiteux sur les os délicats de son visage. Elle disparaît sans savoir que je l'observais.

Je regarde l'éprouvette de Karen Sobel, que j'ai toujours à la main, et son sang me paraît soudain terne et sans vie. Une proie qui ne mérite pas d'être chassée en comparaison de celle qui vient de passer près de moi.

J'ai encore l'odeur de Catherine dans les narines.

Dans la fenêtre « Nom du médecin » de l'ordinateur, j'entre : « C. Cordell ». Toutes les analyses qu'elle a commandées depuis vingt-quatre heures apparaissent sur l'écran. Je vois qu'elle est à l'hôpital depuis dix heures du soir. Il est maintenant cinq heures et demie du matin, on est vendredi. Elle a devant elle une journée entière à l'hôpital.

Moi, j'ai terminé mon travail.

Lorsque je sors de l'immeuble, il est sept heures et le soleil du matin m'éblouit. Il fait déjà chaud. Je vais jusqu'au parking couvert du centre médical, prends l'ascenseur jusqu'au cinquième et longe la rangée de voitures jusqu'à l'emplacement n° 541, où la sienne est garée — une Mercedes jaune citron, dernier modèle, impeccable.

Je sors de ma poche le trousseau de clés que j'ai en ma possession depuis deux semaines et j'ouvre le coffre.

Je jette un coup d'œil dedans et repère la manette qui permet de l'ouvrir de l'intérieur, un système de sécurité tout à fait bienvenu qui empêche que des enfants ne soient enfermés accidentellement dans le coffre.

Une voiture monte la rampe du garage. Je ferme rapidement le coffre de la Mercedes et m'éloigne.

La guerre de Troie durait depuis dix ans. Le sang de vierge d'Iphigénie répandu sur l'autel du temple d'Aulis avait permis aux mille navires grecs de cingler vers Troie, poussés par un vent favorable, mais une victoire rapide n'attendait pas les Grecs, car sur l'Olympe, les dieux étaient divisés. Aphrodite et Arès, Apollon et Artémis étaient pour Troie ; Héra, Athéna et Poséidon, pour les Grecs. La victoire passait alternativement d'un camp à l'autre, aussi capricieuse que les vents. Les héros tuaient et se faisaient tuer. Le poète Virgile dit que la terre était parcourue de rivières de sang.

C'est finalement la ruse et non la force qui eut raison de Troie. À l'aube du dernier jour de la guerre, en se réveillant, les Troyens eurent la surprise de trouver un énorme cheval de bois abandonné devant les portes de la ville.

Quand je songe au cheval de Troie, la sottise des soldats troyens me rend perplexe. Quand ils firent rouler le monstre à l'intérieur de la cité, comment ont-ils pu ne pas se douter que l'ennemi y était caché ? Pourquoi l'ont-ils introduit à l'intérieur de leurs murs ? Pourquoi ont-ils passé la nuit à faire la fête, à se soûler pour célébrer la victoire ? Je me plais à penser que je n'aurais pas commis une telle erreur.

Peut-être était-ce le caractère imprenable de leurs murs qui les avait rendus trop sûrs d'eux. Une fois les portes closes et barricadées, comment l'ennemi pouvait-il les attaquer ? Il lui était impossible de pénétrer dans la ville.

Personne n'envisage la possibilité que l'ennemi soit à l'intérieur des murs. Qu'il soit là, à côté de sa victime.

Tout en tournant la petite cuillère dans mon café, je songe au cheval de Troie.

Je décroche le téléphone.

— Helen, service de chirurgie, répond la réceptionniste.

— Pourrais-je voir le Dr Cordell cet après-midi ? demandé-je.

— C'est urgent ?

— Pas vraiment. J'ai une grosseur dans le dos. Ça n'est pas douloureux, mais je voudrais qu'elle l'examine.

— Je peux vous proposer un rendez-vous dans deux semaines.

— Je ne peux pas la voir cet après-midi ? Après son dernier rendez-vous ?

— Je regrette, monsieur... Quel est votre nom, je vous prie ?

— Troy, M. Troy.

— Monsieur Troy. Le Dr Cordell est pris jusqu'à dix-sept heures et, ensuite, elle rentre tout de suite

chez elle. Je ne peux rien vous proposer avant deux semaines.

— Ça ne fait rien. Je vais essayer un autre médecin.

Je raccroche. Je sais maintenant qu'elle va sortir de son bureau un peu après dix-sept heures. Elle est fatiguée ; elle va certainement rentrer directement chez elle.

Il est neuf heures du matin. J'ai devant moi une journée d'attente, je brûle d'impatience.

Pendant dix ans, les Grecs ont assiégé Troie. Ils ont persévéré pendant dix ans, ils se sont lancés à l'assaut des murailles de la ville ennemie, et la fortune des armes a fluctué avec la faveur des dieux.

Je n'ai attendu ma récompense que deux ans.

Cela suffit.

21

La secrétaire du bureau des étudiants de l'école de médecine de l'université d'Emory était le sosie de Doris Day, une blonde d'un naturel enjoué qui, avec les années, s'était transformée en une bienveillante matrone méridionale. Winnie Bliss laissait en permanence une cafetière à chauffer près des casiers à courrier des étudiants et elle avait sur son bureau une coupe en cristal pleine de caramels. Moore imaginait combien un étudiant en médecine surmené devait trouver cette pièce accueillante. Winnie travaillait dans ce bureau depuis vingt ans et, comme elle n'avait pas d'enfants, elle épanchait son instinct maternel sur les étudiants qui venaient chaque jour chercher leur courrier. Elle les bourrait de petits gâteaux secs, leur donnait des tuyaux sur les appartements libres, leur prodiguait ses conseils quand ils avaient une affaire de cœur malheureuse ou de mauvaises notes aux contrôles. Et chaque année, après les examens, elle versait des larmes parce que cent dix de ses enfants la quittaient. Elle racontait tout cela à Moore avec son doux accent de Georgie en lui offrant petit gâteau sur petit gâteau et en lui versant du café. Il la croyait. Winnie Bliss n'était que douceur.

— Quand la police de Savannah m'a appelée il y a deux ans, dit-elle en s'installant avec grâce sur son siège, je leur ai dit que c'était certainement une erreur. Je voyais Andrew venir ici chaque jour prendre son courrier et c'était le garçon le plus gentil que vous pouvez imaginer. Poli, jamais un mot déplaisant. Je regarde toujours les gens dans les yeux, inspecteur Moore, pour qu'ils sachent que je les vois vraiment. Et je voyais un bon garçon dans les yeux d'Andrew.

Un témoignage de la facilité avec laquelle on se laisse abuser par le mal, pensa Moore.

— Pendant les quatre années que Capra a passées à étudier ici, vous souvenez-vous d'amis intimes qu'il aurait eus ? demanda-t-il.

— Vous voulez dire une petite amie ?

— Non, je suis plus intéressé par ses amis masculins. J'ai parlé avec son ex-propriétaire à Atlanta. Elle m'a dit qu'un jeune homme lui rendait visite de temps en temps. D'après elle, c'était aussi un étudiant en médecine.

Winnie se leva et alla à un classeur, d'où elle sortit une feuille imprimée.

— Voici la liste des élèves de première année de la classe d'Andrew. Ils étaient cent dix, à peu près la moitié de garçons.

— Avait-il des amis intimes parmi eux ?

Elle parcourut les trois pages de noms et secoua la tête.

— Je regrette. Je ne me souviens pas qu'aucun d'eux ait été particulièrement proche de lui.

— Voulez-vous dire qu'il n'avait pas d'amis ?

— Je dis seulement que je ne les connaissais pas, s'il en avait.

— Puis-je voir la liste ?

Elle la lui tendit et il la lut du début à la fin, mais, en dehors de Capra, aucun nom ne lui disait quelque chose.

— Savez-vous où vivent maintenant tous ces étudiants ?

— Oui. Je tiens à jour leur adresse pour leur envoyer le journal des élèves.

— Y en a-t-il qui habitent dans la région de Boston ?

— Laissez-moi voir.

Elle se tourna vers son ordinateur, et ses doigts aux ongles vernis de rose pianotèrent sur les touches. L'innocence de Winnie Bliss donnait l'impression qu'elle venait d'une époque où la vie était plus douce et cela faisait un drôle d'effet de la voir naviguer avec autant d'aisance au milieu des dossiers de l'ordinateur.

— Il y en a un à Newton, dans le Massachusetts. C'est près de Boston ?

— Oui, répondit Moore en se penchant en avant, son pouls soudain accéléré. Comment s'appelle-t-il ?

— C'est une fille. Latisha Green. Une fille charmante. Elle m'apportait des sacs de noix de pécan. Évidemment, c'était pas bien de sa part, car elle savait que je surveille ma ligne, mais je crois qu'elle aimait bien offrir à manger aux autres. Elle était comme ça.

— Elle était mariée ? Elle avait un petit ami ?

— Oh oui ! elle a un mari merveilleux ! Le plus grand gaillard que j'aie jamais vu ! Un mètre quatre-vingt-quinze, un superbe Noir.

— Un Noir ?

— Oui. La peau aussi belle que du cuir verni.

Moore soupira et regarda de nouveau la liste.

— Et, selon vous, il n'y a pas d'autre élève de la classe de Capra qui habite près de Boston ?

— D'après ma liste, non. Oh ! vous avez l'air déçu ! ajouta-t-elle en se tournant vers lui.

Elle avait dit cela avec une pointe de chagrin, comme si elle avait été personnellement responsable de ne pas pouvoir l'aider davantage.

— Je ne fais que de mauvaises pioches, aujourd'hui, admit-il.

— Prenez un caramel.

— Merci beaucoup, mais non.

— Vous surveillez votre poids, vous aussi ?

— Je n'aime pas beaucoup les sucreries.

— Alors, c'est que vous n'êtes pas du Sud, inspecteur.

Il ne put s'empêcher de rire. Avec ses grands yeux et sa voix douce, Winnie Bliss l'avait charmé, comme elle charmait certainement tous les étudiants, garçons ou filles, qui entraient dans son bureau. Le regard de Moore se porta vers la série de photos de groupe accrochées au mur derrière elle.

— Ce sont les classes de médecine ? demanda-t-il.

— Je tiens à ce que mon mari prenne une photo après chaque examen de fin d'année, expliqua-t-elle en se tournant vers le mur. Ce n'est pas facile de réunir tous ces étudiants. C'est comme rassembler des chats en troupeau, dit mon mari. Mais je veux absolument avoir ces photos et je les oblige à venir. Ne sont-ils pas sympathiques, tous ces jeunes gens ?

— Quelle est la classe d'Andrew Capra ?

— Je vais vous montrer l'annuaire. On y trouve tous les noms, là aussi.

Elle se leva et alla à la bibliothèque vitrée. Avec précaution, elle prit un mince volume sur une étagère et passa la main légèrement sur la jaquette, comme pour enlever la poussière.

— Voici l'année où Andrew a décroché son diplôme. Il y a des photos de tous ses camarades, et l'endroit où ils ont fait leur internat est indiqué.

Elle marqua un temps d'arrêt, puis lui tendit l'annuaire.

— C'est mon seul exemplaire. Alors, je vous en prie, ne l'emportez pas.

— Je vais m'asseoir là pour ne pas vous déranger. Vous pourrez me garder à l'œil. Ça vous va ?

— Oh ! je ne dis pas que je n'ai pas confiance en vous !

— Vous ne devriez pas, rétorqua-t-il avec un clin d'œil qui la fit rougir comme une écolière.

Il emporta le livre dans l'angle de la pièce, où une cafetière et un plat de gâteaux secs trônaient dans ce petit coin salon. Il se laissa tomber dans un fauteuil usé et ouvrit l'annuaire de l'école de médecine d'Emory. Midi arriva et des étudiants en blouse blanche au visage juvénile commencèrent à défiler pour venir chercher leur courrier. Depuis quand des gamins devenaient-ils médecins ? Il n'imaginait pas confier son corps de quadragénaire à ces jeunots. Il vit les regards curieux qu'ils lançaient dans sa direction, entendit Winnie Bliss murmurer :

— C'est un inspecteur de la Criminelle, de Boston.

Oui, ce vieux monsieur décrépit, assis dans le coin.

Moore s'enfonça dans son fauteuil et accorda toute son attention aux photos. À côté de chacune d'elles, le nom de l'étudiant, son lieu de naissance et l'internat auquel il avait été ou non accepté étaient mentionnés. Il s'arrêta à la photo de Capra. Il fixait l'appareil photo, un jeune homme souriant au regard franc, qui ne cachait rien. C'est ce que Moore trouva le plus effrayant — les prédateurs passent inaperçus parmi les proies.

À côté de la photo était indiqué l'endroit où il avait fait son internat : « Chirurgie, centre médical de Riverland, Savannah, Géorgie ».

Il se demanda quels autres étudiants de la classe de Capra avaient fait leur internat à Savannah, quels autres avaient vécu là pendant que Capra y massacrait des jeunes femmes. Il feuilleta les pages, parcourut la liste et constata que trois autres étudiants avaient été acceptés comme internes dans la région de Savannah. Deux étaient des filles, le troisième un Asiatique.

Un nouveau cul-de-sac.

Il se renversa sur son siège, découragé. L'annuaire tomba ouvert sur ses genoux et il vit la photo du doyen de l'école de médecine qui lui souriait et, dessous, son message de fin d'année : « Soigner le monde. »

Aujourd'hui, cent huit jeunes gens méritants ont prêté serment d'accomplir un long et difficile voyage. Ce serment d'Hippocrate n'est pas prêté à la légère, car il engage la vie entière...

Moore se redressa et relut la déclaration.

Aujourd'hui, cent huit jeunes gens...

Il se leva et retourna auprès de Winnie.

— Madame Bliss ?

— Oui, inspecteur ?

— Vous m'avez bien dit qu'il y avait cent dix étudiants de première année dans la classe d'Andrew ?

— Nous en recevons cent dix chaque année.

— Dans son discours, le doyen parle de cent huit diplômés. Qu'est-il arrivé aux deux autres ?

Winnie secoua la tête tristement.

— Nous ne nous sommes pas encore consolés de ce qui est arrivé à cette pauvre fille.

— Quelle fille ?

— Laura Hutchinson. Elle travaillait dans une clinique en Haïti. L'un de nos stages facultatifs. Les routes là-bas sont, paraît-il, très mauvaises. Le camion est tombé dans un fossé et s'est retourné sur elle.

— C'était donc un accident.

— Elle était à l'arrière du camion. Ils n'ont réussi à la tirer de là-dessous qu'après une dizaine d'heures.

— Et l'autre étudiant ? Il y en a un autre qui n'a pas obtenu son diplôme.

Le regard de Winnie tomba sur son bureau et il vit qu'elle n'avait pas envie d'en parler.

— Madame Bliss ?

— Ça arrive de temps en temps, dit-elle. Un étudiant qui abandonne ses études. Nous essayons de les aider à suivre, mais, vous savez, certains ont des problèmes.

— Et cet étudiant... comment s'appelle-t-il ?

— Warren Hoyt.

— Il a abandonné ?

— Oui, on peut dire ça.

— Il avait du mal à suivre ?

— Eh bien...

Elle regarda autour d'elle comme pour chercher de l'aide et n'en trouva pas.

— Peut-être feriez-vous mieux d'en parler avec l'un de ses professeurs, le Dr Kahn. Il pourra répondre à vos questions.

— Vous ne connaissez pas la réponse ?

— C'est quelque chose... d'ordre privé. Le Dr Kahn vous le dira mieux que moi.

Moore jeta un coup d'œil à sa montre. Il avait pensé prendre l'avion pour rentrer à Savannah le soir même, mais ça semblait mal parti.

— Où puis-je trouver le Dr Kahn ?

— Au laboratoire d'anatomie.

Ça sentait déjà le formol dans le couloir. Moore s'arrêta devant la porte marquée « Anatomie » et rassembla son courage avant d'entrer. Il pensait être préparé, mais quand il franchit la porte, il resta un moment sous le choc. Des cadavres à des stades plus ou moins avancés de la dissection étaient étendus sur vingt-huit tables réparties en quatre rangées sur toute la longueur de la pièce. Contrairement à ceux qu'il avait l'habitude de voir dans le labo du médecin légiste, ces corps semblaient artificiels, la peau dure comme du vinyle, les vaisseaux sanguins à nu colorés en rouge ou bleu vif. Ce jour-là, les élèves étudiaient la tête et séparaient patiemment les muscles du visage. Ils étaient quatre par cadavre et, dans un brouhaha, se faisaient la lecture de passages de manuels, échangeaient des questions, se donnaient des conseils. Si l'objet de leur étude n'avait été aussi macabre, on aurait pu les prendre pour des ouvriers peinant sur des mécaniques.

Une jeune fille leva un regard curieux vers Moore, l'inconnu en complet-veston égaré dans cette salle.

— Vous cherchez quelqu'un ? demanda-t-elle, le scalpel levé, prête à disséquer une joue.

— Le Dr Kahn.

— Il est de l'autre côté de la pièce. Ce grand type à barbe blanche, vous voyez ?

— Oui, merci.

Il poursuivit son chemin entre les rangées de tables d'acier, son regard inexorablement attiré par chaque cadavre devant lequel il passait. Une femme aux membres décharnés, pareils à des bâtons. Un Noir dont la peau écorchée laissait voir les muscles épais de la cuisse. Au bout de la rangée, un groupe d'étudiants écoutaient attentivement un sosie du Père Noël, qui leur montrait du doigt les fibres délicates du nerf facial.

— Docteur Kahn ? dit Moore.

Kahn leva la tête et toute ressemblance avec le Père Noël s'évanouit. Il avait les yeux sombres, le regard intense, sans la moindre trace d'humour.

— Oui ?

— Inspecteur Moore. C'est Mme Bliss, du bureau des étudiants, qui m'envoie à vous.

Kahn se redressa et Moore se retrouva soudain les yeux levés vers une véritable montagne. Le scalpel semblait d'une fragilité saugrenue dans sa main. Il le posa et ôta ses gants. Quand il se retourna pour se laver les mains dans le lavabo, Moore vit qu'il avait attaché ses cheveux blancs en queue-de-cheval.

— Alors, de quoi s'agit-il ? demanda-t-il en tendant la main pour prendre une serviette en papier.

— J'ai quelques questions à vous poser à propos d'un étudiant de première année que vous avez eu ici il y a sept ans. Warren Hoyt.

Kahn avait le dos tourné, mais Moore vit son bras massif s'immobiliser, encore ruisselant, au-dessus de l'évier. Puis Kahn tira la serviette d'un coup sec et se sécha les mains en silence.

— Vous vous souvenez de lui ? demanda Moore.

— Oui.

— Vous vous en souvenez bien ?

— Ce n'était pas un étudiant qu'on oublie facilement.

— Vous voulez bien m'en dire davantage ?

— Pas vraiment.

— Il s'agit d'une enquête criminelle, docteur Kahn.

Plusieurs étudiants le regardaient maintenant. Le mot « criminelle » avait attiré leur attention.

— Allons dans mon bureau.

Moore le suivit dans la pièce voisine. On y voyait le laboratoire et les vingt-huit tables de dissection par la cloison vitrée. Une assemblée de cadavres.

Kahn ferma la porte et se retourna vers lui.

— Pourquoi voulez-vous me poser des questions sur Warren ? Qu'a-t-il fait ?

— Rien à notre connaissance. Je veux seulement savoir quelles étaient ses relations avec Andrew Capra.

— Andrew Capra ?

Kahn poussa un grognement.

— Notre étudiant le plus célèbre ! Voilà une chose pour laquelle une école de médecine aime à être connue. Apprendre à des psychopathes comment couper les gens en morceaux.

— Vous pensez que Capra était fou ?

— Je ne suis pas certain qu'un terme de psychiatrie s'applique à des hommes comme Capra.

— Quelle impression vous donnait-il ?

— Il n'avait rien d'extraordinaire. Il me faisait l'effet d'être parfaitement normal.

Une description qui faisait de plus en plus froid dans le dos à Moore chaque fois qu'il l'entendait.

— Et Warren Hoyt ?

— Pourquoi m'interrogez-vous sur Warren ?

— J'ai besoin de savoir si Capra et lui étaient amis.

Kahn réfléchit un moment.

— Je l'ignore. Je ne sais pas ce qui se passe en dehors du labo. Je ne vois que ce qui se passe dans cette salle. Des étudiants qui s'évertuent à engranger une énorme quantité d'informations dans leur cerveau surmené. Tous ne sont pas capables de supporter cette tension.

— C'est ce qui est arrivé à Warren ? C'est pour cela qu'il a abandonné ses études de médecine ?

Kahn se tourna vers la cloison vitrée et regarda le labo d'anatomie.

— Vous êtes-vous déjà demandé d'où venaient ces cadavres ? dit-il.

— Pardon ?

— Comment les écoles de médecine se les procurent ? Comment ils arrivent sur ces tables de dissection ?

— Je suppose que ce sont des gens qui lèguent leur corps à la science.

— Exactement. Chacun de ces cadavres est celui d'un être humain qui a pris une décision extrêmement généreuse. Ils nous ont légué leur corps. Au lieu de passer l'éternité dans un cercueil en bois de rose, ils choisissent de rendre utile leur dépouille mortelle. Ils permettent aux futures générations de médecins de se former. Cela ne peut se faire sans cadavres. Les étudiants ont besoin d'observer, en trois dimensions, toutes les variations du corps humain. Il leur faut explorer, avec un scalpel, les branches de la carotide, les muscles faciaux. On peut certes apprendre quelque chose sur un ordinateur, mais ce n'est pas pareil que d'inciser, faire sortir un nerf délicat. Pour cela, vous avez besoin d'un corps humain. Vous avez besoin de gens assez généreux pour livrer la partie la plus personnelle d'eux-mêmes : leur corps. Je considère que chacun de ces cadavres a été un être extraordinaire. Je les traite comme tels et j'attends de mes étudiants qu'ils leur fassent le même honneur. Ils doivent traiter les corps et toutes leurs parties avec respect. Lorsque la dissection est terminée, les restes sont incinérés et inhumés dignement.

Il se tourna pour regarder Moore.

— C'est comme cela dans mon labo.

— Quel rapport cela a-t-il avec Warren Hoyt ?

— Un rapport très étroit.

— Avec la raison de son départ ?

— Oui, répondit Kahn en se retournant vers la vitre.

Le regard posé sur le large dos du professeur, Moore attendait qu'il trouve les mots justes.

— La dissection demande beaucoup de temps. Certains étudiants n'arrivent pas à terminer le travail que je leur ai assigné pendant les heures de cours. Certains ont besoin de davantage de temps pour revoir des points d'anatomie compliqués. Je leur permets donc de venir ici à n'importe quelle heure. Ils ont tous une clé de l'immeuble et ils peuvent venir travailler ici en pleine nuit s'ils le veulent. Il y en a qui le font.

— Comme Warren ?

Un silence.

— Oui.

La nuque de Moore, pris d'un horrible soupçon, commençait à le chatouiller.

Kahn alla jusqu'au meuble où étaient classés les dossiers, ouvrit un tiroir et se mit à fouiller dedans.

— C'était un dimanche. J'avais passé le weekend à la campagne et je devais rentrer le soir même pour préparer un spécimen pour le cours du lundi. Vous savez, beaucoup de ces gamins sont des disséqueurs maladroits et réduisent leurs spécimens en hachis. J'essaie donc d'avoir une bonne dissection à leur montrer, pour qu'ils voient bien l'anatomie qu'ils risquent d'avoir endommagée sur leurs cadavres. Nous étions en train de travailler sur les organes de la reproduction et ils avaient déjà commencé à les disséquer. Je me souviens qu'il était tard quand j'arrivai au campus, un peu après minuit. Les fenêtres du labo étaient éclairées et je pensai que ce devait être un étudiant acharné au travail, qui voulait prendre une longueur d'avance sur ses camarades. J'entrai dans l'immeuble, remontai le couloir et ouvris la porte.

— C'était Warren Hoyt, hasarda Moore.

— Oui.

Kahn trouva le dossier qu'il cherchait, le sortit du tiroir et se tourna vers Moore.

— Quand j'ai vu ce qu'il faisait, je... je suis sorti de mes gonds. Je l'ai empoigné par la chemise et je l'ai poussé contre le lavabo. Je n'y suis pas allé de main morte, je le reconnais, mais j'étais si furieux que je n'ai pas pu m'en empêcher. Rien que d'y penser, ça me fout encore en rogne.

Il expira un bon coup, mais même maintenant, après sept ans, il n'arrivait pas à se calmer.

— Après... après que j'eus fini de lui crier dessus, je l'ai tiré ici, dans mon bureau. Je l'ai fait asseoir et lui ai demandé de signer une déclaration dans laquelle il s'engageait à quitter l'école le lendemain matin à huit heures. Je ne l'obligeais pas à donner la raison de son départ, mais il devait s'en aller, sinon je faisais un rapport sur ce que j'avais vu dans le labo. Il a accepté, naturellement. Il n'avait pas le choix. Mais tout cela n'avait pas l'air de le troubler outre mesure. C'est ce que je trouvais le plus curieux chez lui : rien ne le troublait. Il prenait tout avec calme, rationnellement. C'était Warren, ça. Très rationnel. Jamais contrarié par quoi que ce soit. Il était presque... comme une mécanique.

— Et qu'est-ce que vous avez vu ? Que faisait-il dans le labo ? demanda Moore.

Kahn lui tendit le dossier.

— C'est écrit là-dedans, dit-il. Je l'ai gardé depuis dans le dossier, au cas où Warren intenterait une action en justice. Vous savez, les étudiants peuvent vous faire un procès pour n'importe quoi, de nos jours. S'il avait essayé de se faire réinscrire à l'école, je voulais avoir une riposte toute prête.

Moore prit le dossier. L'étiquette disait simplement : « Hoyt, Warren ». Il contenait trois pages tapées à la machine.

— Warren travaillait sur un cadavre de femme. Lui et ses coéquipiers du labo avaient commencé la dissection pelvienne et mis à nu la vessie et l'utérus. Les organes n'avaient pas été enlevés, seulement découverts. Ce soir-là, Warren était venu achever le travail. Mais ce qui aurait dû être une dissection soigneuse était devenu une mutilation. Comme si, après avoir mis la main sur le scalpel, il avait déraillé. Il ne s'était pas contenté de mettre à nu les organes, il les avait excisés. Il avait commencé par la vessie et l'avait laissée entre les jambes du cadavre. Puis il avait retiré l'utérus. Il l'avait fait sans gants, comme s'il avait voulu *sentir* le contact des organes sur sa peau. Et c'est ainsi que je l'ai trouvé. D'une main, il tenait l'organe dégoulinant de sang, et de l'autre...

Il ne put aller plus loin, écœuré.

Ce que Kahn n'avait pu se résoudre à dire était écrit sur la page que lut Moore, qui termina la phrase à sa place.

— Il se masturbait.

Kahn alla au bureau et se laissa tomber dans le fauteuil.

— C'est pour cela que je n'ai pas pu le laisser passer son diplôme. Quel médecin il aurait fait ? S'il avait fait cela sur un cadavre, de quoi n'aurait-il pas été capable avec une patiente ?

Je sais de quoi il est capable. J'ai vu son œuvre de mes propres yeux.

Moore tourna la page et lut le paragraphe final de Kahn.

M. Hoyt convient de quitter volontairement l'école à huit heures précises demain matin. En retour, je ne divulguerai pas cet incident. En raison des dommages subis par le cadavre, ses camarades de la table 19 seront répartis dans d'autres équipes pour cette étape de la dissection.

Ses camarades de la table 19.

Moore regarda Kahn.

— Combien étaient-ils à la table de Warren ? demanda-t-il.

— Ils étaient quatre.

— Qui étaient les trois autres ?

Kahn fronça les sourcils.

— Je ne m'en souviens pas. C'était il y a sept ans.

— Vous ne gardez pas trace de la répartition en équipes ?

— Non... Mais je me souviens d'une de ses coéquipières.

Il pivota sur son fauteuil pour se tourner vers l'ordinateur et rappela à l'écran ses listes d'étudiants. Celle de la classe de première année de Warren Hoyt apparut. Il lui fallut un moment pour la passer en revue, puis il dit :

— La voilà. Emily Johnstone. Je me souviens d'elle.

— Pourquoi ?

— Bon, d'abord parce que c'était une jolie fille. Un sosie de Meg Ryan. Ensuite parce que, lorsque Warren est parti, elle a voulu connaître la raison de son départ. Elle est venue me demander si cela avait à voir avec les femmes. Il semble que Warren l'ait suivie à travers le campus et qu'elle ait eu les chocottes. Inutile de dire qu'elle fut soulagée quand il quitta l'école.

— Vous croyez qu'elle se souviendrait de ses deux autres coéquipiers du labo ?

— C'est possible.

Kahn décrocha le téléphone et appela le bureau des étudiants.

— Allô, Winnie ? Avez-vous un numéro auquel on puisse joindre Emily Johnstone ?

Il prit un stylo, griffonna le numéro et raccrocha.

— Elle vient d'ouvrir un cabinet à Houston, dit-il en composant le numéro. Il est onze heures du matin, heure locale, et elle devrait donc être... Allô, Emily ?... C'est une voix du passé. Le Dr Kahn, d'Emory... Oui, du labo d'anatomie. De l'histoire ancienne, hein ?

Moore se pencha en avant et son pouls s'accéléra.

Quand Kahn raccrocha et le regarda, il lut la réponse dans ses yeux.

— Elle se souvient de ses deux autres coéquipiers, dit-il. Il y avait une certaine Barb Lippman. Et l'autre était...

— Capra ?

Kahn hocha la tête.

— Le quatrième était Capra.

[illegible]

22

Catherine s'arrêta dans l'embrasure de la porte du bureau de Peter. Il était en train d'écrire et ne l'avait pas vue. Elle n'avait jamais vraiment pris le temps de l'observer auparavant et un léger sourire apparut sur ses lèvres. Il était absorbé par ce qu'il faisait, l'image même du médecin consciencieux, si ce n'était la petite note fantaisiste : l'avion en papier par terre. Peter et ses machines volantes.

Elle frappa sur l'encadrement de la porte. Il leva les yeux par-dessus ses lunettes, surpris de la voir là.

— Puis-je te parler ? demanda-t-elle.

— Bien sûr. Entre.

Elle s'assit dans le fauteuil face au bureau. Il ne dit rien et attendit patiemment qu'elle parle. Elle avait l'impression qu'elle pouvait prendre tout le temps qu'elle voulait, qu'il resterait comme ça à attendre son bon vouloir.

— Il y a eu... des tensions entre nous, dit-elle finalement.

Il hocha la tête.

— Je sais que ça te contrarie autant que moi. Et ça me contrarie beaucoup. Parce que je t'aime beaucoup, Peter. Ça ne se voit peut-être pas, mais c'est vrai.

Elle respira un bon coup, s'évertuant à trouver les mots justes.

— S'il y a des problèmes entre nous, ils n'ont rien à voir avec toi. Tout vient de moi. Il se passe tant de choses dans ma vie en ce moment... Ça n'est pas facile à expliquer.

— Tu n'as pas à le faire.

— J'ai l'impression que tout fiche le camp entre nous. Pas seulement nos rapports professionnels, mais aussi notre amitié. C'est drôle, je ne m'étais jamais aperçue combien elle était forte, à quel point elle comptait pour moi jusqu'à ce qu'elle commence à se défaire.

Elle se leva.

— En tout cas, j'en suis désolée. C'est ce que j'étais venue te dire.

Elle se dirigea vers la porte.

— Catherine, dit-il. Je suis au courant de ce qui s'est passé à Savannah.

Elle se tourna vers lui. Le regard de Peter était parfaitement franc.

— L'inspecteur Crowe me l'a dit.

— Quand ça ?

— Il y a quelques jours, quand j'ai parlé avec lui de l'intrusion dans ton bureau. Il croyait que j'étais déjà au courant.

— Tu ne m'en as rien dit.

— Ce n'était pas à moi d'aborder le sujet. J'attendais que tu sois prête à le faire. Je savais qu'il te fallait du temps et j'étais disposé à attendre aussi longtemps qu'il était nécessaire pour que tu me fasses confiance.

Elle souffla un bon coup.

— Bien. Alors tu connais ce qu'il y a de pire en moi.

— Non, Catherine, dit-il en se levant pour lui faire face. Je connais ce qu'il y a de meilleur ! Je sais combien tu es forte, combien tu es courageuse. Jusque-là, je n'avais pas idée de ce que tu devais affronter. Tu aurais pu m'en parler. Tu aurais pu me faire confiance.

— Je croyais que cela changerait tout entre nous.

— Comment en aurait-il été ainsi ?

— Je ne veux pas que tu te désoles pour moi. Je ne veux en aucun cas être prise en pitié.

— Pourquoi de la pitié ? Pour avoir contre-attaqué ? Parce que tu t'en es sortie vivante alors que tu avais une chance sur cent d'y arriver ? Pourquoi diable devrais-je avoir pitié de toi ?

Elle cligna des yeux pour chasser ses larmes.

— D'autres le feraient.

— C'est qu'ils te connaissent mal.

Il fit le tour du bureau et s'approcha d'elle.

— Tu te souviens du jour où nous nous sommes rencontrés ? lui demanda-t-il.

— Lorsque je suis venue pour l'entretien ?

— Tu te rappelles quoi ?

Elle secoua la tête, perplexe.

— Nous avons parlé de la pratique médicale. De la façon dont je pouvais convenir pour ce travail.

— Tu ne te souviens donc que d'un rendez-vous professionnel ?

— C'est ce que c'était.

— C'est drôle. Je le vois très différemment. Je me souviens à peine des questions que je t'ai posées et de celles que tu m'as posées. Ce dont je me souviens, c'est d'avoir levé les yeux de mon bureau et de t'avoir vue entrer. J'étais sous le choc. Je ne trouvais rien à dire qui ne m'apparût stupide ou tout simplement ordinaire, d'une banalité affligeante. Je ne voulais pas être ordinaire, pas avec toi. Je pensais : voilà une femme qui a tout, l'intelligence, la beauté. Et je l'ai en face de moi.

— Oh ! tu te trompais ! Je n'avais pas tout cela, dit-elle en ravalant ses larmes. Je ne l'ai jamais eu. C'est tout juste si j'arrive à m'en sortir.

Sans un mot, il la prit dans ses bras. Il fit cela naturellement, sans la gaucherie d'une première étreinte. Un ami en réconfortant un autre.

— Dis-moi ce que je peux faire pour t'être agréable, dit-il. Ce que tu voudras.

Elle soupira.

— Je suis si fatiguée, Peter. Est-ce que tu peux seulement m'accompagner jusqu'à ma voiture ?

— C'est tout ?

— C'est ce dont j'ai réellement besoin maintenant. Quelqu'un en qui j'ai confiance qui aille avec moi jusqu'au garage.

Il se recula et lui sourit.

— Alors, je suis ton homme.

Le cinquième étage du parking de l'hôpital était désert et le béton renvoyait l'écho de leurs pas comme le bruit de fantômes traînant dans leur sillage. Si elle avait été seule, elle n'aurait cessé de regarder par-dessus son épaule pendant tout le chemin. Mais Peter était à son côté et elle n'avait pas peur. Il l'accompagna jusqu'à sa Mercedes et attendit qu'elle s'installe au volant. Puis il ferma la portière et lui montra le bouton de verrouillage.

Elle hocha la tête, appuya dessus et entendit le clic rassurant des portières qui se verrouillaient.

— Je te téléphonerai plus tard, dit-il.

En s'éloignant, elle le vit dans le rétroviseur qui lui faisait au revoir de la main. Puis elle s'engagea dans la rampe et il disparut à sa vue.

Sur le chemin de Back Bay, elle se prit à sourire, songeant à ce que lui avait dit Moore.

— *Certains hommes méritent qu'on leur fasse confiance.*

— *Oui, mais je ne sais jamais lesquels.*

— *On ne le sait que lorsque les choses se gâtent. C'est celui qui reste à vos côtés.*

Ami ou amant, Peter appartenait certes à cette catégorie.

Dans Commonwealth Avenue, elle ralentit, tourna dans l'allée de son immeuble et appuya sur la commande à distance de la porte du garage. Elle s'ouvrit dans un grondement et Catherine passa. Dans le rétroviseur, elle la regarda se refermer derrière elle. Alors seulement elle se gara à sa place. La prudence était devenue pour elle une seconde nature et il y avait de petites précautions qu'elle prenait rituellement. Elle jeta un coup d'œil dans l'ascenseur avant d'y entrer et, arrivée à l'étage, balaya le couloir du regard avant d'en sortir. Dès qu'elle fut dans son appartement, elle ferma tous les verrous. La forteresse était bouclée. Alors seulement, elle se libéra de son reste de tension.

À sa fenêtre, elle but un thé glacé en savourant la fraîcheur de son appartement et en regardant les gens qui marchaient dans la rue, le front en sueur. Elle n'avait dormi que trois heures en un jour et demi. J'ai bien gagné ce moment de détente, pensa-t-elle en appuyant le verre glacé contre sa joue. J'ai bien gagné de me coucher tôt et un week-end à ne rien faire. Elle ne penserait pas à Moore pour ne pas souffrir. Pas encore.

Elle vida son verre et venait de le poser sur le plan de travail de la cuisine quand son bip sonna. Un appel de l'hôpital... c'était bien la dernière chose dont elle avait envie. Elle ne put dissimuler son irritation quand elle appela l'opératrice de Pilgrim.

— C'est le Dr Cordell. Vous venez de m'appeler, mais je ne suis pas de garde ce soir. En fait, je vais éteindre mon bip immédiatement.

— Je suis désolée de vous déranger, docteur Cordell, mais il y a eu un appel du fils de Herman Gwadowski. Il insiste pour vous rencontrer cet après-midi.

— Impossible, je suis déjà chez moi.

— Oui, je lui ai dit que vous preniez votre week-end. Il m'a répondu que c'était son dernier jour en ville et qu'il voulait vous voir avant d'appeler son avocat.

Un avocat ?

Catherine s'appuya contre le plan de travail. Elle n'avait pas la force d'affronter ça. Pas maintenant. Alors qu'elle était fatiguée au point de ne plus pouvoir mettre deux idées bout à bout.

— Docteur Cordell ?

— M. Gwadowski a-t-il précisé à quelle heure il voulait me rencontrer ?

— Il a dit qu'il vous attendrait à la cafétéria de l'hôpital jusqu'à six heures.

— Merci.

Catherine raccrocha et regarda d'un air hébété le carrelage blanc de la cuisine. Comme elle veillait à ce qu'il brille ! Mais elle avait beau garder son intérieur impeccable, elle avait beau s'organiser le mieux possible, elle ne pouvait prévoir les réactions de tous les Ivan Gwadowski de la Terre.

Elle prit son sac et ses clés de voiture, et quitta une fois de plus sa tour d'ivoire.

Dans l'ascenseur, elle jeta un coup d'œil à sa montre et fut alarmée de constater qu'il était déjà six heures moins le quart. Elle n'arriverait pas à temps à l'hôpital et M. Gwadowski allait croire qu'elle lui avait fait faux bond.

Dès qu'elle fut au volant de la Mercedes, elle décrocha son téléphone de voiture et appela l'hôpital.

— C'est encore le Dr Cordell. J'ai besoin de joindre M. Gwadowski pour lui dire que je serai en retard. Savez-vous de quel poste il m'a appelée ?

— Laissez-moi vérifier le registre des appels... Ah ! voilà ! Ce n'était pas un poste de l'hôpital.

— Un portable, alors ?

Il y eut un silence.

— C'est bizarre.

— Quoi donc ?

— Il a appelé du numéro d'où vous téléphonez maintenant.

Catherine se figea, le dos parcouru d'un frisson.

— Docteur Cordell ?

C'est alors qu'elle le vit se dresser comme un cobra dans le rétroviseur. Elle voulut crier et le chloroforme lui brûla la gorge.

Le combiné tomba de sa main.

Jerry Sleeper attendait Moore le long du trottoir devant la zone de livraison des bagages de l'aéroport. Moore jeta son sac sur la banquette arrière, monta dans la voiture et claqua la portière.

— Vous l'avez retrouvée ? fut sa première question.

— Pas encore, répondit Sleeper en démarrant. Sa Mercedes a complètement disparu et il n'y a aucun signe de désordre dans son appartement. Quoi qu'il ait pu arriver, ça s'est passé vite et dans sa voiture ou à côté. Peter Falco a été le dernier à la voir, vers cinq heures un quart dans le garage de l'hôpital. À peu près une demi-heure plus tard, l'opératrice de Pilgrim a appelé Cordell sur son bip et lui a parlé au téléphone. Cordell l'a rappelée de sa voiture et la conversation a été brusquement interrompue. L'opératrice affirme que c'est le fils de Herman Gwadowski qui a téléphoné au départ.

— Vous en avez eu confirmation ?

— Ivan Gwadowski a pris un avion pour la Californie à midi. Ce n'est pas lui qui a appelé.

Ils n'avaient pas besoin de préciser qui avait appelé. Ils le savaient tous les deux. En proie à une grande agitation, Moore gardait les yeux fixés sur la file de feux arrière, pareille à une rangée serrée de perles rouges dans la nuit.

Il l'a depuis six heures du soir. Que lui a-t-il fait en quatre heures ? pensait Moore.

— Je voudrais voir où habite Warren Hoyt, dit-il.

— Nous y allons. Nous savons qu'il a quitté son service au labo Interpath vers sept heures ce matin. À dix heures, il a appelé son chef de service pour lui dire qu'il avait un problème de famille et serait absent pendant au moins une semaine. Personne ne l'a vu depuis. Ni chez lui ni au labo.

— Et ce problème de famille ?

— Il n'a pas de famille. Sa seule tante est morte en février.

La file de lumières arrière se brouilla en une longue traînée rouge. Moore cligna des yeux et détourna le regard pour que Sleeper ne voie pas ses larmes.

Warren Hoyt habitait dans le North End, un labyrinthe pittoresque de rues étroites et de maisons en brique qui constituait le plus vieux quartier de Boston. C'était considéré comme une zone sûre, grâce à l'œil attentif de la population italienne, qui était à la tête de nombreux commerces. Là, dans une rue où déambulaient sans crainte touristes et riverains, vivait un monstre.

L'appartement de Hoyt était au troisième étage d'un immeuble sans ascenseur. L'équipe avait passé les lieux au peigne fin quelques heures plus tôt pour tenter de découvrir des indices. Quand Moore entra dans l'appartement et vit le maigre mobilier, les étagères presque vides, il eut l'impression de se trouver dans une pièce déjà dépouillée de son âme. L'impression qu'il ne restait rien de la personnalité de Warren Hoyt.

Le Dr Zucker sortit de la chambre et dit à Moore :

— Il y a quelque chose qui ne va pas ici.

— Hoyt est notre assassin, oui ou non ?

— Je ne sais pas.

— Qu'avez-vous trouvé ? demanda Moore à Crowe, qui les avait accueillis à la porte.

— On a un bon point sur la taille des pompes. Quarante-trois, ce qui correspond aux empreintes trouvées chez Ortiz. Nous avons recueilli plusieurs cheveux sur l'oreiller — courts, châtain clair. Ça semble correspondre aussi. En plus, on a trouvé un long cheveu noir par terre, dans la salle de bains.

Moore fronça les sourcils.

— Il y avait une femme ici ?

— Peut-être une amie.

— Ou une autre victime dont nous ne savons encore rien, dit Zucker.

— J'ai parlé à la proprio, qui habite au-dessous, reprit Crowe. Elle a vu Hoyt pour la dernière fois ce matin, à son retour du travail. Elle n'a aucune idée de l'endroit où il peut être. Je parie que vous devinerez ce qu'elle dit de lui : bon locataire, un gars tranquille, sans histoire.

Moore regarda Zucker.

— Qu'est-ce que vous vouliez dire par « il y a quelque chose qui ne va pas ici » ?

— On n'a pas trouvé l'attirail habituel. Pas d'instruments chirurgicaux. Ni ici ni dans sa voiture, qui est garée en bas. On a l'impression que cet appartement est à peine habité, dit Zucker en montrant le living presque vide. Il n'y a presque rien dans le réfrigérateur et seulement un savon, une brosse à dents et un rasoir dans la salle de bains. On dirait une chambre d'hôtel. Un endroit pour dormir et c'est tout. Ce n'est pas ici qu'il satisfait ses fantasmes.

— Il vit là, dit Crowe. Son courrier arrive ici. Ses vêtements sont ici.

— Mais il manque le plus important, rétorqua Zucker. Ses trophées. Il n'y en a aucun.

Une sensation de terreur envahit Moore. Zucker avait raison. Le Chirurgien avait arraché un trophée au corps de chacune de ses victimes et il devait les garder près de lui pour se rappeler ses victoires. Pour le calmer entre deux meurtres.

— Nous n'avons pas l'ensemble du tableau sous les yeux, dit Zucker en se tournant vers Moore. J'ai besoin de voir où travaille Warren Hoyt, de voir le labo.

Barry Frost s'assit devant l'ordinateur et tapa un nom de patiente sur le clavier : *Nina Peyton.* Une nouvelle page apparut sur l'écran, pleine d'informations.

— Ce terminal est son lieu de pêche, dit Frost. C'est là qu'il trouve ses victimes.

Moore fixait l'écran, saisi par ce qu'il avait sous les yeux. Partout dans le labo, des machines ronronnaient, des téléphones sonnaient et des biologistes analysaient des rangées entières d'éprouvettes. Ici, dans cet univers aseptisé, tout inox et blouses blanches, un univers consacré à la science médicale, le Chirurgien avait tranquillement traqué ses proies. Sur son ordinateur, il pouvait rappeler à l'écran le nom de toutes les femmes dont le sang ou les fluides corporels avaient été analysés par le laboratoire.

— C'est le premier labo d'analyses de la ville, expliqua Frost. Si on vous fait une prise de sang dans un cabinet médical ou une clinique de Boston, le prélèvement arrivera sûrement ici.

Entre les mains de Warren Hoyt.

— Il avait l'adresse de son domicile, fit Moore en parcourant les renseignements concernant Nina Peyton. Le nom de son employeur. Son âge et sa situation familiale...

— Et son diagnostic, coupa Zucker en montrant deux mots sur l'écran : *agression sexuelle.* C'est exactement ce que cherche le Chirurgien. C'est ce qui l'excite. Des femmes émotionnellement meurtries. Des femmes marquées par des violences sexuelles.

Moore perçut une note d'exaltation dans la voix de Zucker. C'était le jeu qui le fascinait, le combat entre deux intelligences. Il pouvait enfin voir les mouvements de son adversaire, apprécier son habileté.

— Il était là, reprit Zucker, à manipuler leur sang. Il connaissait leurs secrets les plus humiliants.

Il se redressa et jeta un coup d'œil circulaire dans le laboratoire, comme s'il le voyait pour la première fois.

— Avez-vous déjà réfléchi à tout ce qu'un labo connaît sur vous ? Toutes les informations personnelles que vous donnez quand vous tendez le bras pour une prise de sang ? Votre sang révèle vos secrets les plus intimes. Êtes-vous en train de mourir de leucémie ou du sida ? Avez-vous fumé une cigarette ou bu un verre de vin au cours des dernières heures ? Prenez-vous du Prozac parce que vous êtes déprimé ou du Viagra parce que vous avez du mal à bander ? Il avait entre les mains l'*essence* même de ces femmes. Il pouvait étudier leur sang, le toucher, le humer. Et elles ne le savaient pas. Elles ignoraient qu'un inconnu était en train de caresser une partie d'elles-mêmes.

— Ses victimes ne le connaissaient pas, ne le rencontraient jamais, dit Moore.

— Mais le Chirurgien *les* connaissait. De la façon la plus intime, poursuivit Zucker, les yeux brillants. Le Chirurgien ne chasse pas comme les autres tueurs en série que nous avons rencontrés. Il est unique. Il reste caché et choisit ses proies sans les voir.

Il regarda avec étonnement un support d'éprouvettes sur la paillasse.

— Ce labo est son terrain de chasse. C'est comme ça qu'il les trouve. Grâce à leur sang. Grâce aux maux qui les affligent.

Quand Moore sortit du centre médical, l'air de la nuit semblait plus frais, plus vif qu'il ne l'avait été depuis des semaines. Moins de fenêtres allaient être laissées ouvertes dans Boston, moins de femmes seraient vulnérables dans leur chambre.

Mais cette nuit, le Chirurgien ne se mettra pas en chasse. Ce soir, il va jouir de sa dernière prise.

Il s'arrêta près de sa voiture et resta là, soudain paralysé par le désespoir. En cet instant, peut-être Warren Hoyt était-il en train de prendre son scalpel. En cet instant...

Il entendit un bruit de pas. Il trouva la force de lever la tête, de regarder l'homme qui était à quelques mètres de lui, dans l'ombre.

— Il l'a enlevée, n'est-ce pas ? dit Peter Falco.

Moore hocha la tête.

— Oh ! mon Dieu !

Falco, angoissé, leva les yeux vers le ciel.

— Je l'ai accompagnée jusqu'à sa voiture. Elle était là, *à côté de moi,* et je l'ai laissée rentrer chez elle. Je l'ai laissée partir...

— Nous faisons notre possible pour la retrouver, dit Moore.

C'était une expression toute faite. Au moment même où il les prononçait, il sentit à quel point ses paroles sonnaient creux. C'est ce que l'on dit quand les choses s'annoncent mal, quand on sait que ses efforts n'aboutiront probablement pas.

— Que *faites*-vous ?

— Nous savons qui il est.

— Mais vous ne savez pas où il l'a emmenée.

— Ça va prendre du temps de le retrouver.

— Dites-moi ce que je peux faire. N'importe quoi.

Moore s'efforça de garder un ton calme, de cacher ses craintes, ses terribles appréhensions.

— Je sais qu'il est difficile de rester sur la touche et de laisser les autres faire le travail. Mais nous avons été formés pour ça.

— Oh oui ! vous êtes des *professionnels* ! Alors, comment se fait-il que ça ait si mal tourné, nom de Dieu ?

Moore ne savait quoi répondre.

Passablement agité, Falco s'approcha de Moore et vint se placer sous l'éclairage du parking. La lumière tombait sur son visage, que l'inquiétude rendait hagard.

— Je ne sais pas ce qui s'est passé entre vous, dit-il. Mais je sais qu'elle a confiance en vous. J'espère que cela veut dire quelque chose pour vous. J'espère qu'elle n'est pas seulement une victime de plus. Un nom de plus sur la liste.

— Elle ne l'est pas, répondit Moore.

Les deux hommes se regardèrent, reconnaissant en silence ce qu'ils savaient tous deux. Ce qu'ils éprouvaient tous deux.

— Elle compte plus pour moi que vous ne pouvez l'imaginer, ajouta Moore.

— Pour moi aussi, dit Falco à voix basse.

23

— Il va la garder en vie pendant quelque temps, dit Zucker. Comme il a gardé en vie Nina Peyton une journée entière. Il maîtrise parfaitement la situation. Il peut prendre son temps.

Un frisson parcourut Rizzoli quand elle réfléchit à ce que signifiaient ces mots : « prendre son temps ». Elle se demanda combien le corps compte de terminaisons nerveuses et combien de souffrances il faut endurer avant que la mort ne vienne vous délivrer. Elle jeta un coup d'œil de l'autre côté de la salle de réunion et vit Moore laisser tomber sa tête dans ses mains. Il avait l'air malade, épuisé. Il était plus de minuit et tous les visages autour de la table étaient cireux et exprimaient le découragement. Rizzoli était debout à l'écart, appuyée contre le mur. La femme invisible, à laquelle personne ne faisait attention, à qui on permettait d'écouter mais pas de participer. Cantonnée à des tâches administratives, privée de son arme de service, elle n'était plus guère qu'une observatrice dans cette affaire qu'elle connaissait mieux que personne à cette table.

Moore leva les yeux dans sa direction, mais il regardait à travers elle, pas elle. Comme s'il n'avait pas voulu la regarder.

Le Dr Zucker résuma ce qu'il avait appris à propos de Warren Hoyt. Le Chirurgien.

— Il œuvre dans ce but depuis longtemps. Maintenant qu'il l'a atteint, il va faire durer le plaisir autant que possible.

— Cordell a donc toujours été sa cible ? demanda Frost. Les autres victimes... c'était de la mise en train ?

— Non, elles lui procuraient aussi du plaisir. Elles lui permettaient de tenir, l'aidaient à libérer sa tension sexuelle pendant ses travaux d'approche vers sa proie véritable. Dans toute chasse, l'excitation du prédateur est d'autant plus grande que la traque est difficile. Et Cordell était probablement la femme qu'il avait le plus de mal à atteindre. Elle était toujours en alerte, attentive à prendre des précautions. Elle se barricadait chez elle derrière des verrous et des systèmes d'alarme. Elle évitait d'avoir des relations étroites avec autrui. Elle sortait rarement le soir, si ce n'est pour aller travailler à l'hôpital. Elle représentait pour lui un défi et c'était la proie qu'il voulait par-dessus tout. Il rendait la chasse encore plus difficile en lui *faisant savoir* qu'il la traquait. Le recours à la terreur faisait partie de son jeu. Il voulait qu'elle le sente approcher. Les autres femmes n'étaient que des hors-d'œuvre. Cordell était le plat principal.

— *Est*, rectifia Moore, la voix pleine d'une rage contenue. Elle n'est pas encore morte.

Le silence tomba soudain sur la pièce, tous évitant de regarder Moore. Zucker hocha la tête, sans perdre son flegme glacial.

— Merci de corriger, dit-il.

— Vous avez lu les dossiers concernant son passé ? demanda Marquette.

— Oui, répondit Zucker. Warren est fils unique. Apparemment un enfant chéri. Il est né à Houston. Son père était un scientifique, spécialisé dans les fusées — je ne plaisante pas. Sa mère venait d'un milieu qui avait depuis longtemps des intérêts dans le pétrole. Tous les deux sont décédés. Warren avait donc de bons ascendants et de l'argent de famille. Aucun comportement délinquant n'est attesté dans son enfance. Il n'a jamais été arrêté, n'a jamais eu de contraventions, rien qui ait justifié de lever le drapeau rouge. En dehors de cet incident au labo d'anatomie de l'école de médecine, je ne vois aucun signal d'alarme, aucun indice permettant de déceler le futur prédateur. À tous égards, c'était un garçon parfaitement normal. Poli et sérieux.

— Moyen, ordinaire, dit Moore à voix basse.

Zucker hocha la tête.

— Le gars qui ne se faisait jamais remarquer, qui n'inquiétait jamais personne. C'est le genre d'assassin le plus effrayant, parce qu'il n'y a aucune pathologie, aucun diagnostic psychiatrique. Il est comme Ted Bundy. Intelligent, organisé et, en apparence, tout à fait adapté. Mais il a un travers : il aime torturer les femmes. C'est le genre de type avec qui vous pouvez travailler tous les jours sans jamais soupçonner que lorsqu'il vous regarde, vous sourit, il est en train de réfléchir au moyen le plus novateur et créatif de vous étriper.

La voix sifflante de Zucker fit frissonner Rizzoli, qui regarda les hommes présents dans la pièce. *Il dit vrai. Je vois Barry Frost tous les jours. Il fait l'effet d'être un chic type. Heureux en ménage. Jamais de mauvaise humeur. Mais je n'ai en fait aucune idée de ce qu'il pense.*

Frost croisa son regard et rougit.

— Après l'incident de l'école de médecine, poursuivit Zucker, Hoyt a été contraint d'abandonner ses études. Il a suivi une formation de technicien médical et a emboîté le pas à Andrew Capra à Savannah. Il semble qu'ils aient fait équipe pendant plusieurs années. Les archives des compagnies aériennes et des sociétés de cartes de crédit montrent qu'ils ont souvent voyagé ensemble. En Grèce, en Italie. Au Mexique, où ils ont fait du bénévolat dans une clinique rurale. C'était une alliance entre deux chasseurs. Des frères de sang qui partageaient les mêmes fantasmes de violence.

— Le catgut, dit Rizzoli.

Zucker lui lança un regard perplexe.

— Comment ?

— On utilise toujours le catgut en chirurgie dans les pays du tiers-monde. C'est là-bas qu'il s'en est procuré.

— C'est fort possible, dit Marquette en hochant la tête.

C'est certain, pensa Rizzoli, chatouilleuse.

— En tuant Capra, Cordell a démembré l'équipe parfaite d'assassins, continua Zucker. Elle a supprimé la personne dont Hoyt se sentait le plus proche. Et c'est pour cela qu'elle est devenue sa cible numéro un, sa proie privilégiée.

— Si Hoyt se trouvait chez Cordell la nuit où Capra est mort, pourquoi ne l'a-t-il pas tuée ? demanda Marquette.

— Je l'ignore. Il s'est passé beaucoup de choses au cours de cette nuit que Hoyt est seul à connaître. Ce que nous savons, c'est qu'il s'est installé à Boston il y a deux ans, peu après l'arrivée de Catherine Cordell. Moins d'un an après, Diana Sterling était assassinée.

— Comment le retrouver ? dit enfin Moore, l'air hagard.

— Nous pouvons mettre son appartement sous surveillance, mais je ne crois pas qu'il va y retourner dans l'immédiat. Ce n'est pas sa tanière.

Zucker se renversa sur son siège, les yeux dans le vague, cherchant à exprimer par des mots et des images ce qu'il savait de Warren Hoyt.

— Sa tanière est certainement un endroit bien séparé de sa vie quotidienne. Un endroit où il se retire dans l'anonymat. Peut-être ne l'a-t-il pas loué sous son vrai nom.

— Quand on loue quelque chose, il faut bien payer, fit remarquer Frost. Nous examinons ses dépenses.

Zucker acquiesça.

— Vous saurez que c'est son repaire quand vous le trouverez, parce que ses trophées y seront. Les petits souvenirs qu'il garde après chaque meurtre. Il se peut qu'il ait aménagé ce repaire pour y emmener ses victimes. La chambre de torture. C'est un endroit où il est certain d'être tranquille, de ne pas être dérangé. Une maison isolée. Ou un appartement bien insonorisé.

Afin que personne n'entende Cordell crier, pensa Rizzoli.

— Là, il a le loisir d'être lui-même. Il s'y sent détendu, sans inhibitions. Il n'a jamais laissé sa semence sur les scènes des crimes, ce qui donne à penser qu'il est capable de retarder le plaisir sexuel jusqu'au moment où il se trouve dans un endroit sûr, dans son repaire. Il y va probablement de temps en temps, pour sentir de nouveau le frisson que lui procure le meurtre. Pour tenir entre deux assassinats. C'est là qu'il a emmené Catherine Cordell, conclut Zucker en regardant autour de lui.

Les Grecs l'appellent dere, *le devant du cou, ou de la gorge. C'est la partie la plus belle, la plus vulnérable de l'anatomie féminine. Dans la gorge palpitent la vie et le souffle, et, sous la peau blanche comme le lait d'Iphigénie, les veines bleues devaient battre à la pointe du couteau de son père. Quand Iphigénie était étendue sur l'autel, Agamemnon a-t-il pris le temps d'admirer les lignes délicates du cou de sa fille ? A-t-il cherché des points de repère pour choisir l'endroit où son couteau pouvait le plus aisément transpercer la peau ? Bien qu'atterré par le sacrifice, à l'instant où son couteau s'enfonçait, où il le plongeait dans la chair d'Iphigénie, n'a-t-il pas éprouvé un frisson, un plaisir sexuel ?*

Même les Grecs, qui racontent des histoires hideuses de parents dévorant leurs enfants et de fils s'accouplant avec leur mère, même les Grecs passent sous silence une telle perversion. Ils n'ont pas besoin d'en parler ; c'est l'une de ces vérités secrètes que nous comprenons tous sans l'aide de mots. Parmi tous ces guerriers qui assistaient au sacrifice avec des visages de marbre, le cœur trop endurci pour être sensibles aux cris de la jeune fille, parmi ceux qui regardaient pendant qu'on déshabillait Iphigénie et qu'on exposait son cou de cygne à la lame, combien ont senti la chaleur inattendue d'un flot de plaisir dans leur bas-ventre, combien ont senti leur membre durcir ?

Combien ont encore pu regarder une gorge de femme sans avoir envie de la trancher ?

Sa gorge est aussi pâle que devait l'être celle d'Iphigénie. Elle s'est protégée du soleil comme le font les rousses, et seules quelques taches de rousseur altèrent l'albâtre translucide de sa peau. Pendant deux ans, elle a fait en sorte que son cou reste sans défaut, pour mon plaisir. J'apprécie cela.

J'ai attendu patiemment qu'elle revienne à elle. Je sais qu'elle est réveillée et a conscience de ma présence, parce que son pouls s'est accéléré. Je touche sa gorge, dans le creux juste sous la clavicule, et elle prend une brève inspiration. Elle retient son souffle pendant que je lui caresse le côté du cou en suivant la carotide. Son pouls palpite et soulève la peau de tremblements rythmiques. Je sens la sueur sous mon doigt. Elle a jailli de sa peau comme une brume et ce lustre donne maintenant de l'éclat à son visage. Au moment où ma caresse remonte jusqu'à l'angle de la mâchoire, elle relâche enfin son souffle, comme un gémissement étouffé par son bâillon. Ce n'est pas le genre de ma Catherine de gémir ainsi. Les autres n'étaient que de stupides gazelles, mais Catherine est une tigresse, la seule qui ait jamais riposté et fait couler le sang.

Elle ouvre les yeux et me regarde. Et je vois qu'elle comprend. Elle comprend que je l'ai finalement emporté. Elle, la plus valeureuse de toutes, est vaincue.

Je dispose mes instruments sur le plateau près du lit. Ils font un cliquetis plaisant en touchant le métal. Je sens qu'elle m'observe et que son regard est attiré par le reflet de l'inox. Elle sait à quoi sert chacun d'entre eux, les ayant certainement utilisés maintes fois. Le rétracteur, à écarter les bords de l'incision. La pince à hémostase, à empêcher les tissus et les vaisseaux sanguins de saigner. Et le scalpel... nous savons tous deux à quoi sert le scalpel.

Je pose le plateau près de sa tête afin qu'elle puisse le voir et pense à ce qui va suivre. Je n'ai pas besoin de parler, le scintillement des instruments le fait à ma place.

Je touche son ventre nu et ses muscles abdominaux se tendent d'un seul coup. C'est un ventre de vierge, dont aucune cicatrice n'altère la surface. La lame va pénétrer dans la peau comme dans du beurre.

Je prends le scalpel et en appuie la pointe sur son abdomen. Elle prend une brusque inspiration, les yeux fous.

J'ai vu un jour la photo d'un zèbre à l'instant où les crocs du lion s'enfonçaient dans sa gorge. En proie à une terreur mortelle, l'animal faisait les yeux blancs. Je n'oublierai jamais cette image. C'est cette même terreur que je lis maintenant dans les yeux de Catherine.

Oh ! mon Dieu ! oh ! mon Dieu !

Haletante, Catherine sentit la pointe du scalpel lui piquer la peau. En nage, elle ferma les yeux, appréhendant la douleur imminente. Un sanglot lui resta dans la gorge, un cri pour demander pitié au ciel, pour qu'une mort rapide lui soit accordée, mais pas celle-là. Pas cette boucherie.

Il leva alors le scalpel.

Elle rouvrit les yeux et regarda son visage. Un visage ordinaire, peu mémorable. Un homme qu'elle aurait pu voir une dizaine de fois sans le remarquer. Pourtant, lui *la* connaissait. Il avait rôdé en lisière de son univers, l'avait placée au centre du sien pendant qu'il tournait autour d'elle, caché dans l'ombre.

Et jamais je n'ai décelé sa présence.

Il posa le scalpel sur le plateau et, souriant, dit :

— Pas encore.

C'est seulement quand il fut sorti de la pièce qu'elle sut que le supplice était remis à plus tard, et elle poussa un soupir de soulagement.

Tel était donc son jeu. Faire durer la terreur, faire durer le plaisir. Pour l'instant, il la gardait en vie afin de lui donner le temps d'imaginer ce qui l'attendait.

Chaque minute de sursis me donne une chance de plus de trouver une issue.

L'effet du chloroforme s'était dissipé et elle était pleinement éveillée, son esprit fonctionnant à cent à l'heure, aiguillonné par la panique. Elle était étendue, bras et jambes écartés sur un lit à châssis métallique. Il l'avait totalement déshabillée et attachée par les chevilles et les poignets aux montants du lit avec du Teflon. Elle eut beau tirer sur ses liens jusqu'à ce que ses muscles tremblent de fatigue, elle ne parvint pas à se libérer. Deux ans plus tôt, Capra s'était servi de corde en Nylon pour l'attacher et elle avait réussi à dégager une de ses mains. Le Chirurgien n'avait pas commis la même erreur.

Inondée de sueur, trop épuisée pour continuer à se débattre, elle regarda où elle était. Une unique ampoule nue pendait du plafond. À en juger par l'odeur de terre et de pierre humide, elle était dans une cave.

Des bruits de pas craquaient au-dessus et elle entendit des pieds de chaise racler le parquet. Une vieille maison. Une télé fut allumée. Elle ne se souvenait pas comment elle était arrivée ici ni de la longueur du trajet. Ils se trouvaient peut-être à des kilomètres de Boston, dans un endroit où personne ne penserait à la chercher.

Le reflet du plateau métallique attira son regard. Elle fixa les instruments soigneusement rangés. Elle en avait manié de semblables un nombre incalculable de fois. Avec le scalpel, elle avait excisé des tumeurs et extrait des balles de revolver, jugulé des hémorragies et drainé des cavités pulmonaires grâce aux clamps. Elle regardait les instruments dont elle s'était servie pour sauver des vies et voyait les instruments de sa propre mort. Il les avait posés près du lit pour qu'elle pût les voir, apprécier le tranchant du scalpel, regarder les dents d'acier des pinces à hémostase.

Ne panique pas. Réfléchis. Réfléchis.

Elle ferma les yeux. La peur était comme un être vivant qui enroulait ses tentacules autour de son cou.

Tu as déjà eu le dessus une fois. Tu peux recommencer.

Une goutte de sueur glissa sur sa poitrine et coula sur le matelas déjà trempé. Il devait y avoir un moyen de s'en sortir, de riposter. Il y en avait sûrement un. L'autre possibilité était trop affreuse pour être envisagée.

En ouvrant les yeux, elle fixa l'ampoule au-dessus de sa tête et concentra son esprit sur ce qu'elle pouvait faire. Elle se souvint de ce que lui avait dit Moore, que le Chirurgien se repaissait de la terreur d'autrui. Il s'attaquait à des femmes brisées, qui avaient été violées. Des femmes auxquelles il se sentait supérieur.

Il ne me tuera pas tant qu'il ne m'aura pas réduite à sa merci.

Elle prit une profonde inspiration, comprenant quel jeu elle devait jouer. *Combattre la peur. Laisser croître sa fureur. Lui montrer que, quoi qu'il fasse, tu ne peux pas être vaincue.*

Même dans la mort.

24

Rizzoli se réveilla en sursaut et elle eut un élancement de douleur dans le cou. Bon sang, j'espère que j'ai pas encore attrapé un torticolis ! pensa-t-elle en clignant des yeux, éblouie par le soleil qui entrait par la fenêtre du bureau. Les postes de travail voisins étaient déserts, elle était toute seule. Vers six heures du matin, épuisée, elle avait posé la tête sur son bureau, se promettant de ne dormir qu'un petit moment. Il était maintenant neuf heures et demie. Elle avait bavé sur la pile de papiers qui lui avait servi d'oreiller.

Elle regarda en direction du poste de travail de Frost : sa veste était suspendue au dossier de son fauteuil. Il y avait un sac de beignets sur le bureau de Crowe. Les autres membres de l'équipe avaient dû arriver pendant qu'elle dormait et l'avaient certainement vue, la bouche ouverte, en train de baver. Ils avaient dû bien rigoler.

Elle se leva et s'étira pour essayer de se détendre le cou, mais elle savait que c'était inutile. Elle allait devoir passer la journée la tête de travers.

— Salut, Rizzoli. Fraîche et dispose ?

Elle se retourna. Un inspecteur d'une autre équipe lui souriait à travers la cloison de verre.

— Ça se voit pas ? grommela-t-elle. Où sont passés les autres ?

— Ils sont en réunion depuis huit heures.

— Quoi ?

— Je crois que ça vient de se terminer.

— Personne n'a été fichu de me réveiller !

Elle traversa le couloir, les dernières brumes du sommeil emportées par la colère. Elle savait très bien ce qui se passait. C'est comme ça qu'ils vous éliminent, pas en attaquant de front, mais par d'incessantes humiliations. Ils vous laissent en dehors des réunions de travail, en dehors du coup. Vous n'êtes plus tenue au courant.

Elle entra dans la salle de réunion. Il n'y avait plus que Barry Frost, qui rassemblait ses papiers épars sur la table. Il leva les yeux vers elle et rougit légèrement.

— Merci de m'avoir prévenue pour la réunion, dit-elle.

— Vous aviez l'air si crevée. Je me suis dit que je vous mettrais au courant après.

— Quand ? La semaine prochaine ?

Frost baissa les yeux, évitant son regard. Ils travaillaient ensemble depuis assez longtemps pour qu'elle reconnaisse son air coupable.

— On me met donc sur la touche. Qui l'a décidé ? Marquette ?

Frost hocha la tête.

— Je me suis élevé contre ça. Je lui ai dit qu'on avait besoin de vous. Mais il a répondu qu'avec la bavure et tout...

— Qu'est-ce qu'il a dit ?

— Que vous n'étiez plus un atout pour l'équipe, acheva Frost à contrecœur.

Plus un atout pour l'équipe. Traduction : sa carrière était finie.

Frost sortit de la pièce. Elle eut un brusque étourdissement dû au manque de sommeil et de nourriture et elle se laissa tomber dans un fauteuil, le regard perdu sur la table vide. Elle se revit un instant quand elle avait neuf ans, la sœur méprisée qui voulait désespérément se faire accepter par les garçons. Mais ils l'avaient rejetée, comme ils le faisaient toujours. Elle savait que la mort de Pacheco n'était pas la véritable raison de son exclusion. Une bavure n'avait pas ruiné la carrière d'autres flics. Mais lorsqu'on était une femme, meilleure que tous les autres, et qu'on avait le culot de le leur dire, il suffisait d'une seule erreur.

Quand elle retourna à son bureau, elle trouva les lieux déserts. La veste de Frost n'était plus là, le sac de beignets de Crowe non plus. Il ne lui restait plus qu'à mettre les bouts, elle aussi. En réalité, elle aurait aussi bien fait de débarrasser son bureau tout de suite, puisqu'elle n'avait plus d'avenir ici.

Elle ouvrit le tiroir pour prendre son sac et s'arrêta. Parmi un fouillis de papiers, une photo de l'autopsie d'Elena Ortiz attira son regard. Moi aussi, je suis une victime, pensa-t-elle. Quel qu'ait pu être son ressentiment à l'égard de ses collègues, elle ne perdait pas de vue le fait que le Chirurgien était responsable de sa disgrâce. C'est lui qui l'avait humiliée.

Elle referma le tiroir d'un coup sec. *Pas encore. Je ne suis pas prête à baisser les bras.*

Elle jeta un coup d'œil vers le bureau de Frost et vit les papiers qu'il avait récupérés sur la table de la salle de réunion. Elle regarda autour d'elle pour s'assurer que personne ne l'observait. Les seuls autres agents et inspecteurs présents étaient occupés à l'autre bout de la pièce.

Elle prit les papiers, les apporta sur son bureau et s'assit pour les lire.

C'était des documents financiers concernant Warren Hoyt. Voilà à quoi se résumait maintenant l'enquête : rechercher le meurtrier par le biais de paperasses. Le suivre à la trace par l'intermédiaire de ses opérations bancaires. Il y avait là des tickets de carte de crédit, des chèques, des bordereaux de dépôts et de retraits. Beaucoup de montants importants. Les parents de Hoyt lui avaient laissé une petite fortune et il s'offrait un voyage aux Antilles et au Mexique chaque hiver. Elle ne trouva aucune trace d'une autre résidence, d'un paiement mensuel régulier, aucun chèque de loyer.

Bien sûr que non. Il n'était pas stupide. S'il avait un repaire, il en payait le loyer en espèces.

Des espèces. On ne peut pas toujours prévoir quand on est à court d'espèces. Les retraits au distributeur se faisaient souvent de manière impromptue.

Elle feuilleta les relevés de compte, en quête de tous les retraits d'espèces, qu'elle nota sur une feuille de papier. La plupart avaient été effectués non loin de chez lui ou du centre médical, les quartiers où il évoluait quotidiennement. Ce qu'elle cherchait, c'étaient les transactions inhabituelles, celles qui avaient été faites hors de ces zones.

Elle en trouva deux. L'une dans une banque de Nashua, dans le New Hampshire, le 26 juin. L'autre à un guichet automatique chez Hobbs, un supermarché de Lithia, dans le Massachusetts, le 13 mai.

Elle se renversa en arrière sur son siège, se demandant si Moore était déjà en train de suivre ces deux pistes. Il y avait tant d'autres détails à examiner, tous les collègues de travail de Hoyt à interroger, que ces deux retraits se trouvaient peut-être en bas de la liste des priorités.

Elle entendit des bruits de pas et leva les yeux brusquement, paniquée à l'idée d'être surprise en train de lire les papiers de Frost, mais ce n'était qu'un employé du labo. Il lui lança un sourire, déposa un dossier sur le bureau de Moore et ressortit.

Au bout d'un moment, elle se leva et alla consulter le dossier. La première page était un rapport du service d'analyse des cheveux et fibres, l'analyse des cheveux trouvés sur l'oreiller de Warren Hoyt.

Trichorrhexis invaginata, *compatible avec le cheveu trouvé au bord de la plaie d'Elena Ortiz.*

Bingo ! Ça confirmait que Hoyt était leur homme.

Elle passa à la deuxième page. C'était un autre rapport du même labo sur le cheveu trouvé par terre dans la salle de bains de Hoyt. Celui-là ne correspondait à rien. Il ne collait pas dans le tableau.

Elle referma le dossier et se rendit au labo.

Assise devant un prisme gamma, Erin Volchko était en train de farfouiller dans une série de microphotographies. Quand Rizzoli entra dans le labo, Erin leva une photo et lança :

— Une colle. Sans réfléchir, qu'est-ce que c'est ?

Rizzoli vit la photo en noir et blanc de ce qui ressemblait à une tige squameuse et fronça les sourcils.

— C'est affreux, dit-elle.

— Ouais, mais qu'est-ce que c'est ?

— Probablement quelque chose de dégueulasse. Comme une patte de cafard.

— C'est un poil de cerf. Marrant, non ? Ça n'a rien à voir avec un cheveu.

— À propos de cheveux, vous pouvez m'en dire un peu plus là-dessus ? dit Rizzoli en lui tendant le rapport.

— Les cheveux trouvés chez Warren Hoyt ?

— Oui.

— Les cheveux qui étaient sur l'oreiller sont atteints de *Trichorrhexis invaginata.* Il semble bien que ce soit notre assassin.

— Non, l'autre cheveu. Le cheveu noir trouvé dans la salle de bains.

— Je vais vous montrer la photo.

Erin prit une liasse de microphotographies. Elle les étala comme un jeu de cartes et en tira une.

— La voilà. Vous voyez les données numériques qui sont là ?

De son écriture bien nette, Erin avait inscrit « A00-B00-C05-D33 » sur la feuille de papier.

— Oui. Ça veut dire ?

— Les deux premières, A00 et B00, indiquent que le cheveu est noir et raide. Sous le microscope, on distingue d'autres détails, dit-elle en tendant la photo à Rizzoli. Regardez la tige. On la voit du côté épais. Remarquez que la coupe transversale est presque circulaire.

— Et alors ?

— C'est un aspect qui permet de faire la distinction entre les races. La tige du cheveu d'un Africain, par exemple, est presque plate, comme un ruban. Regardez maintenant la pigmentation et vous constaterez qu'elle est très dense. Vous voyez l'épaisse cuticule ? Tout cela conduit à la même conclusion.

Erin la regarda.

— Ce cheveu est caractéristique d'un héritage extrême-oriental.

— C'est-à-dire ?

— Chinois ou japonais. Le sous-continent indien. Peut-être indien d'Amérique.

— Peut-on le confirmer ? La racine est-elle suffisante pour un test ADN ?

— Malheureusement pas. Le cheveu semble avoir été coupé et ne pas être tombé tout seul. Il ne comporte pas de tissu folliculaire. Mais je suis certaine qu'il provient d'un sujet de descendance non européenne et non africaine.

Un sujet asiatique, pensa Rizzoli en retournant dans les bureaux de la Criminelle. Qu'est-ce qu'il vient faire là, cet Asiatique ? Elle s'arrêta quelques instants dans le couloir bordé de baies vitrées qui conduisait à l'aile nord et regarda le quartier de Roxbury en grimaçant pour se protéger les yeux du soleil. S'agissait-il d'une femme assassinée dont on n'avait pas encore retrouvé le corps ? À laquelle Hoyt avait coupé une mèche de cheveux afin de garder un souvenir, comme il l'avait fait avec Catherine Cordell ?

Elle se retourna, étonnée de voir Moore passer à côté d'elle pour aller vers l'aile sud. Il n'aurait peut-être pas fait attention à elle si elle ne l'avait pas appelé.

Il s'arrêta et se tourna à contrecœur pour lui faire face.

— D'après le labo, ce long cheveu noir trouvé dans la salle de bains de Hoyt est d'origine asiatique. Il vient peut-être d'une victime inconnue.

— Nous avons envisagé cette possibilité.

— Quand ?

— Ce matin, à la réunion.

— Nom de Dieu, Moore ! Ne me laissez pas en dehors du coup !

Le silence glacial de Moore amplifia le ton perçant de Rizzoli.

— Moi aussi, je veux le choper, dit-elle en s'approchant lentement jusqu'à ce que son visage soit près du sien. Je le veux autant que vous. Laissez-moi reprendre ma place.

— Ce n'est pas moi qui en ai décidé ainsi, mais Marquette, répondit-il en se détournant pour partir.

— Moore ?

Il s'arrêta à regret.

— Je ne supporte pas ces dissensions entre nous, dit-elle.

— C'est pas le moment de parler de ça.

— Je suis désolée de ce qui s'est passé. J'avais une dent contre vous à cause de l'histoire de Pacheco, mais je sais que ça n'excuse pas ce que j'ai fait. Ça ne justifie pas que je sois allée parler à Marquette de vous et de Cordell.

Il se tourna vers elle.

— Pourquoi l'avez-vous fait, alors ?

— Je vous l'ai dit. Je vous en voulais.

— Ce n'est pas seulement à cause de Pacheco. C'est à cause de Catherine, n'est-ce pas ? Vous l'avez trouvée antipathique dès le début. Vous ne supportiez pas le fait que...

— Que vous tombiez amoureux d'elle ?

Il y eut un long silence.

Quand elle reprit la parole, Rizzoli ne put s'empêcher de se montrer sarcastique.

— Vous savez, Moore, vous avez beau prétendre que vous respectez les femmes pour leur *esprit,* que vous les admirez pour leur *intelligence,* vous tombez amoureux pour les mêmes choses que les autres hommes. Pour leur cul et leurs nichons.

Il devint blanc de colère.

— Vous la détestez donc parce qu'elle est belle femme. Et ça vous fout en rogne que j'aie craqué. Mais vous savez quoi, Rizzoli ? Comment les hommes pourraient tomber amoureux de vous alors que vous ne vous aimez pas vous-même ?

Elle le regarda s'éloigner, pleine d'amertume. Quelques semaines plus tôt, elle aurait pensé que Moore était la dernière personne à pouvoir dire quelque chose d'aussi cruel. Ces paroles lui faisaient d'autant plus mal que c'était lui qui les avait prononcées.

Et elle se refusait à envisager qu'il ait pu dire la vérité.

Au rez-de-chaussée, en traversant le hall, elle s'arrêta un instant devant la plaque commémorative en l'honneur des flics de Boston morts en service commandé. Leurs noms étaient gravés dans le mur par ordre chronologique, depuis Ezekiel Hodson en 1854. Un vase de fleurs posé sur le sol de granit leur rendait hommage. Faites-vous descendre en service et vous êtes un héros. C'est simple et définitif. Elle ne savait rien de ces hommes qui avaient été immortalisés. Tout ce qu'elle savait, c'est que certains avaient peut-être été des pourris, mais que la mort avait rendu leur nom et leur réputation intouchables. Elle les enviait presque.

Elle alla à sa voiture. En farfouillant dans la boîte à gants, elle trouva une carte de la Nouvelle-Angleterre. Elle la déploya sur la banquette et repéra Nashua, dans le New Hampshire, et Lithia, dans l'ouest du Massachusetts. Elle avait le choix. Warren Hoyt avait tiré de l'argent aux deux endroits. C'était pile ou face.

Elle démarra. Il était dix heures et demie. Elle n'arriva à Lithia qu'à midi.

De l'eau. Catherine ne pensait qu'à ça, à la sensation de l'eau fraîche et pure coulant dans sa bouche. Elle pensait à toutes les fontaines auxquelles elle avait bu, aux oasis en inox dans les couloirs de l'hôpital d'où sortait un jet d'eau glacée qui lui éclaboussait les lèvres, le menton. Elle pensait à de la glace pilée et revoyait les patients, après une opération, tendre le cou et ouvrir leur bouche desséchée comme des oisillons pour en recevoir quelques petits morceaux.

Et elle songea à Nina Peyton, attachée à son lit, sachant qu'elle était condamnée à mourir et pourtant incapable de penser à autre chose qu'à sa soif atroce.

C'est comme ça qu'il nous torture. Qu'il nous dompte. Il veut que nous le suppliions de nous donner à boire, de nous épargner. Il veut nous dominer totalement. Il veut que nous reconnaissions son pouvoir.

Toute la nuit, elle avait été laissée seule à fixer l'unique ampoule. Elle avait somnolé plusieurs fois, se réveillant en sursaut, paniquée, l'estomac retourné. Mais la panique ne peut se prolonger et, les heures passant, alors qu'elle n'arrivait pas à détendre ses liens malgré ses efforts, la vie semblait s'être suspendue dans son corps. Elle planait dans un demi-jour cauchemardesque entre la réalité et son refus, son esprit concentré à l'extrême sur sa soif.

Des pas craquèrent sur le plancher. Une porte s'ouvrit en grinçant.

Elle sortit d'un seul coup de sa léthargie. Son cœur s'était mis à battre brusquement comme un animal qui cherchait à s'échapper de sa poitrine. Elle inspira l'air frais de la cave, l'air qui sentait la terre et la pierre humide. À mesure que le bruit de pas dans l'escalier se rapprochait, sa respiration s'accélérait. Quelques secondes après, il était là, debout à côté d'elle. La lumière de l'ampoule projetait des ombres sur son visage et lui donnait l'apparence d'une tête de mort grimaçante avec des trous à la place des yeux.

— Vous avez soif, n'est-ce pas ? dit-il d'une voix tranquille, la voix d'un homme sain d'esprit.

Le bâillon l'empêchait de parler, mais il lisait la réponse dans ses yeux fiévreux.

— Regardez ce que je vous ai apporté, Catherine.

Il leva un verre et elle entendit le délicieux tintement des glaçons, vit les gouttes d'eau condensée sur la surface froide du verre.

— En voulez-vous une gorgée ?

Elle hocha la tête, le regard braqué sur le verre. La soif la rendait folle, mais elle pensait déjà à la suite, après cette première gorgée d'eau. Elle projetait ses mouvements, pesait ses chances.

Il fit tourner l'eau et la glace carillonna contre le verre.

— Seulement si vous vous tenez bien.

Oui, promit son regard.

Il arracha la bande de Teflon qui la bâillonnait. Complètement immobile, elle le laissa glisser une paille dans sa bouche. Elle but une gorgée avec avidité, mais c'était insuffisant pour éteindre le feu qui lui brûlait la gorge. Elle but encore et se mit à tousser, l'eau dégoulinant de sa bouche.

— Je ne... je ne peux pas boire allongée, dit-elle, haletante. Laissez-moi m'asseoir, je vous en prie.

Il posa le verre et la regarda attentivement, ses yeux pareils à deux trous noirs sans fond. Il voyait une femme au bord de l'évanouissement, une femme qu'il lui fallait ranimer s'il voulait jouir pleinement de sa terreur.

Il commença à couper la bande par laquelle son poignet droit était attaché au montant du lit.

Le cœur de Catherine cognait dans sa poitrine et elle était certaine qu'il le voyait battre contre sa clavicule. Le lien droit coupé, sa main resta mollement posée sur le lit. Elle ne bougea pas, ne tendit pas un seul de ses muscles.

Il y eut un silence interminable. *Allez. Libère ma main gauche. Coupe le lien !*

Elle se rendit compte trop tard qu'elle retenait sa respiration et il s'en était aperçu. Au désespoir, elle l'entendit dérouler une nouvelle longueur de Teflon.

C'est maintenant ou jamais.

Elle tenta à l'aveuglette d'attraper un instrument sur le plateau et renversa le verre, projetant les glaçons par terre. Ses doigts se refermèrent sur de l'acier. Un scalpel !

À l'instant où il se jetait sur elle, elle frappa et sentit la lame toucher la chair.

Il se recula en poussant un hurlement et en étreignant sa main.

Elle se tordit sur le côté et donna un grand coup de scalpel en travers de la bande qui retenait son poignet gauche. Une autre main de libre !

Elle se redressa brusquement, mais sa vision se brouilla soudain. Une journée sans boire l'avait affaiblie et elle lutta pour se ressaisir, pour diriger la lame vers la bande qui retenait sa cheville droite. Elle donna un coup de scalpel au hasard et la peau lui brûla. Un bon coup de pied et sa cheville était libérée.

Elle était sur le point de couper la dernière bande quand le lourd rétracteur l'atteignit à la tempe, un coup si violent qu'elle en fut étourdie.

Le coup la toucha à la joue et elle entendit l'os se casser.

Elle ne se souvenait pas d'avoir laissé tomber le scalpel.

Quand elle reprit conscience, son visage l'élançait et elle ne voyait pas de l'œil droit. Elle essaya de bouger les membres, mais ses poignets et ses chevilles étaient de nouveau attachés au châssis du lit. Mais il ne l'avait pas encore bâillonnée.

Il la dominait de toute sa hauteur. Il avait des taches sur sa chemise. C'est *son* sang, se dit-elle avec un sentiment sauvage de satisfaction. Sa proie a riposté et fait couler le sang. *Je ne suis pas facile à mater. Il se nourrit de la peur des autres et je n'en montrerai aucune.*

Il prit un scalpel sur le plateau et s'approcha d'elle. Son cœur cognait contre sa poitrine, mais elle ne bougea pas, son regard fixé sur lui. Railleur, plein de défi. Elle savait maintenant qu'elle n'échapperait pas à la mort et accepter l'inévitable la libérait. Le courage du condamné. Pendant deux ans, elle s'était cachée comme un animal blessé. Pendant deux ans, le fantôme d'Andrew Capra avait gouverné sa vie. C'était fini.

Vas-y, charcute-moi, mais tu ne gagneras pas la partie. Tu ne me verras pas mourir vaincue.

Il appuya la lame sur son abdomen. Ses muscles se contractèrent involontairement. Il s'attendait à lire la peur sur son visage.

Et il n'y voyait que du défi.

— Tu es incapable de le faire sans Andrew, hein ? dit-elle. Tu es même incapable de bander. C'est Andrew qui les baisait. Toi, tu ne pouvais que regarder.

Il appuya la lame, piquant la peau. Malgré la douleur, alors que coulaient les premières gouttes de sang, elle ne détachait pas son regard de lui, sans trahir aucune peur, le privant de son plaisir.

— Tu es incapable de baiser une femme, n'est-ce pas ? Il fallait que ce soit Andrew, ton héros, qui le fasse. Et lui aussi était un minus.

Le scalpel hésita, se leva. Elle le vit rester en suspens dans la mauvaise lumière.

Andrew. C'est Andrew le pivot, l'homme qu'il vénère. Son dieu.

— Un minable. Andrew était un minable, poursuivit-elle. Tu sais pourquoi il est venu me voir ce soir-là ? Pour me supplier.

— Non, murmura Hoyt.

— Il m'a demandé de ne pas le renvoyer. Il m'a implorée.

Elle éclata de rire, un son discordant, surprenant dans cet antre de la mort.

— C'était pitoyable. C'était Andrew, ton héros. Il me suppliait de l'aider.

La main serra le scalpel. La lame appuya de nouveau sur son ventre et le sang se remit à couler et à dégouliner sur son flanc. Avec une volonté farouche, elle se força à ne pas tressaillir, à ne pas crier. Et elle continua à parler, sa voix aussi forte et assurée que si ç'avait été elle qui tenait le scalpel.

— Il m'a parlé de toi. Tu l'ignorais, n'est-ce pas ? Il disait que tu n'étais même pas capable de *parler* à une femme, que tu étais une lavette. Il fallait que ce soit *lui* qui en trouve pour toi.

— Menteuse.

— Tu n'étais rien pour lui. Seulement un parasite. Un ver de terre.

— Menteuse.

La lame s'enfonça dans sa peau et, elle eut beau essayer de le réprimer, un petit cri s'échappa de sa gorge. *Tu ne m'auras pas, espèce de salaud. Parce que je n'ai plus peur de toi. Je n'ai plus peur de rien.*

Elle le regardait, le regard de défi des condamnés, pendant qu'il continuait à inciser.

25

Rizzoli se demandait combien, parmi les paquets de préparation pour gâteau alignés dans le rayon, étaient infestés de charançons. Le « supermarché Hobbs » était une épicerie sombre qui sentait le moisi, la petite boutique familiale tenue par un couple de vieux schnocks qui vendaient du lait tourné aux écoliers. Dean Hobbs, un Yankee à l'air soupçonneux, marqua un temps d'arrêt pour examiner les pièces de vingt-cinq cents que lui tendait un client avant de les accepter en paiement. Il lui rendit à regret deux pennies, puis referma la caisse d'un coup sec.

— Je ne me rappelle pas tous les gens qui tirent de l'argent à ce distributeur, dit-il à Rizzoli. La banque a installé ce machin-là pour rendre service aux clients. Je n'ai rien à voir avec ça.

— Le retrait a été effectué en mai. Deux cents dollars. J'ai la photo de celui qui...

— Comme je l'ai dit à ce policier de l'État, c'était en mai. On est en août. Vous croyez que je me souviens d'un client depuis tout ce temps ?

— La police d'État est venue ici ?

— Ce matin, et ils m'ont posé les mêmes questions. Vous causez jamais entre vous ?

Le retrait avait déjà fait l'objet d'une enquête, pas par la police de Boston, mais par celle d'État. Elle perdait son temps.

Le regard de M. Hobbs se tourna brusquement vers un adolescent qui examinait l'éventail de bonbons.

— Eh ! dis donc, tu vas me payer ce Mars, hein ?

— Ouais, ouais.

— Alors, retire-le de ta poche.

Le gamin reposa le Mars sur l'étagère et sortit tout honteux de la boutique.

— C'est toujours la même histoire, commenta Dean Hobbs.

— Vous connaissez ce garçon ? demanda Rizzoli.

— J'connais ses parents.

— Et vos autres clients ? Vous connaissez la plupart d'entre eux ?

— Vous avez jeté un coup d'œil au village ?

— Oui, rapide.

— Eh ben, ça suffit pour voir Lithia. Mille deux cents habitants. Pas grand-chose à voir.

Rizzoli sortit la photo de Warren Hoyt. C'était la meilleure qu'ils avaient pu trouver, une photo d'identité datant de deux ans, prise sur son permis de conduire. Il regardait droit vers l'appareil, un type au visage fin, les cheveux coupés net et le sourire étrangement banal. Bien que Dean Hobbs l'eût déjà vue, elle la lui tendit quand même.

— Il s'appelle Warren Hoyt.

— Ouais, vos collègues me l'ont montrée.

— Vous le reconnaissez ?

— Je l'ai pas reconnu ce matin. Je le reconnais pas plus maintenant.

— Vous êtes sûr ?

— J'en ai pas l'air ?

Si, il en avait l'air. C'était le genre de type à ne jamais changer d'avis sur quoi que ce soit.

La porte s'ouvrit en carillonnant et deux adolescentes entrèrent, deux blondes en short aux longues jambes bien bronzées. Dean Hobbs fut momentanément distrait tandis qu'elles flânaient en riant vers le fond de la boutique.

— Sûr qu'elles ont poussé.

— Monsieur Hobbs ?

— Ouais ?

— Si vous voyez l'homme sur la photo, je veux que vous m'appeliez immédiatement, dit Rizzoli en lui tendant sa carte. Vous pouvez me joindre vingt-quatre heures sur vingt-quatre. Bip ou portable.

— Ouais, ouais.

Les deux filles revinrent vers la caisse, un paquet de chips et un pack de six Pepsi Diet à la main, dans la splendeur de leur adolescence, la pointe des seins dardée fièrement sous leur tee-shirt sans manches. Dean Hobbs se rinçait l'œil et Rizzoli se demandait s'il avait déjà oublié sa présence.

C'est toute l'histoire de ma vie, se dit-elle. De jolies filles arrivent et je deviens invisible.

Elle sortit de l'épicerie et se dirigea vers sa voiture. L'intérieur était déjà transformé en fournaise et elle laissa la portière ouverte un moment pour l'aérer. Rien ne bougeait dans la rue principale de Lithia. Il y avait une station-service, une quincaillerie, mais pas un chat. Tout le monde restait chez soi pour se protéger de la chaleur et on entendait le ronronnement des climatiseurs tout le long de la rue. Même dans les villages d'Amérique, plus personne ne restait sur le pas de sa porte en se rafraîchissant avec un éventail. L'air conditionné avait rendu le porche obsolète.

La porte de l'épicerie se ferma en tintant et les deux filles sortirent d'un pas nonchalant, les deux seuls êtres vivants en mouvement. Tandis qu'elles remontaient la rue, des rideaux s'écartèrent à une fenêtre. Les gens remarquent beaucoup de choses dans les petites villes, les jolies filles en tout cas.

L'auraient-ils remarqué si quelqu'un avait disparu ?

Elle referma la portière de la voiture et retourna à l'épicerie.

Au rayon des légumes, M. Hobbs était occupé à cacher les laitues fraîches dans le fond du compartiment réfrigéré et à placer les flétries sur le devant.

— Monsieur Hobbs ?

— Encore vous ! dit-il en se retournant.

— Une autre question.

— Ça veut pas dire que je puisse y répondre.

— Est-ce que des Asiatiques habitent ici ?

Il ne s'était pas attendu à cette question et la regarda sans comprendre.

— Quoi ?

— Une Chinoise ou une Japonaise. Ou peut-être une Indienne.

— On a deux ou trois familles de Noirs, dit-il comme si cela pouvait faire l'affaire.

— Une femme a peut-être disparu. Longs cheveux noirs, très raides.

— Et vous dites qu'elle est orientale ?

— Ou peut-être indienne d'Amérique.

Il rit.

— Je ne crois pas qu'elle soit rien de tout ça.

Il se retourna et entreprit de disposer une couche de vieilles courgettes sur le dernier arrivage.

— Qui *elle* ? demanda Rizzoli, pour qui ça avait fait tilt.

— C'est pas une Orientale, ça c'est sûr. Pas non plus une Indienne.

— Vous la connaissez ?

— Je l'ai vue ici une fois ou deux. Elle loue la vieille ferme Sturdee pour l'été. Une grande fille. Pas très jolie.

Ça, il ne manquait pas de le remarquer.

— Quand l'avez-vous vue pour la dernière fois ?

Il se tourna et cria :

— Hé ! Margaret ?

La porte de l'arrière-boutique s'ouvrit et Mme Hobbs en sortit.

— Quoi ?

— Tu n'as pas fait une livraison chez les Sturdee la semaine dernière ?

— Si.

— La locataire, tout avait l'air d'aller bien pour elle ?

— Elle m'a payée.

— Vous l'avez revue depuis, madame Hobbs ? demanda Rizzoli.

— J'avais pas de raison de le faire.

— Où est cette ferme Sturdee ?

— Là-bas, du côté de l'embranchement ouest. La dernière maison sur la route.

Le bip de Rizzoli se déclencha.

— Je peux utiliser votre téléphone ? La batterie de mon portable vient de me lâcher.

— Vous appelez loin ?

— À Boston.

— Vous avez un téléphone public juste dehors, dit-il en grommelant et en retournant à ses courgettes.

Rizzoli ressortit de l'épicerie en marmonnant un juron, trouva le téléphone public et inséra des pièces dans la fente.

— Inspecteur Frost.

— Vous venez de m'appeler.

— Rizzoli ? Qu'est-ce que vous foutez dans l'ouest du Massachusetts ?

Consternée, elle se rendit compte qu'il savait où elle était grâce à l'identificateur d'appels.

— J'ai fait un petit tour en voiture.

— Vous êtes toujours sur l'affaire, hein ?

— Je ne fais que poser quelques questions. Rien d'important.

— Merde, si... si Marquette l'apprend... fit-il en baissant brusquement la voix.

— Vous n'allez pas le lui dire ?

— Bien sûr que non. Mais revenez ici. Il vous cherche et il est furibard.

— J'ai encore un endroit à voir dans le coin.

— Écoutez-moi, Rizzoli. *Laissez tomber* ou vous allez vous griller définitivement dans l'équipe.

— Vous voyez pas que je le suis déjà ! Je suis déjà out !

Elle se retourna en clignant des yeux pour chasser ses larmes et regarda avec amertume la rue déserte où de la poussière tourbillonnait comme de la cendre chaude.

— C'est la seule chance qu'il me reste. Épingler le Chirurgien.

— Les gars de l'État sont déjà allés là-bas. Ils sont revenus bredouilles.

— Je sais.

— Alors qu'est-ce que vous fichez ?

— Je pose des questions qu'ils n'ont pas posées, répondit-elle en raccrochant.

Elle entra dans sa voiture et démarra pour essayer de trouver la femme aux cheveux noirs.

26

La ferme Sturdee était la seule maison au bout d'un long chemin, une vieille maison style cap Cod à la peinture blanche écaillée. Devant la porte se trouvait un énorme tas de bois de chauffage.

Rizzoli resta dans sa voiture un moment, trop fatiguée pour en sortir. Et trop démoralisée par ce qu'elle en était réduite à faire, elle dont la carrière avait été si prometteuse : seule sur un chemin de terre, aller frapper à cette porte, en étant consciente que ça ne servait à rien. Aller parler à une femme qui se trouvait avoir des cheveux noirs. Elle pensa à Ed Geiger, un autre flic de Boston, qui, un jour, avait lui aussi arrêté sa voiture sur une route de campagne et estimé qu'à quarante-quatre ans c'était pour lui le bout du chemin. Rizzoli était arrivée la première sur les lieux. Tandis que ses collègues entouraient la voiture, le pare-brise éclaboussé de sang, en secouant la tête tristement et en s'apitoyant sur ce pauvre Ed, elle avait éprouvé un peu de sympathie pour un flic assez désespéré pour se faire sauter la cervelle.

C'est si facile, se dit-elle, se souvenant soudain qu'elle portait un revolver à la hanche. Non pas son arme de service, qu'elle avait rendue à Marquette, mais la sienne. Un flingue pouvait être votre meilleur ami ou votre pire ennemi. Parfois les deux à la fois.

Mais elle n'était pas Ed Geiger, elle n'était pas une perdante, du genre à se flanquer une balle dans la bouche. Elle coupa le contact et sortit à regret de la voiture pour faire son travail.

Rizzoli avait toujours vécu en ville et le silence de l'endroit lui donnait le frisson. Elle gravit les marches du perron. Les craquements du bois semblaient amplifiés. Des mouches bourdonnaient autour de sa tête. Elle frappa à la porte et attendit. Elle essaya de tourner la poignée, juste pour voir, et constata que la porte était fermée à clé. Elle frappa de nouveau et appela, sa voix résonnant étonnamment fort.

Les moustiques l'avaient repérée. Elle se donna une tape sur le visage et vit une traînée de sang sur la paume de sa main. Qu'on ne me parle pas de la vie à la campagne, pensa-t-elle. Au moins, en ville, les sangsues marchent sur deux jambes et on les voit venir.

Elle frappa encore quelques coups à la porte, avec plus de véhémence, écrasa quelques moustiques de plus, puis renonça. Il n'y avait apparemment personne.

Elle fit le tour de la maison, à la recherche de signes d'effraction, mais toutes les fenêtres étaient fermées, tous les grillages en place. Comme la maison était surélevée par un soubassement en pierre, on ne pouvait y accéder sans l'aide d'une échelle.

Elle se détourna de la bâtisse et balaya l'arrière-cour du regard. Il y avait une vieille grange et une mare, couverte d'une couche verte. Un colvert dérivait d'un air abattu à la surface de l'eau, probablement rejeté par ses congénères. Rien n'avait été fait pour créer un jardin potager ; la cour était envahie par des mauvaises herbes qui montaient jusqu'au genou et par les moustiques. Beaucoup de moustiques.

Des ornières conduisaient jusqu'à la grange et l'herbe avait été aplatie par le passage récent d'une voiture.

Le dernier endroit à voir.

Elle suivit les traces de pneus dans l'herbe jusqu'à la grange. Elle n'avait pas de mandat de perquisition, mais qui le saurait ? Elle allait seulement s'assurer qu'il n'y avait pas de voiture à l'intérieur.

Elle tira sur les poignées et ouvrit les lourdes portes.

Le soleil découpa dans l'obscurité de la grange un triangle de lumière où tourbillonnaient des grains de poussière. Elle se figea, les yeux fixés sur la voiture garée là.

Une Mercedes jaune.

Une sueur glacée dégoulina sur son visage. En dehors d'une mouche qui bourdonnait dans l'ombre, tout était silencieux, trop silencieux.

Elle ne se souvint pas d'avoir soulevé le rabat de son étui et d'avoir pris son revolver. Mais il se retrouva brusquement dans sa main et elle s'approcha de la voiture. Elle jeta un rapide coup d'œil par la portière du conducteur pour s'assurer qu'il n'y avait personne dedans. Puis elle scruta l'intérieur du véhicule. Son regard tomba sur une touffe sombre sur le siège du passager. Une perruque.

D'où viennent les cheveux de la plupart des perruques noires ? D'Orient.

La femme aux cheveux noirs.

Elle se souvint des cassettes de la surveillance vidéo de l'hôpital le jour où Nina Peyton avait été assassinée. Sur aucune d'elles ils n'avaient vu Warren Hoyt arriver dans Ouest 5.

Parce qu'il y est entré avec une perruque de femme et en est ressorti sous son apparence habituelle.

Un cri.

Elle se retourna brusquement vers la maison, le cœur battant. *Cordell ?*

Elle sortit de la grange comme une fusée, sprinta à travers l'herbe haute droit vers la porte arrière de la maison.

Fermée à clé.

Haletante, elle se recula en lorgnant la porte, le chambranle. Ouvrir une porte d'un coup de pied était plus une question d'adrénaline que de force musculaire. Quand elle était une bleue et la seule femme de l'équipe, pour la mettre à l'épreuve, on lui avait ordonné d'enfoncer la porte de l'appartement d'un suspect. Ses collègues s'attendaient à la voir échouer, et peut-être même l'espéraient-ils. Elle avait concentré tout son ressentiment, toute sa hargne contre cette porte. En deux coups de pied, elle l'avait arrachée et avait foncé à travers comme un diable de Tasmanie.

En cet instant, mue également par une poussée d'adrénaline, elle pointa son revolver vers l'encadrement et pressa deux fois sur la détente. D'un coup de talon, elle fendit le bois. Un autre coup de pied et la porte s'ouvrit. Elle se rua à l'intérieur, ramassée sur elle-même, en balayant la pièce du regard et de son arme. Une cuisine. Les stores baissés, mais assez de lumière pour voir qu'il n'y avait personne. Des assiettes sales dans l'évier. Le réfrigérateur ronronnant.

Est-ce qu'il est là ? Est-ce qu'il m'attend dans la pièce voisine ?

Bon sang, elle aurait dû mettre un gilet pare-balles. Mais elle ne s'était pas attendue à ça.

La sueur coulait entre ses seins et trempait son soutien-gorge. Elle repéra un téléphone mural. Elle s'en approcha doucement et décrocha. Pas de tonalité. Impossible d'appeler du secours.

Elle le laissa pendre au bout de son fil et se glissa jusqu'à la porte de communication. Elle jeta un coup d'œil dans la pièce d'à côté : un séjour, avec un canapé défraîchi et quelques chaises.

Où était Hoyt ? Où ?

Elle entra dans le living. À mi-chemin, elle poussa un petit cri d'effroi. Son bip s'était mis à vibrer. Merde. Elle l'éteignit et continua à traverser la pièce.

Elle s'arrêta dans le vestibule.

La porte de devant était grande ouverte.

Il n'est plus dans la maison.

Elle sortit sur le perron. Entourée par un nuage de moustiques, elle scruta la cour et, au-delà de l'allée où sa voiture était garée, les hautes herbes et un bois tout proche en lisière duquel de jeunes arbres avaient pris racine. Les endroits où se cacher ne manquaient pas. Pendant qu'elle enfonçait la porte de derrière comme un taureau, il s'était glissé dehors par celle de devant et s'était enfui dans les bois.

Cordell est dans la maison. Il faut la trouver.

Elle rentra dans la bâtisse et grimpa quatre à quatre à l'étage. Il faisait une chaleur étouffante dans les pièces du haut, privées d'air, et c'est ruisselante de sueur qu'elle fouilla rapidement les trois chambres, la salle de bains et les toilettes. Pas de Cordell.

On suffoquait là-dedans.

Elle redescendit l'escalier et le silence de la maison lui fit dresser les cheveux sur la tête. Elle eut brusquement la certitude que Cordell était morte. Le cri qu'elle avait entendu quand elle était dans la grange était un cri d'agonie.

Elle retourna dans la cuisine. Par la fenêtre au-dessus de l'évier, on avait une vue dégagée sur la grange.

Il m'a vue marcher dans l'herbe jusqu'à la grange. Il m'a vue ouvrir les portes. Il savait que j'avais trouvé la Mercedes. Il savait qu'il était fait.

Alors il l'a achevée et s'est enfui.

Le réfrigérateur émit quelques bruits sourds et retomba dans le silence. Elle entendait battre son cœur comme un tambour.

Elle se retourna et vit la porte de la cave. Le seul endroit qu'elle n'avait pas fouillé.

Elle ouvrit la porte. L'escalier était un trou noir béant. Elle détestait ça, quitter la lumière et descendre ces marches vers ce qui était sans doute un spectacle d'horreur. Mais elle savait que Cordell devait être là.

Elle sortit de sa poche sa mini-lampe torche. Guidée par l'étroit faisceau lumineux, elle descendit une marche, puis une autre. L'air était plus frais, plus humide.

Elle sentit une odeur de sang.

Quelque chose lui effleura le visage. Elle sursauta et se recula brusquement, puis souffla un bon coup, soulagée, en se rendant compte que c'était seulement la chaînette d'un interrupteur qui se balançait au-dessus de l'escalier. Elle tira sur la chaînette. Pas de lumière.

Elle devait se contenter de sa lampe-stylo.

Elle dirigea de nouveau le faisceau sur les marches pour éclairer son chemin, l'arme au poing près du corps. Après la chaleur étouffante de l'étage, l'air semblait presque glacé et refroidissait la sueur sur sa peau.

Elle arriva au bas de l'escalier, sur de la terre battue. Il faisait encore plus frais, l'odeur de sang était plus forte, l'air lourd et humide. Il régnait un silence de mort. Elle n'entendait que le bruit de sa respiration.

Elle balaya la pièce en arc de cercle avec le faisceau de sa lampe et faillit crier quand il lui fut renvoyé par un reflet. L'arme pointée, le cœur battant, elle comprit ce qui avait reflété la lumière.

Des bocaux de verre. De gros bocaux d'apothicaire alignés sur une étagère. Elle n'avait pas besoin de regarder les objets qui flottaient à l'intérieur pour savoir ce que c'était.

Ses souvenirs.

Il y en avait six, avec un nom sur l'étiquette. Plus de victimes que la police n'en avait découvert.

Le dernier était vide, mais le nom déjà inscrit sur l'étiquette, le bocal prêt à recevoir son contenu. Le plus convoité de tous les trophées.

Catherine Cordell.

Rizzoli pivota sur elle-même, explorant la cave avec sa lampe de poche. Le faisceau voltigea autour de gros poteaux, sur les fondations en pierre et s'arrêta brusquement dans le coin opposé. La paroi était éclaboussée d'un liquide noir.

Du sang.

Elle tourna le faisceau lumineux, qui tomba directement sur le corps de Cordell, poignets et chevilles attachés au lit par du Teflon. Du sang frais luisait sur son flanc. Il y avait une empreinte écarlate de main sur la peau blanche de la cuisse, comme si le Chirurgien avait voulu laisser sa marque. Le plateau des instruments chirurgicaux était encore près du lit, la panoplie d'un tortionnaire.

Oh! mon Dieu, j'ai été à deux doigts de la sauver...

Malade de rage, elle déplaça le faisceau de sa lampe vers le haut du torse éclaboussé de sang et s'arrêta au cou. Il n'y avait pas de plaie béante, il ne lui avait pas donné le coup de grâce.

La lumière se mit soudain à vaciller. Non, pas maintenant ! La poitrine de Cordell s'était soulevée.

Elle respirait encore.

Rizzoli décolla la bande qui bâillonnait Cordell et sentit son souffle chaud sur sa main. Elle vit battre ses paupières.

Oui !

Tout en éprouvant un sentiment de victoire, elle sentait que quelque chose clochait. Pas le temps d'y penser maintenant. Il fallait qu'elle sorte Cordell de là.

La lampe de poche entre les dents, elle coupa prestement les bandes qui retenaient les poignets de Cordell et prit son pouls. Il était faible, mais perceptible.

Elle n'arrivait cependant pas à chasser l'impression que quelque chose n'allait pas. Alors qu'elle avait sectionné la bande de la cheville droite et s'attaquait à la gauche, les sonnettes d'alarme se déclenchèrent dans sa tête. Elle comprit alors pourquoi.

Elle avait entendu Cordell crier alors qu'elle était dans la grange, mais elle l'avait trouvée bâillonnée.

Il avait enlevé la bande. Il voulait qu'elle crie. Il voulait que je l'entende.

C'est un piège.

Elle tendit la main vers son revolver, qu'elle avait posé sur le lit. Elle ne l'atteignit pas.

Le bastaing s'abattit sur sa tempe, un coup si violent qu'il la projeta par terre sur le ventre. Elle tenta de se relever à quatre pattes.

Le bastaing la frappa de nouveau, sur le flanc. Le souffle coupé, elle sentit ses côtes se briser. Elle roula sur le dos, la douleur si terrible qu'elle l'empêchait de respirer.

Il y eut soudain de la lumière, une unique ampoule qui pendait du plafond.

Il se tenait au-dessus d'elle, son visage ovale, noir sous le cône de lumière. Le Chirurgien qui observait sa nouvelle prise.

Elle roula sur son côté intact et essaya de se soulever.

Il lui donna un coup de pied dans le bras sur lequel elle s'appuyait et elle retomba sur le dos, le choc ébranlant ses côtes cassées. Elle poussa un cri de douleur, incapable de bouger alors même qu'il s'approchait d'elle, qu'elle voyait le bastaing menaçant au-dessus de sa tête.

Il lui écrasa le poignet contre le sol avec sa botte.

Elle cria encore.

Il prit un scalpel sur le plateau.

Non, non.

Il s'accroupit, sa botte toujours sur son poignet, leva le scalpel et le planta dans sa paume ouverte.

La main transpercée, clouée au sol, elle hurla de douleur.

Il prit un autre scalpel, empoigna sa main droite et lui tendit le bras, puis lui plaqua le poignet à terre avec le pied. Il leva le scalpel et lui cloua l'autre main au sol.

Le cri de Rizzoli, vaincue, fut plus faible cette fois.

Il se releva et la regarda quelques instants, à la façon dont un collectionneur admire le nouveau papillon de couleurs vives qu'il vient d'épingler sur sa planche.

Il alla prendre un troisième scalpel sur le plateau. Les bras en croix, les mains rivées au sol, Rizzoli ne pouvait que regarder et attendre le dernier acte. Il vint se placer derrière elle et s'assit sur ses talons, l'empoigna par les cheveux et tira d'un coup sec en arrière pour dégager son cou. Elle le fixait et son visage n'était toujours qu'un ovale sombre. Un trou noir qui dévorait toute la lumière. Elle sentait ses carotides bondir dans son cou, palpiter à chaque battement de son cœur. Le sang qui coulait à travers ses artères et ses veines était la vie même. Elle se demanda combien de temps elle resterait consciente après que la lame d'acier aurait accompli son œuvre. Si la mort serait une lente plongée dans les ténèbres.

Elle était inéluctable. Toute sa vie, elle avait été une battante, toute sa vie, elle avait lutté pour éviter la défaite, mais elle était vaincue. Sa gorge était offerte, son cou arqué en arrière. Elle vit scintiller la lame et ferma les yeux quand elle toucha sa peau.

Mon Dieu, faites que ce soit rapide !

Elle l'entendit prendre une inspiration pour se préparer à porter le coup fatal, sentit sa poigne se serrer soudain sur ses cheveux.

La détonation l'ébranla.

Elle ouvrit brusquement les yeux. Il était toujours accroupi au-dessus d'elle, mais il avait lâché ses cheveux. Le scalpel tomba de sa main. Quelque chose de chaud dégoulina sur son visage. Du sang.

Pas le sien, celui du Chirurgien.

Il bascula en arrière et disparut de son champ de vision.

Déjà résignée à mourir, Rizzoli était étendue, stupéfaite à l'idée qu'elle allait peut-être rester en vie. Elle remarqua une foule de détails simultanément. La lampe qui se balançait comme une lune au bout de son fil. Sur le mur, une ombre bougea. Elle tourna la tête et vit le bras de Catherine Cordell retomber sur le lit.

Elle vit le revolver lui échapper des mains et glisser au sol.

Une sirène hurlait au loin.

27

Assise sur son lit d'hôpital, Rizzoli lança un regard noir à la télé. Les pansements enveloppaient ses mains si complètement qu'on aurait dit des gants de boxe. On lui avait rasé les cheveux sur le côté de la tête, là où les médecins lui avaient fait des points de suture. Elle s'énerva avec la télécommande et ne remarqua pas tout de suite Moore, debout à l'entrée de la chambre. Il frappa à la porte. Quand elle se tourna vers lui, l'espace d'un instant il décela chez elle une ombre de vulnérabilité. Puis ses défenses habituelles se remirent en place tout d'un coup et elle redevint la Rizzoli familière, sur ses gardes, qui le regarda entrer et s'asseoir près du lit d'un air circonspect.

De la télé s'épanchait le thème musical d'un feuilleton à l'eau de rose.

— Vous pouvez éteindre cette saloperie ? lâcha-t-elle, frustrée, en montrant la télécommande de sa patte bandée. Je n'arrive pas à appuyer sur le bouton. Ils imaginent que je peux faire ça avec le nez.

Il prit la télécommande et appuya sur « Off ».

— Merci, dit-elle avec un soupir de soulagement, avant de grimacer de douleur à cause de ses côtes brisées.

La télévision éteinte, un long silence se prolongea entre eux. Par la porte ouverte, ils entendirent qu'on faisait appeler un médecin et le chariot des plateaux-repas passer dans un bruit métallique.

— On s'occupe bien de vous ? demanda-t-il.

— Pas mal pour l'hôpital d'un bled pareil. Probablement mieux qu'en ville.

Alors que Catherine et Hoyt avaient été transportés en hélicoptère au centre médical Pilgrim de Boston en raison de la gravité de leurs blessures, on avait conduit Rizzoli en ambulance dans ce petit hôpital régional. Malgré la distance, à peu près tous les membres de la Brigade criminelle de Boston étaient déjà venus lui rendre visite.

Et tous avaient apporté des fleurs. Les roses de Moore disparaissaient presque au milieu des bouquets arrangés sur les tables roulantes, la table de nuit et même par terre.

— Bigre, dit-il, vous vous êtes fait un tas d'admirateurs.

— Ouais. Pas croyable, hein ? Même Crowe m'a envoyé des fleurs. Les marguerites qui sont là. Je crois qu'il essaie de me dire quelque chose. On dirait une chambre funèbre, non ? Vous voyez ces belles orchidées ? C'est Frost qui me les a apportées. Bon sang, c'est moi qui aurais dû *lui* en envoyer pour le remercier de m'avoir sauvé la peau.

C'était lui, en effet, qui avait appelé la police d'État à la rescousse. Comme Rizzoli ne répondait pas aux appels sur son bip, il avait téléphoné à Dean Hobbs, l'épicier de Lithia, pour essayer de savoir où elle était. Il lui avait dit qu'elle était partie à la ferme Sturdee pour parler à une femme à cheveux noirs.

Rizzoli poursuivit l'inventaire de ses arrangements floraux.

— Cet énorme vase avec ces machins tropicaux vient de la famille d'Elena Ortiz, les œillets, de ce radin de Marquette. Et la femme de Sleeper m'a apporté cet hibiscus.

Moore secoua la tête, étonné.

— Vous vous souvenez de tout ça.

— Comme personne ne m'envoie jamais de fleurs, j'essaie de graver ce moment dans ma mémoire.

Il entrevit de nouveau un peu de vulnérabilité derrière le masque courageux. Et il vit autre chose qu'il n'avait encore jamais remarqué, l'éclat de ses yeux sombres. Elle était tuméfiée, couverte de pansements et arborait une plaque rasée sur le côté de la tête, mais quand on oubliait les imperfections de son visage, la mâchoire carrée, le front trop bombé, on s'apercevait que Rizzoli avait de beaux yeux.

— Je viens de parler à Frost, dit Moore. Il est à Pilgrim. Il dit que Warren Hoyt va s'en sortir.

Elle ne dit rien.

— On lui a enlevé ce matin le tube respiratoire qu'il avait dans la gorge. Il en a un autre dans la poitrine, à cause d'un collapsus du poumon. Mais il respire seul.

— Il est réveillé ?

— Oui.

— Il parle ?

— Pas à nous. À son avocat.

— Putain, quel dommage que j'aie pas pu descendre ce salaud !

— Vous ne l'auriez pas fait.

— Vous croyez ?

— Je crois que vous êtes trop bonne flic pour commettre deux fois la même erreur.

— On ne sait jamais, dit-elle en le regardant droit dans les yeux.

Et toi non plus. Tu ne le sais pas tant que l'occasion ne se présente pas.

— Je pensais que vous le saviez, dit-il en se levant pour s'en aller.

— Eh, Moore ?

— Oui ?

— Vous ne m'avez pas donné de nouvelles de Cordell.

Il avait évité exprès de parler d'elle. Elle était la cause principale du conflit entre Rizzoli et lui, la plaie ouverte qui paralysait leurs relations de travail.

— J'ai entendu dire qu'elle allait bien, insista-t-elle.

— Elle a bien supporté l'opération.

— Est-ce que... est-ce que Hoyt...

— Non, il n'a pas achevé l'excision. Vous êtes arrivée avant qu'il ait pu le faire.

Elle se renversa sur ses oreillers, l'air soulagé.

— Je vais à Pilgrim pour la voir, maintenant, dit-il.

— Qu'est-ce qui va se passer après ?

— Vous reprendrez votre boulot. Comme ça vous pourrez répondre à votre satané téléphone.

— Non, je veux dire, qu'est-ce qui va se passer entre vous et Cordell ?

Il ne répondit pas tout de suite et regarda vers la fenêtre, où le soleil embrasait les pétales des marguerites.

— Je ne sais pas.

— Marquette continue à vous faire suer avec ça ?

— Il m'a déconseillé de m'engager avec elle. Et il a raison. Je n'aurais pas dû le faire. Mais je n'ai pas pu m'en empêcher. Je me demande si...

— Vous n'êtes pas saint Thomas, après tout.

Il eut un petit rire triste et hocha la tête.

— Rien n'est plus barbant que la perfection, Moore.

Il soupira.

— Il faut faire des choix. Des choix difficiles.

— Les choix importants sont toujours difficiles.

Il retourna un moment ces paroles dans sa tête.

— Peut-être n'est-ce pas à moi de choisir, mais à elle.

Comme il se dirigeait vers la porte, Rizzoli lança :

— Quand vous la verrez, dites-lui quelque chose de ma part.

— Oui, quoi ?

— La prochaine fois, qu'elle vise plus haut.

Je ne sais pas ce qui va se passer.

Il roulait vers Boston, la glace baissée. Un front froid était arrivé du Canada pendant la nuit et l'air de la ville semblait propre, presque pur. Il pensa à Mary, à sa douce Mary, et à tout ce qui le liait à elle pour toujours. Vingt ans de mariage et leurs innombrables souvenirs. Les paroles murmurées dans le noir, leurs plaisanteries personnelles, leur histoire. Oui, leur histoire. Un couple est constitué d'une foule de petites choses — des plats brûlés et des bains de minuit — et ce sont ces petites choses qui fondent deux vies en une seule. Ils s'étaient connus jeunes et avaient atteint ensemble la quarantaine. Son passé n'appartenait à aucune autre femme qu'à Mary.

C'est de son avenir qu'il pouvait disposer.

Je ne sais pas ce qui va se passer. Mais je sais ce qui me rendrait heureux. Et je crois que je suis capable de la rendre heureuse. À cette période de notre vie, que pouvons-nous espérer de plus ?

À chaque kilomètre qui passait, sa certitude devenait plus grande. Quand il sortit de sa voiture sur le parking de l'hôpital Pilgrim, il se dirigea vers l'entrée du pas assuré de celui qui sait qu'il a pris la bonne décision.

Il prit l'ascenseur jusqu'au cinquième, donna son nom au poste des infirmières et remonta le long couloir jusqu'à la chambre 523. Il frappa doucement à la porte et entra.

Peter Falco était assis au chevet de Catherine.

Un parfum de fleurs flottait dans sa chambre, comme dans celle de Rizzoli. Le lit et son occupante baignaient dans la lumière dorée du soleil matinal qui entrait à flots par la fenêtre. Elle dormait. Un appareil de perfusion était accroché au-dessus du lit et le sérum physiologique luisait comme du diamant liquide en s'écoulant dans la tubulure.

Moore vint se placer de l'autre côté du lit et pendant un long moment les deux hommes ne dirent rien.

Falco se pencha pour déposer un baiser sur le front de Catherine, puis il se leva et son regard croisa celui de Moore.

— Prenez bien soin d'elle, dit-il.

— Oui.

— Je compte sur vous, dit-il en sortant de la chambre.

Moore s'assit sur la chaise au côté de Catherine et prit sa main. Il y posa ses lèvres avec vénération.

— Oui, répéta-t-il à voix basse. Je veillerai sur elle comme sur la prunelle de mes yeux.

Thomas Moore était de ceux qui tiennent leurs promesses et il ne manquerait pas à celle-là.

ÉPILOGUE

Il fait froid dans ma cellule. Dehors souffle le rude vent de février et on m'a dit qu'il allait recommencer à neiger. Je suis assis sur mon lit, une couverture autour des épaules, et je me souviens de la délicieuse chaleur qui nous enveloppait comme un manteau le jour où nous marchions sur la plage de Livadia. Au nord de cette ville grecque coulent deux sources, appelées Léthé et Mnémosyne dans l'Antiquité. Oubli et Mémoire. Nous avons bu aux deux sources avant de nous endormir dans l'ombre tachetée d'un bois d'oliviers.

Je repense à cela maintenant parce que je n'aime pas le froid. Il assèche et fait se crevasser ma peau, et j'ai beau m'enduire de crème, je n'arrive pas à lutter contre les effets de l'hiver. Seul le souvenir de la chaleur, de notre promenade à Livadia, des pierres brûlées de soleil qui chauffaient nos sandales m'apporte maintenant un réconfort.

Les jours passent lentement ici. Je suis seul dans ma cellule, isolé des autres détenus par ma réputation. Il n'y a que les psychiatres qui viennent me parler, mais ils se lassent, car ils n'arrivent pas à trouver en moi le moindre signe de pathologie. Quand j'étais petit, je ne torturais pas d'animaux, je ne mettais pas le feu et je ne mouillais pas mon lit. J'allais à l'église et j'étais poli avec les adultes.

Je mettais de la crème solaire.

Je suis aussi sain d'esprit qu'eux et ils le savent bien.

Seuls mes fantasmes font de moi quelqu'un à part. Ce sont eux qui m'ont conduit dans cette froide cellule, dans cette ville froide, où le vent est blanc de neige.

Alors que je suis ici à serrer cette couverture autour de mes épaules, on a peine à croire qu'il y ait des endroits au monde où des gens, le corps doré et ruisselant de sueur, se prélassent sur le sable chaud, où des parasols ondulent dans la brise. C'est dans ce genre d'endroit qu'elle est allée.

Je sors de dessous le matelas la coupure que j'ai déchirée dans le journal d'aujourd'hui, que le gardien me glisse aimablement moyennant finance.

C'est un avis de mariage. Le 15 février à quinze heures, le Dr Catherine Cordell a épousé Thomas Moore.

La mariée a été conduite à l'autel par son père, le colonel Robert Cordell. Elle portait une robe à perles ivoire style Empire, le marié était en noir.

Une réception a ensuite été donnée au Copley Plaza Hotel de Back Bay. Après une longue lune de miel, le couple résidera à Boston. Je plie la coupure de journal et la glisse sous mon matelas.

Une longue lune de miel aux Caraïbes.

Elle y est en ce moment.

Je la vois, allongée les yeux fermés sur la plage, des grains de sable étincelants sur la peau. Ses cheveux sont étalés sur la serviette comme de la soie couleur cuivre. Elle somnole dans la chaleur, bras mollement posés sur le sable.

L'instant d'après, elle se réveille en sursaut. Elle ouvre les yeux brusquement, le cœur battant, prise de sueurs froides.

Elle pense à moi. Comme je pense à elle.

Nous sommes liés à jamais, aussi intimement que deux amants. Elle se sent enveloppée par mes fantasmes comme par des vrilles. Elle ne pourra jamais rompre le lien.

Dans ma cellule, la lumière s'éteint et la longue nuit commence, peuplée par ses échos d'hommes enfermés dans des cages. Ils ronflent, toussent, respirent, marmonnent dans leurs rêves. Quand tombe le silence de la nuit, ce n'est pas à Catherine Cordell que je pense, mais à toi. Toi qui es la source de ma douleur la plus profonde.

Je boirais avec avidité l'eau du Léthé, la source de l'oubli, pour rayer de ma mémoire notre dernière nuit à Savannah. La dernière nuit où je t'ai vu vivant.

Alors que j'ai le regard perdu dans le noir de ma cellule, la vision s'impose à moi.

Je regarde tes épaules, plein d'admiration pour ta peau qui paraît si brune sur la sienne, pour la façon dont les muscles de ton dos se contractent au rythme de tes coups de boutoir. Je te regarde la prendre ce soir-là, comme tu as pris les précédentes. Et quand tu as fini et répandu ta semence en elle, tu te tournes vers moi et me souris.

Et tu dis : « Voilà, à toi. Elle est prête. »

Mais le médicament n'a pas encore fini de faire son effet et quand j'appuie la lame du scalpel sur son ventre, elle bronche à peine.

Pas de souffrance, pas de plaisir.

« Nous avons toute la nuit, dis-tu. Il ne nous reste qu'à attendre. »

J'ai la gorge sèche, alors je vais à la cuisine remplir un verre d'eau. La nuit ne fait que commencer et mes mains tremblent d'excitation. La pensée de ce qui va suivre m'émoustille et, tout en buvant à petites gorgées, je me promets de faire durer le plaisir. Nous avons toute la nuit et nous voulons que ça se prolonge.

Il faut le voir, le faire et le montrer à un autre, m'expliques-tu. Ce soir, tu me l'as promis, c'est moi qui manie le scalpel.

Mais j'ai soif, alors je m'attarde dans la cuisine, pendant que tu retournes voir si elle est réveillée. Je suis encore près de l'évier quand part le coup de feu.

Le temps s'arrête. Je me souviens du silence qui a suivi. Du tic-tac de la pendule de la cuisine. Du battement de mon cœur dans mes oreilles. J'écoute, m'attendant à entendre le bruit de tes pas, à t'entendre me dire qu'il est temps de partir et vite. J'ai peur de bouger.

Je me force finalement à traverser le couloir, à entrer dans la chambre. Je m'arrête à la porte. L'horreur.

Il me faut un moment pour comprendre ce qui se passe.

Elle a à moitié roulé hors du lit et essaie de remonter sur le matelas. Un revolver est tombé de sa main. Je vais jusqu'au lit, empoigne le rétracteur sur la table de nuit et la frappe à la tempe. Elle retombe immobile.

Je me tourne vers toi.

Tu as les yeux ouverts, tu gis sur le dos et me regardes. Une mare de sang s'élargit autour de toi. Tes lèvres remuent mais je n'arrive pas à entendre ce que tu dis. Tu ne bouges pas les jambes et je me rends compte que la balle a touché ta colonne vertébrale. Tu essaies encore de parler et cette fois-ci je comprends tes paroles: « Vas-y. Finissons-en. »

Tu ne parles pas d'elle, mais de toi.

Je secoue la tête, épouvanté par ce que tu me demandes de faire. Je ne peux pas. Je t'en supplie, n'attends pas ça de moi! Je reste là, écartelé entre ta requête désespérée et ma panique, mon envie de fuir.

Fais-le tout de suite, m'implorent tes yeux. Avant qu'ils arrivent.

Je regarde tes jambes, tournées en dehors, paralysées. Je réfléchis à l'horreur qui t'attend, si tu vis. Je peux t'épargner tout cela.

Je t'en prie.

Je regarde la femme. Elle ne bouge pas, n'a pas conscience de ma présence. J'aimerais lui tirer les cheveux en arrière et l'égorger pour te venger. Mais il faut qu'ils la trouvent vivante. C'est la condition pour que je puisse m'enfuir sans être inquiété, sans être poursuivi.

J'ai les mains moites dans les gants en caoutchouc et quand je prends le revolver, je l'ai mal en main.

Debout au bord de la mare de sang, je te regarde. Je pense à cette soirée magique où nous étions allés au temple d'Artémis. Il y avait de la brume et dans la nuit tombante je t'apercevais entre les arbres. Tu t'es brusquement arrêté et tu m'as souri. Et nos regards semblaient se croiser à travers le gouffre qui sépare le monde des vivants de celui des morts.

En cet instant, je te vois à travers ce gouffre et je sens ton regard sur le mien.

Je fais cela pour toi, Andrew, pensé-je.

Je lis de la gratitude dans tes yeux. Je la lis encore alors que je lève le revolver. Alors que je presse sur la détente.

Ton sang gicle sur mon visage, chaud comme des larmes.

Je me tourne vers la femme toujours inconsciente sur le bord du lit. Je pose le revolver près de sa tête. J'empoigne ses cheveux et d'un coup de scalpel je coupe une mèche sur la nuque, où ça ne se remarquera pas. Grâce à cette mèche, je me la rappellerai. Grâce à son parfum, je me souviendrai de sa peur, aussi entêtante que l'odeur du sang. Elle me permettra de tenir jusqu'à ce que je la retrouve.

Je sors dans la nuit par la porte de derrière.

Je n'ai plus cette précieuse mèche de cheveux en ma possession. Mais je n'en ai plus besoin, car je connais son odeur aussi bien que la mienne. Je connais le goût de son sang, le lustre soyeux de la sueur sur sa peau. Tout cela revient dans mes rêves, où le plaisir crie comme une femme et laisse des traces de pas sanglantes. On ne peut pas tenir dans le creux de la main ni caresser tous ses souvenirs. Il en est que nous devons garder dans la région la plus secrète de notre cerveau, le noyau reptilien dont nous sommes tous issus.

Cette part de nous-mêmes que tant de nous renient.

Je ne l'ai jamais reniée. J'accepte ma nature essentielle, j'y adhère. Je suis tel que Dieu m'a créé, tel que Dieu nous a tous créés.

L'agneau n'est pas plus sacré que le lion.

Pas plus que le chasseur.

Remerciements

Je suis particulièrement redevable :
à Bruce Blake et à l'inspecteur Wayne R. Rock, de la police de Boston, et au Dr Chris Michalakes pour leurs conseils techniques ;
à Jane Berkey, Don Cleary et Andrea Cirillo pour leurs précieux commentaires sur le manuscrit ;
à mon éditeur, Linda Marrow, pour m'avoir guidée ;
à mon ange gardien, Meg Ruley (tout auteur a besoin d'une Meg Ruley !) ;
et à mon mari, Jacob. Toujours à Jacob.

Imprimé en France par

CPI
BRODARD & TAUPIN

à La Flèche (Sarthe)
en juin 2010

POCKET – 12, avenue d'Italie - 75627 Paris cedex 13

N° d'impression : 58358
Dépôt légal : janvier 2007
Suite du premier tirage : juin 2010
S16571/09